Craig Oliver
Der Premierminister

Lässig, charmant, etwas verschroben und volksnah: Durch sein Auftreten hat Marcus Valentine es auf der Karriereleiter bis zum höchsten politischen Amt gebracht. Was die Öffentlichkeit nicht weiß: Der Premierminister des Vereinigten Königreichs ist ein unverfrorener Blender, der alle, selbst die ihm nahestehenden Menschen, für seine Zwecke ausnutzt: seinen klugen und ehrgeizigen Stabschef, die PR-Chefin, den Militärberater, seine schöne Frau, die Kinderpsychologin seines Sohnes. Bis zu dem Tag, als der Premier mit seiner Familie und seinen engsten Mitarbeitern wegen eines Bombenattentats im Tunnelsystem unter der Downing Street Zuflucht suchen muss. Die Enge, die Angst legen in den darauffolgenden Tagen die Nerven aller blank und sorgen dafür, dass viele unangenehme Wahrheiten ans Licht kommen. Valentines Ego lässt die Situation schließlich eskalieren …

Craig Oliver, geboren 1969 in Basford, Nottinghamshire, begann seine Karriere als Journalist und Redakteur für die wichtigsten Nachrichtensendungen der BBC, bevor er zum Direktor für Politik und Kommunikation der Downing Street No. 10 berufen wurde, ein Amt, das er sechs Jahre lang innehatte. Seit seinem Ausscheiden aus der Politik ist er in der Beratungsbranche tätig. ›Der Premierminister‹ ist sein Debütroman.

CRAIG OLIVER

DER PREMIER MINISTER

THRILLER

Aus dem Englischen von
Angelika Naujokat

dtv

Deutsche Erstausgabe 2024
dtv Verlagsgesellschaft mbH & Co. KG, München
© 2024 Craig Oliver
Titel der englischen Originalausgabe: ›Pindar‹
© 2024 der deutschsprachigen Ausgabe:
dtv Verlagsgesellschaft mbH & Co. KG, München
Umschlaggestaltung: Johannes Wiebel|punchdesign, München
Umschlagmotive: shutterstock.com/Vladimir Badaev;
Adobe Stock/aleksei_derin, Andrii, Topuria Design
Satz: C.H.Beck.Media.Solutions, Nördlingen
Gesetzt aus der Stempel Garamond
Druck und Bindung: Druckerei C.H.Beck, Nördlingen
Printed in Germany · ISBN 978-3-423-22073-6

PROLOG

»Schaltet diesen verdammten Alarm aus, Herrgott noch mal!«

Im nächsten Moment verstummt das Geheul auch schon.

Eine Sekunde später ist es stockdunkel.

»Ihr solltet den Alarm ausschalten. Vom Licht war nicht die Rede«, brummt Marcus Valentine gereizt.

Es ist so finster, dass er die Hand nicht vor den Augen sieht. Plötzlich hört er Schritte.

»Wer ist da?«

Keine Antwort.

Die Schritte kommen näher.

Valentine wünscht sich, er hätte sein Handy dabei. Zwar hat er in diesen Tunneln unter London kein Netz, aber er hätte damit wenigstens eine Taschenlampe. Er muss hier raus, muss diesem Irrsinn entkommen.

Es ist kurz nach Mitternacht.

Fünf Tage sind seit dem Bombenattentat vergangen, das viele Menschen das Leben gekostet hat.

Fünf Tage, seit sie die Metalltreppe hinuntergehastet sind und sich die dreißig Zentimeter dicke Stahltür hinter ihnen geschlossen hatte.

Fünf Tage seit dem Aufflammen des über Bewegungs-melder gesteuerten Neonlichts, das die Verwirrung und das Entsetzen auf ihren Gesichtern beleuchtete.

Die ersten dreißig Minuten hatten sie danach nur damit

verbracht, sich zurechtzufinden in dem Tunnelsystem mit seinen Linoleumfliesen, Wänden in unterschiedlichen Farben und den endlos langen roten Rohren, die auf Kopfhöhe verliefen. Im Zentrum des Bunkersystems befand sich eine Reihe von Räumen: ein Schlafzimmer mit eigenem Bad, ein Schlafsaal mit einem Dutzend Betten und einem Waschraum, ein voll ausgestattetes Büro mit mehreren Schreibtischen, darauf jeweils das Namensschild der Person, die im Katastrophenfall hier arbeiten sollte. Es gab eine Küche mit Kühlschrank, riesigem Gefrierschrank, Vorratskammer und einem Herd mit Backofen. Außerdem ein einfaches Fernsehstudio. Und zu guter Letzt noch einen Bereich mit Spielzeug für einen kleinen Jungen.

Als aus Minuten Stunden und schließlich Tage geworden waren, war ihnen zunehmend klar geworden, dass sie hier so bald nicht wieder herauskommen würden.

Nun fragt sich Valentine, ob er jemals wieder hier herauskommen wird und was ihn dann erwartet.

»Schaltet endlich das verdammte Licht wieder ein!«, schreit er, obwohl ihm die Worte fast im Hals stecken bleiben. Panik steigt in ihm auf, da die Schritte näher und näher kommen. Irgendjemand bewegt sich immer noch auf ihn zu. Irgendjemand, der sich nicht zu erkennen gibt.

»Wer ist da?!«

Doch da ist nur dieses langsame, beharrliche Geräusch von Schritten, die direkt auf ihn zusteuern.

In der Ferne, tief im Tunnel, vernimmt er das undeutliche Stimmengewirr seiner Untergebenen, von denen er sich abgesondert hat, um seine Gedanken zu ordnen.

Er zuckt zusammen, als plötzlich eine computergesteuerte Stimme über das Lautsprechersystem ertönt: »*Notstromgenerator fährt hoch.*«

Valentine schließt die Augen, atmet tief ein und wieder

aus. Die Stimme setzt zur nächsten Wiederholung an: »*Not-strom-*« Aber sie wird vom Pling-Pling der angehenden Neonbeleuchtung unterbrochen. Das Geräusch der Schritte ist verstummt. Er öffnet die Augen – und blickt in ein Gesicht, nur einen halben Meter von ihm entfernt.

»Herrgott noch mal!«, ruft er erleichtert und fast belustigt. »Du hast mir vielleicht eine Scheißangst eingejagt.«

Wieder geht das Licht aus, und er beginnt zu lachen.

»Wir müssen zurück zu den -«

Er wird jäh unterbrochen, denn eine Faust packt seine Haare und reißt seinen Kopf nach vorn.

»Was zum Teufel?«, protestiert er, will sich befreien – einen Augenblick später schlägt sein Hinterkopf schon gegen die scharfkantigen Halterungen des Rohrs, das auf Kopfhöhe hinter ihm verläuft.

Valentine stößt einen Schmerzensschrei aus: »Scheiße! Was soll das?!«

Sein Kopf wird wieder nach vorn gezerrt, Blut läuft ihm über den Nacken. Lippen bewegen sich nahe an seinem linken Ohr, als sein Kopf mit jedem gezischten Wort erneut gegen das Rohr geschlagen wird.

»Die. Regeln. Gelten. Auch. Für. Dich.«

Dann ein weiterer, gezielter Stoß, begleitet von einem scheußlichen Geräusch, das sich anhört wie eine aufplatzende Melone.

»Niiicht!«

Sein Schrei klingt irgendwie seltsam, als wäre er der Sprache nicht mehr mächtig.

Ein letzter Stoß, dieses Mal noch fester, dann lassen die Hände ihn los.

Und Valentines Körper sackt unter dem Rohr zu Boden.

Fünfmal erfolgt die Durchsage: »*Notstromgenerator fährt hoch.*« Dann wird es wieder hell.

Es dauert eine Weile, bis sich die Gruppe aus den verschiedenen Tunneln wieder vor dem unterirdischen Büro versammelt hat. Alle blinzeln geblendet, sind atemlos, schwitzen. Und stellen dann fest, dass einer von ihnen fehlt.

Sie rufen seinen Namen, erhalten aber keine Antwort. Sie laufen den Tunnel hinunter. Und finden ihn.

Marcus Valentine.

Ist er in der Dunkelheit gestürzt? Hatte er einen Herzinfarkt? Dann erkennen sie, dass sein Kopf in einer Blutlache liegt. Dickflüssig und dunkel. Das war kein Unfall.

Plötzlich ertönt ein Röcheln. Valentine versucht, Luft in seine Lungen zu saugen wie ein Ertrinkender.

Max und Sunil fallen neben ihm auf die Knie. Max reißt Valentines Hemd auf und beginnt mit einer Herz-Lungen-Massage, bearbeitet seinen Brustkorb, bläst in seinen Mund, bis zur Erschöpfung, dann ist es offensichtlich:

Marcus Valentine, der Premierminister des Vereinigten Königreiches, ist tot.

Jemand von ihnen muss ihn ermordet haben.

WAS ZUVOR GESCHAH

MOLLY

Es gibt dieses Sprichwort: »Neugier ist der Katze Tod«.

Tja, mir wäre es beinahe so ergangen. Ich hätte besser die Finger von der Sache gelassen. Aber ich hatte keine Ahnung, worauf ich mich einließ. Die einzige Erklärung, die ich habe: Am Anfang sah das Ganze nur nach einem großen Abenteuer aus.

Sie hatten mich gebeten, meinen Pass mitzunehmen, und mir Zugtickets für die Reise von Edinburgh nach Kings Cross zugeschickt und weiter bis zu einem Ort namens Little Kimble. Aber wo mein nächster Einsatz tatsächlich stattfinden sollte und wer mein Arbeitgeber sein würde, hielten sie immer noch geheim.

Zwei Wochen zuvor hatte man mich zu einem Bewerbungsgespräch in einen Starbucks in Edinburgh eingeladen. Die Eltern eines Kindes, das ich therapiert hatte, waren auf mich zugekommen. Sie nannten mir lediglich den Vornamen des Mannes, mit dem ich mich treffen würde. Mehr konnten sie mir nicht sagen, drängten mich aber, unbedingt hinzugehen, bei dem Klienten handele es sich um eine bedeutende Persönlichkeit, ich würde es nicht bereuen.

Es dauerte eine Weile, bis ich ihn ganz hinten am letzten Tisch in einer Nische fand – ein kleiner Mann in einem marineblauen Anzug, der sich auf dem niedrigen, grünen Polstersessel unruhig hin und her bewegte, während er auf seinen Laptop einhämmerte.

»Sie sind vermutlich Sunil?«, fragte ich, und er zuckte, aus seinen Gedanken gerissen, zusammen, streckte dann die Hand aus, stand aber nicht auf.

Es fiel mir schwer, sein Alter zu schätzen – irgendwas zwischen fünfzig und sechzig vielleicht. Seine Haut hatte einen Graustich, und unter seinen Augen waren dunkle Ringe. Während unseres Gesprächs warf er ab und zu einen prüfenden Blick auf seine beiden iPhones – insbesondere dann, wenn ich gerade sprach. Als er es zum dritten Mal tat, hörte ich einfach auf zu reden und sah ihn an, damit ihm klar wurde, wie unhöflich er sich benahm.

»Tut mir leid«, sagte er und klang dabei ein wenig gereizt. »Aber die Welt bleibt nicht stehen, nur weil ich hier mit Ihnen zusammensitze.«

Am liebsten hätte ich ihm darauf geantwortet: Hey! Sie wollen was von mir, schon vergessen? Stattdessen wiederholte ich noch mal, was ich gerade über meinen derzeitigen Job bei einem Anwalt erzählt hatte, der am kommenden Wochenende zu Ende gehen würde, da die Familie in die Schweiz zog.

Er unterbrach mich.

»Das passt perfekt. Wir kennen Alex. Er hat sich für Sie verbürgt. Das genügt uns als Referenz.«

Passt perfekt? Alex hat sich für mich verbürgt? Das klang wie eine Mischung aus einem Roman von P. G. Wodehouse und den Gangsterfilmen, die sich Jack, mein Adoptivvater, immer gern angesehen hatte, mit diesem ganzen Gerede über Ehre und Moral, während sie sich gegenseitig abschlachteten.

Mein Psychologiestudium, meine Promotion über die emotionale Entwicklung von Kleinkindern und meine Arbeitserfahrung als Familientherapeutin schienen ihn jedenfalls nicht weiter zu interessieren. Vielleicht hatte er das alles auch bereits von Alex erfahren, immerhin kannte er diesen renommierten Anwalt offenbar gut genug, um ihn beim Vornamen zu nennen. Jedenfalls lautete seine nächste Frage nur: »Haben Sie einen Freund, für den es problematisch wäre, wenn Sie über längere Zeit abwesend sind?«

»Äh … nein«, antwortete ich irritiert. »Weder Freund noch Freundin.« Er schien die versteckte Zurechtweisung gar nicht zu bemerken. Nervös plapperte ich weiter. »Ich hatte eine Beziehung, die letztes Jahr in die Brüche ging. Zu einengend … Für mich gab's daher gestern keine Karte zum Valentinstag.«

Das schien ihm zu genügen, denn wieder wechselte er das Thema.

»Molly, ich muss Sie darauf hinweisen, dass in der Familie, für die Sie arbeiten würden, besondere Umstände herrschen. Es wird alles andere als einfach werden.«

Was sollte das jetzt? Traute er mir den Job auf einmal nicht mehr zu?

»Wie viele Kinder gibt es, und in welchem Alter sind sie?«, fragte ich kühl.

»Sie haben einen dreijährigen Sohn.«

»Wie ist sein Name?«

»Ich glaube, wir sollten uns die Details für den Moment sparen. Bald bekommt das Paar übrigens noch ein zweites Kind. Sind Sie immer noch interessiert?«

Ich schwieg für einen Augenblick. Einerseits fragte ich mich, wie ich bei so wenigen Informationen zu einer Entscheidung gelangen sollte. Andererseits wurde durch die ganze Geheimniskrämerei meine Neugierde nur noch größer. Und was hatte ich schon zu verlieren? Wenn ich jetzt ablehnte, würde ich niemals erfahren, wer diese Leute waren. Und wenn sich das Ganze als Freakshow entpuppen sollte, konnte ich ja immer noch einen Rückzieher machen.

»Klar«, sagte ich.

Er musterte mich misstrauisch. »Sie haben also keine Fragen mehr dazu?«

»Doch«, erwiderte ich lachend. »Tausend Fragen. Angefangen bei: Um wen geht es hier eigentlich? Aber ich vermute, dass Sie das weiter abblocken werden. Daher ist es wohl besser, wenn ich Sie frage: Was wollen Sie noch über mich erfahren?«

»Nichts weiter. Nach allem, was meine Quellen mir bereits berichtet haben, scheinen Sie integer und für den Job geeignet zu sein. Ich wollte nur noch einen persönlichen Eindruck von Ihnen bekommen, da ich gerade in der Gegend bin«, erwiderte er, und dieses Mal war sein Lächeln echt. »Und die letzte Entscheidung liegt auch nicht bei mir. Als Nächstes wäre es wohl das Beste, wenn Sie die Familie träfen, bevor Sie die Einzelheiten zu Ihrer Aufgabe erfahren. Ich bin mir sicher, dass Sie sie mögen werden – und umgekehrt. Davor müssten Sie allerdings noch eine Geheimhaltungsvereinbarung unterschreiben, dass Sie keinem preisgeben, wen Sie getroffen haben und was dabei besprochen worden ist.«

»Ich soll *was*?«, fragte ich verblüfft.

Das Ganze wurde immer mysteriöser. Eine Geheimhaltungsvereinbarung? Der Gedanke schockierte mich – und zugleich empfand ich es als Beleidigung.

»Hören Sie, jedes meiner Klientengespräche ist absolut vertraulich. Immer, sonst wäre ich unprofessionell!«

»Es ist nur eine Formalität.« Er schaute mal wieder auf seine beiden Handys und stieß beim Lesen irgendeiner Nachricht einen tiefen Seufzer aus. »Sicher ist sicher.«

Mit diesen Worten stand er auf, schüttelte mir die Hand, erklärte, dass es ihm ein Vergnügen gewesen sei und ich in den nächsten Tagen von ihm hören würde, packte seine Sachen zusammen und verschwand.

Verblüfft starrte ich hinter ihm her. Kein Kaffee, kein Kuchen. Das Ganze hatte gerade mal eine Viertelstunde gedauert. Erst da fiel mir ein, dass ich nicht einmal seinen Nachnamen kannte. Ob das Absicht gewesen war? Damit ich ihn nicht googeln konnte, um mehr herauszufinden? Er hätte Gott weiß wer sein können.

Mein erster Gedanke danach war, zu Annie und Jack zu fahren und mit ihnen über dieses seltsame Jobangebot zu reden. Die beiden hatten mich mit zwölf Jahren als Pflegekind bei sich aufgenommen und mit dreizehn adoptiert. Ich habe sie nie Mum und Dad genannt, aber Gott weiß, wo ich heute wäre, hätten sie damals nicht irgendetwas in dieser verängstigten, durchtriebenen Göre gesehen, die vor sechzehn Jahren dringend Hilfe benötigte.

Als ich ihnen von dem Job erzählte, unterstützte Jack mich sogleich: »Klingt nach einem Abenteuer, und darauf bist du doch immer aus. Was hast du zu verlieren?«

Annie hingegen war zurückhaltender. Sie hatte das Gefühl, dass hinter dieser Geheimnistuerei etwas steckte, das nicht ganz koscher war. Ich erwiderte ihr, dass sie mir doch ständig in den Ohren liege, ich solle offen sein und einfach schauen, wohin mich das Schicksal führe – worauf sie zögerlich nickte, nicht zuletzt, weil sie wusste, dass ich den Job annehmen würde, mit oder ohne ihren Segen.

Und so machte ich mich zwei Wochen später auf den Weg, um die Auftraggeber persönlich zu treffen. Von Edinburgh bis London war ich voller Abenteuerlust, beherrscht von dem Gefühl, dass das alles total verrückt war. Als ich in Marylebone Station dann aber in den Zug der Chiltern Railways stieg, begann ich mich langsam unbehaglich zu fühlen. Auf einmal nervte mich meine Musik. Auf Instagram schien es noch mehr Sieh-nur-wie-toll-ich-bin-Typen zu geben als sonst. Die Realityshow auf Netflix, die ich mir heruntergeladen hatte, kam mir idiotisch vor. Nicht einmal mit Lesen konnte ich mich ablenken, weil die Bedeutung der Sätze nicht zu mir durchdrang. Schließlich starrte ich aus dem Fenster. Es war der letzte Februartag, und der Winter ging langsam zu Ende. Während London erst zu Wohnsiedlungen und dann zu wasserdurchtränkten Feldern verschwamm, bekam ich es mit der Angst zu tun. Wohin fuhr ich? Für wen sollte ich arbeiten?

Ich war so in Gedanken versunken, dass ich beinahe meine Haltestelle verpasst hätte. Panisch raffte ich alles zusammen, rannte den Gang hinunter und schrammte dabei mit der Hand an der Metallkante einer Armlehne vorbei. Nachdem ich auf den Bahnsteig gesprungen war, schloss ich für einen Moment die Augen und holte Luft, ehe ich den Blick über meine Sachen wandern ließ. Es war beißend kalt, und ich bemerkte, dass ich vor lauter Hektik meinen Mantel im Zug vergessen hatte, der gerade den Bahnhof verließ.

»Scheiße!«

Auf dem Vorplatz stellte ich meine Reisetasche ab und zog fröstelnd die Schultern hoch. Außer mir war hier niemand ausgestiegen. Über mir kreisten einige Raubvögel. Sie hatten rostfarbene Bäuche, und die Unterseite ihrer Flügel war halb schwarz und halb weiß.

»Rotmilane«, hörte ich jemanden sagen. »Die waren früher selten in dieser Gegend, jetzt sind sie überall.«

»Aha«, sagte ich und wandte mich um.

Der Mann hatte zurückgegeltes Haar, trug eine dicke Brille und so ein Mittelding zwischen Anzug und Uniform.

»Ist Ihnen nicht kalt?« Er klang freundlich und besorgt.

»Was geht Sie das an?«, erwiderte ich abweisend, hatte

aber sogleich ein schlechtes Gewissen, weil ich so unhöflich war. »Entschuldigen Sie … ich habe meinen Mantel im Zug vergessen.«

»Und was ist mit Ihrer Hand passiert?«

»Die habe ich mir aufgeschrammt, als ich aus dem Zug gestürmt bin.«

»Klingt, als wäre heute nicht Ihr Tag.«

»Sagen Sie so was nicht. Ich habe gleich ein Vorstellungsgespräch.«

»Ich weiß«, entgegnete er lächelnd. »Sie müssen Molly sein. Ich bin hier, um Sie abzuholen.«

Erst jetzt sah ich das Schild in seiner Hand mit meinem Namen drauf. Er griff nach meiner Tasche, stellte sich als Stephen vor und nickte mir freundlich zu.

»Dann lassen Sie uns doch gleich mal einen Blick auf Ihre Hand werfen. Im Wagen ist ein Verbandskasten.«

Der Wagen war eine Großraumlimousine. In der Windschutzscheibe entdeckte ich ein Wappen und eine Nummer.

Stephen trug eine kalte antiseptische Creme auf die Wunde auf, klebte ein Pflaster darüber und bat mich dann, auf dem Rücksitz Platz zu nehmen.

«Die Frage mag Ihnen vielleicht seltsam vorkommen, aber wohin bringen Sie mich?«

»Das wissen Sie nicht?«, erwiderte er lachend, während er die Tür hinter mir schloss. »Nun ja, das werden Sie bald herausfinden.«

Kurz darauf bogen wir auf eine einspurige Straße mit hohen Hecken ab, die rasch von kahlen Bäumen abgelöst wurden, deren Äste sich hoch über uns ineinander verschlangen wie die knorrigen Finger arthritischer Hände.

Stephen musste wohl meine wachsende Anspannung spüren, denn als sich unsere Augen im Rückspiegel trafen, sagte er: »Keine Sorge, ich werde auf Sie aufpassen. Wissen Sie, Sie erinnern mich an meine jüngste Tochter. Ich sehe sie leider nicht mehr allzu oft. Sie lebt hoch im Norden.«

»Oh, das tut mir leid für Sie«, erwiderte ich, und er lächelte traurig.

Kurz darauf hielten wir vor einer Schranke neben einem niedrigen Gebäude. Zwei Männer in dunklen Uniformen tauchten auf, Maschinengewehre vor der Brust.

Meine Gedanken rasten – was zum Teufel sollte das?!

Stephen ließ gelassen die Fensterscheibe herunter und begrüßte die beiden, während einer der Beamten vor mein Fenster trat.

»Würden Sie sich bitte ausweisen, Ma'am?«

Ich griff hastig nach meiner Handtasche und kramte meinen Pass hervor.

»Die Aufnahme des Fotos liegt wohl schon etwas zurück«, sagte er schmunzelnd, als er mir den Pass zurückgab.

Kurz darauf kam ein herrschaftliches Anwesen mit roter Backsteinfassade in Sicht. Bei dem Anblick schnappte ich nach Luft. Sollte ich etwa hier arbeiten?!

Stephen hielt vor einem großen Portal aus edlem Holz, das Jahrhunderte alt zu sein schien, und forderte mich auf, ihm zu folgen.

Eine Frau in schwarzem Rock und weißer Bluse öffnete uns.

»Sie müssen Molly sein«, sagte sie mit einem breiten Lächeln, nahm Stephen meine Reisetasche ab und bedeutete mir einzutreten.

Zu meiner Linken sah ich ein Büro, in dem mehrere Leute an Schreibtischen arbeiteten. In einem stumm geschalteten Fernseher lief Sky News. Wir schritten an einer großen Holztreppe vorbei, die zu einer Empore hinaufführte, und betraten einen großen Raum mit alten Gemälden an den Wänden und riesigen Polstersofas und Sesseln, die um einen gewaltigen Kamin angeordnet waren.

»Möchten Sie etwas trinken? Tee, Kaffee?«

»Ja, einen Kaffee, bitte.«

Sie ließ mich allein, während ich vor das spektakulärste der Gemälde trat. Ein sich aufbäumender Löwe, in einem Netz gefangen, das an einen Baum gebunden war. Im Hintergrund ein dramatischer Himmel.

»Sehen Sie die Maus?«

Ich fuhr herum. Und es verschlug mir den Atem.

Vor mir stand Marcus Valentine.

Der Premierminister.

»Was … was machen Sie denn hier?«

Kaum ausgesprochen, wurde mir klar, wie blödsinnig meine Frage war.

»Nun ja«, sagte er und unterdrückte dabei ein Lachen. »Ich wohne hier – zumindest so lange, bis sich die Briten entscheiden, mich rauszuschmeißen.«

»Scheiß-« Hatte ich das gerade wirklich gesagt? »Es tut mir leid. Wirklich. Es … es ist nur so ein Schock. Niemand hat mir gesagt, dass es um Sie geht.«

»Mit voller Absicht.« Er sagte es nicht entschuldigend, sondern als Feststellung, und ergänzte dann mit einem Lächeln: »Und jetzt lassen Sie uns einfach noch einmal von vorne anfangen.«

Unwillkürlich trat ich einen Schritt zurück, um den für eine solche Persönlichkeit gehörigen Abstand zu wahren.

Valentine trug Designerjeans und ein marineblaues Seidenhemd, dessen aufgerollte Ärmel den Blick auf seine sehnigen Unterarme freigaben. Sein dichtes, grau meliertes Haar war zurückgekämmt und sah aus, als hätte er vor Kurzem erst geduscht. Sein Anblick kam mir seltsam fremd vor, was wohl daran lag, dass ich ihn aus dem Fernsehen und der Zeitung nur mit Anzug und Krawatte kannte.

»Marcus Valentine. Freut mich, Sie kennenzulernen«, sagte er nun, verbeugte sich galant und reichte mir die Hand. Er hatte einen kräftigen Händedruck. Sehr kräftig. Meine Hand tat weh, als er sie losließ.

Da ich schon in ein paar verbale Fettnäpfchen getreten war, erwiderte ich nur: »Freut mich ebenfalls, Sie kennenzulernen. Ich bin Molly Wilson.«

»Hey, was ist das für ein Dialekt?«, fragte er mit einem breiten Grinsen. »Ich liebe es, wie Sie sprechen: Freut mich ...«

»Das ist kein Dialekt, sondern Schottisch«, entgegnete ich. Einerseits war ich verärgert, andererseits auch irgendwie entzückt, dass er meinen Akzent bemerkt hatte. »Ich bin aus Edinburgh. Aus Ihrem Mund klingt meine Sprache allerdings nach Scottie in ›Star Trek‹.«

»Autsch!«, sagte er und tat so, als hätte ich ihn damit verletzt. »Eine Schottin also ... Ich nehme an, Sie gehören nicht zu den Leuten, die für mich gestimmt haben.«

Jetzt lächelte er wieder und zog dabei kaum merklich die Augenbrauen in die Höhe.

Augenblicklich fühlte ich mich in die Defensive gedrängt. Ich hatte ihn selbstverständlich nicht gewählt. Mein Pflegevater Jack hätte es mir niemals verziehen, wenn ich einen »Scheiß-Tory« mit meiner Stimme unterstützt hätte, und ich war mir nicht sicher, ob er erfreut wäre, wenn er wüsste, dass Valentine mein potenzieller Arbeitgeber war.

Ich öffnete den Mund, um zu antworten, doch Valentine bedeutete mir mit einer Handbewegung zu schweigen.

»War nur ein Scherz. Es ist mir egal, wen Sie gewählt haben, das tut hier nichts zur Sache. Aber jetzt zurück zu diesem Gemälde.«

Er deutete darauf und erklärte mir, dass Peter Paul Rubens' und Frans Snyders' ›Der Löwe und die Maus‹ eine Fabel von Äsop darstellte, die ich nicht kannte. Als Valentine mir die Geschichte erzählte, begriff ich auch, warum: Sie war moralinsauer und nicht annähernd so gelungen wie seine berühmteren Fabeln. Offenbar hatte der Löwe einmal die Gelegenheit gehabt, die Maus zu töten, sie aber laufen lassen. Deshalb war die Maus zurückgekehrt, um den Löwen aus dem Netz zu befreien. Alles klar.

Ich bedachte Valentine mit einem gelangweilten Blick.

»Nicht beeindruckt?«, sagte er grinsend. »Da stimme ich Ihnen zu. Es ist eine furchtbare Geschichte. Sei nett, und die Leute werden auch nett zu dir sein. So als wäre die Welt ein weitaus besserer Ort, als sie es tatsächlich ist. Verfolgte man in der Politik einen solchen Ansatz, wäre man erledigt. Finden Sie nicht auch?« Er blickte mich kurz an, als wäre er an meiner Meinung interessiert, wartete meine Antwort aber nicht ab. »Wie auch immer: Churchill mochte das Gemälde auch nicht, und darum stieg er nach Amtsantritt auf eine Leiter und malte eine größere Maus hinein.« Valentine hielt inne, um zu sehen, wie ich reagierte, und fuhr dann fort: »Irgendein Spielverderber vor mir im Amt hielt später allerdings nicht viel vom Werk des großen Mannes und ließ die Maus wieder entfernen. Was für ein Pedant. Er hatte keinen Schimmer. Das Gemälde war dadurch, dass der größte Engländer, sorry, Brite, es verändert hatte, nämlich deutlich verbessert worden.«

Valentine zwinkerte mir zu.

Verlegen senkte ich den Blick. Ich musste zugeben, wenn er leibhaftig vor einem stand, hatte der Premier eine durchaus gewinnende Art. Etwas Verführerisches, Anziehendes, so dass man irgendwie nicht umhinkam, ihn zu mögen.

Eine Tür öffnete sich, und die Frau, die mich begrüßt

hatte, kam mit einem klirrenden Tablett herein, auf dem sich eine French Press, zwei Tassen und ein Teller mit Mürbegebäck befanden, das selbstgebacken aussah.

Valentine ging zu dem großen Sofa direkt vor dem Kamin.

»Vielen Dank, Maggie«, sagte er. »Haben Sie den Kaffee stärker gemacht, so wie ich Sie gebeten hatte?«

»Selbstverständlich, Herr Premierminister«, entgegnete sie, stellte das Tablett auf einem niedrigen Tisch vor ihm ab und ging. »Setzen Sie sich, Molly«, sagte Valentine, »und entspannen Sie sich.«

»Jemandem zu sagen, er solle sich entspannen, ist nicht gerade entspannend.«

Ich biss mir auf die Lippen; warum musste ich bloß immer so impulsiv sein? Es hätte scherzhaft klingen sollen, doch es hörte sich an wie eine Ohrfeige.

»Tut mir leid«, fuhr ich schnell fort. »So habe ich es nicht gemeint. Es ist nur … Sie müssen zugeben, dieses Jobinterview hier ist etwas merkwürdig.«

»Ich verstehe schon, dass Sie das als seltsam empfinden.«

Er richtete sich auf und drückte den Stempel der Kaffeekanne so fest nach unten, dass etwas Kaffee herausspritzte. Doch das schien ihm egal zu sein.

»Ich habe auch einige Zeit gebraucht, um mich daran zu gewöhnen. So einen Landsitz zu haben, ist schon etwas Besonderes – selbst für jemanden wie mich. Milch?«, fragte er, als er den Kaffee in die Tassen füllte.

»Ja, bitte.«

Er gab sie hinzu, reichte mir die Tasse und nahm einen Schluck aus seiner eigenen.

»Herrgott noch mal!« Die Heftigkeit in seiner Stimme ließ mich zusammenzucken. »Das ist immer noch Spülwasser!«

Angewidert schob er seine Tasse weg, und ich fühlte mich aufgefordert, es ihm gleichzutun.

Ich setzte mich aufrecht hin.

»Erzählen Sie mir von dem Kind, mit dem ich arbeiten soll.«

»Das gefällt mir: Sie kommen gleich zur Sache«, sagte er.

»Nun, es geht um Alfred. Wir nennen ihn Freddie.«

Da er nicht weitersprach, hakte ich nach.

»Und wie ist Freddie so?«

Dieses Mal vermied er den Augenkontakt. »Nun, er ist schwierig. Spricht kaum. Wird manchmal wütend. Macht Sachen kaputt. Ich hatte die Vermutung, er wäre autistisch, aber sämtliche Experten behaupten, dass dem nicht so sei.«

»Was ist mit seiner Mutter?«, fragte ich.

»Sie fackeln nicht lange, was?« Seine Feststellung klang so nüchtern, als ginge es um irgendwas Beiläufiges. »Nun, Abbie arbeitet nicht. Nicht mehr. In meiner Zeit als Minister war sie meine Angestellte. Seit ich Premier bin, ist es für sie aber besser, sich auf ihre Rolle als meine Gattin zu konzentrieren. Und damit hat sie zu kämpfen. Das Leben im Goldfischglas macht Abbie zu schaffen. Genauer gesagt: Sie benötigt ein wenig … Hilfe. Und wir brauchen eine vertrauenswürdige Person, die das übernehmen kann.«

Verwirrt sah ich ihn an. Er hatte den Anschein erweckt, verlegen und verwundbar zu sein, gleichzeitig aber dafür gesorgt, dass ich mir ein Bild von seiner Frau machte, das nicht gerade sehr vorteilhaft für sie ausfiel.

»Ich bin eigentlich davon ausgegangen, dass ich eingestellt werde, um mit Freddie zu arbeiten«, entgegnete ich vorsichtig. Die Eltern spielten bei einer Therapie zwar auch eine große Rolle, aber ich wollte Klarheit schaffen, dass es in der Hauptsache um das Kind ging.

»Selbstverständlich.«

Da ich mir nicht sicher war, wie ich weiter vorgehen sollte, griff ich nach meiner Tasse und nahm einen Schluck Kaffee. Er schmeckte nach nichts.

Ich musste wohl das Gesicht verzogen haben, denn Valentine nickte zufrieden.

»Wie gesagt: Sie gefallen mir.« So als bestätigte ihm unser beiderseitiges Einvernehmen, was diese Plörre betraf, dass ich ganz auf seiner Seite stand. »Wir werden uns wunderbar verstehen, Molly. Meine Zustimmung haben Sie.«

»Danke, Herr Premierminister«, erwiderte ich, immer noch verwirrt, was ich von all dem halten sollte.

»Ach, wissen Sie was? Nennen Sie mich einfach Marcus«, sagte er mit einem jungenhaften Lächeln. Dann sprang er auf und bedeutete mir, ihm zu folgen. »Ich werde Ihnen nun Abbie und Freddie vorstellen. Ich glaube, sie sind im Hawtrey-Zimmer.«

In meinem Kopf drehte sich alles. Ich sollte für die Familie des britischen Premierministers arbeiten! Ich war zu geschmeichelt, zu verlegen, zu naiv, um innezuhalten, die Sache noch einmal genau zu durchdenken und zu erkennen, dass mir die Kontrolle entglitten war.

ABBIE

Als ich Molly zum ersten Mal begegnete, war ich hin- und hergerissen. Gut, sie war sehr intelligent, das ließ sich ihrem Lebenslauf und all den Berichten über sie entnehmen. Aber ich hatte nicht damit gerechnet, dass sie auch eine solche Schönheit sein würde mit goldenem Haar, makelloser Haut und Augen so blau wie die Erde vom Weltraum aus betrachtet. Wie hatte Nora Ephron solche Frauen beschrieben? Im Grunde ein einziger Albtraum.

Ich hatte mir vorgenommen, sie zu beeindrucken, ihr selbstbewusst zu begegnen – doch wenn ich ehrlich bin, war ich vor allem eifersüchtig und verunsichert. Würde Marcus ihr widerstehen können? Ich wusste, wie leicht es war, ihm den Kopf zu verdrehen. Schließlich hatte ich es selbst getan.

Als wir zusammenkamen, glaubte ich wirklich, Marcus Valentine wäre der perfekte Mann: attraktiv, charmant, aufmerksam, romantisch. Aber was mich am meisten anzog, war sein Ehrgeiz und sein Machtwille: Bei vielen galt er als der künftige Premierminister. Als er mir nach unserem ersten Mal gestand, dass er von seiner damaligen Ehefrau zu einer lieblosen Ehe verleitet worden war, erklärte ich ihm, wie wütend es mich mache, dass sie nicht erkannte, was sie an ihm hatte. Geschmeichelt nickte er und versicherte mir, dass er ja nun die Liebe seines Lebens gefunden habe. *Mich.*

Das fehlende Puzzleteil in seinem Herzen. Seine Seelenverwandte.

Rückblickend ist mir klar, was für ein Schwachsinn das war. Damals war ich aber überzeugt, dass unser toxischer Tanz die größte Liebesgeschichte aller Zeiten war, eskortiert von all den Liebesliedern, Romanen, Gedichten, romantischen Komödien und Tragödien, die die Lüge verbreiteten, dass es dort draußen *die* eine oder *den* einen gab, den Menschen, der einen retten konnte und bei dem alles passte.

Er war damals noch Minister und ich Staatsbeamtin, Mitarbeiterin seines Privatbüros. Anfangs gab es nur diese langen Blicke, dann die Bitte um Meetings zur Durchsicht der Unterlagen, die ich für seinen roten Aktenkoffer vorbereitete. Die Leute um uns herum bemerkten es natürlich. Man denkt vielleicht, dass es nicht so ist, aber sie bemerken es immer. Ich wurde verwarnt, wenn auch nicht offiziell. Sam, mein Chef, der Staatssekretär, sprach es an, und das auf eine so subtile Art und Weise, dass ich erst überhaupt nicht begriff, was er mir zu verstehen gab: Die Rolle von Staatsbeamten bestehe darin, ihren Vorgesetzten gegenüber höflich und hilfsbereit zu sein, sie zu unterstützen, aber ihnen nicht zu nahe zu kommen. Es klang so, als hätte er laut nachgedacht, seinen Gedanken freien Lauf gelassen. Es war die britischste aller Drohungen, so subtil, dass man sie überhaupt nicht als solche wahrnahm.

Ich schenkte seiner Warnung allerdings keine Beachtung. Schließlich überschüttete mich Marcus da längst schon mit Textnachrichten. Songs, die ihm gefielen. Gedichte. Sendungen, die er sich im Fernsehen angeschaut hatte. Mit der Zeit wurden seine Nachrichten dann sexueller Natur. Er schickte mir den Song ›Fingers of Love‹ von Crowded House und empfahl, mir den Text genauer anzuhören. Ich ließ ihn mir bei Spotify einblenden. Ohne zu deutlich zu werden, beschreibt er einen großartigen Sexrausch, hervorgehoben durch die Musik, die immer leidenschaftlicher wurde.

Dann lag eines Tages eine Sammlung von Liebesgedichten unter einem Schriftstück auf meinem Schreibtisch, und im Inhaltsverzeichnis befand sich neben John Donnes ›Der Morgen‹ ein winziges rotes Herz. Ich blickte mich kurz um, ob mich jemand beobachtete. Mein Herz raste, während ich es las, und danach konnte ich mich auf nichts mehr konzentrieren. Auf der Suche nach einer Antwort spazierte ich über den Parliament Square, bis mir schließlich ein Gedicht einfiel, das ich einmal für einen Englischkurs in der Schule gelernt hatte: Shakespeares Sonett 29. Ich eilte an meinen Schreibtisch zurück, googelte es, notierte es auf einem Blatt Papier mit dem Briefkopf des Ministeriums. Unten auf die Seite schrieb ich meine private Handynummer, daneben ein A, und legte das Blatt zwischen die Seiten eines Entwurfs, den ich für Marcus' Aktenkoffer vorbereitet hatte.

Ich hätte beinahe einen Herzinfarkt bekommen, als der *Private Secretary* den Entwurf in die Höhe hielt und verkündete, dass Kopien für jeden angefertigt werden müssten, der einen Blick hineinwerfen wolle. Zu meinem Glück hatte ich mir das bereits gedacht und im Vorhinein ein halbes Dutzend Kopien gemacht. Aber so, wie der *Private Secretary* den Entwurf in der Luft herumwedelte, hätte das Blatt locker herausfallen können, und ich wäre aufgeflogen. Ich seufzte vor Erleichterung, als ich sah, wie er die Papiere mit dem Gedicht darin in den roten Aktenkoffer legte.

Ich rechnete lediglich mit einer Textnachricht, in der er weiter mit mir flirtete, aber als ich gerade zu Bett gehen wollte, klingelte mein Handy.

Auf dem Display stand »unbekannte Nummer«.

Er war am Telefon.

»Hallo.«

»Ha- hallo. Alles in Ordnung ... mit den Papieren?«

Ich war in Panik. Vielleicht rief er an, um mir mitzuteilen, dass ich eine Grenze überschritten hatte?

»Alles okay. Aber ich ... ich habe an Sie gedacht.«

Rückblickend frage ich mich, ob selbst diese charmante Unsicherheit nur gespielt war. Teil der Inszenierung, um den Eindruck zu erwecken, dass er so etwas normalerweise nicht tat. Dabei war es für ihn so selbstverständlich wie atmen, wie ich später herausfand.

Ich hielt einen Moment lang inne, überlegte, ob ich diese Linie wirklich überschreiten wollte. Mir war bewusst, dass jeder, den ich fragen könnte, mir den gleichen Rat geben würde: *Lass es bleiben!* Er ist ein verheirateter Mann. Und zudem nicht irgendein verheirateter Mann, sondern ein Minister. Würde man dies intern herausfinden, konnte ich bestenfalls auf eine Versetzung in ein anderes Ministerium hoffen. Sollte der schlimmste Fall eintreten und es an die Öffentlichkeit geraten, dann wären unsere beiden Karrieren am Ende.

Zwar war die Presse seit der Leveson-Untersuchung zurückhaltender geworden, was das Herumschnüffeln im Privatleben von Politikern anging. Aber das hier wäre für sie bestimmt ein gefundenes Fressen: ein Minister, der ein Verhältnis mit einer Angestellten hatte, die direkt für ihn arbeitete.

Aber ehrlich gesagt, war mir das zu dem Zeitpunkt egal. Ich war ihm längst erlegen und konnte einfach nicht mehr widerstehen. Was zählte, war nur das Hier und Jetzt. Zum Teufel mit der Zukunft. Und ich hoffte, dass er genauso empfand.

»Ich habe auch an Sie gedacht«, sagte ich und hielt kurz inne, bevor ich hinzufügte, »sehr oft.«

»Da bin ich aber froh. Denn es gibt nichts Jämmerlicheres

als einen Mann, der irrtümlicherweise glaubt, eine wunderschöne junge Frau könnte Interesse an ihm haben.«

Erst später wurde mir klar, dass er damit das Terrain sondieren wollte. Mir die Gelegenheit gab, einen Schritt nach vorn zu tun oder einen Rückzieher zu machen. Ich sollte später nicht behaupten können, dass er mich in diese Lage gebracht hatte, sondern dass ich allein dafür verantwortlich war.

»Nichts an Ihnen ist jämmerlich«, erwiderte ich.

»Vielen Dank. Es gibt nur so viele Geschichten über Minister, die zu weit gegangen sind«, sagte er mit stockender Stimme.

»Ja, die gibt es«, antwortete ich. »Aber so sind Sie nicht.«

»Das will ich doch hoffen«, sagte er mit einem Lächeln in der Stimme, um dann zu einem anderen Thema überzugehen. »Ich fand Ihren Entwurf übrigens sehr gut. Wie immer.«

»Danke.«

»Sie leisten wirklich gute Arbeit.«

Hatte er es sich anders überlegt? War ihm klar geworden, dass er jetzt noch aussteigen konnte, ohne allzu großen Schaden herbeizuführen?

»Ich sollte Sie nicht länger aufhalten. Es ist schon spät, und Sie wollen bestimmt schlafen gehen.«

»Das wollte ich tatsächlich. Und Sie?«

»Ich gehe gerade noch meine Akten durch. Deshalb habe ich Ihre Nachricht gefunden. Shakespeare und Ihre Mobilnummer. Als ich die Nummer gewählt habe, dachte ich plötzlich, dass sich auch irgendein Kerl melden könnte …« Er lachte. »Peinlich!«

»Allerdings.«

Danach schwiegen wir beide kurz.

»Was haben Sie an?«

Der abrupte Wechsel ins Private brachte mich kurz aus der Fassung, aber es gelang mir doch, unbeeindruckt zu klingen.

»Das Gegenteil von sexy, fürchte ich. Sweatshirt und Jogginghose.«

»Jogginghose? Mehr davon, Baby«, sagte er lachend.

»Tut mir leid.«

»Du siehst in allem heiß aus.«

Da war es, das vertrauliche Du, und dazu ein kleines Zittern in seiner Stimme.

»Danke.«

Danach wussten wir beide nicht so recht, was wir sagen sollten. Wir hatten die Grenze zwar bereits überschritten, doch anscheinend traute sich keiner von uns, noch weiterzugehen.

»Vielleicht sollten wir für heute Schluss machen«, schlug er vor.

»Natürlich.«

»Die Papiere lesen sich ja nicht von allein.«

Nachdem er aufgelegt hatte, verbrachte ich eine schlaflose Nacht damit, darüber zu grübeln, was ich getan hatte. Was würde er von mir denken? Würde er sich von mir distanzieren? Eigenartig, dass ich glaubte, dies läge allein in meiner Verantwortung. Wie und wann werden Frauen nur auf solch einen Irrglauben programmiert?

Am nächsten Morgen war Marcus nicht im Büro. Aber er hatte uns meinen Entwurf zurückgeschickt. Wie immer hatte er seine Kommentare am Rand notiert und zum Schluss eine Anweisung erteilt. Das Original wurde gescannt und an alle im Verteiler gesendet. Manchmal musste sich das Team beim Versuch, seine Kritzeleien zu entziffern, beraten – aber dieses Mal schienen sie eindeutig zu sein. Seine Kommentare waren sachlich, und er hatte meiner Schlussfolgerung nur ein paar Worte hinzugefügt: »*Stimme hundertprozentig zu. Umgehend umsetzen.*«

Hatte er dies vor oder nach unserem Telefonat geschrieben? Ich redete mir ein, dass es danach gewesen war und es deshalb so nüchtern klang. Er wollte mir damit offenbar das Signal senden, dass die Sache zu weit gegangen war und wir uns von nun an anständig verhalten sollten.

Aber dann kam eine Textnachricht: »Komme heute Abend noch mal spät ins Büro. Sehen wir uns dort?«

Spät? Was bedeutete das? Halb acht?

Ich verließ das Büro um sechs Uhr, raste los, um mir sündhaft teure Dessous in einer Boutique auf der Bond Street zu kaufen, und war nach einer Stunde wieder zurück. Was dämlich war. Ich hätte vorher einfach einen Blick in seinen Terminkalender werfen sollen. Er nahm an einem Abendessen teil, das erst gegen halb zehn enden würde, und wäre daher voraussichtlich frühestens eine halbe Stunde später hier.

Ich las ein paar Mails, aber ich hatte immer noch sehr viel Zeit. Also ging ich in den Pub an der Ecke, wo ein paar Kollegen beim Bier zusammensaßen und überrascht waren, mich zu sehen. Sie waren fast jeden Abend dort, ich dagegen zum ersten Mal. Nach ihrer anfänglichen Skepsis nahmen sie mich in ihren Kreis auf, und ich tat so, als würde ich mich dafür interessieren, wer ihrer Ansicht nach auf dem auf- oder absteigenden Ast war.

Gegen halb zehn gab ich vor, noch einmal zurück an den Schreibtisch zu müssen, und schlüpfte zur Tür hinaus. Ich hatte mich zwar auf zwei kleine Wodka Tonic beschränkt, war aber dennoch ein wenig beschwipst und stöckelte in den hochhackigen Schuhen, in die ich vor meinem Abstecher in den Pub hineingeschlüpft war, an dem Sicherheitsdienst am Empfang vorbei zum Lift.

Das Licht im Büro kam mir zu grell vor, um eine sexy

Stimmung zu erzeugen. Ich setzte mich an meinen Schreibtisch und tat so, als würde ich arbeiten.

Als er um Viertel nach zehn noch immer nicht da war, fragte ich mich, ob er überhaupt kommen würde. Und dann, als ich gerade darüber nachdachte, nach Hause zu gehen, tauchte er mit gelockerter Krawatte und zerzaustem Haar auf.

»Du bist tatsächlich hier.«

»Natürlich.« Ich stand auf, war mir nicht sicher, wie ich mich ihm nähern sollte. Er blickte sich um, bedeutete mir mit einer Kopfbewegung, ihm in sein Büro zu folgen, und schloss die Tür und das Sichtschutzrollo hinter uns.

»Ist es hier nicht zu riskant?«, fragte ich, plötzlich verunsichert.

»Das geht schon in Ordnung. Ich habe ihnen gesagt, dass ich noch ein, zwei Stunden Schreibkram erledigen werde.« Er hielt seinen roten Aktenkoffer in die Höhe, stellte ihn dann ab und trat auf mich zu. Ich wollte etwas erwidern, aber er zog mich schon ungestüm an sich, küsste mich und presste mich an sich ...

Zu behaupten, dass der Sex furchtbar war, wäre gelogen. Erst im Nachhinein fiel mir auf, dass wir kein Kondom benutzt hatten, aber im Gegensatz zu mir schien es ihn entweder nicht zu stören, oder er hatte es gar nicht bemerkt. Die Risiken für mich spielten für ihn wohl überhaupt keine Rolle. Viel zu spät erkannte ich, dass das Gefühl von Macht immer an erster Stelle stand und ihm alles andere egal war. Nichts davon war mir an jenem Abend bewusst. Ganz im Gegenteil: Ich war von da an viel zu schnell bereit, Ausreden für ihn zu erfinden, seine Übergriffe unter den Teppich zu kehren und zu glauben, dass unsere Liebe einzigartig wäre und all dies entschuldigte.

Wir fanden Möglichkeiten, uns zwei- oder dreimal in der Woche zu sehen. An einem Sommerabend machten wir einen Spaziergang in einem Stadtteil, in dem Marcus nicht erkannt werden würde. In einem Park suchten wir uns einen sicheren Ort, um Sex zu haben. Dabei holte mich plötzlich die Realität ein. Was würde geschehen, wenn uns jemand erwischte? Wenn doch jemand Marcus erkannte? Dann hätten wir ein echtes Problem. Ich fragte ihn, ob er sich keine Sorgen wegen des Risikos mache: »Mal im Ernst – die Leute kennen dich. Und jeder hat ein Smartphone. Es könnte innerhalb von Sekunden viral gehen.«

Doch seine Antwort lautete nur: »Für mich gelten solche Regeln nicht.«

Als er bemerkte, wie schockiert ich war, versuchte er, es als Scherz hinzustellen. Doch ich ahnte, dass er das wirklich glaubte. Er war tatsächlich der Ansicht, dass er sich an keine Regeln halten musste. Und man konnte es ihm nicht einmal verübeln. Vom Tag seiner Geburt an hatte das Leben ihm einen Freibrief ausgestellt, ihn nur mit Samthandschuhen angefasst. Aus diesem Grund ging er freudig Risiken ein, überschritt gerne Grenzen. Er glaubte, unverwundbar zu sein, in einer ganz anderen Liga als alle anderen zu spielen. Und seine Mitmenschen waren dafür da, um für seine Ziele benutzt zu werden. Was machte es schon, wenn er dabei eine Schneise der Verwüstung hinterließ? Er wandte sich einfach dem nächsten nützlichen Idioten zu. Und danach dem übernächsten. Wer oder was würde ihn schon aufhalten? Bisher hatte das noch niemand geschafft. Und ganz offenbar glaubte er, dass dies auch niemals geschehen würde.

Wenn ich ehrlich bin, waren die Warnlämpchen bei mir damals schon angegangen. Und auch eine unüberhörbare Alarmsirene. Aber ich ignorierte sie. Warum? Ich hatte mich in ihn verliebt. Und glaubte, er würde mich auch lieben.

Warum störte es mich nicht, wenn er Risiken einging? War ich aus demselben Holz geschnitzt wie er? Was ich zu meiner Verteidigung zu sagen habe, wirft kein gutes Licht auf mich, entspricht aber der Wahrheit: Ich war eine nützliche Idiotin, die die Leerstellen seiner Persönlichkeit mit Entschuldigungen und Rechtfertigungen füllte, anstatt die Finsternis und die Abgründe zu sehen, die in Wahrheit dort herrschten. In meiner Naivität wollte ich in ihm den größten Schatz sehen, den ich jemals gehabt hatte.

Nicht zu vergessen das, was wir seiner Frau Ophelia antaten. Sie war unheilbar an Krebs erkrankt. Ich vögelte mit Marcus, während sie im Sterben lag. Nützliche Idiotin und verliebte Frau, die ich war, gelang es mir dennoch immer, mein Verhalten zu rechtfertigen – ebenso wie seine Lügen, wenn er den Medien gegenüber den liebenden Ehemann spielte und seine ewige Liebe zu Ophelia verkündete, obwohl er sich abends regelmäßig davonmachte, um mit mir ins Bett zu gehen.

An dem Tag Ende Februar, als Marcus mit Molly hereinkam, nippte ich gerade an einem Glas Chablis. Natürlich war mir bewusst, dass Alkohol in der Schwangerschaft tabu war. Aber ohne ein gelegentliches Gläschen hielt ich unsere Ehe einfach nicht mehr aus.

Als ich die junge Frau erblickte, musste ich sofort gegen diese instinktive Angst ankämpfen, dass jemand, der begehrenswerter war als ich, in mein Revier eindrang.

Marcus hatte ein Grinsen im Gesicht und diesen Singsang in der Stimme, um den Anschein zu erwecken, dass wir beide wahnsinnig glücklich miteinander waren.

»Hallo, Babe!« Er nannte mich sonst nie Babe. »Das hier ist Molly.«

Ich stand nicht auf, lächelte sie aber an und sagte übertrieben freundlich: »Herzlich willkommen! Ich bin Abbie.«

Marcus warf mir einen besorgten Blick zu, der besagen sollte: *Herrgott noch mal. Es ist früher Nachmittag, und du hast schon fast eine halbe Flasche geleert. Was soll sie davon halten?* Aber er kriegte sich rasch wieder ein und gab mir einen flüchtigen Kuss auf die Lippen.

Ich spielte mit und sagte: »Hi, Darling!«

Molly streckte mir die Hand entgegen, während ich versuchte, mir ein Bild von ihr zu machen. Ihr Aussehen und ihre Figur ließen mich ahnen, dass es Probleme zwischen uns geben würde. Marcus würde sich zu ihr hingezogen fühlen. Ich kam mir plötzlich sehr fett vor.

Ihre Hand war weich und kühl, meine schwitzig und warm. Ihr Blick huschte kurz zu meinem Babybauch, und ich sah ihr förmlich an, wie ihr der Gedanke durch den Kopf schoss: Alkohol in der Schwangerschaft?

»Und das hier ist der kleine Champ: Freddie«, rief Marcus schnell, hockte sich neben ihn auf den Boden und brachte dabei den Turm zum Einstürzen, den unser Sohn mit seinen Holzklötzen gebaut hatte.

Freddies Gesicht erstarrte augenblicklich, Tränen begannen zu fließen, und er gab diese Laute von sich, diese Mischung zwischen Heulen und Jammern, die sich wie ein Schlagbohrer in meinem Kopf anfühlten.

»Bevor du kamst, war er noch fröhlich«, sagte ich vorwurfsvoll, ehe ich Mollys besorgten Gesichtsausdruck bemerkte. Ich spürte, wie mir die Schamröte ins Gesicht stieg.

»Nichts passiert, mein Junge«, sagte Marcus gelassen, griff nach den Bauklötzen und schichtete sie zu einem größeren Turm auf.

Doch Freddie ließ sich dadurch nicht beruhigen. Molly

blickte kurz zu mir; da ich mich aber nicht rührte, ließ sie sich mit einer anmutigen Bewegung im Schneidersitz auf dem Boden nieder.

»Hallo, Freddie, ich bin Molly. Keine Sorge, es ist alles gut.«

Schlagartig endete sein Geheul, wenn auch seine Schultern noch zuckten, während er sie betrachtete. Er wischte sich mit dem Ärmel seines Pullovers den Rotz und die Tränen aus dem Gesicht, und dann beugte er sich zu ihr und griff nach dem Anhänger ihrer Halskette. Der Anhänger war aus Gold und in der Mitte mit einem kleinen Diamanten besetzt, von dem Linien nach außen verliefen, wie die Strahlen eines Sterns.

»Lass das!«, fuhr Marcus ihn an, vermutlich aus Sorge, dass Freddie ihn kaputtmachen könnte, worauf der Kleine unwillkürlich erstarrte.

»Ist schon in Ordnung«, sagte Molly schnell und befreite den Anhänger sanft aus den Händen des Kleinen. »Das ist ein Medaillon, Freddie. *Me-da-jong*. Kannst du *Me-da-jong* sagen?«

Es war eigenartig mitanzusehen, wie sie sich vollkommen auf mein Kind konzentrierte – als gäbe es in diesem Moment nichts anderes auf der Welt. Dagegen gab es für Marcus und mich immer etwas Anderes, Wichtigeres. Vielleicht war es deshalb immer solch ein Kampf, glückliche Momente mit unserem Sohn zu erleben.

Freddie versuchte, das fremde Wort auszusprechen, und sah verwundert dabei zu, wie Molly den Anhänger aufklappte.

»Schau nur, man kann Fotos von Menschen hineintun, die man liebt. Das hier ist Jack.« Dabei deutete sie auf die linke Seite des geöffneten Medaillons. »Und das hier ist Annie. Die beiden haben sich um mich gekümmert, bis ich groß war. Das Medaillon haben sie mir zum achtzehnten Geburtstag geschenkt.«

Freddie streckte den Finger aus und sagte: »Annie.«

Molly nickte ihm mit einem warmherzigen Lächeln zu.

»Marcus, du hast doch bestimmt noch zu tun«, ergriff ich das Wort, um die Situation unter Kontrolle zu bekommen. »Du bist schließlich Premierminister. Du kannst Molly, Freddie und mich ruhig allein Bekanntschaft schließen lassen.«

Was redete ich da nur? *Bekanntschaft schließen*? Ich war doch keine alte Jungfer in einem viktorianischen Roman!

»Ich merke schon, ihr wollt mich loswerden«, sagte Marcus mit einem falschen Lachen, erhob sich aber trotzdem. »Nun ja, das Land regiert sich tatsächlich nicht von allein.«

Er beugte sich vor und gab mir einen weiteren Kuss auf den Mund. Kurz zog ich ihn an mich, woraufhin er »Halloo« sagte wie eine Figur aus einer altmodischen Sitcom.

Als er fort war, wandte ich mich an Molly. Freddie hatte ihr einen seiner Bauklötze gereicht, woraufhin sie mit ihren Zeigefingern und Daumen ein Herz formte. Er schmolz dahin, kicherte, und ich verspürte einen Anflug von Eifersucht.

»Nun, wann können Sie anfangen?«, fragte ich resolut.

Kaum waren die Worte heraus, ging mir auf, wie kalt und arrogant sie geklungen hatten, weshalb ich schnell das Gesicht zu einem Lächeln verzog.

Molly runzelte die Stirn. Überlegte sie, wie sie so schnell wie möglich von hier wegkam?

»Möchten Sie denn gar nichts von mir wissen?«

»Doch, natürlich. Aber dafür haben wir ja Zeit. Und das Wichtigste ist ja jetzt schon offensichtlich: Sie kommen gut mit den Männern in dieser Familie klar.«

Molly schaute mich mit einem unsicheren Lächeln an, entgegnete aber kein Wort.

Ich war zwiegespalten: Einerseits wollte ich Grenzen setzen, klarstellen, wer hier die Chefin war, andererseits wollte ich sie beruhigen, ihr signalisieren, dass ich ihr eine Chance geben wollte und sie hier willkommen war. Zumal ich mir in den letzten Wochen schon drei andere Kandidatinnen angesehen hatte, die mir alle furchtbar auf die Nerven gegangen waren.

»Ich bin mir sicher, dass Sie die Richtige sind«, brach ich das Schweigen und schob mein Weinglas von mir weg. Mit einem Mal schämte ich mich. Was hatte ich mir nur dabei gedacht, wo ich doch schwanger war und auf meinen Sohn aufpassen sollte?

Ich richtete mich auf und deutete auf den Platz neben mir auf dem Sofa.

»Setzen Sie sich zu mir, damit wir uns besser unterhalten können«, sagte ich, in der Hoffnung, dass diese Einladung mich offen und sympathisch erscheinen ließ.

Als sie aufstand, protestierte Freddie, reckte die Arme in die Höhe. Molly schaute mich fragend an, und ich nickte, obwohl ich wieder einen Anflug von Eifersucht verspürte. Sie setzte ihn zwischen uns aufs Sofa und beugte sich noch einmal hinunter, um seinen Plüschdinosaurier aufzuheben.

»Dieses Bewerbungsprocedere muss Ihnen sehr seltsam vorgekommen sein«, begann ich. »Nicht zu wissen, wer wir sind …«

Da endlich schien sich Molly zu entspannen. Mit einem verlegenen Kichern schilderte sie, wie sie angesichts der ganzen Geheimnistuerei eine Liste möglicher Arbeitgeber erstellt hatte. »Bevor ich Sunil traf, dachte ich noch, dass es sich um die Beckhams handeln musste.«

Ich lachte.

»Deren Familienplanung ist schon eine ganze Weile abgeschlossen.«

Mit einem freundlichen Lächeln lobte ich dann ihren beeindruckenden Lebenslauf und ließ auch nicht ihre außergewöhnlichen Referenzen unerwähnt, all diese Familien, die glaubten, dass ihnen nicht mehr zu helfen war, bis sie gekommen war und die Situation sich verbesserte.

Sie erklärte mir, dass es allein darum gehe, dem Kind ein Gefühl von Liebe und Geborgenheit zu vermitteln. Dass sich Verhalten und Muster durchaus mit Ausdauer und Beharrlichkeit verändern ließen.

»Sie scheinen auch gern zu singen«, sagte ich.

Sie stutzte kurz, erwiderte dann: »Oh ja. Im Chor und in einer Band, die sich immer mal wieder auflöst.«

»Wie heißt die Band?«

Sie wurde rot. »›Lost Generation‹. Mein Freund Jim gibt sich gern politisch. Aber hauptsächlich treten wir bei Hochzeiten auf und singen Coverversionen, die die Leute sich wünschen. ›Marry You‹ von Bruno Mars beispielsweise. Oder ›Thinking Out Loud‹ von Ed Sheeran.«

»Wenn Sie so reden, klingen Sie wie Mary Poppins.« Es war als Kompliment gemeint, obwohl man es vermutlich auch als Stichelei auslegen konnte.

»Ich?«, erwiderte sie lachend. »Bestimmt nicht. Und wer wären dann Sie?«

»Vielleicht Cruella De Vil?«, schlug ich vor, um gleich darauf das Thema zu wechseln. »Erzählen Sie mir doch etwas von Jack und Annie. Das sind Ihre Eltern, oder?«

»Gewissermaßen.«

Freddie hielt den Dinosaurier mit dem Kopf nach unten, schüttelte ihn und gab dabei vergnügte Laute von sich. Kurz lehnte Molly sich zu ihm und öffnete und schloss dabei ihren Mund wie ein Fisch, was aus irgendeinem Grund genau die Art von Reaktion war, die er sich erhofft hatte, denn er grinste begeistert.

»Ich kam mit zwölf Jahren als Pflegekind zu den beiden und wurde mit dreizehn von ihnen adoptiert. Sie haben sich wirklich liebevoll um mich gekümmert.« Molly hielt inne. »Möchten Sie noch mehr wissen?«

Ich nickte mit Nachdruck. »Was ist mit Ihren Eltern geschehen?« Doch sogleich regte sich mein Gewissen, und ich fragte mich, ob sie mein Interesse an ihren Privatangelegenheiten vielleicht als unangebracht empfand. Deshalb fügte ich rasch hinzu: »Tut mir leid. Ich wollte nicht neugierig sein.«

Molly schüttelte den Kopf, sah mich aber nicht an.

»Meine Mutter ist gestorben, da war ich gerade elf. Bauchspeicheldrüsenkrebs.«

»Und was ist mit Ihrem Vater?«

»Der hat uns verlassen, als ich noch klein war«, erwiderte sie, und ich spürte, wie unangenehm ihr das Thema war.

»Tut mir leid. Das muss unglaublich schwer für Sie gewesen sein«, sagte ich verlegen und dachte an all die Nichtigkeiten, über die ich ständig jammerte und stöhnte.

»Man macht einfach weiter«, wiegelte sie ab. »Es ist unglaublich, was Menschen so alles mit sich herumschleppen. Wie lautet noch dieses Zitat? ›Jeder Mensch lebt sein wirkliches Leben, das eigentlich interessante Leben, unter dem Deckmantel des Geheimnisses.‹«

Eine lange Pause folgte. Selbst Freddie war still.

»Annie und Jack waren jedenfalls einfach unglaublich. Sie sind beide so großartige Menschen und strahlen eine so liebevolle Energie aus. Ich war zuerst bei anderen Pflegefamilien, die alle froh waren, mich wieder loszuwerden. Aber die beiden haben durchgehalten. Annie hat mich gerettet.«

»Gerettet?«

»Ja. Ich war damals entsetzlich wütend auf die ganze Welt.«

»Das kann man Ihnen nicht verdenken.«

»Ja, vielleicht. Und Annie hat mir versichert, dass das in Ordnung ist. Hat mir klargemacht, dass ich damit fertigwerden muss, damit es mich nicht fertigmacht. Sie hat Jack gebeten, einen Boxsack für mich aufzuhängen, auf den ich mit meinen Fäusten eingedroschen habe. Wochenlang bin ich wie eine Verrückte auf ihn losgegangen, habe dabei geschrien und geflucht. Gott weiß, was die Nachbarn in der Zeit gedacht haben. Danach bin ich meistens weinend zusammengebrochen, und sie hat mich in den Arm genommen und festgehalten. Ich konnte ein richtiges Biest sein, aber sie hat mir immer wieder versichert: Nichts, was du sagst, wird mich davon abhalten, dich zu lieben. Und nichts, was du tust, wird das ändern. Du hast es wie jeder Mensch verdient, geliebt zu werden.«

»Puh …«, sagte ich und bekam tatsächlich feuchte Augen. »Und wann hat es sich geändert?«

»Was meinen Sie?«

»Wann ist Ihre Wut verschwunden?«

»Wer sagt denn, dass sie verschwunden ist?« Ein kleines Lächeln erschien auf ihrem Gesicht. »Hin und wieder meldet sie sich noch. Aber ich habe gelernt, mit ihr umzugehen. Niemand kann die Vergangenheit ändern, das hat Annie mir beigebracht. Was geschehen ist, ist geschehen. Ich musste lernen, das zu akzeptieren, wenn ich mich nicht den Rest meines Lebens damit herumplagen wollte. Sie erklärte mir, dass viele Menschen diesen Fehler begehen. Dass sie jeden um sich herum terrorisieren und versuchen, sich die Welt und die Menschen darin so hinzubiegen, wie sie sie haben wollen. Hin und wieder gelingt das auch – aber für die meisten Menschen nur für kurze Zeit. Wie in der Geschichte von diesem Mann, der einen Felsblock den Berg hinaufwälzt, der aber jedes Mal, wenn er oben am Gipfel ankommt, wieder ins Tal zurückrollt.«

»Sisyphus.«

»Genau der. Auf jeden Fall sagt Annie, dass man lernen sollte, sich selbst zu akzeptieren, und nicht versuchen sollte, alles zu kontrollieren. Wenn man sich daran hält, dann ist das Leben ihrer Meinung nach ein großes Abenteuer, das einem ständig neue Gelegenheiten bietet, zu wachsen und zu lernen. All das, was ich von Annie gelernt habe, hat mir den Weg zur Kindertherapie gewiesen.«

»Also, hm, ich weiß nicht so recht«, erwiderte ich zögernd. »Ich war schon immer sehr zielstrebig – und sehen Sie, was ich geschafft habe.« Wir beide wussten, dass ich wie eine Närrin klang. Ich hatte nichts geschafft. Trank Alkohol am Nachmittag. Während der Schwangerschaft.

»Es ist nicht jedermanns Sache.«

Ich brauchte dringend einen Themenwechsel.

»Werden Sie jemanden vermissen, wenn Sie zu uns kommen? Sie haben doch bestimmt einen Freund.«

»Nein. Habe ich nicht.« Molly schüttelte energisch den Kopf. »Nicht mehr. Bis vor knapp zwei Monaten war ich noch mit einem Mann zusammen, der heiraten und Kinder haben wollte … Das war mir aber auf einmal zu früh.«

»Deshalb haben Sie mit ihm Schluss gemacht?«

»Na ja …« Das Thema schien ihr unangenehm zu sein. »Deshalb, aber auch noch wegen ein paar anderen Dingen.«

»Ich wette, er war am Boden zerstört.«

»Ich hatte schon leichtere Gespräche.«

»Sie gefallen mir, Molly. Sie gefallen mir wirklich.« Ich lachte, als hätte ich einen Witz gemacht. Herrgott noch mal, dachte ich, sie muss mich ja für bescheuert halten, und fügte deshalb schnell hinzu: »Ich glaube, Sie und ich, wir würden uns blendend verstehen.«

»Bestimmt«, erwiderte sie, aber es war offensichtlich, dass sie das selbst nicht ganz glaubte.

»Schauen Sie«, sagte ich, »Sie scheinen mir die perfekte Wahl zu sein. Ich hoffe, dass Sie zu uns kommen und mit Freddie arbeiten werden.«

»Danke, aber lassen Sie mir bitte noch etwas Bedenkzeit«, entgegnete sie und stand rasch auf, sodass ich den Eindruck hatte, als könnte sie nicht schnell genug von mir wegkommen. Doch in diesem Moment kam Marcus wieder herein, gefolgt von Maggie, die ein Tablett mit mehreren Gläsern und einer Flasche Sekt hereintrug. Offenbar war für Marcus Mollys Zusage längst beschlossene Sache, und er wollte mit ihr darauf anstoßen.

SUNIL

Irgendwer hat mal gesagt: Das Gegenteil von Liebe ist nicht Hass, sondern Gleichgültigkeit. Was wohl so viel bedeuten soll wie: Bewunderung und Verachtung liegen viel enger beieinander, als wir es uns eingestehen wollen, und es ist leichter, jemanden, den man einmal geliebt hat, zu hassen, als ihn zu vergessen.

Ich weiß, wovon ich rede, denn inzwischen verachte ich Marcus Valentine. Obwohl ich ihn einmal geliebt habe.

Natürlich nicht im romantischen Sinne. Aber es gab eine Zeit, da war er der Mensch, über den ich mich selbst definierte. Die Sonne, um die ich kreiste wie ein Planet. Ich sehnte die Augenblicke herbei, in denen ich durch ihn ins Rampenlicht kam, und fürchtete die Dunkelheit und die Eiseskälte, wenn dies nicht geschah.

Diese Zeiten sind vorbei, und es ist feige von mir, dass ich immer noch sein Stabschef bin, auch wenn er mich ekelt wie geronnene Milch, eiternde Wunden, ein von Schmeißfliegen befallener Leichnam oder der Gestank von verrottendem Müll.

Das ist ein ernsthaftes Problem. Für uns beide. Auch wenn er das nicht begreift.

Ja, am besten wäre es für mich zurückzutreten. Mir eine Ausrede einfallen zu lassen und ohne viel Aufhebens zu gehen. Die Welt würde mich nicht vermissen. Marcus allerdings schon. Er würde sich zwar anfänglich einreden, mich nicht zu brauchen, aber nur, weil er nie begriffen hat, dass er ohne mich zu nichts nütze ist. Ich bin so etwas wie die Buchse zu seinem Stecker – notwendig, um den Stromkreis zu schließen und seine Karriere voranzutreiben. Der Eine von uns ist nutzlos ohne den Anderen.

Er selbst hat unsere Beziehung einmal mit der zwischen einem Produzenten und einem Rockstar verglichen. Letzterer steht im Rampenlicht und erfährt all den Ruhm, Ersterer ist dazu bestimmt, im Hintergrund und unbekannt zu bleiben – obwohl er eine wesentliche Rolle für den Erfolg spielt. Auch ich sah Parallelen zur Musikindustrie. Ich war Pete Townsend und er Roger Daltrey. Ich Noel und er Liam Gallagher. Ich Paul Simon und er Art Garfunkel. Marcus war der selbstverliebte Star, der alles und jeden überstrahlte, und ich war der kreative Motor der Band, derjenige, der den wesentlichen Anteil am Erfolg der Songs hatte. Ohne mich würde es keinen Frontmann geben. Und keinen einzigen Hit. In Wahrheit war Marcus nichts weiter als eine Null, die eine Zahl davor benötigte, um etwas wert zu sein.

Ich würde gern so tun, als würde ich ihn aufgrund seiner mangelnden Fähigkeiten als Premierminister hassen – weil er immer wieder Möglichkeiten ungenutzt ließ und sein Land und seinen Stab verriet, indem er sich in entscheidenden Momenten nicht an die erarbeiteten Absprachen hielt und nach seinen eigenen Regeln agierte. Aber das ist nicht die Ursache für meine Verachtung. Zumindest nicht nur. Dass ich mich gegen ihn wandte, hat sehr viel emotionalere Gründe.

Man muss sich nur mal all den Scheiß anschauen, den ich jahrelang klaglos durchgestanden habe. Wir kannten uns von der Uni in Oxford. Obwohl sich unsere Kreise dort nur hin und wieder überschnitten, bewunderte ich ihn insgeheim.

Marcus war immer auf der Suche nach Spaß. Er hatte jede Menge Bekannte, nahm Drogen, war der Mittelpunkt jeder Party, vögelte sich durch den Campus – und wäre deshalb beinahe zweimal rausgeflogen –, während ich mich ausschließlich auf die Hochschulpolitik und mein Studium konzentrierte und daher mein Examen auch mit Bestnote bestand. Was er mir nicht gönnte. Auf der Feier sagte er damals nur verächtlich: »Es gibt die, die's verdient haben, und dann gibt's noch Sunil.«

Die ersten Jahre nach dem Studium herrschte zwischen uns dann Funkstille, nur über Bekannte bekam ich hin und wieder etwas von ihm mit. Und so war ich vollkommen überrascht, als er mich eines Tages anrief.

Er erklärte mir, dass er beabsichtige, bei den Unterhauswahlen anzutreten, und mich um Rat bitten wolle, weil er meine Klugheit seit jeher bewundere. Mit einem für ihn untypischen leisen Tonfall sagte er, er komme sich vor wie ein Trottel und wisse nicht, was er vor dem Auswahlgremium sagen solle, worauf ich ihm – vollkommen überrascht und geschmeichelt – erzählte, dass ich ebenfalls kandidieren wolle und mir schon einige Notizen dazu gemacht hätte. Er fragte mich, ob ich sie ihm mailen könne, damit er eine grobe Vorstellung davon bekäme, wie man so eine Rede halte, und er von einem Ass wie mir was lernen könne. Worauf ich zunächst ein wenig verhalten reagierte, sie ihm dann aber doch schickte, weil ich mich auf einmal von ihm anerkannt fühlte.

Ein paar Wochen später fand dann die Veranstaltung statt, bei der die Partei ihren Kandidaten wählte. Von Marcus hatte ich nichts mehr gehört, mir aber auch nichts weiter dabei gedacht. Zuversichtlich traf ich im Rathaus ein. Ich hatte mich gut vorbereitet, stundenlang meine Rede Satz für Satz geübt. Das Publikum bestand aus der üblichen Truppe von ein paar hundert alten und mit der Welt unzufriedenen Tory-Mitgliedern. Die Männer trugen Slipper, kirschrote oder himmelblaue Hosen und Rollkragenpullis. Hier und da war auch eine Schiebermütze zu sehen. Die Frauen hatten Betonfrisuren, die mit so viel Haarspray in Form gehalten wurden, dass es ein Brandrisiko darstellte, und ihr Make-up war viel zu dick aufgetragen.

Dem Protokoll nach sollten sich die Kandidaten in alphabetischer Reihenfolge präsentieren. Was bedeutete, dass ich als Erster dran war. Doch als ich eintraf, erfuhr ich, dass Marcus vor mir reden würde, da er eine familiäre Krisensituation habe. »Sie haben doch nichts dagegen, oder?« Doch, hatte ich. Denn mich beschlich ein ungutes Gefühl. Unbewusst ahnte ich, was mir bevorstand. Aber was sollte ich sagen? Marcus Valentine kann man nicht trauen?

Man wies mir einen Platz hinter der Bühne zu, wo auch die anderen Kandidaten auf ihren Auftritt warteten. Ich sah mich nach Marcus um, um ihn eindringlich zu warnen, bevor er rausging. Aber er war nirgends zu sehen. Er tauchte erst auf, als der Moderator ihn schon angekündigt hatte, und marschierte geradewegs auf die Bühne, ohne mich auch nur eines Blickes zu würdigen.

Eins muss ich ihm lassen: Er hat seinen Auftritt mit Bravour gemeistert. Das Publikum fraß ihm aus der Hand, als er meine politischen Vorstellungen Wort für Wort zum Besten gab. Ich musste mich unglaublich beherrschen, um nicht auf die Bühne zu stürmen und zu rufen: »Das hat er alles geklaut!« Als er fertig war, wusste ich, dass die Kandidatur gelaufen war. Er hatte gewonnen, sie mit meinen Ideen und seinem Charisma völlig überzeugt. Das Publikum jubelte ihm zu. Einige waren sogar aufgesprungen. Und dann bedankte sich der Moderator auch noch dafür, dass Marcus trotz der Notlage in seiner Familie gekommen sei und alles gegeben habe. Das war Marcus' Geniestreich. Es ermöglichte ihm nicht nur, die Veranstaltung rasch auf der anderen Bühnenseite zu verlassen und somit meinem Zorn aus dem Wege zu gehen – er sammelte damit auch noch zusätzliche Sympathiepunkte.

Ich kochte vor Wut. Wie Schuppen fiel es mir von den Augen, als der Moderator meinen Namen aufrief: Der Mistkerl hatte mir nicht nur mein Konzept geklaut und mich so um meinen Sitz gebracht, nein, durch sein Vordrängen würde ich mich nun auch noch zum Narren machen. Würde ich das Gesagte wiederholen, würde ich als Trittbrettfahrer dastehen. Würde ich Protest einlegen und den Parteimitgliedern erklären, was passiert war, hielte man mich bestenfalls für einen schlechten Verlierer und Lügner und im schlimmsten Fall für geistesgestört.

Dementsprechend war meine Rede dann auch: Ich stolperte durch sie wie ein Vollidiot. In meinen besten Momenten stimmte ich dem zu, was Marcus kurz zuvor ausgeführt hatte. In meinen schlimmsten redete ich mit hochrotem Kopf zusammenhanglosen Unsinn. Mein Auftritt endete damit, dass mir der Moderator betreten zuflüsterte: »Keine Sorge, es war bestimmt nicht so schlimm, wie es scheint«, während einige wenige Leute höflich klatschten, die meisten aber hüstelten.

Diese furchtbare Blamage hat mich jahrelang verfolgt und verhindert, dass ich jemals wieder kandidiert habe. Ich habe Marcus' politische Karriere aus der Ferne verfolgt und mir eingeredet, dass er tatsächlich ein weitaus besserer Politiker war als ich, zudem besser aussah, eine charismatische Ausstrahlung hatte, ein guter Redner war und Menschen inspirieren konnte. Es fällt schwer, mir einzugestehen, wie sehr ich mich unter Wert verkauft habe.

Es vergingen einige Jahre, ehe ich aus heiterem Himmel

dann einen Anruf von seiner Sekretärin erhielt. Ob wir uns sehen könnten, wollte Marcus wissen. Eins muss ich ihm lassen: Er hatte Eier in der Hose. Am liebsten hätte ich der Frau gesagt, dass er mich am Arsch lecken könne, aber mich hatte die Neugierde gepackt.

Wir trafen uns in einem indischen Restaurant in Kennington – weiche rote Teppiche, Holzdielen, bei denen man das Gefühl hatte, sie würden beim Drüberlaufen unter einem nachgeben, an der Wand eine rote Samttapete. Eigentlich sollte es sich dabei um ein heimliches Treffen handeln, aber der Laden war brechend voll mit MPs – *Members of Parliament,* den Abgeordneten des Unterhauses – und ihrem Gefolge.

Davor hatte ich lange darüber nachgedacht, mit welchen erbosten Worten ich ihm klarmachen würde, dass er mich damals übers Ohr gehauen hatte – als er mich mit einem freundschaftlichen Handschlag und einem herzlichen Lächeln begrüßte, kam mir das aber nach all der Zeit kleinlich vor. Außerdem hatte er eine großmäulige Schmierenschreiberin im Schlepptau, die angeblich als Kommunikationsexpertin mit dabei war. Das war meine erste Begegnung mit Billie Garrett. Ich weiß, dass man heutzutage sowas nicht mehr sagen oder auch nur denken sollte, aber sie war furchtbar ordinär, das Gesicht gestrafft mit Botox und Fillern, wasserstoffblondes Haar, bei dem man den dunklen Ansatz sehen konnte, und zu allem Überfluss trug sie auch noch einen Push-up-BH. Wie ich später herausfinden konnte, hatte sie zuvor nur ein paar Mal freiberuflich für den ›Daily Express‹ gearbeitet. Sie sagte kaum ein Wort, und wenn doch, dann nur, um Marcus in den Arsch zu kriechen. Dabei sorgte sie für Highlights wie: »Sie haben ja *so* recht. Das ist ein Dschungel da draußen. Fressen oder gefressen werden!« Als würde sie irgendwelche Weisheiten zum Besten geben.

Ich hätte damals schon wissen müssen, dass sie mit Marcus vögelte.

Der verschwendete keine Zeit und kam gleich bei der Vorspeise auf den Punkt: »Die Partei ist in einem desolaten Zustand, Sunil. Dieser nutzlose Haufen hatte eine einzige Idee, und jetzt, wo sie umgesetzt wurde, haben sie nicht den Hauch einer Ahnung, was als Nächstes ansteht. Herrgott noch mal, das Land ist auf den Hund gekommen. Sie haben keine Idee. Keine Vision. Kein Ziel.«

»Schön und gut«, sagte ich und biss scheinbar gelassen in mein Papadam mit einem Aufstrich aus eingelegten Limetten. Das war die Standarddiagnose jeder Regierung in der heutigen Welt. »Und was ist deine Idee, deine Vision, dein Ziel?«

Marcus wandte sich Billie zu, verdrehte dabei die Augen, nahm einen Schluck Cola und lachte.

»Genau das liebe ich an meinem guten, alten Sunny. Immer geradeheraus!«

Niemand hatte mich jemals Sunny genannt, nicht einmal meine Mutter. Irritiert sah ich ihn an.

»Verstehst du denn nicht, Kumpel? Da kommst du ins Spiel!«

Wortlos lehnte ich mich zurück und verschränkte die Arme, um Zeit zu gewinnen. Aber in Wahrheit war ich schon Feuer und Flamme. Er kannte meine Schwachstelle und wusste sie zu nutzen. Meine Liebe gehörte der großen Politik, und genau das hatte er durchschaut. Obwohl ich einen Haufen Geld verdiente, langweilte mich mein Job in der Wirtschaft, und mein Leben erschien mir sinnlos, ohne Ziel und Zweck. Und nun bekam ich von Marcus Valentine plötzlich die Chance serviert, doch noch eine politische Karriere einzuschlagen!

Sein Plan sah vor, mich erst einmal zum Stabschef in seinem Ministerium zu machen und mit mir dann insgeheim einen Komplott zu schmieden, um den amtierenden Premierminister vom Thron zu stoßen, bevor er die nächsten Parlamentswahlen verlor. Sobald wir es in die Downing Street No. 10 geschafft hätten, würde er dann den Frontmann geben, und ich würde die Songs liefern, schloss Marcus lachend und schlug mir kumpelhaft auf die Schulter.

Stabschef in seinem Ministerium! Das entsprach zwar nicht meinem Kindheitstraum, eines Tages selbst Premierminister zu werden, aber dafür war es eh zu spät, schließlich war ich noch nicht einmal Parlamentsmitglied. Das hier war meine letzte Chance, wenigstens in die Nähe dieses Amts zu kommen.

Ich ließ Marcus zwei Tage lang zappeln. Hatte selbst aber nie den geringsten Zweifel daran, dass ich sein Angebot annehmen würde. Und er auch nicht.

Die ersten Monate unserer Zusammenarbeit waren wie eine platonische Liebesaffäre. Wir konnten nicht genug voneinander bekommen. Ich lieferte ihm die Kugeln, er feuerte sie ab. Ziele gab es zuhauf. Das Ministerium war eine einzige Katastrophe, und schon nach kurzer Zeit hatte ich die Verwaltung aufgeräumt und neue Arbeitsschwerpunkte festgelegt. Dann machte ich mich daran, Marcus in Stellung zu bringen. Das war einfach. In der Partei herrschte eine aufgeheizte, besorgte Stimmung. Aus Selbstzufriedenheit war Panik geworden. Die Frage lautete nicht mehr, ob wir bei der nächsten Wahl unterliegen, sondern nur noch, wie viele Sitze wir verlieren würden. Es war ein Kinderspiel, ihnen Marcus zu verkaufen: ein vergleichsweise junger, dynamischer Anführer, gutaussehend und charmant. Und ohne einen einzigen eigenständigen Gedanken im Kopf, was für mich ein Geschenk war: Er stellte nie etwas infrage, das ich vorschlug, nahm jeden Fototermin wahr, den ich organisierte, und hielt jede Rede, die ich schrieb. In einer schlaflosen Nacht zog ich vor Kurzem einmal in Erwägung, ihm einen Ausschnitt aus einem Drehbuch der TV-Serie ›Eastenders‹ unterzujubeln, um herauszufinden, ob es ihm überhaupt auffallen würde.

Für jeden, der wirklich etwas von Politik verstand, war offensichtlich, was wir bezweckten. Denn auch wenn wir uns nach außen hin immer als loyal präsentierten, versuchten wir bei jeder Gelegenheit, die Parteiführung zu untergraben.

Um alle auf Linie zu halten, bestand ich darauf, dass unser Team sich jeden Sonntagabend zur Lagebesprechung bei Marcus in seinem Haus in Notting Hill traf. Und jede Woche versorgte uns seine Frau Ophelia mit Getränken und Häppchen, tänzelte um uns herum und stellte sicher, dass es uns gut ging. Er selbst nahm es mit seiner Anwesenheit nicht immer so genau. Die Vorbereitung und Entwicklung von Strategien langweilte ihn. Er wollte einfach immer nur gesagt bekommen, was als Nächstes anstand.

Als Marcus mal wieder durch Abwesenheit glänzte, bat Ophelia mich nach dem Treffen, noch etwas zu bleiben. Sie schenkte mir einen doppelten Whisky ein und nahm auf dem Sofa Platz. Mir war zuvor gar nicht aufgefallen, wie schön sie war mit ihren smaragdgrünen Augen, ihrer hellen Haut und dem langen, wehenden Haar. Sie machte es sich mit seitlich angewinkelten Beinen auf dem Sofa bequem und pustete auf ihren Kamillentee, um ihn abzukühlen. Ich dachte mir nichts dabei, dass Marcus nicht da war.

Danach unterhielten wir uns immer häufiger nach den sonntäglichen Treffen. Begannen, uns unter der Woche Textnachrichten zu schreiben und zu telefonieren. Und dann fiel sie mir an einem Sonntag plötzlich mitten in unserer Unterhaltung ins Wort und sagte: »Du weißt vermutlich, dass Marcus viele Affären hat, nicht wahr?«

Ich erstarrte, so als würde auf offener Straße ein Sattelschlepper auf mich zudonnern. Erst wollte ich ihr versichern, dass das lächerlich sei – aber das hätte sie mir nicht abgenommen. Nachdem ich irgendetwas Unverständliches gestottert hatte, schaffte ich es, ein »Woher weißt du das?« herauszubringen.

»Woher ich das weiß? Er gibt sich ja nicht gerade Mühe, es zu verbergen.« Sie blieb bemerkenswert ruhig. »Im Übrigen ist er sehr unvorsichtig, was sein Handy angeht. Ich kenne seine Passwörter und schaue hin und wieder rein. Ich dachte, du solltest wissen, welche Leichen er im Keller hat, wenn du versuchst, ihn zum Premierminister zu machen.« Sie beobachtete mich aufmerksam, versuchte zu erkennen, wie ich reagieren würde.

Ich spielte mit meinem leeren Glas, während ich fieberhaft überlegte, was ich ihr antworten könnte. Dass mich sein Privatleben nichts anging? Oder: dass ich nach dieser Offenbarung meinen Job hinwerfen würde? Ich könnte allerdings auch versuchen, mir die Information zunutze zu machen und noch mehr Details herauszufinden. Es ist nicht schwer zu erraten, wofür ich mich entschied.

»Mit wem trifft er sich?«

»Eine von ihnen arbeitet bei euch im Ministerium.«

»Wie bitte? Im *Ministerium*?«

»Ja. Es gibt aber auch noch andere. Manche hält er an der langen Leine. Immer bereit, daran zu ziehen. Aber im Augenblick trifft er sich hauptsächlich mit ihr. Ihr Name ist Abbie.«

»*Abbie?*« Auch das noch. Sie gehörte zu unserem engsten Team.

»Könntest du bitte aufhören, so erstaunt zu klingen?« Es war das erste Anzeichen, dass ihr diese Sache doch zusetzte.

Ich war wie vor den Kopf gestoßen. Plötzlich ergab alles einen Sinn. Natürlich hatten Abbie und Marcus eine Affäre: Sie war immer da, ihre Augen folgten ihm überallhin! Wie konnte ich das nur übersehen haben? Ich raufte mir die Haare. Einiges mochte sich geändert haben, aber Mitarbeiterinnen zu vögeln, war immer noch ein absolutes No-Go.

Ophelia schien meine Gedanken zu erraten.

»Ich weiß, dass die Leute das heutzutage nicht mehr so eng sehen ... aber es ist doch ein gewisses Risiko.«

»Und ob es das ist! Damit hast du verdammt recht.« Ich kam mir wie ein Idiot vor. »Das könnte all unsere Pläne kaputtmachen. Was zum Teufel denkt er sich nur dabei?!«

»Danke für dein Mitgefühl«, sagte sie mit einem schmerzlichen Lächeln.

»Was?« Mein Gehirn hatte Mühe, das alles zu verarbeiten. »Oh. Ja. Natürlich. Das ist selbstverständlich auch ganz furchtbar für dich.« Ich spürte, wie ich rot anlief – zum Teil aus Wut, zum Teil aus Verlegenheit.

»Es gibt im Übrigen noch etwas, das du wissen solltest.« Ophelia schwieg einen Moment und rutschte auf ihrem Platz hin und her. Ganz offensichtlich fiel es ihr schwerer, darüber zu reden als über Marcus' Affären. Sie wandte den Blick ab. »Ich habe Krebs. Ein Sarkom. Es gibt wenig Hoffnung. Ich werde daran sterben. Es ist nur eine Frage der Zeit.«

Ich starrte sie an, wusste nicht, was ich sagen sollte. Instinktiv setzte ich mich neben sie und nahm ihre kühle Hand in meine.

Wir schwiegen lange.

Nach einer Weile sah sie mich schließlich an und fragte: »Was wirst du unternehmen?«

»Mit ihm reden, schätze ich. Und auch mit Abbie.«

An dem Abend erzählte sie mir dann noch die ganze Geschichte. Dass sie Marcus schon vor ihrer Ehe verdächtigt hatte, sich mit anderen Frauen zu treffen, dies aber nicht wahrhaben wollte. Doch irgendwann konnte sie nicht mehr die Augen davor verschließen. Sie nannte seine Seitensprünge krankhaft, war zu der Einsicht gelangt, dass er nicht anders konnte – einfach nicht in der Lage war, der Versuchung zu widerstehen. Zeitweise hatte sie sogar die Schuld bei sich gesucht, da sie ihm kein Kind schenken konnte.

Ich sagte, dass ich es erschreckend fände, so etwas auch nur in Erwägung zu ziehen. In ihren Augen schimmerten Tränen, die aber nicht fielen.

Um sie von ihrem Schmerz abzulenken, sagte ich: »Ich kann einfach nicht glauben, dass er bereit ist, so ein Risiko einzugehen.«

Sie reagierte verwundert auf mein Erstaunen. »Politiker sind doch immer risikofreudig auf die eine oder andere Art. Wären sie es nicht, würden sie sich gar nicht erst auf dieses Spiel einlassen. Gewählt zu werden. Immer zu gewinnen. In den Umfragen andere zu übertrumpfen … Wenn sich eine hohe Risikobereitschaft in einem Bereich ihres Lebens bezahlt macht, warum nicht auch in den anderen?«

Sie hatte recht. Die Politik war übersät mit Leuten, die ständig enorme Risiken auf sich nahmen, auch in ihrem Privatleben. Wir erfuhren immer nur etwas über die, die bei einem Fauxpas erwischt worden waren. Über die, die ungeschoren davonkamen, gab es höchstens Gerüchte.

»Marcus meint tatsächlich, dass die üblichen Regeln für ihn nicht gelten. Das sagt er auch offen. Daher gibt er sich auch wohl keine sonderliche Mühe, seine Affären besser vor mir zu verstecken.«

»Irgendwann geht jede Glückssträhne mal zu Ende.«

»Bisher hält sie aber noch.«

Da konnte ich nicht widersprechen. Zumal ich mit meinen Schachzügen ja auch selbst darauf baute und es daher vorzog, meine Augen zu verschließen und Marcus' Verhalten bei jeder Gelegenheit zu entschuldigen. Der Mann hatte mir buchstäblich meine politischen Ideen geklaut, und dennoch widmete ich nun mein Leben *seiner* politischen Karriere. Was sagte das wohl über mich aus?

Ich wartete den ganzen nächsten Tag ab. Ließ mir nichts anmerken. Er tat mir fast ein bisschen leid, als er sich kurz vor Feierabend auf das Sofa in seinem Büro sinken ließ, an seiner Krawatte zerrte und den obersten Hemdknopf öffnete. Ich hatte ein Tablett mit Wein, Bier und Cola bestellt. Marcus schlug lässig die Beine übereinander und öffnete sich eine Flasche Beck's. Abbie trieb sich vor der Tür herum, und er rief sie herein, damit sie sich zu uns setzte.

»Nicht jetzt, Abbie«, sagte ich und bedeutete ihr mit einer Handbewegung, wieder zu verschwinden. Sie warf Marcus einen Blick zu, und der schüttelte kaum merklich den Kopf, so dass sie mit gerunzelter Stirn in ihr Büro zurückkehren musste und ich die Tür zumachte.

»Was gibt's, Sunny?«, erkundigte sich Marcus seelenruhig.

»Mir ist zu Ohren gekommen, dass du eine Affäre mit Abbie hast.« Mein Herz schlug so wild, dass ich Angst hatte, es würde zerplatzen.

»Verstehe … Und wie ist dir das zu Ohren gekommen?« Er lehnte sich nach vorn.

Ich hielt Augenkontakt.

»Über eine verlässliche Quelle.«

Er nickte nur und schwieg eine ganze Weile. Dann blickte er zu mir auf und sagte: »Ich nehme mal an, dass ein ›Na und?‹ hier nicht ausreicht?« Er versuchte sich an einem Lächeln, aber ich blickte ihn nur weiter mit versteinerter Miene an. »Also, was wirst du unternehmen?«

»Der war gut, Marcus. Was *ich* unternehmen werde? Es geht doch wohl eher darum, was *du* tun wirst.«

»Und das wäre?« Er schien wirklich perplex zu sein.

»Herrgott nochmal, Marcus. Du musst die Geschichte natürlich beenden. Denn solltest du das nicht tun, kannst du deine Karriere in den Wind schreiben. Du glaubst vielleicht, dass du vögeln kannst, wen du willst. Aber eine Affäre mit einer Mitarbeiterin überschreitet eine rote Linie! Dafür werden sie dich drankriegen. Insbesondere, da deine Frau Krebs hat.«

»Ah, alles klar, Ophelia.« Marcus ließ sich stöhnend gegen die Rückenlehne des Sofas fallen. »Natürlich war sie es, die es dir gesagt hat.«

Da war keine Spur von Scham in seiner Stimme, lediglich Verärgerung darüber, dass seine Frau mir erzählt hatte, dass er sie betrog.

»Was hast du denn erwartet? Sie könnte dir gleich hier und jetzt die Eier abschneiden und kein Gericht würde sie für schuldig befinden.«

»Okay, ich werde es beenden. Holen wir Abbie rein.«

Ich dachte wirklich, dass er es ernst meinte. Dass er sie reinrufen und in meiner Gegenwart mit ihr Schluss machen würde. Inzwischen glaube ich, dass er damit gerechnet hatte, dass ich ihn aufhalten würde. Er kannte meine Reaktionen offenbar besser als ich selbst.

»Halt, warte. Sei nicht so impulsiv, verdammt!« Ich fuhr mir durch die Haare, begann im Büro auf und ab zu laufen. »Wie, glaubst du, wird sie es aufnehmen? Wir müssen sicherstellen, dass sie nichts ausplaudert. Nicht durchdreht und deiner Karriere Schaden zufügt.«

»Du hast recht. Ich werde versuchen, es ihr schonend beizubringen …« Marcus nickte. »Genau … ich werde ihr sagen, dass es eine Tragödie ist, aber dass das mit uns einfach nicht mehr sein kann. Es mich und sie vernichten würde, wenn es herauskäme.«

Ich war lange genug in der Politik, um zu wissen, dass ein Großteil der Leute an vorderster Front in höchstem Maße selbstsüchtig war. Aber Marcus erreichte in dieser Hinsicht ein neues Level. Ich hatte einmal gelesen, dass es Narzissten an Einfühlungsvermögen mangelte, aber mir war nicht klar, dass dies bedeutete, keinerlei Interesse für die Belange anderer zu haben, sie zu benutzen und zu missbrauchen und sie dann ohne einen weiteren Gedanken links liegen zu lassen. Völlig gewissenlos. Ja, fast schon soziopathisch.

Ich hätte an jenem Abend einfach meinen Job hinwerfen und gehen sollen. Aber es ist nun einmal so: Keiner kann aus seiner Haut heraus.

Marcus sprach mit Abbie und schickte sie dann zu mir. Sie weinte unaufhörlich und beteuerte, dass sie sich furchtbar schäme. Ich reichte ihr ein Taschentuch nach dem anderen und schaffte es irgendwie, sie auf die Idee zu bringen, sich in eine andere Abteilung versetzen zu lassen. Mein Kalkül hatte auch etwas mit Selbsterhalt zu tun. Obwohl ich stinksauer auf Marcus war, so war ich nicht bereit, ihn in die Luft zu jagen – und dabei selbst als Kollateralschaden draufzugehen.

Und dann war da noch Ophelia. Ich war in ihrer Gegenwart wie ein verknallter Schuljunge, war die Schulter, an der sie sich ausweinen konnte, und wollte so oft wie nur möglich in ihrer Nähe sein. Ich hätte alles für sie getan. Und ihr Wunsch war es nun mal, dass ich verhinderte, dass uns Marcus' Affäre um die Ohren flog. Es war für sie wohl zu beschämend.

Außerdem hatte Marcus sie irgendwie davon überzeugt,

dass er sich furchtbar schuldig fühlte und sich nichts sehnlicher wünschte, als seinen Fehltritt wiedergutzumachen. Er schien sie damit wieder um den kleinen Finger gewickelt zu haben. Umso mehr, als das Ehepaar für das Magazin der ›Sunday Times‹ gemeinsam enthüllte, dass Ophelia an Krebs litt. Die Schlagzeile lautete: »Ophelia Valentine – Krebs! Seit der Diagnose liebe ich meinen Mann noch mehr!« Trotz ihrer Krankheit sah sie mit ihrem eleganten orange-gelb-grünen Seidentuch, unter dem sie ihren inzwischen kahlen Kopf verbarg, umwerfend aus, denn es betonte ihre Prozellanhaut, ihre hohen Wangenknochen und ihre smaragdgrünen Augen. Marcus trug eine granitgraue Weste, hatte die Hemdsärmel aufgekrempelt, und das Foto zeigte ihn im Profil, wie er seine Frau zärtlich auf die Wange küsste.

Ophelia rief mich an, um mich zu fragen, wie ich das Feature gefunden hätte. Ich brachte es nicht fertig zu lügen. »Es macht mich wütend.«

»Warum?«, erwiderte sie bestürzt.

»Weil es eine Lüge ist! Und weil die Frau, die er unzählige Male betrogen hat, ihm damit auch noch einen Freibrief ausstellt.«

»Du hältst die Lüge doch ebenfalls aufrecht«, erwiderte sie gereizt.

»Bei mir ist das was anderes. Mich betrügt er nicht. Und ich …«

Ich hielt inne, um Luft zu holen, denn ich musste ihr unbedingt sagen, was ich für sie empfand und dass ich in ihren letzten Monaten für sie da sein wollte, ich wollte sie trösten, ihr Fels sein … Aber sie unterbrach mich.

»Verstehe«, sagte sie in eisigem Tonfall. Mehr nicht.

Worauf mich der Mut verließ, meine Gefühle zu bekennen.

Schweigen breitete sich zwischen uns aus. So lange, dass ich schließlich fragte: »Bist du noch dran?«

»Ja, bin ich … Ach, ich weiß auch nicht.« Wieder machte sie eine lange Pause. »Er ist wieder der Mann, der er war, als wir uns kennenlernten. Ich möchte einfach so tun, als würden wir uns lieben und als könnten wir unsere Beziehung retten, bevor ich sterbe.« Sie weinte jetzt. »Ist das denn so abwegig?«

Die Frage traf mich wie ein schmerzhafter Blitz, denn schließlich sehnte ich mich danach, dass sie *meine* Liebe erwiderte. »Nein … Ist es nicht. Du sollst haben, was immer du dir wünschst.«

»Ich glaube, wir sollten mit diesen Anrufen aufhören, Sunil.«

»Aber ich …«

»Wirklich, Sunil. Ich fühle mich einfach nicht wohl dabei. Ich versuche im Moment, mit so vielem fertigzuwerden, und unsere Gespräche wühlen zu viel auf. Es fühlt sich an, als würde ich meine emotionalen Krusten aufkratzen. Das macht die Sache nicht leichter. Ich … ich habe langsam das Gefühl zu ersticken.«

»Aber ich …«

»Auf Wiedersehen, Sunil«, sagte sie leise und legte auf.

Ich sackte in meinem Bürostuhl zusammen wie ein Heißluftballon, dem man die Luft herausließ. Das fühlte sich alles falsch an. Mit einem Mal wurde mir übel. Ich griff nach dem Papierkorb und begann zu würgen. Mein Körper hörte nicht auf zu krampfen, bis ich schließlich mein Mittagessen ausspuckte und dann zurückfiel, während helle Punkte wie Glühwürmchen vor meinen Augen flimmerten. Wie hatte ich mich nur in so eine beschissene Lage gebracht?

Zwei Tage später fuhr ich mit Marcus im Zug von Cardiff zurück, wo er eine Rede gehalten hatte. Wir unterhielten uns über eine zu treffende Entscheidung. Wie so oft wollte er sich nicht damit auseinandersetzen, war gereizt, weil sich das Ganze nicht von selbst erledigte. Er warf sein Smartphone auf den Platz neben sich und verkündete: »Ich muss mal pissen.«

Sobald er weg war, griff ich danach. Es war nicht gesperrt. Ich öffnete WhatsApp. Die letzte Nachricht stammte von Abbie: *Bin um 19 Uhr in meiner Wohnung.* Die davor war von ihm: *Ich muss dich heute Abend sehen.*

Ich musste nicht mehr weiterlesen. Ich ließ die Nachricht geöffnet, legte das Handy mit dem Display nach unten zurück und wartete darauf, dass er wiederkam. Das Erste, was er tat, war, wie gewohnt einen Blick darauf zu werfen. Er sah die geöffnete Nachricht, schaute zu mir herüber, und unsere Blicke trafen sich. Keiner von uns sagte ein Wort. Ich stellte nur sicher, dass er als Erster wegschaute. Danach sahen wir beide nur noch aus dem Fenster. Felder wurden zu Vororten, die zur Stadt wurden.

In den folgenden Wochen wurden die Dinge komplizierter. Der Plan, Marcus in die Downing Street zu bringen, nahm Fahrt auf. Das Maß an Inkompetenz der Regierung erreichte schwindelerregende Höhen, und die Partei rutschte in den Umfragen immer weiter ab. Es brauchte nicht viel, um die MPs davon zu überzeugen, eine Neuwahl des Parteivorsitzenden anzustreben. Einige verkündeten sogar öffentlich, dass nur Marcus in der Lage sei, die Partei vor einem Wahldesaster zu retten. Wenige Tage später berief der Vorsitzende des für das Wahlverfahren zuständigen parlamentarischen Gremiums der Konservativen eine Pressekonferenz ein und verkündete, dass sich genügend MPs gemeldet hätten, um eine Neuwahl der Parteiführung in die Wege zu leiten.

Das war Marcus' Chance. Um nicht zu offensichtlich vorzugehen, demonstrierten wir Loyalität und präsentierten seine Kandidatur nicht für den ersten Durchgang, während wir im Verborgenen weiter die Fäden zogen, um sicherzustellen, dass keiner der Kandidaten sich durchsetzte und es einen zweiten Durchgang gab. Erst da verkündete Marcus, dass er sich aufstellen ließ. Alle, bis auf einen Vollidioten, der sich selbst etwas vormachte, verzichteten daraufhin. Marcus gewann.

Stunden später waren wir in der Downing Street und setzten ein neues Regierungsteam ein. Der Sprung in den Umfragen erfolgte unverzüglich und war gewaltig. Die Opposition war zerrüttet. Wir erblickten unsere Chance, forderten vorgezogene Neuwahlen und gewannen mit einer Mehrheit von achtundachtzig Prozent.

Nach der anfänglichen Euphorie über unseren Coup kam ich mir vor, als hätte ich mich an einer Rakete festgebunden, von der ich nun nicht mehr loskam. Anstatt auf Wolke sieben zu schweben, fühlte ich mich in der Hölle, an einen Blender gefesselt, den ich immer mehr verabscheute. Und trotzdem wollte ich auf keinen Fall meinen Job hinschmeißen. Allein der Gedanke daran, die Schlüssel zur No. 10 – meinem Kindheitstraum! – wegzuwerfen, erschien mir verrückt, und ich hatte inzwischen genug Meilen auf dem Tacho, um mir vorzumachen, dass alles Unerträgliche irgendwann hinnehmbar wird.

Selbst heute, zwei Jahre später, bin ich immer noch nicht so weit.

An diesem Tag musste ich Billie in meinem Wagen nach Chequers, dem Landsitz des Premierministers, mitnehmen, und sie hörte einfach nicht auf zu quasseln. Marcus hatte mir bei seinem Amtsantritt die vollständige Führung von No. 10 anvertraut, allerdings mit einer wichtigen Ausnahme: Er bestand darauf, dass Billie Kommunikationschefin wurde.

Dass bei so vielen Tätigkeiten in der No. 10 irgendjemand eine wichtige Position bekam, der dort nicht hingehörte, war unvermeidlich. Der Grund lag auf der Hand: Wenn ein MP oder Minister urplötzlich zum Premierminister ernannt wird, verhält er sich häufig so wie der Chef eines kleinen oder mittelständischen Unternehmens, der unversehens CEO eines multinationalen Konzerns wird: Anstatt sich Experten zu holen, die wissen, was sie tun, hält er oft an Amateuren fest, die ihm in der Vergangenheit gute Dienste geleistet haben. Blinde Loyalität wird mehr geschätzt als Kompetenz. Politiker wissen, dass diese Leute immer nach ihrer Pfeife tanzen werden und ihnen auch dann noch die Treue halten, wenn das unvermeidliche Ende naht. Im Gegenzug genießen ihre Getreuen dafür besondere Privilegien wie vollwertige Mafia-Mitglieder und sind so lange unantastbar, bis der Boss sie von sich aus fallenlässt. In diesem Szenario war Marcus der Boss, und Billies völlige Inkompetenz schien keine Rolle zu spielen.

Wie den meisten Journalisten ging es auch ihr nur um Taktik und nicht um langfristige Strategie. Ihr Plan – sofern sie als Kommunikationschefin überhaupt einen hatte – bestand darin, den Aasgeiern hin und wieder etwas zum Fraß vorzuwerfen. Sie begriff allerdings nicht, dass deren Appetit unstillbar war. Wann immer ich sie darauf hinwies, dass das errungene Aufsehen in den Medien oder der Aufmacher, auf den sie so stolz war, nur einen Zuckerrausch darstellte, der das Risiko eines langfristigen Crashs barg, sah sie mich amüsiert an, als wüsste sie es besser als ich. Marcus ermutigte sie dabei, denn er gehörte zu der Art Politiker, die nach dem Junkfood billiger Publicity gierten und glaubten, die bloße Ankündigung einer Richtlinie bedeute bereits, dass sie bestimmt verabschiedet würde und es nichts mehr zu tun gab. In den meisten Fällen versuchte ich diese albernen

Spielchen zu ignorieren und mich darauf zu konzentrieren, von meiner Position aus das Land zu regieren.

Billies neueste Idee bestand darin, die alte Geschichte über die Royal Navy aufzuwärmen, die ihre Zeit damit vertrödelte, winzige Boote abzufangen, die mit einer Handvoll Flüchtlingen an Bord versuchen, zu unseren Küsten zu gelangen. Ihre Anzahl war lächerlich gering, aber Billie hatte Marcus überredet, ein Statement abzugeben, in dem er die Verantwortung für diese angebliche Krise übernahm und sagte, dass niemand Geringeres dies erledigen konnte als Her Majesty's Royal Navy, die königliche Marine Ihrer Majestät. In der Presse hieß es, dass Marcus das Establishment bekämpfen müsse, um das Richtige tun zu können und das Militär einzubinden. Ich hingegen wurde als Blockierer dargestellt. Ich wusste, dass das auf Billies Konto ging, die unter dem Deckmäntelchen der Anonymität als ›dem Premierminister nahestehende Quelle‹ bezeichnet wurde.

Um Billies Gequassel über die jüngsten Probleme der Royals zu unterbinden, sprach ich die Angelegenheit im Wagen an.

»Es ist kein kluger Schachzug, mich vor der Presse schlechtzumachen, Billie.«

»Ach, Blödsinn, Sunny«, erwiderte sie und versuchte meine Kritik wegzulachen. »So läuft es nun mal in der Politik. Die Flüchtlinge sind ein beliebtes Thema, und die Opposition windet sich gerade.«

»Mein Name ist Sunil«, sagte ich herablassend. »Und vielen Dank auch für diese Lektion in Sachen Politik. Von jetzt an werde ich mich nur noch um Themen kümmern, die beliebt sind und uns einen Aufmacher verschaffen.«

»Herrgott nochmal«, murmelte sie, sagte zum Glück aber kein weiteres Wort und widmete sich ihren Textnachrichten.

Ich biss die Zähne zusammen und schaffte es irgendwie, meine Wut zu unterdrücken. Eigentlich wollte ich das Ganze nicht so nah an mich heranlassen, aber es geschahen nun einmal Dinge in der Welt, die sie sich nicht einmal ansatzweise vorstellen konnte, realitätsblind, wie sie war.

Ich ärgerte mich noch immer über Billie, als wir vor Marcus' Landsitz hielten. Ich stellte den Wagen ab und wartete gar nicht erst auf Billie, sondern marschierte direkt aufs Haus zu. Eine Bedienstete öffnete und brachte mich ins Hawtrey-Zimmer, wo ich Marcus, Abbie und Molly am Kamin vorfand.

»Sunny!«, rief Marcus überschwänglich. Er hatte ein Glas Sekt in der Hand. Vermutlich nicht sein erstes. Abbie schaute weg. Molly schenkte mir ein freundliches Lächeln. Ich hatte ganz vergessen, dass sie heute für ihr Vorstellungsgespräch hier war.

Eine der Angestellten trat mit einem Tablett auf mich zu und bot mir ebenfalls ein Glas an, doch ich winkte ab.

»Hab dich nicht so, Sunny«, meinte Marcus. »Das ist englischer Schampus. Ist überraschend gut. Das sagen selbst die Wein-Snobs.« Widerwillig griff ich nach dem Glas. »So gehört sich das! Molly hast du ja bereits kennengelernt.«

»Ja, wir haben uns in Edinburgh getroffen. Im Zuge der Sicherheitsüberprüfung.«

»Sicherheitsüberprüfung ...« Marcus grinste. »Wie schaffst du es nur immer, die Dinge ernster klingen zu lassen, als sie es in Wirklichkeit sind?«

»Freut mich, Sie wiederzusehen«, sagte Molly, kam auf mich zu und reichte mir die Hand.

Ich schüttelte sie und lächelte. »Schön, dass Sie gekommen sind«, sagte ich und ging zum Kamin, um Abstand zu Billie zu bekommen, die gerade ins Zimmer trat. Offenbar hatte sie sich im Auto noch einmal nachgeschminkt, denn ihre Lippen waren wieder strahlend rot, und ihr Lidschatten leuchtete förmlich.

»Hey, alle zusammen. Wer ist das?«, fragte sie laut.

»Hallo, Billie, das ist Molly«, erwiderte Marcus. »Abbie und der kleine Champ verstehen sich blendend mit ihr. Wir stoßen gerade darauf an, dass sie sich für uns entschieden hat.« Er wandte sich Molly zu, die gar kein Glas in der Hand hielt. »Das haben Sie doch, nicht wahr? Ohne Sie sind wir verloren!«

»Du bringst sie in Verlegenheit«, murmelte Abbie, während Billie Molly nur herablassend zunickte, dann zielstrebig auf das Tablett zusteuerte und die Hälfte des Glases, das ihr eingeschenkt worden war, mit einem einzigen Schluck hinunterstürzte.

»Marcus, wir müssen uns unterhalten«, sagte ich.

»Gerne, Sunil. Schieß los, wir sind ja unter Freunden«, erwiderte er und blickte in die Runde.

»Ich fürchte, es ist nicht für die Öffentlichkeit bestimmt«, entgegnete ich. »Es handelt sich um eine Angelegenheit der nationalen Sicherheit.«

»Oh!«

Er sah mich verdutzt an, stand aber immerhin schon mal auf.

»Nun, was sein muss, muss sein«, fuhr er mit gespielt ernster Miene fort und führte mich in sein Arbeitszimmer, das nebenan lag. Als ich mich umdrehte, um die Tür zu schließen, bemerkte ich, dass Billie uns gefolgt war. Ich sah sie nur vielsagend an.

»Tut mir leid, Billie, aber das hier ist nicht für Ihre Ohren bestimmt«, sagte ich und wollte die Tür vor ihrer Nase zuziehen.

»Verflucht nochmal, jetzt lass sie schon rein!«, rief Marcus hinter mir. Verärgert durchbohrte ich ihn mit meinen Blicken, trat aber dann doch zur Seite.

»Es geht um die nationale Sicherheit«, betonte ich noch einmal. »Was wir hier besprechen, darf auf keinen Fall in die Medien gelangen.«

»Also nichts ausplappern, Billie, okay?«, sagte Marcus und zwinkerte Billie dabei zu. Die vollführte mit Hilfe von Daumen und Zeigefinger eine Geste, als würde sie ihren Mund verschließen und den Schlüssel wegwerfen.

»Ihr benehmt euch kindisch!« Ich spuckte die Worte geradezu aus. »Das hier ist verdammt ernst!«

Das schien sie zur Vernunft zu bringen, aber ich wartete dennoch ein paar Sekunden ab, bevor ich weitersprach.

Es herrschte eine spürbare Kühle in dem gemütlich eingerichteten Raum, so, als hätte sich schon länger niemand mehr darin aufgehalten. Vom Schreibtisch des Premierministers aus sah man durchs Fenster den Garten und die grüne Umgebung von Buckinghamshire. Jedes Mal, wenn ich diesen Raum betrat, stellte ich mir all die Regierungschefs vor, die hier schon mit den gewichtigen Themen des Landes gerungen hatten, in Gedanken vertieft beim Versuch, die richtige Entscheidung zu treffen. Vielleicht war ich naiv – denn es waren mit Sicherheit auch einige Halunken und Zyniker darunter gewesen –, aber ich kann mir nicht vorstellen, dass auch nur einer von ihnen derart oberflächlich und selbstsüchtig gewesen war wie Marcus. Egal, um welches Thema es sich handelte, am Ende ging es immer nur um ihn.

Marcus ließ sich in seinen Schreibtischsessel fallen, Billie sank auf das Polstersofa. Ich blieb stehen.

»Der MI6 hat mit einem seiner Leute im Kreml gesprochen. Sie glauben, dass uns jederzeit ein Angriff drohen könnte.«

»Was?« Marcus richtete sich abrupt auf. »Was für ein Angriff?«

»Da sind sie sich noch nicht sicher …«

»Herrgott nochmal, wozu dann der Wirbel?« Marcus lehnte sich zurück. »Was zum Teufel nützt uns das?« Er blickte zu Billie, um sich Rückendeckung zu holen. Die verdrehte nur die Augen.

Genau das hatte ich verhindern wollen.

»Hör mir erst mal zu! Die Quelle hat einiges über die GRU-Einheit 29155 läuten hören, diese Sondereinheit russischer Spione, die mit Sabotage, Unterwanderung und Ermordung beauftragt ist. Wie du dich vielleicht erinnerst, stecken sie mit großer Wahrscheinlichkeit hinter den Nowitschok-Giftanschlägen in Salisbury, einer Explosion in einem Waffenlager in Tschechien und einem Putschversuch in Montenegro.«

»Was geht uns Montenegro an?«, brummte Marcus verächtlich.

»Die Sache ist die: Wir glauben, dass sie ehrgeiziger werden. Nach Möglichkeiten suchen, größeren weltpolitischen Schaden anzurichten. Und Großbritannien ist womöglich ein Ziel.«

»Das sind doch nur Gerüchte. Weiter nichts. Deswegen können wir doch nicht gleich das ganze Land in Alarmbereitschaft versetzen.«

»Stimmt«, pflichtete Billie ihm bei, »aber es wäre eine tolle Story für die Presse.«

»Genau *das* ist es eben nicht. Denn es sind verdammt ernstzunehmende Befürchtungen«, sagte ich und blickte sie gereizt an. »Und diese Information wird dieses Zimmer hier nicht verlassen, ist das klar? Es sei denn, Sie möchten sich mit dem Geheimdienst darüber unterhalten?«

Billie schüttelte den Kopf.

Marcus war bleich geworden.

»Wie schätzen die denn diese Informationen ein?«

»Sie sagen, es gebe die Befürchtung, dass schon seit Jahren eine chemische Bombe irgendwo im Londoner Zentrum platziert worden sei.«

Marcus schüttelte ungläubig den Kopf. »Müssen wir ein COBRA-Meeting einberufen?«

»Zu viele Leute, und die Warnung ist noch nicht konkret genug«, erwiderte ich und sprach mich damit klar gegen ein Treffen mit COBRA, dem Notfallausschuss der Regierung, aus, dessen Abkürzung sich aus seinem Versammlungsort, dem Cabinet Office – also dem Kabinettsbüro – und dem dortigen Besprechungsraum A herleitete.

»Ich will mit Simmonds reden.«

»Ich habe bereits eine Konferenzschaltung anberaumt. In einer Stunde. Der Innenminister, die Außenministerin und der Verteidigungsminister werden teilnehmen.«

»Verdammt nochmal!« Marcus sah aus, als sei ihm übel. »Sowas kann mich zu Fall bringen!!«

Typisch Marcus, dachte ich verächtlich. Es ging ihm mal wieder nur um sich.

MAX

Zuerst hielt ich die Nachricht für einen schlechten Scherz: Marcus Valentine, der Premierminister des Vereinigten Königreiches, wollte mich als seinen Militärberater in die No. 10 holen. Er hatte von meinem Einsatz in Mali erfahren und hielt mich für einen Helden. Das Beste, was Großbritannien zu bieten hatte. Eine Ausnahmeerscheinung. Jemanden, der mit gutem Beispiel voranging.

Meinen Fehler hatte man ihm gegenüber offenbar nicht erwähnt. Jeder, der mal beim Militär gedient hat, weiß, dass man dort das größte Versagen als Erfolg verkaufen kann, indem man ihm ein paar Orden verleiht. Aber mich zum Militärberater zu machen, war eindeutig der Versuch, einen Scheißhaufen zu polieren.

Ich wollte nicht annehmen. Beteuerte, nicht bereit dafür zu sein, da ich verletzt worden sei. Doch das spielte keine Rolle. »Das ist ein Angebot, das man nicht ablehnt«, erklärten meine Vorgesetzten. Damit war die Sache erledigt, und man schickte mich nach London, obwohl ich gedanklich immer noch in Mali war.

Man hatte mich dort auf eine aussichtslose Mission geschickt – mit einem zusammengewürfelten Haufen Soldaten und Befehlen von Leuten, denen die ganze Sache gleichgültig war. Die unsere Leben aufs Spiel setzten, ohne sich groß Gedanken darüber zu machen.

Ich wusste fast nichts über Mali, bevor ich dort ankam.

Außer, dass es irgendwo in Westafrika lag, eines der ärmsten Länder der Welt war und überwiegend aus Wüste bestand.

Wir waren mit einigen hundert britischen Soldaten an MINUSMA beteiligt, einer Stabilisierungsoperation der Vereinten Nationen zur Sicherung des Friedens, mit dem Ziel, Zivilisten zu schützen und die Waffenruhe zwischen den Konfliktparteien, die aus Regierung und Rebellen bestanden, zu unterstützen. Die Mission wurde allerdings durch einen Haufen Islamisten verkompliziert, die wild entschlossen waren, die Macht an sich zu reißen.

Die ganze Operation fand unter der Führung Frankreichs statt. Keiner wollte Teil dieser zusammengewürfelten Truppe aus fünfzehntausend Soldatinnen und Soldaten sein, die aus ein paar Dutzend Ländern von China bis zum Tschad stammten, aber man sagte uns, wir müssten guten Willen zeigen und unseren Beitrag zu dieser UN-Friedensmission leisten.

»Jemen?«, fragte ich, als ich die Liste der teilnehmenden Staaten überflog. »Sollten die nicht eigentlich ihren eigenen Krieg führen?«

»Weiß der Teufel ...«, lautete die Antwort. »Denk einfach dran: ›Sie fragen und sie zagen nicht ... gehorchen ist die einzige Pflicht.‹«

Der Spruch war ein interner Witz, aber mir war nicht nach Lachen zumute. Ich hatte von Anfang an das Gefühl, dass die Sache böse enden würde.

Wir Briten entsandten drei Chinook-Hubschrauber, womit die UN-Truppen insgesamt über vierzehn verfügten, was nicht annähernd ausreichte. Dazu noch Jackals, gepanzerte und bewaffnete Fahrzeuge. Von oben hieß es, dass es »Probleme mit der Sicherheit« gebe, was nichts anderes bedeutete, als dass diese Dinger verdammte Todesfallen waren. Zum einen boten sie kaum Schutz, zum anderen waren sie viel zu schwer, um abseits der Straße im Sand zu fahren.

Und damit äußerst anfällig für Straßenbomben. Wir hätten Mastiffs haben sollen, aber die wurden anderweitig eingesetzt. An einem Ort, der offenbar wichtiger war als Mali.

Zu allem Überfluss waren wir »Gäste« auf dem französischen Stützpunkt in Gao. Dass wir dort unerwünscht waren, war noch milde ausgedrückt. Sie haben uns verdammt nochmal gehasst und sich nicht einmal die Mühe gemacht, es zu verbergen, und uns im miesesten Teil des Lagers untergebracht.

Ich habe gar nicht erst versucht, mich zu beschweren. Jammern hätte dem Team der Special Forces, das ich anführte, nicht geholfen. Wir mussten es einfach schlucken, das Beste daraus machen und die Sache hinter uns bringen.

»Ich weiß, dass es ein Albtraum ist«, sagte der befehlshabende Offizier zu mir, »aber zeigen Sie, was Sie können, und verbuchen Sie es als Erfahrung. Die glauben, dass Sie hier Großes leisten werden.«

Großes leisten. Wie sollte man das anstellen, wenn man von vornherein totgeweiht war? Wir befanden uns in einem gesetzlosen Land, in dem schwer bewaffnete, draufgängerische, radikalisierte junge Männer mehr als bereit waren, hohe Verluste in Kauf zu nehmen, sofern sie den Rausch des Kampfes spüren und dabei ausländische Soldaten töten konnten.

Sechs Monate sollte ich dort stationiert bleiben. Die Entsendung bedeutete das Ende meiner Beziehung. Jen sagte mir, sie würde nicht mehr da sein, wenn ich zurückkäme. Ich meisterte die Situation souverän. Wollte mir verdammt nochmal nicht anmerken lassen, wie weh es mir tat. Was sollte ich auch dagegen tun? Meinen Dienst quittieren? Du weißt, worauf du dich einlässt, wenn du zum Militär gehst – auch wenn es dadurch nicht leichter wird, mit den Konsequenzen zu leben.

Davy, der leitende Unteroffizier, mit dem ich mir das Zelt teilte, machte mir die Tage leichter und schwerer zugleich. Leichter, weil er ein guter Kerl war, bereit, alles zu tun, um diese Zeit gemeinsam zu überstehen. Und weil er es mir nicht übelnahm, wenn ich mich über ihn lustig machte – vor allem über seine blasse Haut, die jetzt krebsrot war, und seinen schottischen Akzent –, und mich im Gegenzug aufgrund meiner schlaksigen Statur bloß Bohnenstange nannte. Schwerer, weil bei seiner Rückkehr jemand zu Hause auf ihn warten würde. Seine Frau Sophie war schwanger mit ihrem ersten Kind. Ich freute mich für ihn, aber die Mails, die sie ihm schickte, und die Fotos von dem neu eingerichteten Kinderzimmer sorgten dafür, dass ich mich nur noch einsamer fühlte.

In meinen dunkelsten Momenten fragte ich mich, wie schnell meine Verwandten und Freunde darüber hinwegkommen würden, sollte ich beim Einsatz ums Leben kommen. Natürlich, meine Eltern wären sicher traurig, aber sie könnten schwerlich so tun, als ob wir uns nahegestanden hätten. Ich rief aus Pflichtbewusstsein jede Woche bei ihnen an und stellte die üblichen Fragen: Wie ist das Wetter? Was gibt es Neues im Dorf? Was treiben die nervigen Nachbarn und mein nichtsnutziger Bruder? Meist kam dann nur die Gegenfrage: »Was machst du gerade noch mal?«

Die ehrliche Antwort hätte gelautet: Keine Ahnung. Stattdessen sagte ich wie immer in solchen Fällen: »Wir halten Bösewichte auf und machen die Welt sicherer.« Damit konnten sie nicht viel anfangen. Andere Konflikte tauchten ständig in den Medien auf. Uns dagegen hatte niemand auf der Agenda.

»Du bist doch nicht in Gefahr, oder?«, fragte meine Mutter bloß. Natürlich war ich das, verdammt nochmal! Aber ich erwiderte nur: »Macht euch keine Sorgen, die Lage ist ruhig.« Sie waren völlig ahnungslos, und das sollten sie auch bleiben.

Davy und ich machten das Beste aus den eisigen Nächten, während denen wir in unserem Zelt Karten spielten, uns vor den winzigen Holzofen kauerten – »Ein verdammtes Streichholz würde mehr Wärme abgeben«, wie Davy es formulierte – und dabei absurderweise die Mittagshitze herbeisehnten, die sich tagsüber wie ein Hochofen anfühlte und die Haut mit einem so dickflüssigen Schweiß überzog, dass ich mir vorkam, als hätte mich jemand mit Olivenöl bestrichen.

Mein Tag begann um fünf Uhr. Ich rannte zum Fitnessbereich hinüber und verbrachte eine halbe Stunde auf dem Laufband, um mich auszupowern und zu alten Songs von Rockbands wie Pearl Jam und Nirvana meinen Frust loszuwerden. Danach kehrte ich zu Davy zurück, der uns einen Tee machte, der so stark war, dass er nach Metall schmeckte, was zum Teil daran lag, dass wir sehr sparsam mit der kostbaren Milch umgehen mussten. Jeder nahm auf seiner Bettkante Platz. Wir tranken den Tee, aßen ein paar Energieriegel, starrten schweigend in die Luft, bis es schließlich Zeit war, uns auf Patrouillenfahrt zu begeben. Für gewöhnlich waren wir etwa sechzehn Leute, vier Briten – STTT genannt, die Abkürzung für *Short Term Training Team*, also Kurzzeit-Ausbildungsteam – und einige malische Soldaten. Wir gingen die Operation durch, die wir am Abend zuvor ausgearbeitet hatten, fuhren dann unter Staubwolken in einem Konvoi durchs Tor.

Unser Jackal war sandfarben, unten mit Minenschutz versehen, rundum mit ballistischem Schutz. Die Malier saßen hingegen in UN-Fahrzeugen, die aussahen wie Spielzeuge. Davy bezeichnete sie als Schrottmühlen. Ihre Panzerung war kaum dicker als eine Blechdose. Es gab einen

Fahrer, einen MG-Schützen und zwei weitere Soldaten, die beinah auf dem Dach zu sitzen schienen. Jedenfalls waren sie furchtbar exponiert.

Wir starteten vor Sonnenaufgang. Unsere Fahrten verliefen meist ohne Zwischenfälle. Wir fuhren zu irgendwelchen Dörfern und Märkten, um der Bevölkerung zu signalisieren, dass wir immer in ihrer Nähe waren und für Sicherheit sorgten. Ein Dorf glich dem anderem. Die erwachsenen Bewohner hockten vor ihren Hütten aus Schalsteinen, Lehm und Wellblech. Kinder liefen herum. Sie trugen T-Shirts mit Aufdrucken von Star Wars oder Marvel oder Wollpullover zu Shorts. Niemand von ihnen schien Schuhe zu besitzen. Einige ältere Mädchen hatten Laken umgebunden, in denen sie Säuglinge auf dem Rücken trugen, die kaum mehr als ein paar Monate alt sein konnten – von ihren Müttern keine Spur. Die meisten jungen Männer waren Gangmitglieder und ließen sich gar nicht erst blicken. Die wenigen, denen wir begegneten, starrten uns mit hasserfüllten Augen an. Ich konnte es ihnen nicht verübeln und fragte mich, was ich wohl von schwer bewaffneten Ausländern halten würde, die durch mein Dorf donnerten. Wir hätten genauso gut Aliens sein können. Drängten uns auf, ohne auch nur ansatzweise zu versuchen, diese Menschen zu verstehen.

Auf den Märkten ging es belebter zu. Es gab exotische Früchte, Gemüse und Fleisch, das in der Hitze verdarb. Am ersten Tag dachte ich, ich hätte eine Kiste mit Avocados entdeckt. Als ich aus Versehen dagegenstieß, stieg eine Wolke aus Fliegen daraus hervor. Darunter kamen bunte Früchte zum Vorschein.

Auf diese Weise vergingen siebenunddreißig todlangweilige Tage. Und dann passierte es.

Davy und ich trafen frühmorgens am vereinbarten Treffpunkt ein, fanden dort neben Amadou, unserem Übersetzer, aber nur vier malische Soldaten vor. Als ich Amadou fragte, wo der Rest sei, zuckte er nur mit den Achseln. Ich wartete noch ein paar Minuten und legte mir dabei einige ernste Worte über die fehlende Disziplin zurecht. Nach einer Weile war allerdings klar, dass niemand mehr auftauchen würde. Abdi, ein alter Mann, der kleinere Arbeiten im Camp erledigte, kam herüber und erklärte mir mit einem zahnlosen Grinsen, dass sie am gestrigen Abend gefeiert hätten.

»Was soll der Scheiß?« Ich machte mich auf den Weg zum Zelt des befehlshabenden Offiziers. Er war Schwede, offensichtlich gerade erst aufgewacht, und wollte mit all dem nicht behelligt werden. Er versicherte mir, dass wir das später klären würden und ich mit dem verfügbaren Teil meines Teams rausfahren solle. Zwei Fahrzeuge würden ausreichen.

Mein Bauchgefühl sagte mir, dass etwas nicht stimmte. Aber was sollte ich einwenden? Dass ich ein komisches Gefühl hatte? Er hätte mir nur erklärt, wo ich mir dieses Gefühl hinstecken konnte.

»Bringen wir es hinter uns«, rief ich den Männern zu. »Wenn wir uns Mühe geben, sind wir zum Mittagessen wieder zurück.«

Davy stieg mit drei malischen Soldaten in eine der Schrottmühlen. Ich folgte ihnen mit Amadou, Banjo und Tomcat im Jackal. Es gab Gemurmel wegen »dieser Schwachsinns-Mission in diesem beschissenen Land«, aber es verklang nicht weit die Straße hinunter – wenn man sie als solche bezeichnen konnte, denn es war nur eine schmale, ebene Piste, die sich durch die Wüste schlängelte.

Es war noch dunkel, als wir losfuhren. Am Firmament so viele Sterne, dass es aussah, als hätte jemand Silberglitzer auf schwarzem Samt verschüttet. Doch schon nach kurzer Zeit begann die Sonne aufzugehen. Anfangs schien sich die Dunkelheit zu erwärmen, wurde langsam schwächer durch die Aura des auftauchenden Lichts. Minuten später durchschnitt eine orangefarbene Klinge den Horizont. Weitere Farben kamen hinzu. Pink- und Lilatöne. Ein bisschen Rot. Dieser wunderschöne Anblick war es fast wert, hier zu sein. Aber nur fast …

Nach zwanzig Minuten stand die Sonne so hoch und strahlend, dass ich meine Sonnenbrille aufsetzte und meinen Schal ablegte, den ich mir auf einem Markt in der Umgebung gekauft hatte. Davy vor uns vertrieb sich anscheinend die Zeit damit, die Malier zu ermuntern, obszöne Gesten in unsere Richtung zu machen.

Wenn wir unterwegs waren, begegneten wir normalerweise immer irgendwelchen Leuten. Aber an diesem Morgen war weit und breit niemand zu sehen. Wir teilten dem Stützpunkt über Funk mit, dass alles ungewöhnlich ruhig war. Im Hauptquartier schien das aber niemanden zu beunruhigen. Dann riss die Verbindung ab, weil wir in ein Funkloch gerieten, und wir waren allein mit der zunehmenden Hitze und dem Brummen der Motoren.

Wir fuhren weiter bis ins nächstgelegene Dorf und stiegen aus, um uns mit den Einheimischen zu unterhalten. Auch hier war es ruhig. Nur wenige Alte liefen herum, ein paar magere Ziegen waren zu sehen und einige Kinder, die einem Ball aus zusammengebundenen Stofffetzen hinterherjagten. Ich erlaubte Banjo und Tomcat mitzukicken, um so den Einheimischen die Gelegenheit zu geben, uns nicht nur als Aliens wahrzunehmen.

Amadou rief Issa herbei, einen der alten Männer, die gerne mit uns plauderten. Wenn ich alt sage, dann weil er so auf mich wirkte, sein tatsächliches Alter kannte ich nicht. Er war fast kahl, nur an einer Stelle wuchs noch ein Büschel

Haare auf seinem Kopf wie Moos auf einem Stein. Er redete wie ein Wasserfall, und Amadou hatte Mühe mitzukommen. Er sagte, gestern seien Männer auf Motorrädern ins Dorf gekommen, hätten die Nacht hier verbracht und seien vor einer halben Stunde wieder verschwunden. Sie hätten Informationen über Pläne für einen Anschlag auf UN-Soldaten und wären uns freundlich gesinnt. Wenn wir uns beeilten, könnten wir sie noch einholen.

Issa hatte uns in der Vergangenheit viele hilfreiche Informationen geliefert. Ich vertraute ihm. Was mein Fehler war.

Ich rief die anderen zusammen und erklärte ihnen die Lage. Plötzlich sprangen die Malier auf und rannten zu ihrem Fahrzeug.

»Stehen bleiben«, schrie ich ihnen hinterher, aber vergeblich. Tomcat, der am nächsten bei ihnen stand, sprang mit ihnen in den Wagen. Banjo, Davy, Amadou und ich stiegen rasch in den Jackal.

»Gib Gas«, rief ich Banjo zu.

In der Ausbildung bläuen sie einem ein, immer auf der Hut zu sein, wenn etwas von der Normalität abweicht. Die ganze Situation hier war definitiv ungewöhnlich, aber mir blieb keine Zeit, darüber nachzudenken.

Wir fuhren in die Richtung, die Issa uns genannt hatte. Die Wüste schien plötzlich abzufallen, auf beiden Seiten der Piste taten sich steile Abhänge auf. Unser Jackal fuhr dicht hinter dem Führungsfahrzeug, beinahe Stoßstange an Stoßstange. Am Straßenrand erblickten wir nach einer Weile einen Steinhaufen – und als wir ihn passierten, gab es urplötzlich eine heftige Detonation.

Die Erde unter uns zerplatzte, schleuderte Brocken in die Höhe. Es war, als hätte eine riesige Faust die Erdkruste durchschlagen. Beide Fahrzeuge wurden wie von gigantischen Fäden gezogen in die Luft geschleudert.

Die Detonationswelle schien jede Zelle in meinem Körper zu durchdringen und meine Knochen zum Bersten zu bringen. Als würde man mit einem Auto bei hundertsechzig Kilometern in der Stunde gegen eine Backsteinmauer donnern. Ich muss wohl durch die Luft geflogen sein, habe aber keine Erinnerung daran. Woran ich mich aber sehr wohl erinnere, ist der Kampf, mein Bewusstsein wiederzuerlangen. Ich lag im Sand. Mein Gehirn wand sich wie ein durchtrenntes Elektrokabel. Ich schloss die Augen, rechnete jeden Moment mit einem Kurzschluss. Das Einzige, was ich hören konnte, war ein schrilles Summen in meinem Kopf. Aus meinem linken Ohr lief was Warmes in den Nacken. War mein Trommelfell geplatzt? Der hohe Summton nahm an Intensität zu. Dann vernahm ich Gewehrfeuer. Ein Mann schrie auf. Mein Blick wurde scharf und dann wieder unscharf, so als würde man die Linse einer Kamera hin und her drehen.

Eine Stimme, ganz in meiner Nähe, sprach eindringlich auf mich ein. Aber ich konnte sie nicht verstehen.

Ich drehte mich nach ihr um, und durch meinen verschwommenen Blick erkannte ich Amadou, der nur wenige Meter von mir entfernt auf dem Boden lag. Zu meiner Linken hörte ich Schreie. Ich konzentrierte mich, reckte mühsam den Hals.

Ein Mann stand in Flammen und wälzte sich auf dem Boden, um das Feuer zu ersticken. Tomcat? Wieder ertönten knatternde Schüsse. Das Schreien verstummte. Amadou und ich krochen hinter den Jackal, der einige Meter entfernt von uns aufgekommen war, um in Deckung zu gehen. Amadous Arm hing in einem merkwürdigen Winkel herab, offenbar hatte er ihn sich beim Aufprall auf dem Boden gebrochen. Ich wollte nach Banjo und Davy rufen, doch Amadou zischte: »Hör doch. *Hör*!«

Ich lauschte. Irgendwo unter dem hohen Summton in

meinem Kopf vernahm ich Schmerzensschreie. Davy. Eindeutig. Er musste aus dem Jackal geschleudert worden und rechts von der Piste den Abhang hinuntergerollt sein. Er war verletzt. Brauchte dringend Hilfe.

Instinktiv griff ich nach meinem Funkgerät, das entpuppte sich aber als nutzlos. War beim Fallen zertrümmert worden, der LED-Screen ein einziges Spinnennetz. Scheiße. Amadou hatte kein Funkgerät bei sich. Vielleicht befand sich noch ein funktionierendes im Jackal? Wir sahen einander an. Einer von uns musste versuchen, unbemerkt hineinzukriechen, und das würde gewiss nicht Amadou sein. Sein gebrochener Arm machte das unmöglich.

Ich sagte ihm, was ich vorhatte.

»Aber sie werden dich entdecken!« Amadou klang panisch. »Dich erschießen.«

»Wenn wir bloß abwarten, sind wir genauso am Arsch. Wir müssen so schnell wie möglich Hilfe rufen.« In diesem Moment hob Amadou mit seiner unverletzten Hand seine Pistole und feuerte zweimal über meine Schulter hinweg. Ich fuhr herum und sah, dass er einen der Rebellen, der in unsere Richtung gerannt war, in die Brust getroffen hatte. Er fiel auf die Knie und kippte dann nach vorn, wo er tot im Sand liegen blieb. Wir hielten den Atem an, rechneten damit, dass weitere Rebellen auftauchen würden. Aber niemand kam. Stattdessen feuerten sie ein paar Mal über unseren Wagen hinweg.

Mir war klar, dass sich unsere Lage verschlimmern würde, wenn ich noch länger wartete. Mit zusammengebissenen Zähnen kroch ich ungesehen bis zu einer Stelle, an der ich in den Jackal steigen konnte, drückte mich aus der Bauchlage auf Hände und Knie und sprang in den Wagen. Dabei prellte ich mir die rechte Schulter, aber dank des Adrenalins, das durch meinen Körper schoss, spürte ich nichts.

Wie viele auch immer da im Hinterhalt lauerten, sie begannen sofort zu feuern. Die Kugeln ließen den Sand aufspritzen und schwirrten ins Metall. Ich duckte mich unter das Armaturenbrett, um in Deckung zu gehen. Augenblicklich hörten die Schüsse auf. Vermutlich glaubten sie, mich getroffen zu haben.

Vorsichtig blickte ich zur Seite. Banjo saß unbeweglich auf dem Fahrersitz, sein Kopf zur Seite abgeknickt. Er war tot.

Sein Körper blockierte das Funkgerät, sodass ich Mühe hatte dranzukommen. Zu meiner großen Erleichterung schien es in Ordnung zu sein. Ich funkte sogleich den Stützpunkt an: »Vier-zwei. Hier ist vier-eins Alpha. Kontakt IED. Over.«

«Vier-eins Alpha, hier ist vier-zwei, wiederholen Sie –«

«Vier-eins Alpha, Kontakt IED. Sind unter Beschuss. Schwere Verluste, mindestens ein VSI. Benötigen schnelle Eingreiftruppe.«

«Vier-zwei Roger. Senden Sie Position.«

Ich nannte ihnen die achtstelligen Koordinaten, und er wiederholte sie einmal, ehe er sich die Formalitäten sparte und sagte: »Haltet durch, Max. Wir sind auf dem Weg.«

Ich holte tief Luft, war für einen Augenblick beinahe entspannt. Hilfe war unterwegs. Doch dann wandten sich meine Gedanken Davy zu. Ich konnte ihn nicht mehr hören. War er tot? Oder nur bewusstlos? Konnte ich ihn noch retten? Ich dachte an Sophie, seine Frau, die ich nie kennengelernt hatte und die schwanger war mit seinem Sohn. Ich konnte nicht zulassen, dass der Kleine ohne seinen Vater aufwuchs.

Ich musste mich zu Davy durchschlagen und versuchen, ihn zu retten. Für einen anderen Gedanken war kein Platz in meinem Kopf. Nach einer hektischen Suche fand ich die

Erste-Hilfe-Tasche unter dem Sitz. Ich glitt aus dem Fahrzeug zurück auf den Boden. Meine einzige Hoffnung war, dass die Aufmerksamkeit der Rebellen etwas nachgelassen hatte.

Ich wünschte, ich könnte sagen, dass mein Mut nur aus einem inneren Bedürfnis erwuchs, Davy zu retten. Aber in Wahrheit war es die Untätigkeit, die mir Angst machte und mich antrieb.

Ich kroch unter dem Jackal hindurch an den Abhang heran. Spähte von dort zum Fahrzeug, das uns vorausgefahren war. Die zusammengesackten Körper der drei Insassen deuteten darauf hin, dass sie nach der Explosion im Kugelhagel gestorben waren. Davy war ungefähr fünfzehn Meter weit aus dem Fahrzeug geschleudert worden. Es war unmöglich, dort hinzugelangen, ohne gesehen zu werden.

Der Kugelhagel blieb aus. Zumindest für den Moment. Ich erinnere mich bis heute genau daran, wie sich beim Rennen der Sand unter meinen Füßen bewegte – trocken und dennoch fließend und weich. Mein rechtes Knie knickte weg, und ich geriet kurz ins Stolpern, fing mich aber wieder. Ungefähr auf halbem Weg begann der Beschuss. Ich hechtete trotzdem den Abhang hinunter wie ein Rugbyspieler, der versucht, ein Tackling zu verhindern und den Ball hinter der gegnerischen Mallinie abzulegen.

Ich landete neben Davy mit dem Gesicht im Sand und der Brust auf der Erste-Hilfe-Tasche. Als ich mich nun außer Sichtweite der Angreifer auf die Knie hochstemmte, bemerkte ich, dass ich in der Schulter einen Schuss abbekommen hatte. Es tat höllisch weh, fühlte sich an wie ein Baseballschläger, der mich immer wieder traf. Aber es war vermutlich ein glatter Durchschuss. Ich würde es überleben.

Ich wandte mich Davy zu. Seine Uniform war von seinem linken Oberschenkel abwärts zerfetzt, feucht und tiefrot.

Sein Bein war ein einziger blutiger Brei. Lebte er noch? Ich legte zwei Finger an seine Halsschlagader, fühlte aber keinen Puls. Ich hielt inne, holte tief Luft. Ich war viel zu hektisch. Versuchte es wieder. Da, ein schwaches Pochen. Ich bekam den totalen Tunnelblick. Das Einzige, was zählte, war nur noch, Davy Erste Hilfe zu leisten. Ich erklärte ihm genau, was ich tat, flüsterte ihm zu: »Hilfe ist unterwegs, Davy. Sie werden bald hier sein.« Er konnte mich nicht hören, dessen war ich mir bewusst. Ich glaube, es war einfach meine Art, mich selbst zu beruhigen. So, wie man nachts im finsteren Wald vor sich hin pfeift.

Als ich den Druckverband anlegte, kam er für einen Moment zu sich. Er lächelte mich erschöpft an und krächzte: »Du ... du hättest dich ... nicht in Gefahr bringen ...«

Ich war den Tränen nah, aber anstatt zu sagen, was ich wirklich empfand, flüchtete ich mich in die üblichen Militärsprüche: »Halten Sie die Klappe, Sergeant. Ich habe für heute die Schnauze voll von Ihrem Scheiß.«

Uns blieb nichts anderes übrig, als zu warten. Was hielt die Rebellen davon ab, näher zu kommen? Es musste ihnen doch klar sein, dass höchstens noch zwei von uns kampffähig und am Leben waren. Vielleicht wollten sie uns aber auch unvorsichtig werden lassen. Jedenfalls schienen sie nicht mitbekommen zu haben, dass ich über Funk um Hilfe gebeten hatte – das dürfte dann wohl eine unangenehme Überraschung für sie werden.

Die Sonne stand hoch und blass am Himmel – unscharf wie ein Wasserzeichen. Ich umkrampfte meine Glock 17, schob mich so nah wie möglich an Davy heran, der wieder bewusstlos war, bereit für einen Angriff von beiden Seiten. Die Wartezeit zog sich ins Unendliche. Ich musste mich zwingen, nicht ständig auf die Uhr zu sehen. Minuten kamen mir vor wie Stunden. Und dann hörte ich in der Ferne das unverkennbare Geräusch von Rotorblättern. Drei MD500E Helikopter kamen auf uns zu. Sie gehörten zu einer Einheit der Salvadorianer, weiße Helikopter mit einer Minigun und einem Raketenbehälter an der Seite. Vor ein paar Monaten noch hätte ich es für einen Witz gehalten, aber jetzt war mir alles recht. Es waren keine Apachen, aber scheiß drauf, Rettung nahte.

Zwei der Helikopter begannen nach allen Seiten zu feuern, während der dritte in der Mitte langsam nach unten sank. Ich zog Davy in eine sitzende Position, drückte meine Schulter in sein Hüftgelenk, hob ihn hoch und rannte zum Helikopter, der gelandet war. Der Copilot half mir, ihn hineinzuhieven, ich kletterte hinterher. Dann stiegen wir auch schon in die Luft und drehten in einem scharfen Winkel ab. Ich reckte den Hals, um nach unten zu sehen, konnte bei dem aufwirbelnden Staub jedoch nichts erkennen. Aber sei's drum: Wie viele Rebellen es auch immer im Hinterhalt gewesen waren, es gab sie nicht mehr.

Trauer beschreibt es nicht annähernd, was ich danach spürte. Ich fühlte mich total leer. Verantwortlich. Schuldig. Unfähig. Beschämt. So als ob diese Riesenscheiße, bei der meine britischen Kameraden Banjo und Tomcat gestorben waren, allein auf mein Konto ginge. Ich hatte schließlich das Kommando gehabt.

Warum hatte ich den Stützpunkt ohne das komplette malische Kontingent überhaupt verlassen? Warum hatte ich nicht auf mein Bauchgefühl gehört? Warum war ich gefahren, ohne Verstärkung anzufordern? Allein der Gedanke, dass ich Davy vielleicht gerettet hatte, verhinderte, dass ich Selbstmordgedanken hegte.

Während ich im Militärlazarett des Camps darauf wartete, dass die Kugel aus meiner Schulter operiert wurde, sah ich durch das Fenster Amadou aus einem der anderen Helikopter steigen und musste mitansehen, wie Leichensäcke auf Tragen weggebracht wurden: Tomcat, Banjo und die anderen.

Als sie mich vorbereiteten und mir die Betäubungsmaske anlegen wollten, sagte ich wie im Delirium: »Lasst Davy nicht sterben. Er darf nicht sterben.« Dann vernahm ich nur noch, wie jemand zu zählen begann: »Zehn, neun, acht, sieben …«

Als ich langsam wieder zu Bewusstsein kam, hatte ich zunächst das Gefühl, am Meeresgrund zu liegen. Über mir sah ich einen Lichtschimmer, dem ich instinktiv nach oben folgte. Für einen glückseligen Moment war da keine Erinnerung, kein Gedanke. Doch kaum war ich richtig wach, keimten Zweifel in mir auf, verwandelten sich in Unbehagen, und die entsetzliche Realität wurde mir wieder vollends bewusst. Verzweifelt wollte ich mir die Kanüle, die mich mit dem Tropf verband, aus dem Arm reißen, doch irgendwie schaffte ich es, mich zu beherrschen, und rief nur ein einziges Wort, immer wieder, bis jemand auftauchte: »Davy?«

Die Krankenschwester, die zu mir gerannt kam, sagte: »Ihr Freund lebt. Er ist aus dem OP raus und ruht sich aus.«

Hinter ihr erschien mein Kommandant. Ich rechnete mit einem »Verdammt, warum haben Sie nicht besser aufgepasst?« – stattdessen behandelte er mich wie einen Helden. Erklärte mir, dass der Premierminister über meinen rühmlichen Einsatz informiert worden war. Ich kam mir vor wie ein Betrüger.

Einen Tag später erhielt ich die Kopie einer handgeschriebenen Nachricht mit dem Briefkopf des Premierministers. Marcus Valentine schrieb, dass er »verdammt stolz« auf das sei, was ich vollbracht hatte.

Was ich vollbracht hatte?! Hätte er mir gegenübergestanden, hätte ich ihm wütend entgegnet, dass dabei mehrere Soldaten gestorben seien und Davy verstümmelt, und wofür? Gewiss, ich trug für unsere Fahrt die Verantwortung – aber er als Premier für die ganze schwachsinnige Mission!

Ich wurde zurück nach Hereford geflogen. Davy brachten sie nach London in ein Armeekrankenhaus, und ich versprach, dass ich ihn besuchen würde, sooft ich konnte.

Die Schusswunde in meiner Schulter heilte rasch. Ein Teil von mir wünschte sich, ich hätte einen höheren Preis für meinen Fehler bezahlt. Mein CO gab mir ein paar Tage Zeit, um »den ganzen Scheiß aus dem Kopf zu kriegen«, wie er es ausdrückte. Danach würde es dann wieder ernst werden. Als ich ihn das nächste Mal sah, erklärte er mir, dass er Neuigkeiten für mich habe. »Weiß der Himmel, warum, aber der Premierminister hat Gefallen an Ihnen gefunden. Er hat eine Beförderung für Sie im Sinn. Er will Sie in der No. 10 als Militärberater.«

Vierundzwanzig Stunden später packte ich widerwillig meine Sachen und machte mich auf den Weg nach London. Denn die Stelle musste sofort angetreten werden. Dabei fühlte ich mich wie eine Spielfigur, die von Marcus Valentine nach Lust und Laune hin und her bewegt wurde.

MOLLY

Ich trat meine Stelle in der Downing Street Mitte März an, zwei Wochen nach meinem Bewerbungsgespräch auf dem Landsitz des Premierministers. Es hieß, ich solle mir von King's Cross ein Taxi nehmen, das sie mir bei meiner Ankunft erstatten würden. Der Fahrer runzelte ungläubig die Stirn, als ich ihm die Adresse nannte. »Wie bitte? Das ist ein Scherz, oder?«

Es ging vorbei an vielen Sehenswürdigkeiten und Theatern. Der Fahrer hörte nicht auf, mir neugierige Fragen zu stellen. Ich hatte keine Ahnung, was ich ihm antworten sollte, denn ich war ja um äußerste Diskretion gebeten worden. Deshalb schwieg ich. Er muss mich wohl für hochnäsig gehalten haben, aber ich war viel zu aufgeregt, um mir darüber Gedanken zu machen.

Wir sausten die Whitehall hinunter und bogen hinter dem Kriegerdenkmal Cenotaph ab, um zu den berühmten schwarzen Toren zu gelangen. Ich bezahlte mit Karte, und das Gerät gab mir die Möglichkeit, zehn, fünfzehn oder zwanzig Prozent Trinkgeld draufzuschlagen. Angesichts meines neuen prominenten Arbeitgebers wollte ich nicht geizig erscheinen und entschied mich für den maximalen Betrag. Anstatt mir zu danken, sagte er nur: »Richten Sie Valentine aus, er soll aufhören, weiter so einen Scheiß zu bauen!«, und fuhr davon.

Ich begab mich zum Fußgängereingang des Haupttores.

Zwei Polizisten unterhielten sich auf der anderen Seite. Sie trugen kurzärmelige Hemden unter schwarzen Stichschutzwesten und drückten ihre Maschinenpistolen eng an die Brust. Sie schienen mich nicht zu bemerken, sodass ich nach kurzem Zögern einmal laut hustete und »Entschuldigen Sie« sagte.

»Kann ich Ihnen helfen?«, fragte daraufhin einer der beiden.

»Mein Name ist Molly Wilson«, sagte ich freundlich. »Ich arbeite ab heute hier … Für den Premierminister.«

»Verstehe.« Er sprach in sein Funkgerät hinein, nickte, als er eine Antwort erhielt, und trat auf ein großes Pedal, mit dem er das Fußgängertor öffnete.

»Sie müssen nun zur Sicherheitskontrolle, Molly«, sagte er und zeigte auf ein schwarzes, auf dem Bürgersteig errichtetes Gebäude, das ein wenig an einen Pavillon erinnerte und sich nur wenige Meter die Straße hinauf befand. »Die werden Ihnen sagen, wie es weitergeht.«

Im Pavillon befand sich ein Scanner wie bei der Sicherheitskontrolle am Flughafen, und danach wurde ich in Richtung der berühmten schwarzen Tür geschickt.

Die Straße lag zur Hälfte im Schatten und zur Hälfte im hellen Sonnenlicht. Unsicher blickte ich zurück zum Haupttor, vor dem rechts ein Reporter gerade in eine Kamera sprach. Ich stand nun offenbar genau im Bild, denn der Kameramann bedeutete mir mit einer hektischen Handbewegung, mich zu verziehen. Plötzlich bemerkte ich einen Fotografen neben ihm, der seine Linse auf mich richtete und losknipste. »Sie sind viel zu hübsch, um hier zu arbeiten«, rief er mir zu. Verlegen wandte ich mich um und eilte auf die No. 10 zu, vor der ein weiterer Polizist mit den Händen im Rücken Wache schob. Als ich die Hand nach dem Klopfer ausstreckte, öffnete sich die Tür schon wie von selbst, und zu meiner Überraschung stand dahinter ein Mann, der mir bekannt vorkam, auch wenn ich nicht mehr wusste, woher. Er trug ein kurzärmeliges Hemd mit einer schwarzen Krawatte und eine Brille mit einer dicken, schwarzen Fassung.

»Molly«, sagte er und beugte sich vor, um mir mit meinen Taschen zu helfen. »Hat man Ihnen nicht gesagt, dass Sie zur Hintertür kommen sollen?«

»Nein ...«, sagte ich betroffen und folgte ihm in den Flur.

»Kein Grund zur Sorge.« Er merkte es mir wohl an, dass ich seinen Namen vergessen hatte, und sagte freundlich: »Erinnern Sie sich noch an mich? Ich bin Stephen. Ich habe Sie vom Bahnhof abgeholt und zum Landsitz des Premierministers gefahren.«

»Ah ja, natürlich! Entschuldigen Sie, Stephen. Ich hatte bloß nicht damit gerechnet, Sie hier anzutreffen«, sagte ich beschämt.

»Schon in Ordnung. Das Ganze ist sicherlich sehr aufregend für Sie.«

»In der Tat. Wohnen Sie auch hier?«

»Ich? Nein, nein.«

Er erzählte mir, dass er vor Kurzem in eine kleinere Wohnung umgezogen und sein Weg zur Arbeit nun leider länger als früher sei. »Aber ich will mich nicht beklagen. Mein Großvater hat immer gesagt: Es liegen jede Menge Leute auf dem Friedhof, die gern mit dir tauschen würden.« Er warf mir ein breites Grinsen zu.

Vielleicht lag es daran, dass ich das Ganze als so überwältigend empfand, jedenfalls überkam mich auf einmal ein Gefühl von Einsamkeit. Ich hätte am liebsten auf dem Absatz kehrtgemacht und den nächsten Zug raus aus der Stadt genommen. Stephen schien meine Gedanken zu lesen.

»Machen Sie sich keine Sorgen. Das alles hier mag Ihnen sehr fremd vorkommen, aber Sie werden sich hier schon bald wie zu Hause fühlen.«

Er bedeutete mir mit einer Kopfbewegung, dass wir nach links durch eine Tür mussten. Der Teppichboden dahinter hatte ein tiefes, sattes Rot. Nach nur wenigen Schritten erreichten wir eine breite, halbgewendelte Treppe. »Wir befinden uns jetzt in der No. 11. Üblicherweise arbeitet hier der Finanzminister, doch er verbringt die meiste Zeit in seinem Ministerium. Deshalb hängen hier all diese Karikaturen zu Wirtschaftsthemen.« Er deutete auf eine Reihe schwarzweißer Tuschzeichnungen, die aussahen, als stammten sie aus einem anderen Zeitalter: ein fetter Mann, der an einem Fluss neben einem Haufen gefangener Fische lungerte und dessen Angelrute sich schon wieder spannte, und zwei Leute in einem Boot, die versuchten, in die entgegengesetzte Richtung zu rudern.

Zur Linken ging es ein paar Stufen hinauf zu einer Tür, neben der sich ein kleines Tastenfeld befand. Während Stephen eine Zahlenkombination eintippte, nannte er mir den Code, damit ich kommen und gehen konnte, wie es mir passte. Es klickte, als die Tür sich entriegelte. Er stellte meine Taschen hinter der Türschwelle ab. »Nun, da wären Sie also. Dann lasse ich Sie einmal allein«, sagte er und verschwand, ehe ich ihn fragen konnte, wo sich mein Zimmer befand.

Als ich erfahren hatte, dass ich über No. 11 wohnen würde, hatte ich mir eine beengte Bleibe vorgestellt, nicht viel größer als die Studentenbuden, in denen ich früher gelebt hatte. Ein absurder Gedanke, wie mir jetzt klar wurde. Vor mir lag ein langer, geräumiger Flur mit doppelter Deckenhöhe. Oben musste es wohl auch noch Zimmer geben, aber ich konnte keine Treppe entdecken. Zu meiner Rechten stand ein riesiges Regal, das mit Büchern vollgestopft war, zu meiner Linken ein großes Sideboard, auf dem alle nur erdenklichen alkoholischen Getränke aufgereiht waren, dazwischen ein paar Gläser, in denen sich noch die klebrigen Reste eines längst getrunkenen Cocktails befanden.

Je länger ich dort stand, desto eigenartiger fühlte ich mich. Ob wohl jemand kommen würde, um mich zu begrüßen? Ich kam mir wie ein Eindringling vor.

Vom Ende des Flurs hörte ich das gedämpfte Gestöhne einer Indie-Rock-Band. Zögernd ging ich darauf zu und erblickte dort zu meiner Rechten einen großen, offenen Wohnraum mit Küchenbereich. In der Mitte befanden sich zwei gegenüberstehende Sofas. Auf einem davon hatte es sich Abbie bequem gemacht, die, mit dem Rücken zu mir an einen Stapel Kissen gelehnt, durch ihr iPad scrollte. Sie hörte »How Soon is Now?« von The Smiths.

»Hallo, Abbie!«, sagte ich.

Sie zuckte zusammen und drehte sich um.

»Herrje!«

Sie sah mich konsterniert an und atmete dann tief durch. »Machen Sie das nie wieder, Molly! Mich so zu erschrecken!« Sie hielt für einen Moment inne, um sich zu sammeln. »Wer hat Sie reingelassen?«

»Stephen. Tut mir leid, dass ich Sie erschreckt habe. Ich …«

Ich setzte zu einer Erklärung an, aber sie hob abwehrend die Hand.

»Schon gut. Möchten Sie eine Tasse Tee?«

Sie begann sich aufzurappeln und gab dabei ein kleines Stöhnen von sich. Ihr schwangerer Bauch war seit unserer ersten Begegnung deutlich größer geworden. Schnell bot ich mich an, den Tee zuzubereiten, aber sie winkte ab.

»Ich weiß, ich sehe aus wie eine Mastkuh.«

»Tun Sie nicht«, sagte ich, blickte zu Boden und errötete dabei.

»Das ist nett von Ihnen, aber Sie lügen.«

»Wo sind Marcus und Freddie?«, fragte ich in dem Versuch, das Thema zu wechseln.

»Freddie schläft, und Marcus ist bei irgendeiner Veranstaltung. Es gibt immer irgendeine ›Veranstaltung‹.« Sie füllte den Wasserkocher, lehnte sich an die Wand, schloss die Augen und atmete tief ein. Es war, als wäre ich gar nicht da. Sichtlich bemüht, ihren Tonfall zu ändern, murmelte sie: »Es ist gut, dass Sie jetzt hier sind. Freddie braucht Sie. Es wird immer schlimmer mit ihm. Morgens, mittags und abends diese Wutanfälle. Ich weiß wirklich nicht mehr weiter und bin furchtbar erschöpft, jetzt wo das zweite unterwegs ist.« Sie öffnete die Augen und starrte an mir vorbei in die Ferne. »Wir haben hier jede Menge Platz, aber trotzdem bekommt man einen Knastkoller. Auch wenn es ein sehr komfortabler Knast ist.« Sie lachte, aber ich glaubte nicht, dass es ein Scherz war.

Ich versuchte mir den Grund meines Hierseins in Erinnerung zu rufen: Freddie. Ein Junge, der meine Hilfe benötigte. Als Annie und Jack erfahren hatten, wer mein zukünftiger Arbeitgeber sein sollte, hatte Annie mich gefragt, ob ich die Stelle nur angenommen hätte, weil mein Helfersyndrom mich glauben ließ, die Einzige zu sein, die Freddie retten könne. Ich hatte ihr natürlich widersprochen, aber insgesamt wusste ich, dass sie damit nicht ganz unrecht hatte.

Ich war erleichtert, als Abbie ihren Tee austrank und vorschlug, mir alles zu zeigen. Dadurch schien sich ihre Stimmung aufzuhellen.

Gegenüber dem Wohnbereich mit offener Küche befand

sich ein weiterer großer Wohnraum, in dem ebenfalls zwei große Sofas und ein Fernseher standen. Auf dem Boden lagen Spielsachen und ein paar Kleidungsstücke herum. Sie zeigte nach links. »Dahinten ist der Rosengarten. Da gibt es ein Klettergerüst, eine Schaukel und ein Holzhaus, in dem Freddie gern spielt.«

»Und was sieht man dort?«, erkundigte ich mich und zeigte auf einen großen, rechteckigen Platz, der sich unmittelbar hinter der Gartenmauer befand.

»Horse Guards Parade. Ein Platz, der für königliche Paraden und Zeremonien genutzt wird.« Sie durchquerte den Raum. »Dort hinten ist der Park St. James. Als ich noch im Ministerium gearbeitet habe, war er für mich so etwas wie ein Zufluchtsort … Mittags habe ich mir oft einen Kaffee und ein Sandwich gekauft und mir dort die Reiher und Schwäne angeschaut. Ich war damals so viel glücklicher … Ich möchte so gern wieder arbeiten, wenn das Kleine hier etwas größer ist«, sagte sie und tätschelte dabei ihren Bauch. »Das wäre das Beste für uns alle.«

Traurig senkte sie den Blick. Es bedurfte keines Universitätsabschlusses in Psychologie, um zu erkennen, dass sie aus dem Gleichgewicht war, womöglich sogar depressiv. Ich versuchte Mitgefühl zu empfinden, aber es wollte mir nicht so recht gelingen, weil ich das Gefühl nicht loswurde, dass ich für sie nicht mehr war als ein Luxus, den sie sich gönnte, um sich besser zu fühlen.

Das zweite Wohnzimmer hatte ein schrilles Design, das schon Thema einiger bissiger Zeitungsartikel gewesen war. Die übrigen Zimmer, die nicht bewohnt wurden, hatte man hingegen vernachlässigt. Sie waren – wenn überhaupt – spartanisch eingerichtet und mussten dringend einmal gestrichen werden. Mein Zimmer, das sie mir anschließend zeigte, war zwar recht groß, aber der Zustand ließ Rückschlüsse auf meinen Status hier zu: Der beigefarbene Teppich war an einigen Stellen abgenutzt, das schmale Bett nicht einmal bezogen. Laken, Decken und Bettbezug lagen gefaltet auf einem weißen Stuhl. In einer Ecke stand ein brauner Lackschrank und in der anderen ein zweiter Stuhl. Abbie ließ mich allein, damit ich »es mir gemütlich machen und mich wie zu Hause fühlen« konnte.

Ich hätte am liebsten Annie angerufen, aber ich fürchtete, dass mich der Klang ihrer freundlichen Stimme nur noch mehr darin bestätigen würde, dass ich mit der Zusage einen großen Fehler gemacht hatte. Ich rief mir in Erinnerung, dass ich wegen Freddie hier war, der meine Hilfe benötigte, und entschied mich stattdessen auszupacken. Mein Job hier würde ja nicht ewig dauern. Außerdem war es eine gute Gelegenheit, mir ein finanzielles Polster zuzulegen und in den besseren Kreisen weiterempfohlen zu werden.

Als ich mein letztes Kleidungsstück in den Schrank hängte, hörte ich, wie die Wohnungstür geöffnet und wieder geschlossen wurde. Abbie sprach mit jemandem, dann erklangen Schritte auf dem Flur. Kurz darauf klopfte es an meiner Zimmertür.

»Herein!«

Es war ein heftig schwitzender Marcus, der in einem Vintage-T-Shirt von Superdry und schwarzen Laufshorts vor mir stand.

»Molly! Willkommen! Kommen Sie zurecht?« Bevor ich antworten konnte, fuhr er auch schon fort: »Ich war gerade joggen. Ohne Sport würde ich durchdrehen. Das Personenschutz-Team begleitet mich auf den acht Kilometern durch den Park. Joggen Sie auch?«

»Ja, ich freue mich schon darauf, einmal …«

»Dann sollten Sie mit uns laufen. Nein, Sie *müssen* mit uns laufen. Ich werde meine Bodyguards informieren.«

Ich wollte einwenden, dass ich sicher nicht so fit sei wie sie, aber er tat es sogleich mit einem »Blödsinn!« ab und begann zu erzählen, dass irgendjemand im Park offensichtlich Dope geraucht und ihm einer der Personenschützer daraufhin zugerufen habe: »Tief einatmen, Premierminister!« Er lachte, und ich versuchte mit einzustimmen. Dann entstand eine peinliche Stille, bis er zum Bett hinübernickte und grinsend sagte: »Einzelbett, hm? Kein Spaß, was?«

Ich spürte, wie ich knallrot wurde. Es war offensichtlich, wie unangenehm mir die Situation war, aber er machte keine Anstalten, sich für seine Anzüglichkeit zu entschuldigen. Glücklicherweise hörte ich in diesem Moment Freddie weinen, der offenbar aufgewacht war. Ich nutzte die Gelegenheit, aus dem Zimmer herauszukommen. »Ich muss zu ihm und Hallo sagen.«

»Was?«, erwiderte er perplex, fing sich aber gleich wieder. »Oh, Freddie. Richtig. Dann werde ich mal unter die Dusche springen. Danach geht's zurück an die Arbeit. Es gibt jede Menge zu tun.«

Ich fand Freddie im Nachbarzimmer, wo er sich im Bett die Augen rieb und wimmerte.

»Ja hallo, da ist ja jemand wach!«, begrüßte ich den Kleinen mit zärtlicher Stimme.

Augenblicklich ging ein Strahlen über sein kleines Gesicht.

»Molly! Was machst du hier?«

»Nun, ich wohne jetzt bei euch und darf mich um dich kümmern. Mummy und Daddy haben es dir doch bestimmt erklärt, nicht wahr? Wir werden jede Menge Spaß haben.«

Freddie überlegte kurz und fragte dann zögerlich: »Kannst du Fußball spielen?«

»Ja, kann ich.«

Sein Zimmer war beinahe genauso trostlos wie meins. Es hingen zwar einige Bilder an den Wänden – darunter eine Buntstiftzeichnung von ihm mit einer gelben Sonne in der Ecke, einem Haus mit vier Fenstern und einigen Strichmännchen davor –, aber ansonsten war der Raum, bis auf ein paar verstreute Spielsachen und einer Ratte als Kuscheltier, erschreckend karg.

Freddie kletterte aus dem Bett, nahm meine Hand, und wir machten uns zusammen auf die Suche nach seiner Mutter, die es sich wieder auf dem Sofa bequem gemacht hatte.

»Na, sieh mal einer an, wer da ist«, sagte sie mit einem aufgesetzt klingenden Singsang in der Stimme. Freddie presste sein Gesicht gegen meinen Oberschenkel.

»Wie wäre es, wenn wir mit Freddie im Garten spielen gehen?«, schlug ich munter vor.

»Im Garten?«

Abbie blickte mich fragend an, doch dann schien sie rasch überzeugt zu sein, und ihre Miene hellte sich auf. Sie verbrachte eine halbe Ewigkeit damit, ihre Jacke und ihre Schuhe zu suchen, während ich die Zeit damit überbrückte, mir von Freddie zeigen zu lassen, wo er sein Spielzeug aufbewahrte. In der großen Plastikkiste in der Ecke befand sich ein Durcheinander aus Bauklötzen, Legosteinen, ein paar Plüschtieren und einigen Spielzeugautos. Ich fragte ihn, ob er gern male, und er schüttelte den Kopf, rannte stattdessen in die Ecke, wo ein Kehrblech und ein Handfeger standen, der beinahe so groß war wie er, und versuchte, damit den Boden zu kehren. Abbie kam herein und verdrehte die Augen.

»Ich kriege ihn von diesem Ding einfach nicht weg. Die Putzhilfe kommt dreimal die Woche, und wenn sie da ist, folgt er ihr auf Schritt und Tritt und fragt sie, ob er mitspielen darf.« Ich verkniff mir einen Kommentar. »Lassen Sie uns in den Garten gehen, dann sehen Sie auch noch mehr vom Haus.«

Neben der Hintertür befand sich ein kleiner Aufzug, in den wir uns zu dritt hineinquetschten. Im Erdgeschoss öffnete er sich zu einem Flur, von dem mehrere Türen abgingen. Abbie zeigte nach links.

»Das ist der Weg nach draußen. Er führt zu einem Parkplatz mit einer Schranke am Ende. Sie werden einen Ausweis dafür bekommen. Wenn Sie nach der Schranke rechts abbiegen, gelangen Sie auf The Mall, und gleich gegenüber befindet sich der Park St. James. Dieser Weg ist der beste, weil dort selten Paparazzi warten – es sei denn, sie haben es wirklich auf einen abgesehen.« Sie erzählte mir von einem Fotografen, der bei jedem Wetter die Downing Street umrundete, in der Hoffnung, jemanden dabei zu erwischen, wie er gerade ein komisches Gesicht zog, oder auch einen Minister oder Staatsbeamten mit vertraulichen Unterlagen unter dem Arm. »Sie wären überrascht, wie oft das passiert.« Abbie verzog angewidert das Gesicht. »Und hier halten sich die Personenschützer auf«, sagte sie und öffnete eine Tür zu unserer Rechten.

Ich nickte ein paar Sicherheitsleuten zu, die ihre Dienstjacken abgelegt hatten, so dass ihre Schulterholster mit den Waffen sichtbar waren. Sie lächelten und grüßten zurück, aber Abbie hatte bereits auf dem Absatz kehrtgemacht und marschierte weiter mit Freddie im Schlepptau.

Zu meiner Überraschung stapelten sich Pappkartons an den Wänden, und dazwischen stand sogar eine alte Waschmaschine. Dieser Teil des Hauses hatte etwas Marodes an sich, sah ganz und gar nicht wie der Lebensmittelpunkt und Arbeitsplatz eines Premierministers aus.

Wir bogen nach links, und Abbie sagte: »Dieser Raum hier trägt lächerlicherweise die Bezeichnung Kantine.« Ich

erblickte zwei Kühlschränke mit Glastüren, die mit Schoko-
riegeln und Softdrinks gefüllt waren, und gegenüber einen
kleinen Küchenbereich mit leeren Edelstahlbehältern. Es
gab ein paar Tische, an denen aber niemand saß. »Wenn Sie
fettiges Frühstück, ein trockenes Sandwich oder andere un-
gesunde Sachen mögen, dann sind Sie hier an der richtigen
Stelle.«

Am Ende des Flurs befand sich ein großer Raum mit Blick
auf den Rosengarten. Darin standen zahlreiche Schreib-
tische mit Computern. Abbie erklärte mir, dass man die
Sekretärinnen früher deswegen die »Garden Room Girls«
nannte, die hier vor dem Computerzeitalter praktisch rund
um die Uhr tippten. Am Fuß einer Treppe stand ein riesiger
vergilbter Globus – ein Geschenk des französischen Präsi-
denten Charles de Gaulle –, gegenüber befand sich eine
Flügeltür. Abbie stieß sie auf, und wir folgten ihr hinaus ins
Freie. Es fühlte sich an, als würde mir eine Last von den
Schultern fallen, und ich atmete instinktiv die kühle, frische
Luft ein.

Ich erinnerte mich vage, diese hohen, dunkelgrauen Mau-
ern und weitläufigen Rasenflächen schon des Öfteren in den
Nachrichten gesehen zu haben. Wir folgten Freddie stumm
zu der hinteren Ecke, wo sich das Klettergerüst, die Schaukel und Freddies Holzhaus befanden. Zu meiner Überraschung winkte uns Abbie hinein.

Es war feucht und modrig, und Ohrenkneifer krabbelten
darin herum. Abbie ließ sich vor einer Wand auf dem Boden
nieder. Freddie versuchte sich auf ihren Schoß zu setzen, sie
wehrte ihn jedoch vehement ab.

»O nein. Wir müssen an das Baby in Mamas Bauch denken.«

Enttäuscht ließ er sich auf meinem Schoß nieder und
steckte seinen Daumen in den Mund.

Stille breitete sich zwischen uns aus.

Dann sagte Abbie wie aus heiterem Himmel: »Ich glaube, Marcus hat eine Affäre.«

»Was?«, rief ich, erstaunt darüber, dass sie mir etwas so Persönliches so unverblümt anvertraute. »Das kann ich nicht glauben. Als Premierminister kann er keine Affäre haben. Die Presse würde das rausfinden und sich auf ihn stürzen ...«

Ich fühlte mich unbehaglich, noch dazu mit Freddie auf dem Schoß. Er mochte zwar die Brisanz ihrer Worte nicht verstanden haben, aber Kinder spüren, wenn etwas nicht stimmt.

»Natürlich kann er das. Glauben Sie etwa, man würde das nicht decken? Insbesondere, wenn er auf Reisen ist. Und das ist er sehr oft.«

»Oh ... Das ... das tut mir leid.«

Abbie sah mich nicht an, sprach einfach weiter, als rede sie mit sich selbst.

»Vielleicht sollte ich ihn verlassen ... Ja, das wäre das Beste.«

Freddie drängte sich an mich. Meine Augen versuchten, ihr zu verstehen zu geben, dass sie vorsichtig sein musste mit dem, was sie vor ihrem Sohn sagte. Sie ignorierte meinen Blick.

»Würden Sie mitkommen?« Sie sah mich eindringlich an. »Mit mir und Freddie?«

»Wie? Wohin mitkommen?«

Abbie reagierte nicht auf meine Frage, stieß nur einen tiefen Seufzer aus. »Vielleicht sollten wir zunächst mal hier einziehen. Was haltet ihr davon?«

Keiner von uns antwortete. Freddie kuschelte sich nur noch fester an mich.

Nach ein paar Minuten entschied Abbie, dass es an der

Zeit war zu gehen. Es dauerte eine Weile, bis sie sich aufgerappelt hatte, aber dann ging sie schnurstracks zurück. Wir folgten ihr ergeben. Im Haus deutete sie in einen langen Flur zu unserer Linken, wo sich eine weitere Treppe befand. »Dahinten geht's zum Kabinettsbüro. Ein einziges Labyrinth ... dort befindet sich angeblich das Gehirn der Regierung«, sagte sie spöttisch. »Und wissen Sie auch, was sich unter uns befindet?« Ich schüttelte den Kopf. »Ein Tunnelsystem namens Pindar. Im Notfall müssen wir uns alle dort hinunterbegeben. Weil wir da sicher sind.«

Sie redete immer schneller und schneller. War zum Schluss völlig atemlos. Mir war klar, dass sie ebenso Hilfe benötigte wie Freddie – wenn nicht sogar noch dringender.

Sie ging ein paar Schritte nach rechts, und für einen Moment dachte ich schon, sie würde uns in die Tunnel hinunterführen, doch dann bog sie nach links in einen großen Raum mit mehreren Schreibtischen. »Das hier ist das Privatbüro des Premierministers. Für gewöhnlich tummeln sich hier die Speichellecker, aber sonntags ist es hier ruhig ... Aber hallo, sehen Sie nur, wer heute hier ist! Hast du denn kein Zuhause, Sunil?«

Sunil blickte von einer roten Mappe auf, in der sich ein paar eng beschriebene Schreibmaschinenseiten befanden. Er schien sie mit einem roten Filzstift zu korrigieren. Seine Augenbrauen zuckten kurz, dann stand er auf.

»Molly! Willkommen in der Downing Street.«

Ich wollte ihm die Hand schütteln, aber Abbie ließ es nicht zu und drängte mich durch eine weitere Tür. »Wollen Sie denn nicht das Arbeitszimmer des Premiers sehen?«

Darin befand sich ein schräg gestellter Schreibtisch, von dem aus man in den Garten hinausblicken konnte. Auf der linken Seite befanden sich ein großer Kamin, ein Fernseher, auf dem Sky News lief, ein großes Sofa und zwei altmodische Ohrensessel. Am hinteren Ende des Raums erblickte ich zwei deckenhohe Türen, die Abbie mit einer schwungvollen Geste und den Worten »Und das hier ist das Großartigste von allem!« öffnete.

Ich stand einem langen Tisch gegenüber, der fast den ganzen Raum einnahm. Abbie schritt auf einen Stuhl zu, der sich unmittelbar vor einem Kamin befand. »Das ist der Stuhl des Premierministers. Sehen Sie, dass er ein wenig schräg vom Tisch weggerückt ist? Das ist so, damit unser geliebtes Staatsoberhaupt keine kostbare Sekunde damit verschwenden muss, ihn hervorzuziehen, wenn er hereingeeilt kommt und Platz nimmt, um die jüngste Krise zu bewältigen.«

Sunil war uns gefolgt, und sie blickte ihm direkt in die Augen, als sie den Stuhl energisch unter den Tisch schob, wobei sie mit den Lippen das Wort »Bullshit« formte.

Sunil gab einen tiefen Seufzer von sich, sagte aber nichts. Ich blickte ihn mitleidig an. Er nickte mir zu, als wolle er sagen: *Ich weiß, was Sie denken.*

Abbie hatte Freddie inzwischen schon zur Treppe vor dem Privatbüro gezogen. Sobald ich zu ihnen aufgeschlossen hatte, begann sie die Stufen hinaufzusteigen und deutete auf die Wände, an denen eine Reihe von Gemälden hingen, die weiter oben dann von Fotografien abgelöst wurden. »Eigentlich sollten hier die Bilder sämtlicher Premierministerinnen und Premierminister hängen. Aber da es inzwischen zu viele sind, müssen sie jedes Mal, wenn ein neues Bild aufgehängt wird, alle anderen nach unten rücken und das letzte entfernen.« Die Politiker starrten in die Ferne wie Charakterdarsteller in einem alten Film. Das erste Gesicht, das ich erkannte, war das von Margaret Thatcher.

Abbie war außer Atem, als wir oben ankamen. »Sie hängen dein Bild erst auf, wenn du weg bist. Daher gibt es noch keins von Marcus. Der wird jedoch so lange kämpfen und treten und intrigieren, wie es geht, damit dieser Tag niemals kommt. Aber das wird er. Unweigerlich.«

All das Umherhetzen, ihr Gerede und die vergifteten Gedanken, die ihr im Kopf herumschwirrten, schienen in diesem Moment ihren Tribut zu fordern, denn sie begann mit einem Mal, so sehr zu schwanken, dass ich schon befürchtete, sie könnte mit Freddie die Treppe hinunterstürzen. Instinktiv zog ich ihn von ihr weg und stützte sie gleichzeitig mit meiner anderen Hand.

»Kommen Sie, Abbie, setzen Sie sich einen Moment hin.« Ein Stück weiter den Flur entlang erblickte ich eine offene Tür. Behutsam führte ich sie in den Raum. Zwei weiße Sessel waren links und rechts von einem Kamin platziert. Ich kannte den Raum von Fotografien, auf denen der Premierminister irgendwelchen wichtigen Leuten die Hand schüttelte. Abbie sank in den am nächsten stehenden Sessel und vergrub das Gesicht in ihren Händen. Ihr Körper zuckte, und ich dachte zunächst, dass es daran lag, dass sie so außer Atem war, doch dann vernahm ich ihr Schluchzen. Freddie blickte ängstlich zu seiner Mutter. Ich drehte sein Gesicht zu meiner Schulter und streichelte beruhigend seinen Rücken, ein ums andere Mal: »Ist schon gut, mein Schatz. Mummy ist nur müde.«

Plötzlich war hinter uns ein Räuspern zu vernehmen. Marcus lehnte in Jeans und Freizeithemd im Türrahmen. War er gerade erst aufgetaucht, oder stand er bereits eine Weile dort? Er hatte einen kalten Ausdruck im Gesicht. Ohne sich mir zuzuwenden, bat er mich, Freddie in die Wohnung zurückzubringen. Das ließ ich mir nicht zweimal sagen. Wir eilten aus dem Zimmer, und ich zog die Tür hinter mir zu.

Auf dem Flur wurde mir klar, dass ich keine Ahnung

hatte, wo ich hinmusste. Ich schritt einen Flur hinunter, an dessen Wänden antike Holzvitrinen mit Gegenständen aus Silber und Glas standen. Am Ende befand sich eine Flügeltür, die in einen weiteren Flur führte. Ich bog nach links, warf einen Blick in eine Reihe von nichtssagenden Konferenzräumen, ging weiter und kam zu einer Wendeltreppe, die nach unten ins Erdgeschoss führte. Unten erblickte ich Stephen, der konzentriert einen Videomonitor überwachte, auf dem Schwarz-Weiß-Aufnahmen von der Straße unmittelbar vor dem Haus zu sehen waren. Uff, immerhin wusste ich jetzt wieder, wo ich war.

Stephen wandte sich mir zu, überrascht, mich zu sehen, und noch überraschter, dass ich Freddie an der Hand hatte.

»Ist alles in Ordnung, Molly?«

»Ja ...«, erwiderte ich wenig überzeugend. »Alles gut. Freddie und ich machen nur eine kleine Erkundungstour durchs Haus.« Wir sahen einander vielsagend an. Stephen wusste genauso gut wie ich, dass etwas nicht stimmte. »Aber jetzt wird es langsam Zeit, dem jungen Mann etwas zu essen zu machen.«

Stephen nickte lächelnd.

Ich ging mit Freddie nach oben und tippte an der Tür den Code ein, den Stephen mir genannt hatte. Im Küchenbereich fand ich für Freddie leider nur ein paar Eier, einen Apfel und eine Tüte mit Toastbrot. Also briet ich ihm Spiegeleier, toastete zwei Scheiben Brot. Freddie dippte voller Begeisterung seine Toaststangen ins Ei und verspeiste sie, während ich den Apfel schälte. Als ich den Teller mit den Apfelscheiben vor ihn stellte, hörte ich, wie die Wohnungstür geöffnet wurde. Ich vernahm ein eindringliches Flüstern, und einen Moment später tauchte Marcus auf.

»Vielen Dank, Molly«, sagte Marcus theatralisch. »Es tut

mir leid, dass Sie das mitansehen mussten ... Dazu noch an Ihrem ersten Tag.«

»Kein Grund zur Sorge«, sagte ich gespielt munter und richtete meinen Blick demonstrativ auf Freddie, um deutlich zu machen, dass das jetzt nicht der richtige Zeitpunkt war, um eine solche Unterhaltung zu führen.

»Abbie hat sich hingelegt«, erklärte Marcus. »Sie braucht mal eine Auszeit von dem Ganzen hier. Wie nannte man so was früher noch gleich? Nervöse Erschöpfung?«

Freddie griff sich eine Apfelscheibe und zerbiss sie mit seinen Backenzähnen.

»Lassen Sie uns später darüber reden. Freddie ist fast fertig mit seinem Abendbrot.«

»Abendbrot ...«, sagte Marcus lächelnd. »Sagt man das heute überhaupt noch?« Ich glaube nicht, dass er es herablassend meinte, aber es kam so rüber.

Ich stand resolut auf, murmelte, es sei höchste Zeit, Freddie zu baden, und war mit ihm auch schon draußen.

Nachdem ich den Kleinen ins Bett gebracht hatte, kehrte ich hungrig und müde in die Küche zurück und fragte mich, wie lange ich es hier wohl aushalten würde. Es lag offensichtlich eine Menge Arbeit mit Freddie vor mir, aber das bedeutete auch, dass ich seine Eltern mit ein paar unangenehmen Wahrheiten über ihr eigenes Verhalten konfrontieren musste.

Ich kochte mir eine Tasse Tee – ohne Milch, da es keine gab – und legte zwei Scheiben Toast auf einen Teller. Im Kühlschrank fand ich einen Behälter mit Butter, deren Oberfläche Krümel und Marmeladenreste zierten.

Nach diesem kargen Abendessen verzog ich mich auf mein Zimmer, wo ich mich mit ein paar Zeilen in einem Buch und einigen Textnachrichten an Freunde abzulenken versuchte. Vergeblich. Schließlich zog ich die Beine an die Brust, legte mein Kinn auf die Knie und starrte ins Leere, während ich darüber nachdachte, worauf ich mich da eingelassen hatte. Das hier war ein vergiftetes Umfeld. Gott weiß, welche Auswirkung es auf Freddie hatte.

Ich fühlte mich verantwortlich, vor allem aber überfordert.

ABBIE

Als ich klein war, hat mein Vater mir einmal eine Geschichte von zwei Fröschen erzählt: Der erste Frosch wird in einen Topf mit kochendem Wasser geworfen. Er bemerkt die Gefahr und hüpft sofort wieder hinaus. Der zweite Frosch kommt hingegen in einen Topf mit angenehm kühlem Wasser und bleibt darin. Doch dann stellt jemand den Topf auf den Herd. Das Wasser wird immer heißer und heißer. Aber der Frosch springt nicht hinaus. Denn er gewöhnt sich an die langsam, aber erbarmungslos steigende Temperatur und erkennt die Gefahr erst, als es schon zu spät ist, um zu flüchten.

Manchmal habe ich das Gefühl, dass ich dieser zweite Frosch bin und meine Eifersucht das Wasser, das immer heißer und heißer wird.

Marcus ist es egal, dass unsere Ehe für Klatsch und Tratsch in Westminster sorgt und in den Zeitungen zerpflückt wird. Dort bin ich immer die zänkische, manipulative Diva, die schmollt und eingeschnappt ist, wenn sie nicht ihren Willen bekommt, während Marcus als der arme, ausgenutzte Ehemann davonkommt. Ich bin mir sicher, dass mich viele Leute hinter meinem Rücken auch als schlechte Mutter bezeichnen – verwöhnt und selbstverliebt. Und vielleicht haben sie ja recht.

Molly dachte das sicher auch. Ich muss auf sie wie eine Verrückte gewirkt haben. Sie konnte nicht wissen, dass ich zuvor eine unruhige Nacht gehabt hatte. Mein Bauch wurde langsam zu dick, um bequem schlafen zu können, und ich musste oft aufstehen, um zur Toilette zu gehen. Schließlich schlief ich vor Erschöpfung ein. Als ich wach wurde, war Marcus schon unter der Dusche. Er hatte sein iPad im Schlafzimmer gelassen. Ohne groß nachzudenken, tippte ich seine sechsstellige PIN ein, von der er nicht wusste, dass ich sie kannte.

Zuerst schaute ich mir seine E-Mails an. Nichts dabei, weshalb man sich aufregen musste. Dann warf ich einen Blick in seine WhatsApp-Nachrichten. Ganz oben waren einige Textnachrichten von einer Telefonnummer ohne Namen. Sie begannen abrupt, wie in der Mitte eines Chatverlaufs, der offensichtlich zum größten Teil gelöscht worden war. Marcus war nicht dumm, aber er war schlampig und hatte die beiden letzten Nachrichten stehenlassen.

Er: *Unbedingt. Freue mich so auf die Reise nächste Woche. Kann es kaum erwarten, dass wir endlich zusammen sind.*

Sie: *Geht mir auch so!* Gefolgt von einem Kuss-Emoji.

Zuerst war ich geschockt. Dann kam die Wut. Ich schleuderte das iPad zu Boden, wodurch der Bildschirm zersprang.

»Was ist los?«, schrie Marcus. Er kam nackt und nur mit einem Handtuch in der rechten Hand ins Zimmer gerannt. Das Haar stand ihm in alle Richtungen vom Kopf ab, da er es noch nicht gekämmt hatte. Es sah aus, als hätte er die Finger in eine Steckdose gesteckt.

»Du verdammter Mistkerl!« Es fiel mir schwer, mich zu beherrschen. »Ich habe deine Textnachrichten an irgendein Flittchen gelesen, das du unterwegs vögelst.«

»Du hast meine Nachrichten gelesen? Was fällt dir ein?!«

Das war typisch Marcus. Er würde es auch noch fertigbringen, sich über jemanden zu beschweren, der ihm die Vorfahrt nimmt, während er nach einem Banküberfall in einem gestohlenen Fahrzeug davonrast.

»Was mir einfällt?«

Ich schwang die Beine aus dem Bett, um aufzustehen und ihn herauszufordern. Mein Herz pochte. Ich spürte, wie mir schwindelig wurde, und stützte mich für einen Moment mit der Hand aufs Bett.

Er griff nach seinem iPad. »Du hast es kaputtgemacht!« Er strich hektisch darauf herum und versuchte mit zusammengekniffenen Augen etwas auf dem gesprungenen Bildschirm zu entziffern. »Da! Nichts. Die Nachrichten sind von einer Abgeordneten, mit der ich mich nächste Woche auf meiner Reise in die Midlands treffen muss.«

»Wer ist sie?«

Er nannte mir den Namen einer unbedeutenden Hinterbänklerin.

»Erzähl mir keinen Scheiß! Wieso steht da kein Name? Warum ist da ein Kuss-Emoji?«

»Jetzt komm schon, Abbie. Das ist verrückt. Du weißt doch, dass ich nur dich liebe.«

Nebenan begann Freddie zu weinen, was Marcus die perfekte Entschuldigung lieferte, das Zimmer zu verlassen.

Mein Schwindelgefühl hatte zum Glück nachgelassen, so dass ich hinter ihm herlaufen konnte. »*Ich* nehme ihn!«, rief ich zitternd, hastete an ihm vorbei in Freddies Zimmer, zog den Kleinen dann hinter mir her, um ihm sein Frühstück zu machen.

In der Küche versuchte ich mich zu beruhigen. Dann fiel die Tür ins Schloss, und ich vernahm das mechanische Geräusch der Aufzugtüren, die sich öffneten und hinter Marcus schlossen. Er war einfach gegangen. Ohne ein weiteres Wort.

»Verdammter Feigling!«, schrie ich und warf ihm eine Tasse hinterher, die auf dem Boden zersprang.

Wutschnaubend holte ich Kehrblech und Besen und fegte die Scherben auf.

»Ich helfe dir, Mama«, rief Freddie, und ich musste mich zusammennehmen, um nicht wieder in Tränen auszubrechen, und ließ ihn noch einmal dort kehren, wo ich Pulverreste übersehen hatte und er sich nicht verletzen konnte. Dann nahm ich ihn in den Arm und lobte ihn für seine Hilfe, bevor ich Blech und Besen wieder wegstellte.

Die nächste Stunde verging unendlich langsam, während ich versuchte, nicht den Verstand zu verlieren und Freddie zu beschäftigen, und dabei insgeheim die Hoffnung hegte, dass Marcus zurückkommen würde, um sich zu entschuldigen. Nach unseren Kämpfen – und es hat nicht wenige davon gegeben – neigte er dazu, mit betretener Miene bei mir aufzutauchen und zu sagen: »Du weißt doch, dass du meine Nummer eins bist. Die Einzige. Es war dumm von mir.« Und aus irgendeinem Grund lenkte ich dann immer ein. Das war zu einem kleinen Teil seinem Charme geschuldet, aber zum Großteil meiner Weigerung, die hässliche Realität zu sehen, dass er nämlich überhaupt nicht fähig war, treu zu sein.

Aber dieses Mal kam nicht er, sondern Molly.

Ich gab mir Mühe, freundlich zu sein. Mir nichts anmerken zu lassen.

Ich erinnere mich nur noch vage daran, mit ihr und Freddie danach durchs Haus und den Garten gehetzt zu sein, und dann stand plötzlich Marcus im White Room vor mir, drängte Molly, unseren Sohn wegzubringen. Erst danach begann er so richtig mit seinen psychologischen Tricks. Er legte seine Arme um mich und sagte: »Ich habe nachgedacht. Ich war in den letzten Monaten viel zu selten zu Hause. Ich muss dir mehr Zeit widmen. Ganz besonders jetzt, wo das Baby unterwegs ist.« Er lehnte sich ein Stück zurück und blickte in mein verheultes Gesicht. »So geht das nicht. Du kannst so nicht weitermachen. Molly ist jetzt hier zu deiner Unterstützung. Und weißt du, was? Ich bin sicher, jetzt wird alles besser.« Die Worte mochten etwas schroff wirken, aber er sprach sie mit sanfter Stimme, die mich einlullte und dazu brachte, über meine eigene Dummheit zu lachen. Er hatte es wieder einmal geschafft.

Ich ging zu Bett in der Hoffnung, das alles irgendwie vergessen zu können. Als könnte ich einfach die Augen schließen, in einen tiefen Schlaf fallen, alles wegwischen und nach dem Aufwachen neu anfangen.

Als ich wieder erwachte, war es noch dunkel draußen. Im ersten Moment glaubte ich, ich könnte mich einfach umdrehen und wieder einschlafen. Doch dann meldete sich ein winziger Zweifel, gefolgt von einem Körnchen Angst, das sich verdoppelte und vervierfachte. Es breitete sich immer weiter aus, bis es meinen ganzen Verstand infiziert hatte. Ich spürte wieder meine alte Eifersucht, den alten Schmerz. War wie gelähmt vor Schuldgefühlen und Selbsthass. Hatte Angst vor den Auswirkungen, die das alles auf Freddie und mein ungeborenes Kind haben würde.

Ich ging zur Toilette, kehrte zitternd ins Bett zurück und lag einfach nur da. Marcus drehte sich im Schlaf und legte seinen Unterarm über meine Brüste. So blieb er liegen, während ich wartete, bis die Sonne aufging. Dann schob ich seinen Arm vorsichtig beiseite, setzte mich auf den Bettrand, schlüpfte in meine Hausschuhe, warf den schweren Morgenmantel über und verließ das Schlafzimmer, um mir eine Tasse Tee zu machen. Zu meiner Überraschung begegnete ich dabei Molly, die mit einer Tasse in der Hand auf dem Sofa saß.

»Sie sind schon auf!«, sagte ich überrascht und musste dabei wohl kühl oder gereizt geklungen haben, denn sie begann sogleich, sich zu entschuldigen.

»Oh, ja, tut mir leid. Ich hoffe, ich habe Sie nicht gestört.«

»Sie müssen sich nicht entschuldigen, Molly … Ich muss mich bei Ihnen entschuldigen.« Ich setzte mich neben sie und legte meine warme Hand auf die ihre. Sie fühlte sich weich und kühl an. Es fiel mir schwer, die Worte auszusprechen, und ich vermochte ihr dabei nicht in die Augen zu sehen, daher richtete ich meinen Blick auf den dunklen Fernsehbildschirm, in dem ich unsere geisterhaft verzerrten Spiegelbilder sah. Ich spürte einen Kloß in meinem Hals, schluckte vernehmlich, um nicht in Tränen auszubrechen.

»Wissen Sie, manchmal stehe ich leider neben mir. Dann wird mir der Druck einfach zu groß. Verstehen Sie?«

»Ich glaube schon.«

Und anstatt dem noch etwas hinzuzufügen, legte Molly ihre Hände auf meine Schultern und umarmte mich. Da konnte ich meine Tränen nicht mehr länger zurückhalten. Es fühlte sich so an, als ob sie all das Gift, das sich über die Jahre in mir angesammelt hatte, in Bewegung setzte und es nun in Form von Rotz und Tränenbächen herausflösse, so dass sie mich loslassen musste, um mir Papier von der Küchenrolle abzureißen, die auf dem Couchtisch stand. Und dann war da noch dieses Geräusch. Ein Ächzen wie von einem verwundeten Tier. Es dauerte einen Moment, bis ich begriff, dass ich es selbst war.

MAX

Mein erster Tag in der Downing Street fiel auf den ersten April.

Ein Teil von mir wünschte sich noch immer, dass sich meine Abkommandierung als schlechter Witz erweisen würde. Ich fühlte mich völlig fehl am Platz. Wie ein Fisch auf dem Trockenen. Man hatte mich aus einem Krisengebiet voller gefährlicher Einsätze in eine Welt katapultiert, die zwar ruhiger, aber zugleich um ein Vielfaches gefährlicher erschien.

Ich hatte den Befehl erhalten, mich am Montag um 8:20 Uhr im Kabinettsbüro in der Whitehall No. 70 zu melden. Am Empfangstresen erhielt ich von einer kompetent wirkenden Mitarbeiterin ein Begrüßungspaket und einen Ausweis, den ich stets gut sichtbar zu tragen hatte und der mir Zutritt zu allen wichtigen Bereichen des *Cabinet Office* verschaffte.

Danach sollte ich auf einem Sofa Platz nehmen und warten, bis man mich abholte; nervös, wie ich war, blieb ich aber lieber stehen und lief mit steifen Schritten auf und ab. Die Frau sah manchmal zu mir, wandte ihren Blick dann aber gleich wieder ihrem Computerbildschirm zu. Im Eingangsbereich ging es geschäftig zu. Es ertönte jedes Mal ein Piepton, wenn die Leute an der Sicherheitsschleuse ihre Ausweise an die kleinen schwarzen Pads der Glaskabinen hielten, die aussahen, als entstammten sie einem alten Science-Fiction-Film. Die Kabinen öffneten sich mit einem zischenden Geräusch und schlossen sich wieder, sobald die Leute hineingetreten waren. Einen Moment später öffnete sich das Glas auf der anderen Seite, und sie verschwanden mit zielgerichteten Schritten im Gebäude.

Nach ein paar Minuten tauchte endlich eine junge Frau auf und erklärte mir, dass sie mich zum Büro des Premierministers bringen werde. Wir gingen ebenfalls durch die Glaskabinen und weiter in einen langen, schwach beleuchteten Flur mit freigelegtem Mauerwerk. »Bei der Restaurierung haben sie Teile des alten Gebäudes erhalten«, erklärte sie mir. Ich nickte anerkennend, sagte aber nichts.

Am Ende des Ganges befand sich auf der linken Seite eine weitere Glaskabine, doch dieses Mal winkte die junge Frau in eine Kamera über unseren Köpfen, und einen Augenblick später öffnete sich die Kabine auf beiden Seiten, und wir schritten hindurch. Nachdem wir einige mit Teppich ausgelegte Stufen hinuntergelaufen waren, betraten wir einen auf der rechten Seite gelegenen Raum, in dem ein paar Leute zusammenstanden und sich vor einer weiteren Tür unterhielten. Die Frau sagte leise etwas zu einem Mann, der an einem Schreibtisch mit Blick auf die Tür in eine Aktenmappe vertieft war. Er stand auf, rang sich ein Lächeln ab, begrüßte mich mit einem schwachen Händedruck und sagte: »Sunil Arya. Ich bin der Stabschef hier in der No. 10. Freut mich, Sie kennenzulernen, Lieutenant-Colonel.«

Bevor ich etwas antworten konnte, flog die Tür auf, und eine dröhnende Stimme forderte uns auf einzutreten. Sunil lief eilig an den anderen vorbei. Ich folgte etwas verlegen.

Marcus Valentine saß in einem großen Sessel, Sunil hatte in dem daneben Platz genommen, und die anderen hasteten umher wie bei der Reise nach Jerusalem, um die verbleibenden, verstreut stehenden Sessel und das Sofa einzunehmen. Ich blieb notgedrungen stehen.

Valentine schien dies gar nicht zu stören. »Also schön. Was liegt an –«, sagte er und stutzte, als er mich bemerkte. »Wer ist das?«

»Mein Name ist Palmer. Lieutenant-Colonel Max Palmer, Sir. Ihr neuer Militärberater«, sagte ich und räusperte mich ein wenig verunsichert.

»Mein Name ist Bond«, sagte er lachend, »James Bond.« »Nun«, wandte er sich, wieder ernst, der Gruppe zu, »seit heute haben wir also einen echten Helden in unserer Mitte. Gebt ihm einen Sitzplatz.«

Die anderen sahen einander an, aber niemand rührte sich. »Ich sagte, gebt ihm einen Sitzplatz. Billie – stehen Sie auf.«

Eine Frau in einer cremefarbenen Bluse und einem dunklen Rock sprang auf und murmelte: »Natürlich.«

»Es macht mir nichts aus zu stehen, Sir.«

»Unsinn. Was wäre das für ein Empfang?«, erwiderte er, als sich Billie an mir vorbeischob. »Und nennen Sie mich nicht Sir. Die meisten Leute hier nennen mich Premierminister oder Premier.«

»Natürlich, Sir … Ich wollte sagen, Premierminister.«

»Wir werden uns nachher noch unterhalten. Also schön, kommen wir zur Sache: Was ist heute in den Medien los?«

Billie, die nun an einer Fensterbank lehnte, fasste ein paar Schlüsselartikel zusammen. Das Hauptthema schien der Gesundheitsminister zu sein, der in einem Interview etwas Dummes gesagt hatte. »Erinnern Sie ihn daran, dass eine Kabinettsumbildung ansteht«, sagte Valentine. »Sagen Sie ihm, dass er sich etwas mehr Mühe geben sollte, wenn er bleiben will.«

Nach Billies Bericht folgte Sunil, der auf einen bevorstehenden Besuch der amerikanischen Außenministerin verwies.

»Ihr Vorbereitungsteam war gestern hier, um sich umzusehen.«

»Und?«, fragte Valentine.

»Offenbar entsprechen die Toiletten nicht dem Standard, den sie gewohnt ist.« Sunil wirkte, als könne er selbst nicht fassen, was er da sagte.

»Die Toiletten?« Valentine verzog das Gesicht.

»Ja. Ist scheinbar nicht modern und komfortabel genug. Und es könnte sein, dass sie sie vor oder nach dem zweistündigen Meeting benutzen wird.«

»Du lieber Himmel«, seufzte Valentine. »Dann behebe das Problem.«

»Das könnte Probleme mit der Presse geben ... Wegen der Verschwendung von Steuergeldern.«

»Mir egal«, erwiderte Valentine lapidar und fügte lachend hinzu: »Pinkeln de luxe für die Primadonna. Warum nicht?«

Der wichtigste Punkt der Tagesordnung war schließlich aber eine Erklärung, die der Premierminister bezüglich seines Auftretens beim letzten G7-Gipfel vor dem House of Commons – dem Unterhaus – abgeben musste. Valentine erklärte, er sei bereit, diese jetzt durchzusehen, woraufhin ein grauhaariger Mann in einem dunkelgrauen Anzug und einer marineblauen Krawatte vortrat und Unterlagen verteilte. Auch ich bekam ein Exemplar. Alle Anwesenden lasen gewissenhaft, und ich folgte ihrem Beispiel. Der Premier blätterte die Seiten theatralisch um und kennzeichnete ein paar Stellen mit einem blauen Filzstift. Als er fertig war, blickte er auf und sagte: »So einen Scheiß kann man tippen, James, aber man kann ihn nicht laut aussprechen.« Der Mann wirkte geknickt.

Valentine begann Änderungen vorzuschlagen, doch schon

nach einer Minute wurde ihm offenbar langweilig, und er sagte: »Weißt du, was, Sunil? Hier ist eine Operation am offenen Herzen nötig. Warum schreibst du das Ganze nicht um, während ich mich mit unserem Lieutenant-Colonel hier unterhalte.« Er schenkte mir ein breites Grinsen und rief dann: »Alle raus hier.«

Als die Tür hinter dem Letzten ins Schloss fiel, sagte er: »Max, Sie sind das Beste, was Großbritannien zu bieten hat. Deshalb will ich Sie hier haben. Sie sind ein Held. Jemand, der sein Land liebt. Der weiß, was er tut.« Er redete, als ob er mich kennen, mich verstehen würde. Als bestünde nicht einmal die Möglichkeit, dass ich anderer Meinung sein könnte. Er hatte offenbar keine Ahnung, wie desillusioniert ich war.

»Wie sieht meine Aufgabe aus, Premierminister?«

»Aufgabe?«, erwiderte er. »Nun ja …« Er schien sich bei der Suche nach einer sinnvollen Tätigkeit für mich das Gehirn zu zermartern. »Sie werden die Spielregeln schnell kennenlernen. Herausfinden, wie die Dinge hier funktionieren …« Er sprang voller Elan auf und ging zur Tür. »Es gibt noch viel zu bereden. Sehr viel. Doch dafür ist später noch genügend Zeit. Wir werden hervorragend zusammenarbeiten. Ganz hervorragend.« Mit diesen Worten riss er die Tür auf und rief nach Billie, was mir deutlich machte, dass wir fertig waren.

Als die Tür sich hinter mir schloss, stand ich für einen Augenblick da und sah mich um. Sunil hatte sich wieder an seinen Schreibtisch gesetzt und sprach mit eindringlicher Stimme ins Telefon. Ganz hinten im Raum legte jemand einen Stapel Papiere in eine Art kleinen Schrank, schloss die Tür und drückte dann auf einen Knopf. Es handelte sich offenbar um eine Art Aufzug für Dokumente.

Ich hatte keine Ahnung, was ich anfangen sollte, daher

nahm ich auf einem blauen Zweisitzer-Sofa Platz. Sunil telefonierte noch immer und beäugte mich dabei skeptisch. Ich hörte ihn sagen: »Das hatten wir doch schon besprochen. Wir brauchen Lösungen, keine Probleme. Er darf diese Stimme nicht verlieren.« Dann legte er auf, erhob sich und sagte: »So, Max, jetzt kümmern wir uns mal um Sie.«

Ich folgte ihm in ein weiteres Büro. Er schloss die Tür hinter uns, griff zum Hörer, bat um Kaffee und bot mir einen der beiden Sessel an, die einander gegenüberstanden. Er nahm auf dem anderen Platz und stieß einen Seufzer aus. »Das ist mir jetzt unangenehm, aber ich fürchte, wir haben keine ausreichenden Vorbereitungen für Sie getroffen«, sagte er, lockerte seine Krawatte, legte seine Manschettenknöpfe ab und krempelte die Ärmel hoch. »Geben Sie mir etwas Zeit, um ein Programm für Sie auszuarbeiten. Um Ihnen dabei zu helfen, den Regierungsapparat zu verstehen. In der Zwischenzeit muss ich um Ihre Geduld bitten.«

Ich versuchte nicht mit Verärgerung zu reagieren. Was wollte man von mir? Sie hatten mich doch gebeten herzukommen und nicht umgekehrt. Es hieß, es sei dringend. Und jetzt konnten sie offensichtlich nichts mit mir anfangen.

In diesem Moment öffnete sich die Tür, und ein Mann in schwarzem Anzug, weißem Hemd und schwarzer Krawatte trug ein Tablett mit einer French Press herein. »Vielen Dank, Daniel.«

Daniel nickte und ging wieder, ohne ein Wort zu sagen.

»Hören Sie, geben Sie mir etwas Zeit, und ich verspreche Ihnen, dass ich etwas für Sie finden werde«, griff Sunil das Gespräch wieder auf. Ich musste wohl das Gesicht verzogen haben, denn er fügte rasch hinzu: »Etwas *Sinnvolles* für Sie finden werde.«

Er drückte den Stempel der French Press hinunter, goss

ein, reichte mir eine Tasse, ohne sich zu erkundigen, ob ich überhaupt Kaffee trinken wollte, und fragte nur: »Milch?«

»Nein danke.« Ich nahm einen Schluck. Der Kaffee war lauwarm. Ich stellte die Tasse auf einen Tisch zu meiner Rechten.

»Ich hoffe, Sie sehen dies als große Chance. Ich möchte Sie im Zentrum des Geschehens haben. Mittendrin.« Er schaute mich an, als hätte er mir gerade die Schlüssel zu einem Königreich angeboten.

Ich sagte bloß: »Okay.«

Sunil schaute auf seine Armbanduhr. »Hören Sie, ich muss diese Erklärung fürs Unterhaus retten. Ich werde Ihnen ein paar Zeitschriften bringen lassen und hole Sie dann in einer Stunde ab.«

Er stürmte aus dem Büro. Ich stand auf und blickte aus dem Fenster in einen Garten. So ein Quatsch!, dachte ich und entschied, einen Spaziergang zu machen. Ich bog nach rechts in einen Flur ab, ohne wirklich zu wissen, wo ich hinging. Am Ende des Flurs stand ein Mann mit dicken Brillengläsern neben der Eingangstür. Er öffnete sie mit einer schwungvollen Bewegung, und irgendwie kam es mir falsch vor, nicht hindurchzugehen. »Sir«, sagte er, als ich auf die Straße hinaustrat. Ich sah mich einem halben Dutzend Reportern und ein paar Kamerateams gegenüber. Ein Fotograf machte ein Bild von mir, und ich eilte davon. In diesem Moment öffnete sich das Tor für einen Lkw. Er fuhr hinein und blieb vor einer schwarz-gelben Straßensperre stehen, wo ein Polizeibeamter die Papiere des Fahrers überprüfte, der dann ausstieg und die Türen des Wagens hinten öffnete, damit die Fracht überprüft werden konnte. Ich reckte meinen Hals und erblickte hochgestapelte Weinkisten.

Jemand öffnete mir das Fußgängertor, und ich nickte ihm

dankend zu. Anschließend bog ich nach rechts auf die Whitehall, und dort, in der Mitte der Straße, stand der Cenotaph,
an dem die Busse, Autos und Taxis vorbeifuhren, als wäre er
nur Dekoration, ohne daran zu denken, wofür er stand. Es
lagen ein paar Kränze drum herum, obwohl es April war.
Ein schmerzendes Gefühl von Verlust und Schuld fuhr
durch mein Herz, gefolgt von einem überwallenden Zorn
auf Valentines oberflächliche Komplimente und seinen
vorgetäuschten Patriotismus. Der Mann wirkte eitel und
rüpelhaft und schien zu glauben, sich alles erlauben zu können. Es würde mir schwerfallen, meine Verachtung zu verbergen.

Ich bog nach rechts ab, schritt vorbei am Außenministerium, und wie aus dem Nichts ertönte mit einem Mal ein
mächtiger Knall. Er hallte durch die lange, leere Straße. Eine
Explosion! Ich hatte das Gefühl, mit dem Rücken gegen
eine Mauer gestoßen zu werden. Meine Herzfrequenz
musste sich verdreifacht haben. Meine Augen huschten hin
und her. Ein kalter Schweißfilm bildete sich auf meiner Stirn
und meinem oberen Rücken. Ich wollte nach meiner Waffe
greifen, doch ich hatte keine dabei. Mit einem Mal kam die
Verwirrung: Kein Rauch. Keine Trümmer. Nur Rufe hoch
oben über mir.

Ich schaute hinauf und erblickte Arbeiter auf dem Dach
des Gebäudes und einen kleinen Kran, der Holzbohlen von
einer Stelle zur anderen bewegte. Ich hörte eine Stimme,
freundlich, aber besorgt. Verstand die Worte nicht. Nur den
Klang. Eine junge Frau in einem Regenmantel fragte, ob bei
mir alles in Ordnung sei. Ich schüttelte mich wie ein nasser
Hund, und sie fragte: »Benötigen Sie Hilfe?«

Das reichte aus, um mich wieder in die Realität zurückzu-
holen. »Nein, nein … Es geht mir gut.«

Sie wirkte nicht überzeugt.

»Wirklich. Alles gut«, sagte ich mit Nachdruck und schritt entschlossen davon. Nach ungefähr fünfzig Metern gelangte ich zu einer Treppe. Ich ging hinunter und erblickte das Schild für die »Cabinet War Rooms«, ein Museum, das der geheimen unterirdischen Kommandozentrale Churchills im Zweiten Weltkrieg gewidmet war. Diese Gegend schien von den Siegen und Niederlagen des Militärs durchdrungen zu sein, aber ich fragte mich, ob sich die Menschen hier dessen überhaupt bewusst waren. Ich wandte mich nach rechts und fand mich bald auf der Rückseite der Downing Street No. 10 wieder. Auf der gegenüberliegenden Straßenseite befanden sich der Park St. James und ein weiteres Kriegsdenkmal mit den Namen der Menschen, die für unser Land gestorben waren. Es stand da, als wäre es bloß Zierde. Interessierte sich überhaupt jemand dafür?

Ich wandte mich dem riesigen Exerzierplatz der Horse Guards Parade zu und marschierte durch den Torbogen, der zurück zur Whitehall führte. Es war noch früh, aber dennoch fotografierten bereits ein paar Touristen die berittene Leibgarde mit ihren kniehohen Stiefeln, den roten Uniformröcken und den silbernen Helmen. Ich ging nicht über die Whitehall No. 70 hinein, sondern kehrte zum Fußgängertor zurück. Ich wartete einen Moment, da die Polizei immer noch mit dem Lkw beschäftigt war, der seine Lieferung ausgeladen hatte und nun zurücksetzte. Es kam mir komisch vor, dass er nicht auf der Straße überprüft wurde, und ich fragte den Beamten, der mir das Tor öffnete, nach dem Grund. Seine Antwort lautete: »Wir wollen einen Verkehrsstau vermeiden.«

Als er auf das Pedal trat, um das Tor zu öffnen, blickte er über meine Schulter hinweg und sagte: »Guten Morgen, Molly. Haben Sie den kleinen Freddie in den Kindergarten gebracht?«

»Das habe ich, Tom.« Ich drehte mich um und erblickte eine auffallend schöne Frau.

»Haben Sie sich inzwischen eingewöhnt?«, erkundigte er sich.

»Ich gebe mir Mühe«, erwiderte sie mit einem Lächeln. Gemeinsam schritten wir die Straße hinauf.

»Ich bin neu hier«, sagte ich. »Ist mein erster Tag.«

»Verstehe«, erwiderte sie schmunzelnd. »Ich wusste gar nicht, dass hier auch Soldaten arbeiten.«

»Ich bin der neue Militärberater des Premiers.«

»Und ich kümmere mich um seinen kleinen Sohn, Freddie.«

»Aha«, sagte ich unbeholfen. Sie schien freundlich zu sein, jemand, mit dem ich möglicherweise gut auskommen konnte. »Ich bin Max.«

»Molly«, sagte sie lächelnd.

»Vielleicht können wir uns ja mal auf einen Kaffee treffen?« Ich bemerkte den Eifer in meiner Stimme und versuchte zurückzurudern. Es sollte nicht so klingen, als wolle ich sie anbaggern, schließlich suchte ich nur Kontakt zu jemandem hier, der mir menschlich erschien. »Natürlich nur, wenn Sie möchten. Um mir zu erklären, wie es hier so läuft.«

»Sehr gern«, erwiderte sie, und ich glaubte, ein Zwinkern zu erkennen. Wir standen nun vor der Tür. »Sie müssen klopfen«, sagte sie.

»Ach so, äh, ja, natürlich.« Die Tür sprang auf, und sie begrüßte fröhlich den Mann, der drinnen stand und den sie Stephen nannte.

Ich wollte schon weitergehen, da ich glaubte, dies sei das Ende unserer Begegnung, doch dann hörte ich, wie sie mir nachrief: »Sie werden mich schon anrufen müssen, wenn Sie sich mit mir zum Kaffee verabreden möchten.«

»Dann geben Sie mir doch Ihre Nummer«, erwiderte ich

und konnte mir ein Grinsen nicht verkneifen, als sie sie mir nannte und ich sie in mein Handy tippte. »Ich rufe Sie mal eben an, dann haben Sie meine auch.« Nach ein paar Sekunden begann ihr Handy einen Latin-Beat zu spielen, und sie winkte mir damit zu, als sie sich umdrehte und im Flur verschwand.

»Sie lassen wohl nichts anbrennen, Sir«, sagte Stephen mit einem Augenzwinkern, und ich lächelte verlegen.

Kurze Zeit später war ich wieder in dem Raum, in dem mich Sunil zurückgelassen hatte. Jemand hatte die Kaffeetassen abgeräumt und einen Papierstapel für mich hinterlassen. Ich überflog ein paar Seiten. Es schien hauptsächlich darum zu gehen, wer politisch auf dem aufsteigenden und wer auf dem absteigenden Ast war. Zudem gab es langatmige Kommentare, versehen mit kritischen Bemerkungen und Warnungen in Richtung Valentine. Es gab viele Spekulationen über eine Kabinettsumbildung und Prognosen für eine anstehende Wahlschlappe.

Die Tür wurde aufgerissen, und Sunil steckte seinen Kopf herein. »Ich möchte Ihnen ein paar Leute vorstellen, Max«, rief er mir zu. Ich stand auf, und er führte mich in einen Bereich gegenüber dem Privatbüro, in einen langen Raum, in dem acht Personen an Schreibtischen still vor sich hinarbeiteten. Ich erkannte einige aus dem morgendlichen Meeting wieder.

»Leute, das hier ist Max!«

Alle blickten auf, lächelten oder nickten.

»Er ist der neue Militärberater. Sorgt bitte dafür, dass er sich bei uns wohlfühlt. Max, das hier sind die *Private Secretaries*.«

Es folgten ein paar quälende Minuten, in denen sich alle nacheinander vorstellten und erklärten, welche Aufgaben sie in den verschiedenen Regierungsstellen hatten. Anschlie-

ßend sagte Sunil, dass es nun Zeit wurde, sich für die Erklärung des Premiers ins Unterhaus zu begeben.

Als wir gingen, verfielen alle wieder in ein klösterliches
Schweigen.

Die nächsten Tage waren geprägt von nervtötender Langeweile. Jeden Tag reichte mir eine Assistentin ein Blatt Papier,
auf dem meine Termine standen – für gewöhnlich irgendwelche blödsinnigen, einschläfernden Meetings –, mit großen Lücken dazwischen. Die *Private Secretaries* waren höflich, aber reserviert. Vermutlich hätte es niemand bemerkt,
wenn ich an manchen Tagen gar nicht aufgetaucht wäre.

Der einzige Grund, dass ich nicht alles hinwarf, war
Molly. Ich schickte ihr eine Textnachricht und schlug eine
gemeinsame Kaffeepause vor. Zu meiner Überraschung antwortete sie rasch.

Unser erstes Treffen fand im Untergeschoss der No. 10
statt. Der Kaffee war lauwarm, und wir saßen auf Stühlen,
die auch in einen Gemeindesaal gepasst hätten. Unser Tisch
war kurz zuvor feucht abgewischt worden und voller Schlie-
ren. »Vielleicht können wir beim nächsten Mal irgendwo
hingehen, wo es etwas netter ist …«, schlug ich vor.

»Wer sagt denn, dass es ein nächstes Mal gibt?«, erwiderte
sie und musterte mich mit einem strengen Blick. Ich musste
wohl geknickt dreingeschaut haben, denn sie schob rasch
hinterher: »Das war nur ein Scherz, Max. Ich würde mich
freuen.«

Von dem Tag an trafen wir uns häufiger und tranken unseren morgendlichen Kaffee meist im Park St. James. Ich
vertraute ihr an, wie sehr ich mich langweilte und wie eigenartig ich das Ganze hier fand.

»Also, ich sag's jetzt einfach freiheraus: Findest du die
Leute in der No. 10 nicht auch etwas seltsam?«

Molly blickte mich fragend an.

»Die haben doch alle einen Stock im Arsch.« Sie prustete, und ich fuhr ermutigt fort: »Wahrscheinlich werden sie von Aliens beherrscht, meinst du nicht?«

»Mit Sicherheit!«

Damit war unsere Freundschaft besiegelt. Eines Morgens vertraute ich ihr dann die Sache mit Mali an. Und dass ich seither nicht schlafen konnte und oft müde und gereizt war. Dass ich, wenn es ganz schlimm kam, die Schuldgefühle nicht loswurde, hier als Held behandelt zu werden, während andere wegen meiner Fehler litten.

Molly verriet mir daraufhin auch den wahren Grund, weshalb sie in der No. 10 war. Und sie gestand mir ihre Skepsis, überhaupt in der Lage zu sein, echte Fortschritte zu machen, da Freddies Eltern so mit sich selbst beschäftigt waren. Es gefiel mir, dass sie mir vertraute und es sehr zu schätzen wusste, dass ich zuhörte, ohne zu urteilen oder Ratschläge zu erteilen. Es ging mir mit ihr genauso.

Ende Mai nahm ich all meinen Mut zusammen, um Molly zu fragen, ob sie mit mir ausgehen würde. »Hättest du vielleicht Lust, mal mit mir essen zu gehen? Wäre vielleicht ganz nett. Aber ich würde es natürlich verstehen, wenn du das nicht möchtest.«

Sie sah mich an und lachte.

»Bittest du mich etwa um ein Date, Max?«

Sie hatte ein Pokerface aufgesetzt, und ich war total perplex.

»Ja. Ja, das tue ich. Ist das eine so furchtbare Idee?«

»Ich hätte nicht gedacht, dass du in solchen Dingen so zögerlich bist. Wenn es um solchen Kram geht, dann sollte man nicht meinen, dass du eigentlich ein Mann der Tat bist.«

»Also lautet deine Antwort nein.«

Ich fühlte mich auf einmal in die Defensive gedrängt und reagierte gereizt.

»Was? Nein, sie lautet ja. Ich würde gern mit dir essen gehen, Max.«

Am nächsten Tag sprach ich mit Sunil, erklärte ihm, dass ich nicht länger gewillt war, diese tägliche Langeweile zu ertragen. Gerechterweise muss man sagen, dass er sich das zu Herzen nahm und mir ein paar interessantere Projekte gab. Außerdem brachte er den Premierminister dazu, mir zu erlauben, am Nationalen Sicherheitsrat teilzunehmen und mir Einblick in besonders vertrauliche Informationen zu gewähren. Meine Sicherheitsüberprüfung wurde im Eilverfahren erledigt. Ein Mann vom MI5 kam dazu in der No. 10 vorbei. Freundlich erklärte er mir, dass er einige sehr persönliche Fragen stellen würde; unter anderem wollte er wissen, welche Erfahrung ich mit Drogen hatte (abgesehen von etwas Gras gar keine), ob ich mir Pornografie ansah, welchen Sexualpraktiken ich nachging und wie es um meine Finanzen stand. Ich musste Kontoauszüge und Kreditkartenabrechnungen eines ganzen Jahres zur Verfügung stellen, denn offenbar waren Menschen mit Geldproblemen am leichtesten erpressbar. Zum Schluss sollte ich ihm noch die Namen von einem halben Dutzend möglichen Referenzgebern nennen, die weder aus dem Freundeskreis noch der Familie stammen durften.

Anfang Juni erhielt ich dann die Freigabe und bekam Zugang zu allen vertraulichen Materialien und Besprechungen. Im Rahmen meiner Einführung begleitete ich Sunil noch am selben Tag zu einem Geheimdienstbriefing. Auf dem Weg dorthin erhielt ich eine WhatsApp-Nachricht von Molly, die mich wissen ließ, dass sie sich auf unser heutiges Date freue. Sunil bemerkte, wie ich die Nachricht las, und wies mich darauf hin, dass ich mein Handy in einem der zahlreichen Ablagefächer vor dem Kabinettsraum zurücklassen musste.

Dann stellte er mir zwei Männer vor. »Max, das ist Alastair Simmonds, Leiter des MI6, und dies hier ist Nick Sands, der für den MI5 verantwortlich ist. Sie sind hier, um den Premier in einer überaus wichtigen Sache zu unterrichten.« Alastair hatte einen schwachen Händedruck, streng zurückgekämmtes Haar und trug einen schicken, gutsitzenden Anzug. Nicks Händedruck glich dagegen einer Schraubzwinge, sein Anzug war schlabberig, und er trug einen Regenmantel über dem Arm, obwohl es draußen sonnig war. »Wir haben schon viel von Ihnen gehört. Sie können stolz auf sich sein«, sagte Alastair. Bevor ich etwas darauf antworten konnte, kam Valentine den Flur entlanggestürmt. Er beachtete uns kaum, riss die Tür zum Kabinettsraum auf und sagte: »Machen Sie es kurz, meine Herren.«

»Premierminister«, begrüßten sie ihn wie aus einem Munde und marschierten zur gegenüberliegenden Seite des Tisches, um ihre Plätze einzunehmen.

Ich blieb unschlüssig an der Tür stehen.

»Setzen Sie sich, Max«, rief Valentine. »Ich muss Sie wohl nicht daran erinnern, dass alles, was hier drin gesagt wird, streng geheim ist.«

Ich zog den nächstbesten Stuhl unter dem Tisch hervor. »Müssen Sie nicht, Premierminister.«

»Also schön, meine Herren.« Valentine wirkte unkonzentriert und gereizt. »Was ist so wichtig?«

Nick überließ die Antwort Alastair, der sagte: »Nun ja, wir glauben, dass ein terroristischer Angriff bevorstehen könnte. Wir erhöhen den Bedrohungsgrad auf ›kritisch‹.«

»Warum?«, erwiderte Valentine, sah Alastair dabei fragend an, um dann seinen Blick auf Nick zu richten.

»Unserer Quelle im Kreml zufolge scheint es so, als ob

sich unser vor Monaten geäußerter Verdacht erhärtet hätte. Wir hatten Ihnen damals von der Spezialeinheit 29155 des GRU berichtet. Sie scheinen definitiv darauf aus zu sein, Ärger in Großbritannien zu machen.«

»Ärger?« Der Premierminister wirkte skeptisch.

Alastair rutschte auf seinem Stuhl hin und her. »Ich muss Ihnen nicht erst sagen, dass die russische Wirtschaft in Schwierigkeiten steckt. Sie haben zu kämpfen seit der letzten Sanktionsrunde, die Sie angeführt haben, warum wir glauben, dass sie uns Briten an den Kragen wollen.«

»Militärisch?«

»Gott, nein …« Er schob seine Akten zusammen. »Vergessen Sie nicht, dass die Einheit 29155 nur eine kleine Gruppe ist.«

»Ja, ich weiß, Salisbury, Tschechien, Montenegro …« Es gelang ihm, informiert und abschätzig zugleich zu klingen.

»Richtig, Premierminister. All das hat Chaos verursacht, war aber im Grunde stümperhaft. Wir glauben, dass sie ihre Lektion gelernt haben und etwas Bedeutenderes vorhaben. Eine Stufe höher gehen werden.«

»Und wie?«

»Gift. Oder Sprengstoff. Gerüchten zufolge haben sie bereits irgendwo eine Bombe platziert und warten nur auf den Befehl, sie zu zünden. Mit einem biologischen Anschlag könnten sie eine Stadt für Wochen lahmlegen.«

»Was?« Valentine hätte nicht ungläubiger dreinblicken können, wenn sie ihm gesagt hätten, dass kleine grüne Männchen die Whitehall hinunterspazierten.

»Wenn Sie gestatten«, mischte sich Nick ein, »es gibt noch weitere Gerüchte. Von inländischen Unruhestiftern. Wir glauben, dass die Einheit 29155 gemeinsame Sache mit ihnen machen könnte.«

»Um wen geht es?«

»Nun, Premierminister ... um die FNA.« Der Geheimdienstler klang nicht allzu überzeugt dabei.

»Die FNA?«, sagte Valentine spöttisch. »Das sind doch nur ein Haufen Neonazi-Schläger. Soll das ein Witz sein?«

»Nein, Premierminister. Es hat Kontakt gegeben.«

»Kontakt – soll heißen?«

»Das wissen wir nicht. Bloß, dass es Kontakt gegeben hat«, erwiderte Sands. »Einer meiner Undercover-Leute in der FNA hat so einiges aufgeschnappt.«

»Verdammt, Sunil!« Valentine wandte sich seinem Stabschef zu. »Ich muss in neunzig Minuten im Unterhaus Rede und Antwort stehen, und du kommst mir jetzt mit sowas?« Er drehte sich zu mir um. »Was halten Sie davon, Max? Von dem Ganzen hier?« Er wedelte mit seinen Händen in Richtung der beiden ihm gegenübersitzenden Männer.

»Das ist nicht mein Fachgebiet, Premierminister. Aber ich vermute, dass sich die beiden kaum an Sie gewandt hätten, wenn sie nicht der Ansicht wären, dass es ein ernstes Problem gibt.«

Valentine blickte mich stirnrunzelnd an.

»Premierminister ...«, setzte Sunil an, aber Valentine war bereits aufgesprungen und marschierte Richtung Tür.

»Ich kann in dieser Sache nicht das Geringste unternehmen. Es sind nur Mutmaßungen. Annahmen. Bringt mir verdammt nochmal Beweise. Ich will Fakten! Etwas, das ich in den Griff bekommen kann.« An der Tür drehte er sich noch einmal um. »Und lasst die Versuche, eure Ärsche mit diesem Geschwafel zu retten, mit dem ich nichts anfangen kann.« Und mit diesen Worten verließ er den Raum und knallte die Tür hinter sich zu.

Sunil seufzte und hob beschwichtigend die Hände, da Nick und Alastair aufgesprungen waren. »Ich weiß, ich weiß. Ich werde mit ihm reden.«

»Also, selbst für seine Verhältnisse ist das ...«, setzte Nick an, beendete den Satz aber nicht. »Wir werden trotzdem die Sicherheitsmaßnahmen um Westminster erhöhen. Wir müssen sicherstellen, dass alles für den Fall der Fälle in Bereitschaft ist. Selbst Pindar.«

»Pindar?«, fragte Sunil ungläubig. Beide nickten und rauschten hinaus.

Als sie gegangen waren, fragte ich: »Was ist Pindar?«

»Die Bunkeranlage unter No. 10 und dem Verteidigungsministerium.«

»Und warum heißt die Pindar?«

»Man hat sie so in Anlehung an den gleichnamigen griechischen Dichter getauft. Dessen Haus ist als einziges verschont geblieben, als Theben 335 v. Chr. ausgelöscht wurde. Von dort unten können wir weiterregieren, sollte es wirklich einmal einen ernsten Notfall geben.«

»Wie zum Beispiel ein Atomangriff?«

»Ja. Inzwischen geht es aber wohl eher um Bioterrorismus, wenn man unseren Experten glauben darf.«

Ich war mir nicht sicher, was ich von all dem halten sollte. Was war schockierender? Dass ein Anschlag unmittelbar bevorstand? Oder das unbekümmerte Verhalten des Premierministers? Ich beschloss, mir Pindar anzusehen.

Zugang zu Pindar zu erhalten war einfacher, als ich gedacht hatte. Noch am selben Nachmittag traf ich mich mit dem dafür Zuständigen hinter der Sicherheitsschleuse von Whitehall No. 70. Ein kleiner Mann mit Glatze und einer Drahtgestellbrille, wie sie in den 1980ern beliebt gewesen waren, streckte mir die Hand entgegen.

»Es ist mir eine Ehre, Max Palmer, einen echten Helden, kennenzulernen. Mein Name ist Nigel Shaw. Ich kümmere mich um die Instandhaltung des Tunnelsystems.«

Ich lächelte verlegen und ergriff seine Hand. Er bedeutete mir voranzugehen, unsicher, wie ich war, überließ ich ihm jedoch gerne die Führung.

»Dürfte ich mich vergewissern, dass Sie weder Ihr Handy noch irgendein Aufnahmegerät bei sich führen?«, sagte er.

Ich hielt meine Hände in die Höhe. »Alles sicher weggeschlossen.«

Die Panzertür war feuerrot, mindestens dreißig Zentimeter dick und hatte zwei Handräder auf jeder Seite, die Teil des Öffnungs- und Verriegelungsmechanismus waren. Sie kam mir vor wie aus einer anderen Zeit, und das war sie auch, wie Nigel mir erklärte, ein Vermächtnis des Kalten Krieges.

Wir traten ein und lösten damit einen Sensor aus, über den sich mit einem Pling-Geräusch und einem Flackern die Neonbeleuchtung einschaltete. Vor uns führte eine rote Metalltreppe in einen breiten, hohen Gang mit Betonboden und lachsfarben gestrichenen Wänden.

»Sie werden feststellen, dass jeder Tunnel einen Straßennamen hat.« Nigel zeigte auf ein Schild, das den typischen Londoner Straßenschildern glich. Auf diesem stand »Upper West Way«. Ich nahm einen Farbgeruch in der Luft wahr, und er erklärte mir, dass die ganze Anlage kürzlich frisch gestrichen worden war. »Die Maler sind erst vor zwei Wochen fertig geworden.« Offenbar erfolgte dies alle paar Jahre.

Das Geräusch unserer Schritte hallte an den Wänden wider. Es fiel mir schwer zu glauben, dass über uns der Londoner Verkehr floss und Menschen ihren Geschäften nachgingen, ohne einen Gedanken an die Tunnel unter ihnen zu verschwenden. »Da ist jede Menge Stahlbeton zwischen uns und der Straße«, erklärte Nigel lächelnd. »Sollte ausreichen, um einer Atomexplosion standzuhalten.«

»Sollte?«, erwiderte ich beunruhigt.

Er lächelte, ignorierte die Frage aber und eilte voraus. Weitere Neonröhren schalteten sich ein.

»Ich kenne jeden Zentimeter hier unten, jeden Winkel«, sagte er stolz.

»Also werden Sie überleben, wenn etwas passieren sollte?«, fragte ich ihn. »Sie werden mit hier unten sein?«

Er lachte, als hätte ich etwas völlig Irrwitziges gesagt. »Ich? Oh nein! Nur Leute, die von entscheidender Bedeutung für die Führung des Landes sind … ich nicht.«

»Aber wenn Sie sich hier so gut auskennen … wird man Sie da nicht brauchen?«

»Nein. Meine Funktion ist damit erfüllt, für den Ernstfall alles instand zu halten.« Er blieb stehen, als wir gerade dabei waren, in eine weitere unterirdische Straße abzubiegen. »Zu wissen, dass ich an alles gedacht habe, reicht mir. Und selbst wenn ich nicht überlebe, so habe ich doch meinen Teil dazu beigetragen, sicherzustellen, dass das Land nach einem Angriff die bestmögliche Ausgangsbasis für einen politischen Neuanfang hat.«

»Dann sollten wir hoffen, dass es nicht dazu kommt«, sagte ich, bemüht, einen leichten Tonfall anzuschlagen, was mir aber misslang.

»Wir befinden uns jetzt genau unter Whitehall«, sagte er wenig später. Ich schaute nach oben, erblickte aber nur dicke Rohre, die über uns verliefen. Andere befanden sich auf Kopfhöhe entlang der Wände.

»Es ist alles verrohrt, sehr stabil. Die sind für frisches Wasser. Und gefilterte Luft.« Ich versuchte beeindruckt dreinzuschauen, doch er ging bereits weiter und sagte dann wie ein Zauberer kurz vor dem Höhepunkt eines Tricks: »Und, tata!, hier haben wir das Herzstück von Pindar.«

Wir standen am Beginn eines großen, rechteckigen Bereichs mit hellgrauen Linoleumfliesen, von dem mehrere

Räume abgingen. Ein weiterer, breiter Gang erstreckte sich auf der gegenüberliegenden Seite in die Dunkelheit.

»Kommt wahrscheinlich nicht so häufig vor, dass sich jemand das Ganze hier unten ansieht, oder?«

»O nein. Im Gegenteil. Es gab eine Menge Besucher in letzter Zeit. Etliche hohe Tiere. Die scheinen mir zunehmend besorgt zu sein.«

»Besorgt? Worüber?«

»Dass wir Pindar möglicherweise bald nutzen müssen.«

Kurz schwieg er, einen Moment später sagte er: »Sollen wir dann?«, und führte mich weiter.

Im Grunde bestand dieser Trakt aus einer Reihe von fensterlosen Zimmern mit weißgetünchten Wänden. »Es sind insgesamt ungefähr dreihundertfünfzig Quadratmeter. Das ist etwa das Dreieinhalbfache von der Größe eines durchschnittlichen Wohnhauses mit drei Schlafzimmern. Aber wenn sich über dreißig Leute hier unten aufhalten, dürfte es trotzdem ziemlich eng werden.«

Wir befanden uns in einem Schlafsaal mit acht metallgrauen Etagenbetten, die in zwei Viererreihen aufgestellt waren. »Stellen Sie sich das Ganze vor wie in einem U-Boot. Bei voller Auslastung schlafen die Leute in Schichten in den Betten. Es gibt genügend Bettwäsche, Waschgelegenheiten und sogar ein Sortiment an Kleidungsstücken in verschiedenen Größen – von bequemen Hosen und Pullovern bis hin zu Hemden, Krawatten und Anzügen für offizielle Ansprachen.«

Nebenan befand sich ein Raum, den er als Kinderzimmer bezeichnete und in dem sich Spielzeug befand: ein Brett mit Bauklötzen. Ein Schaukelpferd. Eine Kiste mit Legosteinen. Ein Spielbaukasten. In einer Ecke stand ein kleiner Holzschreibtisch mit einem Stuhl. Die Wände waren nackt.

Daneben kam man in eine Küche. Sie ähnelte mit ihrem

silbernen Herd und den Metallschränken einer Küche, wie man sie in einem Restaurant erwarten würde. Nigel machte ein großes Tamtam daraus, die Schränke zu öffnen. Einige waren von oben bis unten mit Lebensmittelkonserven voller Möhren, gewürfelter Tomaten, grüner Bohnen, Suppen und Eintöpfen gefüllt. In anderen befanden sich Trockenprodukte wie verschiedene Nudelsorten und Backzutaten. »Konserven sind zwar nicht ideal, aber nahrhaft. Und mit Trockenei, Mehl und Zucker könnte man sogar einen Kuchen backen. Ich habe sogar an Kerzen gedacht, falls jemand Geburtstag hat.« Er öffnete eine Schublade, in der sich Streichhölzer und Kuchendekorationen befanden.

Der riesige Kühlschrank war randvoll mit haltbarer Milch, Saft und Wasserflaschen. »Dahinten gibt's noch mehr davon«, sagte er und zeigte auf die Tür zu einem Vorratsraum.

»Wie lange sollen die Lebensmittel denn reichen?«

»Das hängt davon ab, wie viele Menschen sich hier unten aufhalten. Bei voller Auslastung vielleicht drei Monate.«

Neben der Küche befand sich ein Hauswirtschaftsraum mit einer Waschmaschine in Gewerbegröße und einem Trockner. Außerdem standen darin zwei große Tiefkühltruhen randvoll mit Fleisch und Gemüse. Er öffnete eine, und ich spürte einen kühlen Luftstoß.

»Ich stelle sicher, dass die ganzen Lebensmittel alle sechs Monate wieder frisch aufgefüllt werden. Sie könnten länger halten. Wesentlich länger.«

»Es wirkt alles so sauber.«

»Das ist es auch. Einmal im Monat kommt eine Reinigungsfirma. Alles soll blitzblank sein.«

Als Nächstes war der größte der Räume an der Reihe, in dem sich ein langer Tisch und ein riesiger Videobildschirm befanden. »Dieses Zimmer ist dem Besprechungsraum A im

Kabinettsbüro nachempfunden, in dem die COBRA-Meetings abgehalten werden.«

Auf der gegenüberliegenden Seite des Flurs befand sich ein Büro. Ein einzelner großer Schreibtisch stand acht anderen gegenüber, die in vier Zweierreihen angeordnet waren. Auf jedem Schreibtisch stand ein Namensschild. Ich erkannte keinen der hinteren, aber im vorderen Bereich entdeckte ich »Sunil Arya« und »Billie Garrett«. Auf dem Namensschild des großen Schreibtischs war einfach nur »Premierminister« zu lesen.

»Die Namensschilder wechseln nach jeder Amtszeit«, erklärte Nigel. »Wenn man einen gewissen Rang in der No. 10 hat, wird man gerettet. Wenn nicht, hat man das Nachsehen.« Er schien eine gewisse Schadenfreude zu empfinden, als er mir dies erzählte. »Möchten Sie gar nicht wissen, ob Sie auf der Liste stehen?«

»Doch, eigentlich schon …«

»Sie stehen drauf, Max, keine Sorge.« Er öffnete eine Schublade des für den Premier vorgesehenen Schreibtischs, holte ein Namensschild daraus hervor und stellte es auf einen Schreibtisch in der dritten Reihe. Darauf stand »Lt. Col. Max Palmer.« Ich versuchte mich unbeeindruckt zu geben, aber innerlich schreckte ich zusammen.

Der seltsamste Raum war ein beengt wirkendes Fernsehstudio, aus dem der Premier seine Ansprachen an die Nation halten sollte.

Als Nächstes war der Sanitärbereich an der Reihe, der aussah, als hätte man sich hier die sanitären Anlagen eines städtischen Schwimmbads zum Vorbild genommen. Vier Duschkabinen und gegenüber vier Waschbecken, über denen sich von einer Wand zur anderen ein Spiegel erstreckte.

Und schließlich gab es noch ein großes Zweibettzimmer, das dem Premier vorbehalten war. Der Einrichtung nach

hätte es sich genauso gut in einer in die Jahre gekomme-
nen Frühstückspension am Meer befinden können. Davon
dürfte Valentine vermutlich nicht sonderlich beeindruckt
sein.

»Und das war es dann auch schon«, sagte Nigel und führte
mich dann schweigend durch die Tunnel zurück, während
sich in meinem Kopf die Gedanken überschlugen, wie es
wohl wäre, hier unten auszuharren, während oben Chaos
herrschte. Ich hoffte, dass weder ich noch irgendjemand
sonst jemals diese Erfahrung machen musste.

MOLLY

Es geschah wenige Tage bevor wir in Pindar Zuflucht suchten.

An diesem Morgen hatte ich Freddie im Kindergarten abgegeben und wollte eine Runde joggen gehen.

Die Sonne schien, als ich wieder in der Downing Street eintraf, und ich hüpfte beschwingt in die No. 11 hinein und die Treppe hinauf. Als ich den Code eintippte, um die Tür zu öffnen, hörte ich innen eine Männerstimme keuchen: »Weiter, Baby.«

Die Tür schwang auf, und da stand Marcus, dessen Gesicht einen panischen Ausdruck annahm, als sich mein Blick auf die Person senkte, die vor ihm kniete. Erschrocken blickte Billie auf und wischte sich mit dem Handrücken über den Mund.

»Tut mir leid«, stieß ich hervor und machte auf der Stelle kehrt.

»Stehenbleiben!«, rief Marcus.

Ich erstarrte, während hinter mir hektisches Gescharre zu vernehmen war. »Billie, verschwinde!«, hörte ich Marcus zischen, und dann vernahm ich auch schon das Klacken ihrer Absätze auf den Stufen; sie stürzte an mir vorbei, und ich erhaschte gerade noch einen Blick auf ihren BH, während sie sich bemühte, in aller Eile ihre Bluse zuzuknöpfen.

Es graute mir davor, Marcus anzusehen. Erst als sie fort

war, wandte ich mich zu ihm um. Ein Hemdzipfel schaute noch aus seiner Hose hervor.

»Folgen Sie mir«, sagte er im Befehlston.

Am liebsten hätte ich erwidert: »Sie müssen mir nichts erklären. Ich weiß, was ich gesehen habe.« Aber ich war zu fassungslos, um irgendeinen Ton herauszubringen.

Er schaute zunächst in der Küche nach, als müsse er überprüfen, ob sonst noch jemand da war. Warum plötzlich diese Vorsicht? Vor einer Minute hatte er sich im Flur noch sexuell befriedigen lassen. Als interessierte es ihn überhaupt nicht, dass Abbie oder irgendjemand von den Mitarbeitern, die Grund hatten, hier ein und aus zu gehen, ihn erwischen könnten. Fühlte er sich etwa dazu berechtigt? Oder war ihm jegliche Kontrolle über seine eigenen Bedürfnisse entglitten? Und was war mit Billie los, dass sie sich schon um kurz vor neun Uhr morgens vor ihren Boss hinkniete?

Marcus entschied sich für das Wohnzimmer und schloss die Tür hinter uns.

Er bedeutete mir, auf dem Sofa Platz zu nehmen. Für einen Moment machte er Anstalten, sich neben mich zu setzen, überlegte es sich dann aber anders und wählte einen Sessel. Ich richtete meinen Blick auf Freddies Spielzeug, das auf dem Boden lag.

Ich glaube, er dachte, ich würde Ärger machen, und so schlug er gleich sanftere Töne an. »Molly, ich möchte … die Situation erklären …« Ich nickte nur, beschloss, dass es das Beste wäre, ihm ergeben zuzuhören und dann so schnell wie möglich von hier zu verschwinden.

»Angenommen, ich würde Sie bitten, zu vergessen, was Sie gerade gesehen haben …« Seine Stimme war zaghaft, so als teste er die Stimmung und meine Reaktion. Meine Augen weiteten sich, und er setzte rasch hinzu: »Was ich natürlich niemals tun würde.«

Ich nickte kaum merklich. War wie versteinert. Ich glaube, er wollte, dass ich widersprach und ihm versicherte, alles zu vergessen und weiterzumachen wie bisher. Nach einer kurzen Pause fuhr er fort.

»Ich bin kein Narr, Molly. Mir ist klar, dass Ihnen die Schwierigkeiten bewusst sind, die Abbie und ich miteinander haben.« Ich nickte wieder. »Es ist nicht leicht. Abbie ist eine komplizierte Frau. Sie kommt mit all dem hier nicht gut zurecht. Ich meine: mit dem Premierminister verheiratet zu sein. Ein Kind in der Downing Street aufzuziehen. Schwanger zu sein. Es gibt viel, womit sie gerade fertigwerden muss.«

Zum ersten Mal fühlte ich mich imstande, ihn anzusehen. Er widerte mich an. Nicht nur wegen des Vorfalls eben, sondern weil er sich weigerte, die Verantwortung für seine Rolle in dem Ganzen zu übernehmen. War es wirklich so überraschend, dass Abbie unter all dem Druck, den er ausübte, zusammenbrach? Aber das schien er nicht zu erkennen, nein, er fand sogar noch eine Ausrede für sein Verhalten. »Ich weiß, dass ich es eigentlich besser hinbekommen sollte. Aber der Stress macht mir zu schaffen. Ich brauche ein Ventil.«

Ein Ventil? Ich versuchte mich im Zaum zu halten.

»Sie *brauchen* das? Abbie ist gerade bei einem Vorsorgetermin für ihr *gemeinsames* Baby.«

Ich war erschrocken über meine Offenheit. Ihm schien es ebenso zu gehen, denn er schaffte es bestimmt zehn Sekunden lang nicht, mir darauf zu antworten.

»Sie haben recht«, sagte er schließlich, auch wenn es nicht so klang, als ob er es ernst meinte. Es war unschwer zu erkennen, dass er wütend war, in diese Situation geraten zu sein. Nicht etwa, weil er sich falsch verhalten hatte, sondern weil ich offensichtlich nicht nach seiner Pfeife tanzte. Und ihm gefährlich werden konnte.

»Sie haben recht.« Er stieß einen tiefen Seufzer aus. »Aber es ist wirklich kompliziert.« Ich blickte ihn skeptisch an. »Und es steckt mehr dahinter, als Sie ahnen. Deshalb wäre ich Ihnen dankbar, wenn Sie kein Wort darüber verlieren würden.«

»So kompliziert ist es gar nicht. Abbie weiß ohnehin längst Bescheid. Sie hat mir an meinem ersten Arbeitstag hier erzählt, dass Sie eine Affäre haben.«

In diesem Moment läutete das Telefon. Er starrte es an, wohl wissend, dass er sich auf mich konzentrieren sollte, konnte aber dennoch nicht widerstehen und nahm den Anruf an.

Der Apparat war so laut eingestellt, dass ich hören konnte, was am anderen Ende gesprochen wurde. »Premierminister, Sie haben ein Meeting im Kabinettsraum.«

»Wie? Das steht aber nicht in meinem Terminkalender.«

»Sunil hat es eingeschoben. Die Leiter des MI5 und MI6 müssen Sie dringend sprechen.«

»Was ist mit der Vorbereitung meiner Erklärung?«

»Die findet unmittelbar im Anschluss daran statt.«

»Bin gleich da«, sagte er genervt und legte auf, ohne sich zu verabschieden.

Er holte tief Luft und wandte sich mir zu.

»Hören Sie, es tut mir leid. Ich habe da einen gravierenden Fehler begangen«, sagte er, als stünde er im Unterhaus unter Beschuss und würde sich nicht von Mensch zu Mensch mit mir unterhalten. »Es tut mir leid, dass Sie das mitansehen mussten, und ich hoffe, dass wir es hinter uns lassen können.« Als ich nickte, blickte er mich verdutzt an. »Ist das ein Ja?«

Ehrlich gesagt, hatte ich keine Ahnung, was ich deswegen unternehmen würde. Aber ich wollte einfach so schnell wie möglich hier raus. Also sagte ich ihm, was er hören wollte:

»Ja. Und jetzt würde ich gern mit meiner Arbeit weiter-machen.«

Marcus war klug genug, sein Glück nicht weiter heraus-zufordern. Er verließ das Zimmer, ohne ein weiteres Wort zu verlieren.

Kaum war er weg, begann ich erst zu zittern und dann zu heulen, so angespannt war ich. Am liebsten hätte ich auf der Stelle meine Sachen gepackt – nur mein schlechtes Gewissen gegenüber Freddie und Abbie verhinderte das.

Schließlich schickte ich eine Textnachricht an Max: *Ich freue mich schon total auf den heutigen Abend mit dir.*

Dann textete ich Sunil: *Wir müssen dringend reden.*

SUNIL

In der Politik gibt es keine Personalabteilung.

Wenn du in der großen Politik mitmischen willst, musst du in Kauf nehmen, dass du im Handumdrehen deinen Job verlieren kannst. Wenn dein Chef eine Wahl verliert oder der Kabinettsminister, für den du als Sonderberater tätig bist, bei der Kabinettsumbildung rausfliegt, dann bist du ebenfalls raus. Viel häufiger kommt es allerdings vor, dass jemandem deine Visage nicht mehr passt oder die Person, für die du arbeitest, übergriffig wird. Bei wem beschwerst du dich dann? Bei niemandem. Wohin gehst du? Nirgendwohin.

Als ich Mollys Textnachricht las, ahnte ich gleich, dass es Ärger geben würde. Ich hoffte, dass es sich um eine private Angelegenheit handelte, die einer einfachen Lösung bedurfte, doch mein Bauchgefühl sagte mir, dass es um Marcus ging.

Ich dachte sorgfältig über meine Antwort nach und textete ihr schließlich: *Gegen 19:30h sollte es ruhiger werden. Passt das bei Ihnen?*

Die Antwort kam eine Stunde später: *Freddie sollte bis 19:45h eingeschlafen sein. Ich komme dann zu Ihnen hinunter.* Kein Bitte, sondern eine Mitteilung. Meine düstere Vorahnung verstärkte sich. Marcus hatte es doch wohl nicht bei ihr versucht? War es möglich, dass er sich nun gar nicht mehr unter Kontrolle hatte?

Molly tauchte zur verabredeten Zeit im Türrahmen meines Büros auf. Ich versuchte mir meine Anspannung nicht anmerken zu lassen.

Der Premierminister hatte sich nach oben begeben, um sich für das Abendessen umzuziehen, und ich fragte mich, ob sie sich wohl auf der Treppe begegnet waren. Ich bedeutete ihr, auf dem Sofa Platz zu nehmen, während ich mich in einen der Sessel setzte. »Alles in Ordnung?«, fragte ich. Sie wirkte nervös, hatte die Fußgelenke übereinandergeschlagen, knetete ihre Hände im Schoß und blickte zu Boden. Das rote Kleid, das sie trug, ließ darauf schließen, dass sie heute Abend ausging. Ich beschloss aber, ihr keine privaten Fragen dahingehend zu stellen, da ich befürchtete, sie könne abwehrend reagieren.

»Ich weiß nicht, wie ich es Ihnen sagen soll … Aber ich bin der Ansicht, dass ich es tun muss.« Sie sah mich an, als befürchte sie, von mir hinausgeworfen zu werden.

»Nur zu. Sagen Sie mir, was Sie bedrückt.« Ich wappnete mich für das, was kommen würde.

»Zwischen Abbie und Marcus – Entschuldigung, ich wollte natürlich dem Premierminister sagen – gibt es gewisse Spannungen.« Ich stieß vor Erleichterung einen kleinen Seufzer aus. Wenn es nur um den Zustand ihrer Ehe ging, war es nicht weiter tragisch. Ich begann sofort gedanklich meine Antwort zu formulieren: Ist natürlich schlimm, so etwas zu hören. Wirklich ein Trauerspiel, wenn Menschen nicht mehr miteinander klarkommen. Muss auch für Sie schwer sein. Ich kann versuchen mit den beiden zu reden.

Doch dann sagte sie: »Heute Morgen, nachdem ich Freddie zum Kindergarten gebracht hatte, waren der Premierminister und Billie zusammen in der Wohnung …«

»Nun, das ist ganz normal«, unterbrach ich sie. »Viele enge Mitarbeiter des Premiers gehen die ganze Zeit über in der Wohnung aus und ein.« Was dachte ich mir nur dabei? Glaubte ich etwa, dass ich ihr nur ein paar kleine Hindernisse in den Weg werfen müsste, um sie von dem abzuhalten, was sie zu sagen hatte?

»Die beiden waren … intim miteinander.«

»Intim?«

»Als ich die Wohnungstür geöffnet habe, stand der Premierminister da … Und Billie kniete vor ihm.«

»Sind Sie sicher? War es wirklich sexueller Natur? Oder gab es vielleicht einen anderen Grund, weshalb sie dort kniete?« Sobald die Worte aus meinem Mund heraus waren, wurde mir klar, wie absurd sie klangen. Was wollte ich damit suggerieren? Dass sie dort unten nach einem Stift gesucht hatte, der ihm runtergefallen war?

»Sie hat den Kopf gedreht. Und da habe ich alles gesehen.« Sie blickte mir geradewegs in die Augen. »Wirklich *alles*.«

Es führte kein Weg daran vorbei. Das hier war ein ernstes Problem – und es war in meinem Schoß gelandet. Ich musste mit Marcus reden, dessen Verhalten im Meeting mit dem MI5 und MI6 jetzt einen Sinn ergab. Und ich musste mit Billie reden, die heute den ganzen Tag über auffallend ruhig war. Meine Gedanken überschlugen sich, und ich benötigte einen Moment, um zu begreifen, dass ich auch mit Molly richtig umgehen musste. Ich war fest davon überzeugt, dass sie die Wahrheit sagte. Und ich hegte nicht den geringsten Zweifel daran, dass Marcus imstande war, ein solches Risiko einzugehen, in dem Glauben, ungeschoren davonzukommen. Er hatte mir gegenüber natürlich nichts davon erwähnt. Offenbar hoffte er, dass Molly den Mund halten würde.

»Es tut mir leid, dass Sie das miterleben mussten, Molly.« Das entsprach der Wahrheit. »Ich werde mit Marcus und

Billie sprechen. Gibt es irgendetwas, das ich für Sie tun kann?«

Sie schüttelte den Kopf.

»Haben Sie sonst mit irgendjemand darüber gesprochen?« Das musste ich sie einfach fragen.

»Wie bitte?« Sie schien überrascht. »Nein. Sollte ich?«

»Ganz und gar nicht.« O Gott, das hatte ich nun wirklich nicht damit sagen wollen. »Ich möchte nur ein Gefühl dafür bekommen, welche Dimensionen das Ganze hat.« Soweit es mich betraf, war diese Unterhaltung beendet, daher sagte ich nichts mehr.

Molly schien den Wink zu verstehen, stand auf und sagte: »Tut mir leid, dass ich Sie in diese Sache hineinziehen musste.« Sie wirkte in diesem Moment unglaublich jung und überfordert. Ich konnte ihr das nicht einmal verdenken. Ich war ja selbst überfordert. Es bestand kein Zweifel daran, dass es einen Riesenskandal geben würde, wenn das Ganze herauskäme. Es vielleicht sogar Marcus' politisches Ende bedeutete. Ich stand auf, öffnete die Tür und versprach ihr, dass ich mich bei ihr melden würde.

Nachdem ich die Tür hinter ihr geschlossen hatte, konnte ich nicht länger an mich halten und schrie: »Scheiße!«

Was dachte sich Marcus nur dabei? Ausgerechnet mit Billie. Und dann noch einfach so im Flur. Ich war stinksauer. Was war nur mit diesem Mann los? Und warum war ich immer noch hier und arbeitete für ihn? Wie zum Teufel sollte ich diese Sache unter Kontrolle halten?

Ich nahm wieder im Sessel Platz und schrieb ihm eine Textnachricht: *Wir müssen uns heute noch treffen. Es ist dringend. Werde im Privatbüro sein, wenn du zurückkommst.*

Anschließend rief ich Billie an. »Wo sind Sie?«

»Im Red Lion«, erwiderte sie. Das war ein Pub, der bei

Journalisten und Sonderberatern sehr beliebt war, nicht allzu weit von der No. 10 entfernt.

»Es ist etwas passiert. Sie müssen sofort zurückkommen. Es ist dringend.«

»Okay.« Bevor sie das Gespräch beendete, hörte ich noch den Trubel drum herum und ihre Worte: »Muss los.«

Billie traf ein paar Minuten später im Privatbüro ein. Sie war atemlos und ein wenig zerzaust. »Hier rein«, sagte ich und ging vor ins Arbeitszimmer.

Ich lehnte mich gegen den Schreibtisch des Premiers, während sie mit besorgter Miene im Türrahmen stehenblieb. »Was ist los, Sunil?«

»Schließen Sie die Tür.« Ich sah, wie ihr Gesicht einen ängstlichen Ausdruck annahm. Vermutlich ahnte sie etwas, war jedoch klug genug, mir nicht zuvorzukommen für den Fall, dass es doch um etwas anderes ging. »Molly war heute Abend hier, um mit mir zu sprechen …«

»Verstehe.« Sie sank mit dem Rücken gegen die Tür, als würde alle Luft aus ihr entweichen. »Was hat sie Ihnen denn erzählt?«

»Ich werde mir nicht die Mühe machen, es zu umschreiben.« Billie gab ein kleines, erschrockenes Keuchen von sich. Ich ließ die Worte wirken. »Sie hatten vermutlich gehofft, dass Molly nichts sagen würde, nicht wahr?« Sie antwortete nicht. »Ich muss Ihnen wohl nicht erst erklären, was für ein unglaublich dummes Risiko Sie beide eingegangen sind. Und dass Sie hier jegliches Gefühl für Anstand vermissen lassen.«

»Wieso?«, erwiderte sie ein wenig trotzig. »Wir sind schließlich beide erwachsen.«

»Herrgott nochmal, Billie, kommen Sie mir nicht mit so einem Scheiß. Ausgerechnet im Flur seiner Wohnung, wo die Leute ein und aus gehen. Wo jeder Sie erwischen könnte!

Und es hat Sie auch tatsächlich jemand dabei erwischt, *nämlich die Therapeutin des Sohnes unseres Premiers!* Was, glauben Sie, wird wohl geschehen, wenn sie es irgendjemand anderem erzählt?«

»Sie verstehen das nicht, Sunil«, sagte sie mit der sanften Stimme einer Mutter, die ihrem Kind zu vermitteln versucht, dass die Welt nun einmal kompliziert ist.

»Ich glaube, das tue ich sehr wohl.«

»Nein. Es ist nämlich so: Marcus und ich lieben uns«, sagte sie mit einem kleinen Jauchzen in der Stimme.

»*Was?*« Ich traute meinen Ohren nicht.

»Es stimmt. Wir lieben uns. Er sagt, dass ich ihn auf eine Weise verstehe, wie Abbie es nicht tut …« Sie schien offenbar tatsächlich zu glauben, was sie da sagte.

»Billie, Sie müssen damit aufhören. Sie täuschen sich. Ihnen muss doch klar sein, dass Sie beide niemals zusammen sein können.«

»Warum denn nicht? Das Leben ist zu kurz. Das sagt er immer. Er fühlt sich gefangen. Sucht nach einem Ausweg.«

»Und wie will er das machen, ohne dass dabei alles zusammenbricht?« Ich ging ein paar Schritte auf sie zu. »Billie, haben Sie überhaupt eine Ahnung, was Sie da für ein Risiko eingehen? Wie hoch der Einsatz ist?«

Das schien auszureichen, sie wieder ein wenig zur Vernunft zu bringen. »Ich weiß«, sagte sie und blickte dabei zu Boden. Ihre geröteten Wangen ließen darauf schließen, dass sie endlich Scham und Zweifel empfand.

»Weiß sonst noch jemand Bescheid?« Sie schaute mich erschrocken an, schüttelte energisch den Kopf. »Sind Sie sich da sicher?«

»Ja, bin ich«, beharrte sie. »Haben Sie ihr gesagt, was Sie unternehmen werden?« Ihr Ton hatte sich völlig verändert – es war offensichtlich, dass sie Angst hatte.

»Ich habe ihr erklärt, dass ich mit Ihnen reden werde. Und auch mit Marcus. Habe uns etwas Zeit verschafft ...« Ich vergrub mein Gesicht in den Händen und fuhr mit den Handflächen an meinen Wangen herab. »Was für ein Desaster. Ein absoluter Albtraum.« Ich stieß einen Seufzer aus. »Ich werde später noch mit Marcus reden.«

»Da sollte ich dabei sein.«

»Nein. Sollten Sie nicht. Auf gar keinen Fall. Gehen Sie nach Hause, Billie. Und versuchen Sie bloß nicht, irgendeinen blöden Plan mit Marcus auszuhecken. Das Beste, was Sie tun können, ist, darauf zu hoffen, dass Molly die Klappe hält.«

Ihr Gesicht verzog sich, und sie begann weinen. Es fiel mir schwer, Mitgefühl zu empfinden. Da war nur Abscheu – Marcus und ihr, aber auch mir selbst gegenüber. Weil ich so verzweifelt nach einer Möglichkeit suchte, das hier wieder geradezubiegen.

Als sie fort war, setzte ich mich an meinen Schreibtisch und versuchte mich durch einen Stapel Papiere zu arbeiten. Meine Augen folgten zwar den Worten, aber ich nahm wenig dabei auf. Ich hatte seit dem Mittag nichts mehr gegessen, war hungrig, durstig und erschöpft. Ich saß einfach da und wartete auf den Premier.

MOLLY

Sunil hatte im Gespräch richtig reagiert, doch als ich ging, kamen mir Zweifel. Genau wie Marcus war auch er erpicht darauf gewesen, dass ich mit niemandem sonst darüber sprach. Und das ließ bei mir – wenn auch etwas verspätet – die Alarmglocken schrillen. Hatte er etwa die Absicht, das Ganze unter den Teppich zu kehren? Ich verscheuchte diesen Gedanken und versuchte mich auf mein Date mit Max zu konzentrieren.

Er wartete auf mich an dem Kamin neben der Tür zur No. 10. Neben ihm stand Stephen, der mir versicherte, ich sähe umwerfend aus in meinem roten Kleid, dessen Saum knapp oberhalb des Knies endete. »Viel zu gut für Sie«, sagte er an Max gewandt und zwinkerte ihm dabei zu.

Wir gingen auf einen Drink ins Clarence, das nur ein Stück weit die Whitehall hinauf gelegen war. Max brachte mir einen Wodka Tonic in einem Ballonglas und ein Glas Bier für sich. Er riss eine Chipstüte auf, legte sie zwischen uns und sagte: »Okay. Was ist los mit dir?« Ich tat so, als wüsste ich nicht, was er meinte. Doch er ließ nicht locker, also erzählte ich ihm alles. Er verschluckte sich beinahe an seinem Bier. »Was? Billie hatte heute Morgen was mit dem Premierminister, und du hast die beiden erwischt?« Ich mahnte ihn, leiser zu sein. Schließlich befanden wir uns in einem Pub, wo jeder mithören konnte. »Tut mir leid. Aber – du meine Güte!«

»Können wir das Thema jetzt bitte ausklammern? Ich hätte heute Abend gern eine kleine Auszeit davon.« Ich wollte der Realität für eine Weile entfliehen.

Max nickte, obwohl ich ihm ansah, dass ich da etwas Unmögliches von ihm verlangte.

Wir einigten uns darauf, in Chinatown zu Abend zu essen, gingen Richtung Trafalgar Square, betrachteten lächelnd die für die Pride-Parade installierten Ampeln mit den Gender-Symbolen für sexuelle Diversität und schritten eine Straße hinauf, in der sich eine Reihe von Theatern befand, die draußen auf Schildern mit übertriebenen Behauptungen für die drinnen gespielten Stücke warben.

»Hier pulsiert wirklich das Leben«, sagte Max. »So etwas findest du in anderen Städten nicht.« Er hatte recht. Es kam einem so vor, als wäre die Luft elektrisch aufgeladen, und man fühlte sich lebendig und gestresst zugleich. Wir kamen an Läden für Kräutermedizin vorbei, die ihre Heiltränke und Kräuter im Schaufenster präsentierten, in anderen erblickten wir glasierte Bratenten in den Auslagen. Dann bogen wir in die Gerard Street ab mit ihren roten Laternenketten und ihrer schier unendlichen Auswahl an Restaurants.

»Was meinst du?«, fragte Max, und ich zuckte mit den Schultern. Er schloss die Augen, presste den rechten Zeigefinger auf seine Nase und hob seinen linken Arm mit ausgestrecktem Zeigefinger, drehte sich dreimal und sagte: »Das da!« Als er die Augen öffnete und sah, dass er nicht etwa auf ein Restaurant, sondern das andere Ende der Straße zeigte, lachte er und sagte: »Das hat ja super funktioniert! Versuch du's mal.« Auch wenn ich etwas verlegen war, folgte ich seiner Aufforderung, allerdings mit einem halb geöffneten Auge, woraufhin er mir einen leichten Knuff versetzte und sagte: »Du schummelst!«

Wir erhielten einen Tisch mit einem frischen, weißen

Tischtuch und bestellten Tsingtao-Bier und verschiedene Gerichte, die nacheinander an unseren Platz gebracht wurden, ohne dass ein Ende abzusehen war. Ich war Max dankbar, dass er sich an unsere Vereinbarung hielt, aber ehrlich gesagt kam nach meiner Neuigkeit keine entspannte Unterhaltung mehr zustande. Sie schien alles andere zu dominieren, auch wenn wir vorgaben, sie zu ignorieren.

»Lass uns ein paar Schritte gehen«, schlug ich vor, nachdem wir mit dem Essen fertig waren.

»Gern.« Max bezahlte die Rechnung, und wir verließen das Lokal. Es war beinahe dunkel und ziemlich frisch draußen. »Ist dir kalt?« Ich verneinte, aber nach ein paar Schritten war nicht zu übersehen, dass ich zitterte. Er bot mir sein Sakko an, was ich ablehnte, aber er zog es dennoch aus und legte es mir um die Schultern.

»Ist dir nicht zu kalt, nur im Hemd?«

»Lass es mich mal so sagen: Das hier ist nichts im Vergleich zu der unterkühlten Hölle eines Trainings in nördlichen Seen und arktischen Schneefeldern.«

Wir schlenderten vor uns hin, als hätten wir alle Zeit der Welt, und gingen schließlich eine Seitenstraße hinunter Richtung Themse. Der Fluss wirkte breit und tief, und wir spazierten daran entlang, bis wir am Parlamentsgebäude angelangt waren. Selbst so spät am Abend herrschte hier noch reger Verkehr, und wir mussten beim Überqueren der Straße auf Autos, Busse und Radfahrer achten. Auf der anderen Straßenseite, auf dem Parliament Square, war ein kleines Zeltdorf mit selbstgebastelten Schildern aufgebaut, auf denen verschiedene Forderungen standen – von »Stoppt die Chemtrails!« bis »Nieder mit dem Kapitalismus!« und »Impfung? Nein danke!«. Wir fragten uns, wer diese Leute waren, wie sie es sich leisten konnten, ihre Zeit hier zu verbringen, und ob sie tatsächlich glaubten, damit etwas bewirken zu können. Max hatte keine Ahnung, was ein Chemtrail war, also erklärte ich ihm, dass Verschwörungstheoretiker glaubten, Flugzeuge mit langanhaltenden Kondensstreifen würden in Wahrheit Chemikalien in der Atmosphäre verteilen, die bewirkten, dass die Bevölkerung folgsam und gefügig blieb, woraufhin Max erwiderte: »Könnte es sein, dass du da gerade die Schwachstelle in ihrer Theorie gefunden hast?« Ich lachte, erschauerte angesichts der Kälte und lehnte mich an ihn.

»Möchtest du zurückgehen?«, fragte er mich, da wir nur wenige Gehminuten von der No. 10 entfernt waren.

Ich schüttelte den Kopf, schwieg beim Weitergehen für einige Augenblicke und sagte dann: »Ehrlich gesagt, möchte ich einfach nur von dort weg sein.«

Wir spazierten für eine Weile schweigend nebeneinanderher. Mir wurde klar, dass es nicht fair war, das, was ich gesehen hatte, anzusprechen und dann nicht weiter darüber reden zu wollen. Also brachte ich es ein wenig verlegen noch einmal zur Sprache. »Ich bin mir nicht sicher, ob ich Abbie erzählen sollte, was ich gesehen habe.«

»Schwierig …« Max dachte darüber nach. »Möglicherweise würde sie es dir nicht danken. Aber andererseits – ist es fair, die Sache zu vertuschen?«

»Stimmt.«

»Um wie viel Uhr ist das heute passiert?«

»Kurz nach neun. Wieso?«

»Das muss kurz vor einem Meeting mit den Geheimdiensten gewesen sein, an dem ich teilgenommen habe. Lass es mich mal so sagen: Er war unkonzentriert und schlecht gelaunt. Wenn man mir gesagt hätte, dass eine unmittelbare Terrorgefahr besteht, dann wäre ich engagierter gewesen.«

»Terrorgefahr?«

»Im Detail ist es noch eine ziemlich unsichere Beweislage.

Sie haben eine Warnung aufgeschnappt.« Er wandte sich mir zu. »Ich weiß, dass ich dir vertrauen kann. Aber es darf niemand erfahren, dass du davon weißt.« Ich nickte.

Endlich kam die Albert Bridge in Sicht, und ich sagte: »Schau nur! Ist das nicht toll?« Die Brücke war mit Lichtern bedeckt, die wie Sterne am Nachthimmel glitzerten und sich verschwommen im Wasser spiegelten, so dass es aussah wie ein impressionistisches Gemälde. »Wie aus einem Märchen.«

Ich wandte mich Max zu, und er legte seine Hand auf meine Hüfte. Ich blickte in seine Augen, und er küsste mich. »Ich möchte dort raus«, sagte ich zu ihm. »Weg von diesem verrückten Ort. Freddie geht es schon besser. Es ist an der Zeit, dass er an jemand anderen verwiesen wird. Vielleicht solltest du auch verschwinden. Du dürftest gar nicht hier sein. Du brauchst Zeit, um zu heilen. Brauchst Hilfe. Und solltest nicht so etwas ausgesetzt sein.«

»Was meinst du mit ›ich brauche Hilfe‹?« Er schien überrascht.

»Ach, nichts.« Ich kam mir wie eine Idiotin vor, dass ich diesen Moment ruinierte.

»Von wegen nichts. Was willst du damit sagen?«

»Max. Du leidest offensichtlich an einer posttraumatischen Belastungsstörung.«

Er ließ mich los und wich einen Schritt zurück. »Okay«, sagte er mit unsicherer Stimme.

»Das ist nichts, wofür man sich schämen muss. Was du alles durchgemacht hast …«

Mit einem Mal schien er wütend zu sein. »Scheiß drauf. Scheiß auf dieses ganze Theater. Warum zum Teufel soll ich mir von diesem Arschloch Valentine überhaupt etwas sagen lassen?« Er wandte sich der Straße zu und winkte ein Taxi herbei. »Lass uns zurückfahren. Es ist schon halb zwölf.«

Als wir eingestiegen waren, zerbrach ich mir den Kopf, was ich sagen sollte, während er zusammengesunken dasaß und vor sich hinstarrte. Als wir an der No. 10 ankamen, bat er den Fahrer, ihn zu seiner Kaserne zurückzufahren, gab mir einen Kuss auf die Wange und wünschte mir Gute Nacht.

»Max, es tut mir leid, sollte ich eine Grenze überschritten haben«, sagte ich.

»Ist schon okay«, erwiderte er. »Ich muss nur den Kopf freikriegen.« Ich küsste ihn auf die Lippen, versuchte keine Angst um uns beide zu haben, als ich ihn wegfahren ließ.

SUNIL

Die Uhr zeigte 22:45, als Marcus endlich auftauchte. Er trug einen Smoking und blickte mich misstrauisch an. Ohne ein Wort zu verlieren, schritt er an mir vorbei in sein Büro. Ich folgte ihm und schloss die Tür. Er nahm an seinem Schreibtisch Platz, zerrte die Fliege von seinem Hals und öffnete die beiden oberen Hemdknöpfe. Da er mir keinen Platz anbot, blieb ich stehen. Was mir das offenbar gewünschte Gefühl verlieh, vor dem Schuldirektor zu stehen. Er sagte nichts, also fragte ich: »Wie war das Essen?«

»Kommen wir doch gleich zur Sache. Ich bin müde.«

»Hast du mit Billie gesprochen?«

»Sie hat mir eine Textnachricht geschickt. Ihr habt euch also unterhalten.«

»Dann weißt du ja, dass es ein Problem gibt.«

»Und was schlägst du vor?«

Das Ganze fühlte sich falsch an. Nicht zum ersten Mal befanden wir uns in einer Situation, bei der er in Schwierigkeiten steckte, aber stattdessen ich derjenige war, der das Gefühl hatte, sich in einer misslichen Lage zu befinden. Ich entschied mich, bei diesem Spielchen nicht mehr mitzumachen. »Was ich vorschlage? Ich weiß nicht, Premierminister« – mein sarkastischer Tonfall hätte nicht offensichtlicher sein können – »was würden Sie denn an meiner Stelle tun?«

»Du genießt das hier, nicht wahr?« Er zupfte eine Büroklammer vom Magnethalter und begann sie gerade zu biegen.

»Genießen?«, erwiderte ich, verschluckte mich beinahe an dem Wort. »Ist das dein Ernst? Es ist ohnehin schon schwer genug, diesen ganzen Laden zu schmeißen, glaubst du wirklich, ich brauche dann auch noch so einen Mist obendrauf?«

Ich dachte, meine Worte hätten ihn zur Vernunft gebracht, aber sie schienen die gegenteilige Wirkung zu haben. Er war im totalen Verteidigungsmodus und machte den Überbringer für die schlechten Nachrichten verantwortlich.

»Und ob ich das glaube«, sagte er. »Denn ein Teil von dir hat sich schon immer gewünscht, dass ich eine Bruchlandung hinlege. Ein Teil von dir hasst mich.« Er legte die geradegebogene Büroklammer wieder zurück auf den Magnethalter und zum ersten Mal fiel mir auf, dass sich dort noch weitere davon befanden – offenbar eine nervöse Angewohnheit. »Weißt du, Ophelia hat es mir vor ihrem Tod erzählt.« Er blickte mir dabei geradewegs in die Augen. Die Wirkung eines solchen noch dazu unvorbereiteten Schlags unter die Gürtellinie ließ sich schwerlich verbergen.

»Wovon redest du?« Ich versuchte mich wieder zu fangen, aber ich war wie betäubt, fix und fertig, wartete nur noch auf den K.-o.-Schlag.

»Ich rede von den letzten Tagen vor ihrem Tod. Sie waren eigentlich sehr schön. Sie ist zu mir zurückgekommen. Hat mir gesagt, dass ich die Liebe ihres Lebens war. Dass sie mir alles vergibt. Und dass das Zusammensein mit mir das größte Geschenk gewesen sei.« Ich wäre am liebsten weggerannt, um mich auf der Toilette zu übergeben, doch ich blieb einfach stehen und nahm es hin. »Sie hat mir von deiner kleinen, kindischen Schwärmerei für sie erzählt. Wie hat sie es noch einmal formuliert? Dass diese zu einer Besessenheit geworden sei, die an Stalking grenzte. Du sie einfach nicht mehr in Ruhe gelassen hast, sich ihr aufgedrängt hast, um mit ihr zusammen zu sein. Sie mir wegnehmen und alles in Ordnung bringen wolltest.« Er stand inzwischen, lehnte sich auf den Fingerspitzen nach vorn. »Wie armselig von dir zu glauben, dass eine Frau wie Ophelia an einem Mann wie dir Interesse haben könnte. Sie hat mir gesagt, dass du es einfach nicht kapieren wolltest. Dass du ständig da warst. Dich ihr auf widerliche Weise aufgedrängt hast, in dem Glauben, dass am Ende der Preis dir gehören würde. Wie bescheuert warst du denn bitte?«

»So war das alles gar nicht ...«, stotterte ich, versuchte die richtigen Worte zu finden. »Das stimmt doch überhaupt nicht.«

»Und ob das stimmt, Sunil. Und ich glaube, das weißt du auch. Genauso, wie wir beide wissen, dass du gern behauptest, mit deinem Job verheiratet zu sein, und dass das der Grund sei, warum du nie eine längere Beziehung hattest. Aber das entspricht nicht ganz der Wahrheit, oder? Weißt du, wenn ein Huhn einen Makel hat, versuchen die anderen Hühner es zu vertreiben oder gehen darauf los, wenn es nicht verschwinden will, denn sie wissen, dass mit ihm etwas nicht stimmt ...«

Meine Übelkeit wurde zu blanker Wut, die jede Faser meines Körpers durchfuhr. Meine Kiefer pressten sich aufeinander, und Blut schoss mir in den Kopf, ohne wieder abzufließen, verursachte dabei einen Druck wie ein Vulkan, der kurz vor dem Ausbruch stand. Meine Fäuste ballten sich, meine Zähne knirschten. Hätte ich eine Pistole gehabt, hätte ich ihm damit direkt in die Brust geschossen. Hätte ich ein Messer gehabt, hätte ich ihm die Kehle durchgeschnitten. Hätte ich einen Baseballschläger gehabt, hätte ich seinen Kopf zu Brei geschlagen. Aber irgendwie schaffte ich es, mich zusammenzureißen. »Marcus, hier geht es aber nun mal nicht um mich. Deine Risikobereitschaft gefährdet alles. Was ist, wenn Molly den Mund aufmacht? Oder wenn sie es Abbie erzählt und die den Mund aufmacht? Oder Billie etwas Dummes anstellt?« Er hielt für einen Moment inne, wie ein Boxer, der einen Gegner betrachtet, der sich wieder vom Boden aufrappelt. »Weißt du, was Billie zu mir gesagt hat?« Er antwortete nicht. »Sie hat gesagt, dass du sie liebst. Sie scheint tatsächlich zu glauben, dass es eine gemeinsame Zukunft als Paar für euch gibt.«

Marcus verzog das Gesicht, als hätte er in eine Zitrone gebissen. Er schien fassungslos. Es war ein Verzweiflungsschlag von mir gewesen, aber er hatte gesessen. Ich sah ihm an, welche Gedanken ihm durch den Kopf schossen. Er hatte Billie im Visier gehabt, weil es bequem gewesen war. Leichte Beute. Und es war in Ordnung, solange niemand davon wusste. Nun war es ein Problem. Ich erkannte, dass ich einen festen Stand hatte, und machte weiter. »Und was war das heute Morgen für ein Auftritt? Die Leiter der Geheimdienste teilen dir mit, dass eine große Gefahr bevorstehen könnte, und du antwortest ihnen, dass sie sich verpissen sollen, bis sie ausreichende Beweise dafür haben. Du hast dich völlig idiotisch benommen – vermutlich, weil dich Molly kurz zuvor erwischt hatte, nicht wahr?« Er antwortete nicht, dachte einen Moment lang nach. Natürlich hatte ich recht.

»Also, was machen wir jetzt?«

Als ich nicht antwortete, fragte er: »Wer muss gehen? Billie oder Molly?«

»Gott, du bist wirklich eiskalt«, erwiderte ich. Er versuchte erst gar nicht zu widersprechen. »Auf jeden Fall Billie. Nicht Molly. Die kannst du draußen nicht kontrollieren.« Ich ging zum Sofa hinüber. »Gib mir den morgigen

Tag. Ich werde mir etwas einfallen lassen. Aber eines ist sicher.«

»Was?«

»Du solltest lieber beten, dass Abbie nichts davon mitbekommt.« Er gab einen Grunzlaut von sich und verließ den Raum.

Ich ließ mich auf das Sofa sinken und versuchte zu verarbeiten, was vor sich ging. Hier hatte ich die Bestätigung für etwas, das ich eigentlich schon immer gewusst hatte: Marcus Valentine war ein Soziopath, unfähig, Mitgefühl zu empfinden. Unfähig, Rücksicht zu nehmen oder Risiken richtig einzuschätzen. Wie hatte er nicht erkennen können, dass sein Verhalten die Sache nicht wert war? Wie konnten ihm diese Momente des Nervenkitzels und der Lust nur so viel bedeuten, wenn dadurch möglicherweise alles andere zerstört wurde? War dieser Drang so stark, dass er sich nicht mehr beherrschen konnte? Oder war es ihm schlichtweg egal?

Es war schmerzhaft, mir einzugestehen, dass dieser Mann mich gerade gedemütigt und mich gezwungen hatte, die Wahrheit über Ophelia anzuerkennen: Sie hatte mich zurückgewiesen. Er hatte mir vor Augen geführt, was ich in meinem tiefsten Inneren fühlte – nein, wusste: Ich war es nicht wert, geliebt zu werden, verdiente eine solche Ablehnung und Demütigung. Meine Rolle war es, zu dienen und nicht etwa gefeiert zu werden. Warum sonst saß ich nun hier und fühlte mich dazu verpflichtet, das Chaos, das er angerichtet hatte, zu beseitigen? Wenn ich auch nur ein Fünkchen Selbstachtung hätte, hätte ich alles hingeworfen. Meine Kündigung eingereicht. Ihn dem brüllenden Mob überlassen, der ihn in Stücke gerissen hätte.

Aber das tat ich nicht. Ich nahm es hin, blieb und machte alles nur noch schlimmer.

MOLLY

Anstatt an der Haustür der No. 10 zu klopfen, ging ich bis zum oberen Ende der Straße, zu dem Tor, das zu einer Treppe und der Hintertür führte.

Ich war schon auf halbem Weg die Treppe hinunter, als ich einen Fuchs sah, der etwas im Maul hatte. Ich blieb für einen Moment stehen, dachte, er hätte vielleicht eine der Enten im Park St. James erwischt – doch beim zweiten Hinschauen entpuppte es sich als eine Zeitschrift. Der Fuchs war schrecklich dünn, getrocknete Erdklumpen hingen in seinem Fell, und sein Schwanz hatte kahle Stellen. Ich dachte, er würde weglaufen, doch er schien keine Angst zu haben. Seine Augen glitzerten, seine Schnauze hob sich ein wenig, als versuche er, meine Fährte aufzunehmen. Ich wartete, doch als er sich nicht rührte, stieg ich weiter die Stufen hinunter. Ich war nur wenige Meter entfernt, als er schließlich die Flucht ergriff.

Die Polizisten an der hinteren Schranke hatten zugesehen. Einer rief: »Freche, kleine Biester.« Ich winkte, und er sagte: »Passen Sie auf sich auf, Molly.«

Im Untergeschoss war es dunkel und still. Die Tür zum Raum der Personenschützer war geschlossen. Ich vernahm ein Husten darin. Es dauerte einen Moment, bis sich die automatische Beleuchtung einschaltete und die Dunkelheit und die Schatten zum Verschwinden brachte.

Ich rief den Aufzug, der eine halbe Ewigkeit brauchte, bis

er da war, und ebenso lange benötigte, bis er an der Wohnung oben ankam. Als ich die Wohnungstür öffnete, empfing mich Dunkelheit. Ich nahm an, dass bereits alle im Bett waren, und wäre daher vor Schreck fast aus meiner Haut gefahren, als eine Stimme »Hallo, Molly« sagte.

»O Gott!«, keuchte ich. Es war Marcus.

»Tut mir leid. Ich wollte Ihnen keine Angst einjagen. Ich war auf dem Weg, meinen Aktenkoffer zu holen, den sie immer für mich an der Tür abstellen, als ich Sie kommen hörte.« Mein Herz raste, und ich war wie erstarrt. Genau hier hatte ich ihn früher am Tag mit Billie gesehen. »Warten Sie kurz!« Er hielt eine Hand in die Höhe, öffnete mit der anderen die Wohnungstür wieder und bückte sich, um den Aktenkoffer aufzuheben, der mir eben gar nicht aufgefallen war.

Er machte mir Angst. Dass ich nur seine Umrisse sah und nicht seinen Gesichtsausdruck, machte mich kirre. »Also, ich bin hundemüde. Muss ins Bett. Morgen geht's wieder früh raus. Wegen Freddie.«

»Warten Sie. Ich würde mich gern noch kurz mit Ihnen unterhalten.« Er trat einen Schritt auf mich zu. Hatte er etwa auf mich gewartet? Für einen kurzen Moment fürchtete ich, er würde mich angreifen.

»Ich bin wirklich müde. Hat es nicht bis morgen Zeit?«

Ich wandte mich ab, um ihm zu signalisieren, dass ich in mein Zimmer gehen wollte, aber er bestand darauf. »Es dauert wirklich nur eine Minute.«

Er verschwand Richtung Küche, erwartete offenbar, dass ich ihm folgte. Eine einzelne Anglepoise-Hängelampe erleuchtete den Tisch, auf dem er den Aktenkoffer ablegte. Er setzte sich hin und öffnete ihn. »Hier drin befinden sich noch einige Stunden Arbeit. Ich bin eine Nachteule. Erledige die Dinge gern am späten Abend.« Ich schürzte die Lippen und nickte, war mir nicht sicher, was ich mit dieser Information anfangen sollte, und hoffte, er würde die Sache hier endlich hinter sich bringen. Er bot mir nicht an, Platz zu nehmen, und ich hatte auch kein Verlangen danach. »Sie haben mich ja nun offenbar in der Hand ...«, sagte er und sah mich dabei prüfend an.

»In der Hand?« Ich hatte keine Ahnung, wovon er sprach.

»Oh, Sie wissen schon, was ich meine.«

Einige Strähnen seines zurückgegelten Haares hatten sich gelöst und schwangen hin und her wie ein Tor im Wind.

»Sie haben heute Abend mit Sunil geredet.«

»Ich ... ich ...« Es kam mir vor, als hätte er mich bloßgestellt, wie ein Vater, der sein Kind auf frischer Tat ertappt. Es war albern, aber ich hatte das Gefühl, ihn hintergangen und damit jede Menge Probleme verursacht zu haben. »Ich will bei dieser Sache nicht zwischen die Fronten geraten.«

»Nun, ich hoffe, Sie können verstehen, warum ich enttäuscht bin. Sie hatten mir versichert, dass Sie mit niemandem darüber reden würden.«

Ich fühlte mich erschöpft und unsicher. »Ich dachte, er sollte es erfahren.«

»Und aus welchem Grund?«

Die einzigen Antworten, die ich darauf hatte, hätten die Lage nur noch verschlimmert, daher fiel mir nichts Besseres ein, als mich bei ihm zu entschuldigen. »Es tut mir leid, dass ich es versprochen und dann doch mit Sunil geredet habe.«

»Na gut«, sagte er, »dann sind wir uns ja einig. Wir werden nicht mehr über diese Sache sprechen.« Ich glaube, er wollte mir gegenüber den Eindruck von Großmut erwecken. Er wandte sich seinem Aktenkoffer zu und sagte: »Ich muss mich jetzt mit diesen Unterlagen befassen. Die Arbeit erledigt sich nicht von selbst. Gute Nacht.«

Ich ging im Dunklen ins Badezimmer und machte mich fürs Bett fertig, obwohl ich wusste, dass ich keinen Schlaf finden würde. Dann legte ich mich hin, schloss die Augen und versuchte zu schlafen. Aber vergeblich. Ich warf einen Blick auf mein Smartphone und sah, dass Max mir eine WhatsApp-Nachricht geschickt hatte: *Ich bin ein Idiot. Tut mir leid. Ich wollte nur nicht, dass du in mir ein Wrack siehst.*

Ich schickte ihm sogleich eine Antwort: *Du bist einer der stärksten Menschen, die mir je begegnet sind. Es ist bewundernswert, wie du mit allem umgehst, und ich möchte nur helfen. xx*

Ich schloss die Augen wieder und lag einfach nur da. Gedanken spukten mir im Kopf herum. Die Minuten kamen mir vor wie Stunden, lediglich unterbrochen von dem gelegentlichen, entfernten Husten von Marcus, der seine Unterlagen durchging.

Nach einer langen, langen Zeit, die mir wie Stunden vorkam, hörte ich Schritte. Marcus ging offenbar ins Bett. Das Schlurfen von Füßen im Flur wurde lauter, verstummte dann draußen vor meiner Tür. Ich bekam es mit der Angst zu tun. Was hatte er vor? Wollte er etwa hereinkommen? Ich drehte mich zur Wand, kniff die Augen zusammen, lag steif da, tat so, als ob ich schlief, für den Fall, dass er tatsächlich hereinkam.

Er schien schon seit Minuten vor meiner Tür zu stehen. Oder waren es erst dreißig Sekunden? Warum stand er überhaupt dort? Vielleicht hatte ich es mir auch nur eingebildet, und er war einfach vorbeigegangen, beruhigte ich mich. Doch dann hörte ich, wie er sein Gewicht verlagerte und sich weiter Richtung Schlafzimmer bewegte. Ob Abbie dort war? Wie würde sie wohl reagieren, wenn sie es herausfände?

Ich lag weiter steif da, während eine Mischung aus Furcht und Wut und Scham durch meine Adern strömte und ich darauf wartete, dass sich das Tageslicht durch die Gardinen hineinschlich. Ich musste schnellstens aus der No. 10 verschwinden. Sonst würde das alles hier noch schlimm enden.

PINDAR – TAG 1

ABBIE

Als Freddie, Molly und ich an diesem Samstagmorgen aus der Wohnung traten, die Taschen voller Badehandtücher, Spiele und Essen für ein Picknick, hatte ich für einen Moment das Gefühl, alles durchdacht zu haben.

Ich watschelte die Treppe hinunter wie eine lahme Ente, während Freddie hüpfend die Stufen zählte und sich darüber beschwerte, dass ich so langsam war. Ich sagte ihm, er solle mit Molly vorgehen, sie weigerte sich jedoch, bestand darauf, dass wir zusammenblieben, und erklärte Freddie, dass er mehr Verständnis für seine Mutter haben müsse.

Wir bewegten uns langsam aus der No. 11 hinüber zur No. 10, die am Wochenende wie ausgestorben war und aller Energie beraubt schien. Stephen stand wie gewohnt aufmerksam an der Tür, zeigte sich überrascht, dass wir an einem Samstag hier und nicht draußen auf dem Landsitz waren, und äußerte sein Bedauern, nicht mit uns in den Garten hinausgehen zu können. Als wir hinter dem Kabinettsraum abbogen, kam Sunil gerade aus dem Privatbüro. »Du hast wohl gar kein Privatleben«, sagte ich spöttisch, bekam dann aber sofort ein schlechtes Gewissen deswegen.

Wir suchten uns einen Platz in der Sonne und breiteten unsere Badetücher dort aus, so dass sie ein Rechteck ergaben. Freddie wollte schon sein Mittagessen haben. Ich setzte gerade an, es ihm zu verbieten, als Molly ihn mit einem Ball ablenkte. Gott sei Dank war sie hier. Ich hoffte immer noch, dass sie mit mir kommen würde, wenn ich Marcus verließ, sobald das Baby auf der Welt war. Wie es dann weitergehen sollte, wusste ich nicht.

Marcus war heute früh auf mich zugekommen und verkündete, dass wir miteinander reden sollten.

»Ich bin mir nicht sicher, ob wir viel zu bereden haben«, erwiderte ich.

Doch er redete einfach weiter: »Ich habe mich zum Narren gemacht. Mich ganz und gar blamiert.« Er klang wie ein Schuft in einem Rührstück aus den 1940er-Jahren. Ich hätte beinahe laut gelacht, konnte mich aber gerade noch beherrschen. »Ich weiß, dass Billie gestern Abend bei dir gewesen ist. Ich weiß, was sie gesagt hat ...« Er versuchte sich damit herauszureden, dass es aus einem Anfall von Wahnsinn heraus geschehen sei, der dem Druck seines Jobs und der Tatsache, dass wir in letzter Zeit nicht so gut miteinander klarkamen, geschuldet war, womit er mir unterschwellig einen Teil der Schuld zuschieben wollte. Billie sei für ihn da gewesen, habe sich ihm förmlich an den Hals geworfen. Er hasse sich für seine Schwäche, gelobe aber Besserung. Er habe seine Fehler eingesehen und werde so etwas niemals wieder tun. Jetzt brauche er nur noch meine Vergebung.

Zu meiner Überraschung tat mir Billie leid. Sie hatte zwar bereitwillig mitgemacht, aber ihre Schwächen unterschieden sich kaum von meinen eigenen. Wir hatten beide zu unterschiedlichen Zeitpunkten an den Quatsch geglaubt, den Marcus erzählte. Es hatte eine Zeit gegeben, in der ich genauso verblendet gewesen war wie sie. Er hatte bei ihr die richtigen Knöpfe gedrückt. Ihre Schwachstellen gefunden. Alles nur Blendwerk, Taschenspielerei, Ablenkung. Wo war da der Unterschied zu meiner Situation vor ein paar Jahren? Ich hatte doch auch mitgespielt, obwohl ich wusste, dass er verheiratet war. Ich war mit ihm zusammen gewesen, obwohl ich wusste, dass seine Frau Krebs hatte. Wenn ich Billie jetzt verurteilte, würde ich mich selbst verurteilen.

Marcus sah mich flehentlich an. »Sag doch bitte etwas. Ich ertrage es nicht, wenn du so distanziert bist.«

Ich setzte mich hin. Stieß einen Seufzer aus. »Weißt du, was, Marcus? Vielleicht ist das hier der richtige Moment, um mal innezuhalten und dich mit dir selbst zu beschäftigen. Aber das geht nicht, wenn ich hier bin.« Ich hätte an dieser Stelle aufhören sollen, aber ich machte weiter. »Ich würde dir wirklich gerne sagen, dass es mir egal ist. Aber das ist es nicht ...« Die Tränen begannen zu fließen, und er beeilte sich, seine Arme um mich zu legen. In seiner Vorstellung war dies vermutlich ein Ausdruck von Zärtlichkeit, aber für mich war er wie ein Raubtier, das eine Schwäche sieht und zum Angriff übergeht. Ich wich instinktiv zurück, und die Tränen versiegten augenblicklich. »Nein. Lass es.« Er war so vernünftig zurückzuweichen.

»Ich bekomme das hin. Wirklich. Gib mir bitte noch eine Chance ...«, sagte er kläglich. Verängstigt.

»Das sagst du jetzt. Aber sobald du dich wieder sicher fühlst, wirst du erneut rückfällig werden. Aber tu mir einen Gefallen ...«

»Alles, was du willst.«

»Sei nett zu Billie. Sie hat verdient zu wissen, wo sie steht und dass du es ihr so leicht wie möglich machst.«

»Vergiss Billie. Es geht um uns.«

»Genau das wollte ich nicht hören«, erwiderte ich.

Billie war tatsächlich am gestrigen Abend zu mir gekommen.

Ich hatte den Nachmittag mit Molly verbracht, die mir eröffnete, dass ihre Arbeit hier getan sei. Freddie mache große Fortschritte, und es sei an der Zeit, dass er mit einer anderen Therapie weitermache.

Ich sah ihr an, dass es sinnlos war, sie vom Bleiben zu überzeugen. Dann sagte sie: »Ich glaube, Sie sollten wirklich darüber nachdenken, wie Sie weitermachen wollen.« Ich war im ersten Moment perplex, und sie versicherte mir, dass sie sich nicht einmischen wolle, es aber offensichtlich sei, dass es zwischen Marcus und mir nicht zum Besten stehe und ich mich fragen müsse, ob dies gesund sei. Ich wies sie darauf hin, dass es keine gute Zeit sei, ihn zu verlassen, da ich hochschwanger war. »Das mag sein, aber überlegen Sie, was für Auswirkungen all das hier auf Freddie, Ihr Baby und Sie hat.«

Ich stimmte ihr zu und erklärte ihr, dass ich die Hoffnung hätte, mit ihr an meiner Seite einen Weg zu finden. Doch ich hatte dieses nagende Gefühl, dass an dem, was sie mir sagte, noch mehr dran war.

Molly riet mir, mich auszuruhen, und ich sah ihr mit schweren Lidern und zur Seite gedrehtem Kopf vom Sofa aus zu, wie sie mit Freddie spielte, ehe sie ihn überredete, ihr beim Vorbereiten des Essens zu helfen. Sie bestand darauf, dass ich die Augen zumachte, und ich wehrte mich nicht allzu sehr dagegen. Als ich aufwachte, dämmerte es draußen, und mir war im ersten Moment nicht klar, ob es Morgen oder Abend war. Ich benötigte einen Augenblick, um mich auf die Uhr konzentrieren zu können: 19:45. Ich hatte Durst und musste dringend auf die Toilette. Ich schwang die Beine über die Seite des Sofas und erblickte beim Aufstehen eine orangefarbene Haftnotiz, auf der stand: *Habe es nicht übers Herz gebracht, Sie zu wecken. Freddie ist satt, gebadet und schläft. Treffe mich mit Max … Gruß, Molly.* Sie hatte einen kleinen Smiley und ein Herz neben ihre Unterschrift gezeichnet.

Der Summer an der Haustür ertönte, was für gewöhnlich bedeutete, dass jemand hier oben auftauchen würde – beispielsweise um Marcus' roten Aktenkoffer mit dringenden Papieren vorbeizubringen, die über Nacht gelesen und kommentiert werden mussten. Ich vernahm die vier Piep-töne des Eingangscodes, und die Tür schwang auf. Es war Billie.

»Ich glaube, ich bin die Einzige hier. Versuchen Sie Mar-cus auf dem Handy zu erreichen.«

»Eigentlich möchte ich zu Ihnen«, sagte sie zaghaft. »Hät-ten Sie einen Moment Zeit, um sich mit mir zu unterhalten?«

»Hätten Sie gern eine Tasse Tee?«, fragte ich. Was war nur los mit ihr? Sie sah erschöpft aus. Die Kombination aus zu viel Schminke, Rauchen und Westminsters ungesundem Le-bensstil ließ sie ein paar Jahre älter aussehen, als sie war. Dennoch konnte ich sehen, warum Männer auf sie standen: der kurze Rock, die großen Titten und das blond gefärbte Haar waren zwar nicht gerade dezent, zeigten aber Wirkung in diesem Umfeld.

»Nein … Das heißt, ja. Würde ich gern. Danke. Milch und ein Stück Zucker.« Ihre Stimme klang merkwürdig, nicht selbstsicher, aber bestimmt.

»Wir haben keinen Zucker. Tut mir leid – wir versuchen gesund zu leben.« Ich wollte, dass sie es als Zurechtweisung verstand.

»Das macht nichts. Wird mir guttun.« Sie folgte mir in die Küche, und eine unangenehme Stille machte sich breit, wäh-rend der Wasserkocher seine Arbeit tat. Ich hatte zu viel Wasser hineingetan, und es schien eine Ewigkeit zu dauern, bis das Klicken ertönte. Ich ließ mir mit dem Eingießen Zeit, rührte in den Tassen herum und drückte die Beutel aus, be-vor ich sie in den Mülleimer warf und die Milch holte. Der Tee wirkte schwach und blass, aber ich entschuldigte mich nicht dafür. Billie nahm nur einen einzigen Schluck. Ich sah, dass sie mir etwas zu sagen hatte, das ihr schwerfiel, aber ich hatte nicht die Absicht, ihr die Sache zu erleichtern, also sagte ich nichts.

»Wie geht es Freddie?«, fragte sie, nahm ganz offensichtlich erst noch ihren Mut zusammen, bevor sie zum Punkt kam.

»Es geht ihm gut.« Wieder eine peinliche Pause. Nun wurde es mir doch zu dumm, und ich fragte: »Warum sind Sie hier, Billie?«

»Ich weiß nicht, wie ich es Ihnen sagen soll …«, begann sie und blickte mir dabei in die Augen. »Marcus und ich haben uns öfter getroffen.« Sie schaute zur Seite, und mit einem Mal ergab alles einen Sinn: die Textnachrichten. Natürlich. Marcus hatte ihren Namen aus seinen Kontakten entfernt, damit ich ihn nicht sah, wenn sie aufblitzten. Mir wurde mit einem Mal klar, dass Molly auch irgendwie davon wissen musste. Deshalb hatte sie heute Nachmittag meine Beziehungsprobleme mit Marcus angesprochen!

Billies Lippen bewegten sich, doch ich hörte nicht, was sie sagte – oder schenkte ihren Worten zumindest keine Beachtung –, denn ich dachte über all dies nach. Als ich mich wieder einklinkte, sagte sie gerade: »Ich glaube, Molly könnte etwas mitbekommen haben … und ich finde, dass es nicht richtig wäre, wenn Sie es durch irgendwelche Gerüchte erfahren würden.«

»Vielen Dank, das ist sehr rücksichtsvoll von Ihnen«, sagte ich. Meine Stimme triefte vor Sarkasmus. »Weiß Marcus, dass Sie mit mir reden wollten?«

»Er hielt es für keine gute Idee.«

»Was Sie nicht sagen!«

»Aber ich will keine weiteren Lügen mehr.« Mir fiel auf Anhieb eine ganze Latte von spitzen Bemerkungen ein, doch ich war entschlossen, nur zu reagieren und nicht zu agieren. Dann sagte sie: »Wir lieben uns.« Und als ich nichts darauf erwiderte, wiederholte sie: »Wir lieben uns. Marcus und ich.«

Ich erwiderte lachend: »Oh, das glaube ich nicht.«

»Aber es stimmt«, erwiderte sie, wirkte dabei verdutzt und auch ein wenig fassungslos.

»Verstehen Sie mich nicht falsch, Billie. Ich habe nicht den geringsten Zweifel, dass er Sie vögelt. Er nimmt, was er bekommen kann. Und er ist dabei nicht gerade wählerisch ...«

»Das ist jetzt wirklich nicht nötig!«

»Was ich damit sagen will, ist, was auch immer Sie mit ihm zu haben glauben – es ist keine Liebe. Sobald Sie zu einem Problem werden, wird er Sie abservieren. Und jetzt, wo Sie die Sache in die Öffentlichkeit bringen, sind Sie ein Problem.« Sie öffnete den Mund, als wollte sie etwas sagen, doch ich sah förmlich, wie sich ein kleines Rad in ihrem Hirn drehte, wie beim Laden einer Webseite auf einem veralteten Computer. »War's das?« Ich wartete einen Augenblick und fügte dann hinzu: »Also, wenn sonst nichts ist, dann würde ich Sie bitten, meine Wohnung zu verlassen. Ich werde Marcus sagen, dass Sie vorbeigekommen sind. Und warum.«

Sie stand auf. Was auch immer sie sich von dieser Begegnung erhofft hatte – dass ich zusammenbrach oder schrie oder etwas durch die Gegend schleuderte und damit den Beweis lieferte, dass ich wirklich diese verrückte Schreckschraube war, zu der sie mich machen wollte und als die mich Marcus zweifellos dargestellt hatte –, ich hatte ihr nichts davon gegeben.

Ich lauschte dem Klacken ihrer Absätze auf den Fliesen und dem Öffnen und langsamen Schließen der Wohnungstür hinter ihr, bevor ich mich traute, wieder zu atmen, und mich aufs Sofa sinken ließ. Meine Hand zitterte. Aber ich war von mir selbst überrascht, dass ich so ruhig geblieben war. Ich war jenseits von Wut, Demütigung oder Zweifel. Ich würde in aller Ruhe und mit kühlem Kopf mein Vorgehen planen, Marcus zu vernichten. Ich hatte blutige Fantasien, in denen ich ihn zu Brei prügelte. Und kein Gericht der Welt würde mich dafür verurteilen.

Jetzt, wo wir draußen in der Sonne waren, hatte ich das Gefühl, wirklich frei zu sein. Ich hatte endlich erkannt, was für ein Mensch Marcus wirklich war. Unter all der Arroganz und Prahlerei des notorischen Ehebrechers und pathologischen Lügners verbarg sich ein schwacher, einsamer Mann, der es nicht ertrug, allein zu sein, seltsamerweise aber auch nicht in der Lage war, den Schmerz, den längere Phasen der Intimität in ihm verursachten, zu ertragen. Er war ständig auf der Jagd nach sexueller Befriedigung, weil sie ihm eine Ablenkung von der Leere und dem Schmerz in seinem Inneren bot. Es ging ihm dabei nicht nur um den Reiz des Neuen, nein, er sehnte sich nach bedeutungslosen Affären, weil sie nicht mit dem Ballast einer Beziehung einhergingen, bei der man die Wünsche und Bedürfnisse eines anderen Menschen erfüllen und die eigenen preisgeben musste.

Die Risikobereitschaft war ein Teil davon – Marcus liebäugelte mit der Selbstzerstörung. Er ging immer größere Risiken ein, in der Überzeugung, sich Dinge rausnehmen zu können, mit denen andere nicht ungeschoren davonkamen. Und warum auch nicht? Er war immer noch am Leben und das Glück hatte ihn selbst nach einer so langen Zeit nicht verlassen – warum also sollte er sich da nicht sicher sein, dass für ihn andere Regeln galten?

Nun betrachtete ich das alles nicht mehr als spannend und faszinierend, sondern nur noch als bemitleidenswert. Er brauchte Hilfe. Aber das war nicht meine Aufgabe. Ich musste mich auf Freddie und mein ungeborenes Kind konzentrieren. Es war an der Zeit, meine Gedanken und Gefühle zu ordnen. Mich wieder in den Griff zu kriegen. Es war nicht leicht, dieser Tatsache ins Auge zu sehen. Aber es hatte auch etwas Befreiendes, das alles endlich zu akzeptieren. Marcus musste sich selbst helfen. Ich wollte nicht das Wrack sein, an das er sich klammerte, bis das nächste Rettungsboot vorbeikam, in das er springen konnte.

Ich legte mich auf ein Handtuch. Spürte, wie die sanften Sonnenstrahlen meinen Körper wärmten. Streckte meine Arme ins kühle Gras. Lauschte Molly und Freddie, die umherliefen. Ich befand mich auf dem Weg in ein besseres Leben und dafür war ich dankbar. Mir war klar, dass ich dazu eine Schmerzgrenze überschreiten musste – aber ich würde es überleben und gestärkt daraus hervorgehen. Ich spürte, wie ich in eine Schläfrigkeit versank, als ich Knallgeräusche vernahm, von denen ich nicht wusste, ob sie real waren oder der Beginn eines Traums.

Freddie und Molly waren still geworden. Dann hörte ich Molly sagen: »Da stimmt was nicht.« Von der anderen Seite des Gebäudes ertönten Schreie. Geräuschsalven, jedes Mal wie ein schneller Trommelwirbel. Mit einem Mal saß ich kerzengerade da. Sprang zu schnell auf und spürte, wie mir das Blut in die Beine sackte, gefolgt von Schwindel und Übelkeit. Ich sank wieder zu Boden.

Molly drückte Freddie an sich. Er weinte. Irgendjemand rüttelte an einem Fenster. Ich blickte nach oben. Es war Sunil. Ich sah sein angsterfülltes Gesicht. Mit einem Mal flog die Tür auf, durch die wir immer in den Garten hinausgingen. Ein Mann, den ich noch nie zuvor gesehen hatte, tauchte im Türrahmen auf. Er trug ein Maschinengewehr. Ich stieß einen Schrei aus, war mir sicher, dass er uns alle töten würde.

SUNIL

Ich verbrachte den restlichen Freitagabend damit, mir einen Plan zurechtzulegen. Er war am Ende simpel: Billie sollte Samstagmorgen in der No. 10 erscheinen, damit wir mit ihr über ihre Zukunft reden und ihr erklären konnten, warum sie weiterziehen musste. Auf die Art wären wir unter uns und ich hätte Zeit, möglichen Gefühlsausbrüchen entgegenzuwirken. Marcus wollte zuerst nicht einsehen, dass er ebenfalls anwesend sein musste, insbesondere, da er auf seinen Landsitz wollte. Aber ich bestand darauf. Billie musste begreifen, dass es keine Aussicht auf ein Happy End mit dem Premier für sie gab. Und sie musste die Worte auch aus seinem Mund hören.

Ich hatte mit der Außenministerin, Margaret Hawse, gesprochen und sie gebeten, Billie zu sich ins Ministerium zu nehmen und sie auf viele Auslandsreisen zu schicken. Damit wäre sie aus dem Weg und dennoch weiterhin in unseren Reihen. Ich vermutete, dass sie sich erst dagegen wehren und es dann mit der Aussicht auf einen Weg zurück akzeptieren würde. Natürlich gab es keinen Weg zurück. Sie war jetzt Gift für Marcus, hatte den Kardinalfehler begangen, seinen Mist zu glauben und heimlichen Sex mit Liebe zu verwechseln. Es war zum Heulen, aber wir alle besitzen nun einmal die außergewöhnliche Fähigkeit, uns selbst zu täuschen.

Ich bat Marcus, spätestens um 9:30 Uhr in seinem Büro

zu sein. Auf diese Weise könnte ich ihn vorher noch auf das Gespräch einstimmen. Er war natürlich spät dran. Ich saß bei geöffneter Tür geduldig an meinem Schreibtisch und ging Geheimdienstakten durch; hatte nicht vor, ihm hinterherzulaufen. Abbie, Molly und Freddie gingen auf dem Weg zum Garten am Büro vorbei. Abbie war wie immer schnippisch, aber Molly lächelte mir freundlich zu. Das Wetter war herrlich, die Sonne strahlte. Verrückt, sich drinnen aufzuhalten. Verrückt, sich mit der Versetzung der Kommunikationschefin des Premierministers zu befassen, die notwendig geworden war, weil jemand gesehen hatte, wie sie »eine sexuelle Handlung an ihm durchgeführt« hatte. So würde es zumindest in den Zeitungen stehen, sollte die Presse davon erfahren. Was hoffentlich niemals der Fall sein würde!

Als Marcus eintraf, wirkte er, als habe er kein Auge zugetan. Er grunzte mir auf dem Weg in sein Privatbüro etwas zu und setzte sich in einen der beiden Sessel, die schräg zueinander platziert waren. Ich nahm in dem anderen Platz.

»Wie lautet der Plan?«, fragte er, während er sich nach vorn lehnte und nach einer silbernen Kaffeekanne und einer Tasse griff. Es kam nur ein Rinnsal heraus, also stellte er die Kanne auf den Kopf und schüttelte sie. »Scheißding«, sagte er. Dann rieb er sich mit den Handflächen über das Gesicht und sagte fragend: »Also?«

»Nun, die Sache ist heikel. Margaret wird Billie ins Außenministerium holen. Als Stabschefin. Wir verkaufen es als Beförderung. Du bekommst einen neuen Kommunikationschef. Ich habe bereits eine Liste mit Namen zusammengestellt. Du kannst dir daraus die drei Kandidaten aussuchen und sie zum Vorstellungsgespräch einladen.«

»Was hast du Margaret gesagt?« Er war offensichtlich besorgt, dass es in der Giftküche brodelte.

»Ich habe ihr erklärt, dass es eine heikle Angelegenheit ist. Du ihre Hilfe benötigst. Sie war nicht so dumm, nach dem Warum zu fragen.«

»Können wir ihr trauen?«

»Ich glaube schon.«

»Und das ist alles?«, fragte er ungläubig. »So einfach?«

»Einfachheit ist der Schlüssel zum Erfolg«, erwiderte ich. »Allerdings wäre da noch der Faktor Mensch. Alles hängt davon ab, wie Billie reagiert. Gott allein weiß, wozu sie fähig ist ... Aber wenn du es ihr richtig verkaufst, wird sie es schlucken.«

»Aber du wirst doch die ganze Zeit dabei sein? Ich denke, das solltest du.«

»Da bin ich mir nicht so sicher. Lass uns erst einmal mit ihr reden und sehen, wie es läuft. Ich kann ja gehen und wieder zurückkommen.«

»Du solltest besser alle scharfen Gegenstände aus dem Raum entfernen lassen. Sie könnte versuchen, mich mit diesem Brieföffner da umzubringen.« Es war ein misslungener Versuch, einen Witz zu machen, und ich war nicht in der Stimmung, seinem Ego zu schmeicheln und so zu tun, als würde ich darüber lachen. Die Art und Weise, wie er beim letzten Mal, als ich mit ihm gesprochen hatte, auf mich losgegangen war, schmerzte immer noch.

Mein Handy pingte. Eine Textnachricht von Billie: *Ich bin hier.*

Ich sah Marcus an. »Ich werde ihr antworten, dass sie reinkommen soll. Bist du bereit?«

»Ja, bin ich. Wird verdammt hart.« Ich unterdrückte das Verlangen, ihm zu sagen, dass dies vorhersehbar war und ganz allein seine Schuld. Ich schrieb zurück: *Komm ins Arbeitszimmer des Premiers.*

Wenige Augenblicke später öffnete sie verlegen die Tür.

»Kommen Sie herein, Billie«, sagte ich. Sie trug einen langen, roten Rock und eine Bluse mit kurzen Ärmeln. Eine Sonnenbrille thronte auf ihrem Kopf. Ihre offenen Espadrilles gaben beim Hereinkommen ein klatschendes Geräusch von sich, und ich bemerkte, dass ihre Fußnägel knallrot lackiert waren. Sie nahm auf dem Sofa gegenüber von uns Platz und Marcus zog die Mundwinkel übertrieben weit nach unten und warf ihr einen tröstenden Blick zu. Sie wirkte niedergeschlagen und zum ersten Mal verhärmt.

Ich wollte gerade etwas sagen, doch sie kam mir zuvor. »Muss er wirklich mit dabei sein, Marcus? Hast du nicht den Mut, es mir selbst zu sagen?«

»Ich glaube, es ist besser so«, war alles, was er zustande brachte. Er konnte ihr dabei nicht einmal in die Augen sehen.

»Das hier ist Irrsinn. *Wir lieben uns doch!*« Sie begann zu weinen. Ich hatte eine Tücherbox auf den Tisch zwischen uns gestellt und griff danach, um sie ihr hinzuhalten. Sie zog ein paar Tücher hervor und tupfte sich die Tränen ab. Marcus rutschte unruhig in seinem Sessel hin und her, da sie eine Weile benötigte, um ihre Fassung wiederzuerlangen. »Du hast doch gesagt, dass du mich liebst«, wandte sie sich wieder an ihn. »Und dass wir zusammen sein können. Dass ich die Einzige bin, die dich versteht.«

Mir war klar, dass Billie die Wahrheit sagte. Ich stand auf und schlug vor, die beiden einen Moment allein zu lassen. Marcus durchbohrte mich mit seinem Blick und sagte: »Ich glaube, es ist wichtig, dass wir das jetzt durchgehen ...« Billie schüttelte fast unmerklich den Kopf. Das war der Moment, in dem sie begriff, dass er sie nur verscheißert hatte. Sie auf ihn hereingefallen war. Es gar keine Liebe war. Zumindest nicht von seiner Seite. Er hatte sie nur benutzt. Ihr gesagt, was sie hören wollte. Und jetzt, wo es herausgekommen war, ließ er sie fallen. Sie war draußen. Der Mensch, von dem sie geglaubt hatte, dass er sie liebte, trat auf brutalste Weise den Rückzug an und nahm ihr dabei auch noch die einzige andere Sache, die sie liebte: ihren Job. Sie war wie ein kaputtes Spielzeug, für das es keine Verwendung mehr gab, das keinen Spaß mehr machte und daher im Müll landete. Wir zwei hatten uns nie sonderlich gemocht, aber das hatte sie wirklich nicht verdient.

Ich blickte Marcus erwartungsvoll an. Rechnete damit, dass er noch etwas hinzufügen würde. Doch das tat er nicht. Ich war derjenige, der ihr den Dolchstoß versetzen musste. »Billie, Sie können hier nicht mehr arbeiten. Abbie duldet es nicht. Und sie ist im Moment in einer heiklen Lage. Bekommt bald ein Baby …« Genau in dem Augenblick ertönten Rufe aus dem Garten – Freddie jubelte und Molly rief »Gut gemacht!«, gefolgt von einem Lachen. Billie verzog das Gesicht.

»Genau«, sagte Marcus, als sei all dies völlig einleuchtend. »Es Abbie zu erzählen, war nicht gerade klug.«

»Sie hätte es ohnehin erfahren, wenn …« Billie verstummte, als ihr klar wurde, dass Marcus nie vorgehabt hatte, mit Abbie Schluss zu machen.

Es war offensichtlich, dass ich eingreifen musste. Ich erklärte ihr unsere Absicht bekanntzugeben, dass sie die Stabschefin der Außenministerin werden würde. Wir überaus betrübt waren, sie gehenzulassen, es aber ihr Traumjob sei und wir ihr nicht im Weg stehen würden. »Das wird euch keiner abkaufen!«, sagte sie verächtlich.

»Doch, das werden sie. Wenn wir es nur mit der nötigen Überzeugung sagen«, entgegnete ich, wohl wissend, dass dies Schwachsinn war. Natürlich würden die Leute merken, dass etwas faul war, aber was genau das war, würden sie nicht herausfinden, wenn alle ihre Klappe hielten. Und ich erkannte, dass genau dies die Schwachstelle des Plans war, als ich Billie beobachtete. Sie könnte alles auffliegen lassen. Das Einzige, was sie davon abhielt, war die Angst, dann niemals wieder einen Job in der Politik zu bekommen, denn das hier würde sie dann für immer verfolgen. Jeder wusste, wie sowas ablief: Es würde mit Recht moralisierendes Gerede darüber geben, wie sexistisch es war, eine Frau auf diese Weise abzuservieren und ins Abseits zu drängen, aber dennoch würde sie hinterher niemand mehr anrühren.

Ich konnte erkennen, wie es in ihrem Kopf ratterte. Schließlich stand sie auf und sagte: »Ich muss darüber nachdenken.«

Marcus unterbrach sie sogleich. »Dafür ist keine Zeit. Du musst hier und jetzt einwilligen.«

Ich hielt die Hand hoch, um ihn zum Schweigen zu bringen, und sagte: »Das geht schon in Ordnung, Premierminister. Sie hat eine Menge mitgemacht. Schlafen Sie noch einmal drüber, Billie. Sie können uns morgen Ihre Entscheidung mitteilen.«

»Schlafen?« Sie tat diese Idee mit einer ruckartigen Bewegung ihres Kopfes ab und sagte: »Ich glaube nicht, dass ich schlafen werde.«

Ich wollte gerade ansetzen, sie zu beruhigen, als ich draußen ein Geräusch vernahm, das wie ein Schuss klang. Kurz darauf folgte der nächste. Dann ertönte der unverwechselbare Klang einer halbautomatischen Waffe, die in schnellen Salven abgefeuert wird. Ich rannte zur Tür und blickte auf den Fernseher im Privatbüro. Auf Sky News lief Werbung, doch im nächsten Moment erschien die Downing Street. Ich suchte fieberhaft nach der Fernbedienung. »Wo zum Teufel ist das Ding?« Ich fand sie unter einem Wust von Papieren, die zu Boden fielen, als ich nach ihr griff, um den Ton lauter zu stellen.

Der Nachrichtensprecher sagte: »Es gibt Anzeichen für eine Schießerei in der Downing Street.« Unscharfe, verwackelte Bilder waren zu sehen, so als wäre die Kamera von ihrem Stativ gerissen worden, und jemand schien ein paar Schritte zu laufen und dann zu Boden zu stürzen.

Marcus stand hinter mir und rief: »Was soll der Scheiß?«

Billie schrie.

Ich versuchte zu begreifen, was geschah.

Die Downing Street No. 10 wurde angegriffen.

MAX

Ich erwachte früh am Morgen und konnte nicht mehr schlafen, also zog ich mir meine Laufklamotten an und verließ meine Unterkunft. Als ich über die Westminster Bridge lief, beschleunigte ich mein Tempo und bog nach links auf die South Bank ab. London erwachte. Ein Lichtstreif erschien am Horizont. Der Verkehr nahm zu. Möwen kreisten und krächzten, und ich fragte mich, warum sie so weit von der Küste entfernt waren. Einige Frühaufsteher, die auf dem Weg zur Arbeit waren, liefen wie in Trance, umklammerten Red-Bull-Dosen mit ihren Händen, zwischen deren Fingern dünne, selbstgedrehte Zigaretten klemmten. Ich beendete meine Runde über die Tower Bridge und lief zurück, mit brennenden Lungen und schweißnass. Ich hatte noch einige Stunden totzuschlagen und konnte mich auf nichts konzentrieren.

Ich duschte, zog mich an und entschied, dass mir etwas Arbeit guttun würde, ich einige Papiere und Mails durcharbeiten könnte.

Als ich mich der No. 10 vom Parliament Square aus näherte, sah ich, wie ein großer Lkw auf das Tor zufuhr, um offenbar etwas abzuliefern. Als das Tor aufschwang, manövrierte er vorsichtig hinein, und das Tor schloss sich wieder.

Ich dachte mir nichts dabei und machte mich auf den Weg zum Fußgängertor, wohl wissend, dass die Polizisten einen Moment für den Lkw benötigen würden, der jetzt vor der schwarz-gelben, gut dreißig Zentimeter hohen Straßen-sperre hielt, die sich senken würde, sobald alles als sicher galt. Einer der Polizisten sprach mit dem Fahrer, der aus-stieg und ans hintere Ende des Lkw ging, um das Vorhänge-schloss zu öffnen, mit dem das Rolltor gesichert war, das rasselte, als er es hochriss.

Augenblicklich ertönten Schüsse. Drei Männer sprangen aus dem Lkw und feuerten auf die beiden Polizisten, die im-mer noch am Tor standen. Im selben Moment zog der Fah-rer eine Pistole hinten aus dem Bund seiner Jeans heraus, die er mit seinem Hoodie verdeckt hatte. Er schoss dem Mann, der neben ihm stand, zwei Kugeln in den Kopf.

Die Polizisten am Tor lagen auf dem Boden, waren aber nicht tot. Jeder von ihnen war an Armen und Beinen von Kugeln getroffen worden, aber ihre Westen hatten lebens-wichtige Organe geschützt. Einer war nicht mehr imstande, sich zu bewegen. Der andere versuchte mit seinem Maschi-nengewehr zu zielen. Eine kurze Kugelsalve machte aus sei-ner Kopfseite einen blutigen Brei.

Zwei Polizisten tauchten schießend aus dem Pavillon auf, in dem die Besucher mit Taschen kontrolliert wurden. Sie erwischten den Fahrer mit einem Kugelhagel, waren aber den drei Männern mit den Maschinengewehren ohne jede De-ckung ausgeliefert. Der eine wurde sofort getötet und wie von einer riesigen Feder in den Pavillon zurückgeschleu-dert. Der andere rannte um die Seite herum und versuchte dort Schutz zu finden.

Plötzlich wurde das Feuer vom oberen Ende der Straße erwidert. Zwei Männer, die das hintere Tor bewachten, be-fanden sich jetzt oben an der Treppe am Ende der Straße und schossen von dort.

Ich ging instinktiv in die Hocke, zog mein Handy hervor und wählte den Notruf. Ich konnte nicht glauben, dass sich die Notdienste der Lage noch nicht bewusst waren, hatte aber das Gefühl, im Augenblick nicht mehr tun zu können. Als sich am anderen Ende der Leitung eine Frauenstimme meldete, redete ich über sie hinweg. »Kritisches Ereignis in der Downing Street, SW1. Polizisten angeschossen. Ereignis dauert an.« Sie schien meinen Anruf für einen schlechten Scherz zu halten. »Hören Sie sich das Gewehrfeuer an.« Ich hielt das Handy in die Höhe, drehte es dann wieder zu mir und schrie: »Dies ist ein Notfall. Downing Street. SW1. Polizisten angeschossen. Benötigen massive Verstärkung.« Ich beendete den Anruf und spähte um die Ecke. Es hatte kurzzeitig eine Pattsituation gegeben, doch nun rückte einer der überlebenden Männer zum Pavillon vor, feuerte dabei kurze Salven, um die Leute dort drinnen festzunageln. Die anderen rannten die Straße hinauf und schossen dabei unentwegt. Ihr Ziel schien zu sein, in das Gebäude einzudringen.

Ich stieß einen Fluch aus. Es gab keine Möglichkeit für mich, durch das Fußgängertor hineinzukommen – und ich war nicht bewaffnet.

Doch dann kam mir eine Idee: Ich holte tief Luft. Legte mich flach auf den Boden. Griff durchs Gitter, streckte meine Arme so weit ich konnte und drückte fest auf das Pedal, mit dem sich das Tor öffnen ließ. Ein lautes Klicken ertönte, als das Schloss sich entriegelte. Ich drückte das Tor ein Stück auf, befürchtete schon, dass es jemand bemerken, sich umdrehen und schießen würde. Aber das passierte nicht. Ich kroch hindurch, richtete mich auf, schwang mich über die taillenhohe Barriere zwischen mir und den toten Polizisten und hechtete geduckt zu dem mir am nächsten liegenden toten Beamten hinüber, bis ich nur wenige Zentimeter von ihm entfernt war. Dies war nur wenige Momente zuvor noch ein Mensch gewesen, der sich mit einer langweiligen Wochenendschicht herumgeschlagen hatte. Höchstwahrscheinlich ein Ehemann. Vermutlich ein Vater. Doch würde ich innehalten und darüber nachdenken, wäre ich tot. Meine Ausbildung machte sich bemerkbar: Ich nahm sein Maschinengewehr, schnipste die Sicherung weg und sah, wie einer der Männer im Pavillon verschwand. Schüsse waren zu hören. Die anderen beiden hatten sich für eine Sekunde durch das Gewehrfeuer vom oberen Ende der Straße aufhalten lassen, das nun aber verstummt war.

Einer von ihnen hatte einen Reporter und dessen Kameramann erschossen, die offenbar gerade auf Sendung gewesen waren.

Ich konnte erkennen, dass die Eingangstür der No. 10 weit offen stand. Sie waren kurz davor hineinzugelangen. Ich musste eine Entscheidung treffen. Stehenbleiben und feuern und sie möglicherweise verfehlen, wenn sie verschwanden, oder losrennen. Ich rannte los. Hielt das Maschinengewehr mit meiner rechten Hand fest, rannte schneller, als ich jemals zuvor in meinem Leben gerannt war.

Ich traf an der schwarzen Tür ein und sah, dass zwei der Männer den Flur hinunter Richtung Kabinettsraum gingen. Aus den Augenwinkeln heraus bemerkte ich, dass Stephen, der Pförtner, wie eine Stoffpuppe zusammengesunken in der Ecke saß, die Hände gegen seinen Leib presste und dabei hektisch atmete. Ich nickte ihm zu, und er erwiderte mein Nicken, so als wolle er mir damit sagen, dass er für den Augenblick zurechtkam. Ich blieb nicht stehen. Dachte nur an Molly. Ich drückte den Kolben des Gewehrs gegen meine Hüfte und durchlöcherte den Flur mit Kugeln. Ich traf einen von ihnen. Er stürzte nach vorn wie ein Athlet, der versucht, das Zielband zu reißen.

Ich rannte den Flur hinunter und wandte mich nach rechts. Ich dachte, der andere Mann wäre in Richtung Privatbüro des Premierministers weitergelaufen, doch da irrte ich mich. Er hatte die Treppe nach unten genommen. Warum? Verwirrung? Panik? Es spielte keine Rolle. Ich jagte vier Stufen auf einmal nehmend die Treppe hinunter. Er ging durch eine geöffnete Tür hinaus in den Garten. Ich sprintete hinter ihm her.

Mit einem Mal kam es mir vor, als würde alles in Zeitlupe ablaufen. Der nächste Sekundenbruchteil schien sich in eine Minute auszudehnen. Ich erinnere mich noch, wie ich mir den Kolben meines Gewehrs in die Hüfte drückte und drei Riesenschritte auf die Tür zumachte, wobei ich darauf achtete, bei dem kleinen Anstieg nur nicht ins Stolpern zu geraten. Als ich durch die Tür trat, sah ich, wie der Attentäter sein Gewehr senkte, um zu schießen. In der Ferne lief Molly mit ausgestreckten Armen auf Freddie zu, der wie erstarrt dastand, als wäre er buchstäblich am Boden festgefroren. Abbie saß auf einem Tuch auf dem Boden und schrie.

Ich feuerte instinktiv. Drei kurze Salven. Etwas schräg, so dass niemand Unschuldiges getroffen wurde, sollte eine der Kugeln vorbeigehen oder durch den Attentäter hindurch. Er feuerte ebenfalls eine Salve ab, aber dabei zuckte sein Körper wie bei einem wilden Tanz, ehe er zu Boden sackte. Ich hatte ihn erwischt.

Ich drehte den Kopf, um die Schäden abzuschätzen. Molly lag auf dem Boden und schützte Freddie mit ihrem Körper. Abbie hatte sich zu einem Ball zusammengerollt, den rechten Arm ausgestreckt, das Gesicht verzerrt vor Sorge. Ich rannte auf Molly zu, half ihr auf die Beine, suchte sie nach Wunden ab. Ich war in Panik. Vermochte den Gedanken nicht zu ertragen, dass ein weiterer Mensch, der mir am Herzen lag, schwer oder tödlich verwundet war. Adrenalin und Cortisol durchströmten meinen Körper. Ich wollte ihre Wunden finden und sie versorgen. Aber da war kein

Blut, obwohl ich überzeugt war, dass er sie getroffen hatte. Freddie schrie. Abbie auch. Ich hörte Molly reden, doch ich verstand ihre Worte nicht. Plötzlich spürte ich ihre kühlen Hände auf meinem Gesicht, und sie zwang mich, auf ihre Lippen zu schauen: »Max. Max! *Max!* Ich bin okay. Ich bin okay.«

Ich fing mich wieder. Kam zu mir. Musste nun alle in Sicherheit bringen.

Mein Blick huschte über den Garten hinweg auf der Suche nach Schutz. Nach einem Versteck. Doch das Einzige, was ich sah, war Freddies Holzhaus. Ich wollte schon vorschlagen, dort Unterschlupf zu suchen, als ich jemanden von der Tür, die zum Garten führte, rufen hörte. Es war Sunil: »Hierher! Pindar!«

Ich nahm Freddie auf den linken Arm, hielt das Maschinengewehr mit dem rechten fest. Er schrie immer noch. Abbie saß nach wie vor im Schockzustand auf dem Boden. »Bring sie dazu mitzukommen«, sagte ich zu Molly, die sofort Abbies Hände ergriff und ihr auf die Füße half. Ich drehte mich auf dem Absatz um und ging voran. Als Sunil sah, dass wir kamen, verschwand er.

Zum ersten Mal wurde mir das Kreischen des Alarms bewusst. Es musste schon die ganze Zeit zu hören gewesen sein.

Abbie sagte mit panischer Stimme: »Sie haben versucht, uns zu töten. Sie wollten uns wirklich töten. Sind da noch mehr? Was ist, wenn da noch mehr sind?« Als sie eine Pause einlegte, zischte ich Molly zu: »Für sowas haben wir keine Zeit – zerr sie hinter dir her, wenn's sein muss.«

Wir nahmen die Treppe hinauf zum Erdgeschoss der No. 10, bogen nach rechts ab, vorbei am Privatbüro und eine weitere Treppe hinauf zur Verbindungstür des Kabinettsbüros. Normalerweise öffnete sich erst eine Seite, man trat in die runde Kabine hinein, und die Türen schlossen sich hinter einem, bevor sich die auf der gegenüberliegenden Seite öffneten. Es handelte sich um eine Sicherheitsmaßnahme, aber jetzt waren beide Seiten geöffnet. Ich trat zurück, damit Molly Abbie hindurchführen konnte. Mein Bauchgefühl sagte mir, dass ich, so schnell ich nur konnte, hinter Sunil den langen Korridor mit dem freiliegenden Mauerwerk hinunterlaufen sollte, aber ich sah, dass Molly Schwierigkeiten mit Abbie hatte. Ich blieb stehen und reichte Freddie zu Molly herüber. »Hier. Ich kümmere mich um Abbie.« Molly schaute mich verdutzt an. »Nimm ihn einfach.« Dann reichte ich ihr auch noch das Maschinengewehr. »Nimm das auch.« Sie widersetzte sich nicht und sah zu, wie ich die hochschwangere Abbie auf den Arm nahm und mit ihr den Flur hinunterlief.

Wir gingen wieder nach unten. Sunil stand vor der schweren Tür, die zu Pindar führte, und rief: »Machen Sie schon! Marcus, Billie und ein paar andere sind schon drin.«

Ich griff wieder nach meinem Maschinengewehr und sagte: »Ich muss erst noch Stephen holen.« Trotz des Protestgeschreis machte ich mich auf den Weg.

Ich lief den gleichen Weg zurück bis zur No. 10 und fand ihn auf der Seite liegend auf dem Boden.

»Lassen Sie mich hier«, beharrte er, aber ich hörte nicht auf ihn und lud ihn auf meine Schulter. Er blutete stark. Ich ignorierte meine schmerzenden Muskeln und mein Keuchen, während ich wieder durch die Flure rannte, die Treppen hinauf und hinunter. Stephen stöhnte jedes Mal, wenn ich abrupt stehenblieb, eine Drehung vollführte oder eine Stufe nahm.

Als wir unten angekommen waren, sah ich, wie die Tür zu Pindar von innen geschlossen wurde. »Nein!«, schrie ich.

SUNIL

»Tür zu!«, schrie Billie.

»Nein. Max kommt zurück«, rief Molly.

Marcus starrte entsetzt vor sich hin, sagte: »Gebt ihm eine Minute.«

Die Augenblicke vergingen schleppend. Ich glaube, ich wurde noch nie vor eine solch quälende Wahl gestellt.

Schloss ich die Tür, würde ich Max vielleicht dem Tod überlassen. Ließ ich sie geöffnet, riskierte ich unser aller Leben.

Die Tür war aus reinem Metall – feuerrot, massiv und schwer. Von der Art, wie man sie auf Kriegsschiffen sieht. Ich packte das Rad, das als Schließmechanismus diente, hielt es immer noch zögernd fest.

Doch nachdem ich der Sache mehr Zeit gegeben hatte, als mir lieb war, begann ich, die Tür langsam in meine Richtung zu ziehen. Molly kam wieder die Metalltreppe hinauf, bat mich, es nicht zu tun. Die Sirenen heulten, und ich meinte, irgendwo jemanden rufen zu hören. War es Max? Oder einer der Terroristen? Ich erstarrte für einen Moment. Dann entschied ich mich.

Es war alles andere als leicht, den Schwung der Tür umzukehren. Ich musste mich zunächst dagegenstemmen, damit sie sich nicht weiter schloss, und dann mit aller Kraft drücken, um sie wieder zu öffnen.

Max stolperte herein, fiel auf die Knie und rollte Stephen

auf der Plattform oben an der Treppe auf den Rücken. Ein Sauggeräusch war zu hören, als sich die Tür schloss, dann ein Scheppern, als ich das Rad mit Schwung drehte, um sie zu verschließen. In diesem Moment gab es einen mächtigen Knall, der uns alle durchfuhr.

»Was zum Teufel war das?«, fragte Marcus atemlos am Fuß der Treppe. Versuchte zu begreifen, was gerade geschehen war. Freddie schrie.

»Eine Explosion«, sagte ich.

»Natürlich war es eine verdammte Explosion!«, rief er. »Ich meine, was ist da gerade passiert?«

»Das muss eine Bombe gewesen sein.« Max stemmte sich auf seine Unterarme. Seine Worte schienen alle zum Schweigen zu bringen. Molly versuchte Freddie zu beruhigen. Billie und Abbie sahen grau aus, standen unter Schock, waren sich plötzlich der abgestandenen Luft und der saunaähnlichen Hitze bewusst, die von den riesigen roten Rohren abstrahlte und uns allen das Atmen erschwerte. Die Bombe musste das Belüftungssystem zerstört haben, was sich in dieser Tiefe sofort bemerkbar machte.

Dazu kam das erbarmungslose, helle Licht, das alles ausleuchtete. Die Wand neben uns war in einem Rosaton gestrichen, der an pochierten Lachs erinnerte und ein flaues Gefühl im Magen hinterließ. Ein Straßenschild verortete uns am Upper West Way.

»Was machen wir jetzt?«, fragte Billie.

»Wir versuchen Kontakt nach draußen herzustellen«, sagte ich.

»Ob sonst noch jemand da draußen ist?«, erkundigte sich Molly.

»Jetzt wohl nicht mehr«, sagte Max. »Wir müssen Stephen irgendwo hinbringen, wo wir ihn verarzten können, und herausfinden, was los ist.« Ich versuchte mir das Chaos vorzustellen, das über unseren Köpfen ausgebrochen sein musste. Hatte die Hoffnung, dass der Bereich über uns gesichert werden würde und es nur eine Frage der Zeit wäre, bis wir hier wieder rausdurften. Die Hauptsache war, dass wir in der Zwischenzeit Ruhe bewahrten. Was mit Marcus, Billie, Abbie und einem kleinen Kind nicht so einfach werden würde.

Max hievte sich Stephen wieder auf die Schulter, stieg vorsichtig die Treppe hinunter und ging dann zügig weiter. Ich musste mich anstrengen, um mit ihm Schritt zu halten.

Ich fragte ihn, was er gesehen hatte. Offenbar war Max unser bester – womöglich einziger – Zeuge.

Im ersten Raum, den wir erreichten, stand ein langer, rechteckiger Holztisch, und an der hinteren Wand hingen schwarze Bildschirme. Nebenan befand sich ein kleiner Schlafsaal mit Etagenbetten. Max legte Stephen auf dem ersten Bett ab, und ich überließ es ihm und Molly, ihn zu versorgen. Abbie nahm Freddie auf den Arm und setzte sich auf eines der Betten gegenüber, drückte ihren Sohn an sich, so dass er nicht mitbekam, was vor sich ging.

Marcus, Billie und ich durchquerten den Flur und betraten einen Raum, der ganz offensichtlich als Ersatz für das Privatbüro gedacht war. Ein einzelner großer Schreibtisch stand acht weiteren gegenüber. Auf dem Namensschild darauf stand »Premierminister«. Ich erblickte auf den anderen Schreibtischen weitere Schilder mit den Namen von Billie, Max, mir und vier anderen engen Mitarbeitern, die heute nicht in der Downing Street waren, weil der Angriff an einem Wochenende stattgefunden hatte. Manche hatten eben Glück.

Ich griff zum Telefon und wählte die erste Nummer, die mir in einer solchen Situation einfiel – die direkte Durchwahl zum Büro der Polizeipräsidentin. Ich hörte, wie die

Verbindung sich herstellte und es läutete, doch niemand meldete sich. Ich drückte die Lautsprechertaste und wandte mich ab. »Was zum Teufel machst du da?«, fragte Marcus.

»Ich versuche Kontakt zur Außenwelt herzustellen.« Ich gab mir Mühe, nicht gereizt und abschätzig zu klingen, und sagte an Billie gewandt: »Bleiben Sie hier. Sollte jemand rangehen, dann holen Sie mich.« Sie öffnete den Mund, um zu protestieren, besann sich dann aber eines Besseren.

Marcus und ich sahen uns kurz die restlichen Räume an. Marcus' Interesse galt vor allem dem kleinen Fernsehstudio, dessen Ausstattung allerdings ausgesprochen altmodisch wirkte: ein Schreibtisch, ein Stuhl, eine Weißwandtafel und ein paar klobige Kameras. »Ich hoffe nur, das hier funktioniert«, sagte er und ging wieder in den Flur zurück.

Wir blieben einen Moment stehen und sahen einander an, fragten uns, ob das, was gerade geschah, wirklich real war. Marcus brach das Schweigen. »Der Mann, den Max erschossen hat ... Er hätte alle im Garten umgebracht, und danach wären wir an der Reihe gewesen. Vielleicht hätte uns auch die Bombe getötet ...«, sagte er wie zu sich selbst.

»Wir sind jetzt sicher«, sagte ich. Versuchte mitfühlend zu sein.

Aber es funktionierte nicht. Sein Ton änderte sich, als er sich mir zuwandte. »Wir müssen herausfinden, was draußen vor sich geht. Kontakt aufnehmen. Schauen, ob wir die Belüftungsanlage reparieren und die Temperatur reduzieren können, um diese verdammte Hitze loszuwerden.« Er hatte recht. Die Luft war furchtbar stickig. Es war kaum auszuhalten.

Ich ging zu Billie zurück, die immer noch neben dem Telefon stand, das nun einen Dauerton von sich gab. »Was machen Sie da?«, fragte ich.

»Es hat einfach aufgehört«, verteidigte sie sich nervös.

Ich ging hinüber, legte den Hörer auf, wartete einen Moment, hob wieder ab, wählte und drückte dann auf die Lautsprechertaste, um zu demonstrieren, dass wieder eine Verbindung zustande gekommen war. »Sollte es wieder passieren, wählen Sie einfach diese Nummer.« Ich schrieb ihr die Durchwahl zur Polizeidirektion auf einen Zettel und schob ihn ihr hin.

»Wir wissen nicht mal, ob es was bringt. Es nimmt keiner ab.« Billie wirkte gestresst, ihr Haar war zerzaust. Irgendwann in dem ganzen Durcheinander hatte sie ihre Sonnenbrille verloren, die sie immer oben auf dem Kopf trug. Ihre Schminke war verschmiert und ihr Rock zerknittert. Ich versuchte mir in Erinnerung zu rufen, dass ihr in der letzten Stunde der Mensch, von dem sie glaubte, er würde sie lieben, den Laufpass gegeben hatte und sie nun mit ihm, seiner schwangeren Frau, seinem Kind und mir hier unten festsaß.

Ich blickte zu meinem Schreibtisch hinüber. Eine burgunderrote Ringmappe mit dem in Gold geprägten Logo der Regierung lag darauf. Auf Marcus' und Billies Schreibtischen lagen ähnliche Mappen. Die ersten Seiten bestanden aus ausführlichen Hinweisen zu den Protokollen beim Einsatz von Nuklearwaffen. Marcus warf auch einen Blick hinein. »Na toll. Wir sitzen hier unten fest, aber immerhin können wir den Planeten in die Luft jagen.«

»Ein paar Seiten weiter stehen nützlichere Sachen«, sagte ich beim Blättern. Es gab Informationen zu Krisensituationen, eingeschlossen biologischer Angriffe, und dazu, wer übernehmen sollte, wenn der Premierminister außer Gefecht gesetzt oder handlungsunfähig war.

»Nun, es hat keinen biologischen Angriff gegeben. Und ich bin mit Sicherheit weder außer Gefecht gesetzt noch handlungsunfähig. Also sehen wir zu, dass wir hier rauskommen.«

»Aber das weißt du doch gar nicht …« Ich versuchte mich auf das zu konzentrieren, was dort stand.

»Ich weiß verdammt nochmal sehr wohl, dass ich weder außer Gefecht gesetzt noch handlungsunfähig bin«, beharrte er und blickte dabei hilfesuchend zu Billie hinüber, als sei all das, was am Morgen geschehen war, längst vergeben und vergessen.

»Ich meine, du weißt doch nicht, ob es einen biologischen Angriff gegeben hat.« Ich blickte zu ihm auf. »Hör zu. Wir sind erst ein paar Minuten hier unten. Das Mindeste, was wir tun können, ist zu versuchen festzustellen, was genau –« Ich verstummte, denn mit einem Mal vernahm ich einen fernen Summton. Marcus und Billie begannen beide gleichzeitig zu reden. »Schhhhh«, zischte ich und schritt mit zur Seite geneigtem Kopf in die Richtung, aus der der Ton zu kommen schien.

Max war vor mir im Konferenzraum, aus dem ein Klingelton zu hören war. Anstatt um den langen, rechteckigen Tisch herumzulaufen, beugte er sich mit ausgestreckter Hand darüber hinweg, so dass sich sein Körper in einem Neunzig-Grad-Winkel befand, und griff zum Hörer. Dann richtete er sich auf, stützte sich auf seine freie Hand, nannte seinen Namen, sagte dann – unterbrochen von zwei kurzen Pausen – dreimal »Sir« und legte auf.

Mittlerweile hatte Marcus es auch hergeschafft und brüllte: »Wer war das? Was haben sie gesagt?« Max ignorierte ihn, schien offensichtlich etwas zu suchen. Er fand es auf einem Nebentisch. Eine Fernbedienung. Damit zielte er auf den Bildschirm in der Ferne und drückte einen Knopf. Eine Frau erschien. Die Direktorin der Metropolitan Police. Die Bildunterschrift lautete »Obere Führung«. Sie blickte uns direkt an, und ihre Lippen bewegten sich, ohne dass wir etwas hörten. Sie sprach offensichtlich frustriert mit jemandem abseits der Kamera. Max drückte auf den Lautstärkeregler, und wir vernahmen: »– können uns nicht hören.«

Unten auf dem Bildschirm befand sich ein kleines, viereckiges Feld, das komplett weiß war und in dem »Pindar« stand. »Die Kamera. Sie ist auf die Wand gerichtet, nicht auf uns.« Max nickte zu einer Kamera oben an der Decke hinauf. Blickte auf die Fernbedienung und suchte darauf nach einem Knopf, um sie einzuschalten.

»Drehen Sie die Kamera. Dafür benötigen Sie eine andere Fernbedienung. Die sollte sich vor Ort befinden«, ertönte eine körperlose Stimme irgendwo hinter der Polizeichefin, die wieder sagte: »Ich glaube nicht, dass sie uns hören können.«

»Wir können Sie hören«, schrie Marcus. Max fand die zweite Fernbedienung und richtete sie auf die Kamera. »Ja, aber sie können uns nicht hören!« Ein kleines, rotes Licht begann zu blinken, wurde dann grün, und ein surrendes Geräusch ertönte, als sich die Linse in unsere Richtung drehte und wir plötzlich den langen Tisch mit unseren kleinen Gestalten am Ende auf dem Bildschirm erblickten.

»Können Sie uns hören?«, fragte sie. Marcus fing an zu reden, und sie sagte: »Sie sind auf stumm geschaltet.« Ich fürchtete schon, er würde explodieren, aber er riss sich zusammen, während Max den richtigen Knopf suchte.

»Jetzt können wir Sie hören.« Wir bewegten uns alle unwillkürlich auf das Tischende zu, näher an die Kamera heran, damit wir auf dem Bildschirm größer zu sehen waren. »Ich bin hier mit Sunil, meinem Stabschef, und Max, meinem Militärberater. Oh, und Billie, der Kommunikationschefin. Was zum Teufel ist da eben passiert?«

»Zunächst einmal – geht es allen gut?«, erwiderte sie. »Wer ist sonst noch bei Ihnen?«

»Ja, es geht uns allen gut. Außer uns befinden sich noch meine Frau Abbie und mein Sohn Freddie hier.«

»Und Molly und Stephen«, warf Max ein.

»Ja, natürlich. Freddies ...« Er wollte nicht Psychologin sagen und murmelte stattdessen »Kindermädchen«.

»Und jetzt, wo das geklärt ist, hätten Sie die Güte, uns mitzuteilen, was zum Henker da eben passiert ist?«

»Bevor wir das tun, benötigen wir Ihre Hilfe bei Stephen«, unterbrach Max Marcus, der nur mit Mühe seinen Unmut zu verbergen vermochte. »Er hat einen Bauchschuss. Die Kugel ist noch drin. Der Terrorist hatte sich eins der Maschinengewehre von den Polizisten auf der Straße gegriffen. Die benutzen keine Hochgeschwindigkeitsmunition, um einen Durchschuss zu verhindern, der möglicherweise noch mehr Menschen töten könnte. Sollte er nicht angemessen medizinisch versorgt werden, wird er sterben.«

Nach einer bedeutungsschwangeren Pause sagte sie: »Wir werden einen Arzt besorgen, der Ihnen erklärt, was zu tun ist ...«

»Uns erklären, was zu tun ist?«, fragte Marcus ungläubig.

»Sie müssen jemanden hier runterschicken und uns dann rausholen.« Es gab erneut eine lange Pause. Die Polizeichefin wandte ihren Blick jemandem zu, der nicht im Bild war, schien sich ihre Worte für weitere schlechte Neuigkeiten zurechtzulegen.

»Was zum Teufel soll das Ganze?«, fauchte Marcus, der die Geduld verlor.

»Nach derzeitigem Wissensstand hatte ein Lastwagen, der regelmäßig anliefert, die Sicherheitsfreigabe erhalten und ist in die Downing Street gefahren, woraufhin es zu einem Angriff mit mehreren Toten kam. Anschließend ist einer der Täter wieder in den Wagen gestiegen und hat sich in dem Moment, in dem Verstärkung eintraf, in die Luft gesprengt«, sagte die Polizeichefin. »Ich kann Ihnen Bilder zeigen.« Nach wenigen Sekunden tauchten einige kontrastreiche Schwarz-Weiß-Bilder auf, die offenbar von einer auf die Haustür gerichteten Kamera am oberen Straßenende aufgenommen worden waren. Sie wirkten gespenstisch ruhig. Das Einzige, was nicht passte, war der tote Mann im Vordergrund. Der Lastwagen hielt, nahm nun den größten Teil des Bildschirms ein. Es gab eine geräuschlose Detonation, eine riesige Wolke füllte den Schirm, und das Bild verschwand, wurde durch schwarz-weißes Rauschen ersetzt.

»Shit«, sagte Marcus. »Was ist vom Gebäude übrig?«

Die Polizeichefin erschien wieder. »Die Fassade der Nummern 9 bis 12 wurde vollständig weggesprengt. Es gibt ein großes Trümmerfeld. Wir haben Glück, dass es an einem Samstag passiert ist – sonst wäre die Zahl der Todesopfer weitaus höher.«

»Wissen wir schon, wer dafür verantwortlich ist?«, fragte ich.

»Nein. Aber wir glauben nicht, dass inländische Gruppen so etwas ohne Hilfe von außen geschafft hätten. MI5 und MI6 sind der Ansicht, dass es die FNA mit russischer Hilfe gewesen ist. Aber noch haben wir keine Beweise.«

»Großer Gott!«, sagte Marcus. »Wollen Sie mir allen Ernstes sagen, dass es Terroristen geschafft haben, einen Lkw mit Sicherheitsfreigabe zu kapern, damit geradewegs in die Downing Street zu fahren und ihn dort in die Luft zu jagen?« Für einen Moment herrschte nervöse Stille. »Jetzt antworten Sie schon!«

»Ja«, sagte die Polizeichefin. »Diesen Anschein hat es zumindest.«

»Die Frage ist, wer hat ihnen diese Information gegeben«, murmelte ich in mich hinein.

»Was?« Marcus wirkte verwirrt und gereizt.

»Woher wussten die Terroristen, dass sie genau diesen Lkw kapern mussten? Das muss ihnen ein Insider verraten haben.«

»Das ist Teil unserer Ermittlungen.« Die Kamera schwenkte auf Sands, den Leiter des MI5, und blieb auf ihn gerichtet, obwohl er dem – genau wie alle anderen – nichts mehr hinzufügte.

Marcus schüttelte den Kopf und schloss die Augen. Als er sie endlich wieder öffnete, fuhr er sich mit den Fingern durchs Haar und sah mich an. »Nun, was jetzt zu tun ist, liegt ja auf der Hand.«

»Und das wäre?«

»Ich muss so schnell wie möglich wieder nach oben und eine Rede vor den Trümmern halten. Wir müssen deutlich machen, dass wir das nicht hinnehmen werden. Wir lassen uns von so etwas nicht einschüchtern. Diese Leute werden nicht gewinnen. Lasst uns gleich einen Entwurf aufsetzen.«

Für einen Moment herrschte eine betretene Stille, bevor die Polizeichefin sagte: »Ich fürchte, das werden Sie nicht tun können, Herr Premierminister.« Ganz offenbar fielen ihr diese Worte schwer.

»Und warum zum Teufel nicht?«, erwiderte Marcus ungläubig. Seinem Ton nach zu urteilen, wollte er diese Närrin schnellstens loswerden.

»Es gab noch eine zweite Bombe, die vermutlich schon vorab irgendwo innerhalb des Gebäudes platziert worden ist und zeitgleich mit der ersten gezündet wurde. Wir haben den Bereich evakuiert, weil es sich mit hoher Wahrscheinlichkeit um einen biologischen Anschlag gehandelt hat. Wir befürchten schon seit Jahren, dass jemand Gift an einer Bombe befestigt hat, um damit große Bereiche der Stadt zu schwächen. Und wir glauben, dass dies nun geschehen ist. Derzeit werden unter extrem schwierigen Umständen Tests durchgeführt, und diese werden mit hoher Wahrscheinlichkeit positiv ausfallen.« Sie hielt kurz inne, bevor sie sagte: »Wir gehen davon aus, dass es einige Tage dauern wird, bis wir in der Lage sind, den Bereich zu räumen. Wir sind noch dabei, uns einen Überblick zu verschaffen, aber wir glauben, dass drei Menschen bei der Explosion getötet wurden. Außerdem sind die Straßen in Mitleidenschaft gezogen und möglicherweise auch einige Rohrzuleitungen des Bunkers, darunter auch das Belüftungssystem. Im Moment wissen wir noch nicht, ob das fließende Wasser verseucht ist. Daher werden Sie Flaschenwasser nutzen müssen. Mir wurde mitgeteilt, dass es genug für mindestens einen Monat gibt, weil Sie so wenige sind.«

»Ein Monat … *ein Monat …*« Ich sah Marcus an, dass er kurz davorstand, vor Wut überzukochen. »Ich … ich meine, wir müssen hier raus … Ein Mitarbeiter ist schwer verletzt, und meine Frau ist hochschwanger«, sagte er, wobei es so klang, als schiebe er Stephen und Abbie nur vor, um bessere Argumente für eine Rettungsaktion zu haben.

»Es tut mir leid, Herr Premierminister. Ein großräumiger Bereich um die Downing Street wird tagelang, möglicherweise wochenlang nicht sicher sein. Gerade für verwundete oder schwangere Personen wäre das Risiko besonders hoch. Und wir können unsere Ärzte und Rettungsdienste aktuell auch nicht der Gefahr aussetzen, sie zu Ihnen herunterzuschicken. Es wäre natürlich möglich, dass sich die Faktenlage ändert. Aber in der Zwischenzeit ist Pindar der sicherste Ort für Sie.« Es fiel ihr sichtlich schwer, ihm dies mitzuteilen, wohl wissend, dass es nicht gut ankommen würde.

»Wie zum Teufel soll das funktionieren?« Marcus stand vorgebeugt, auf seine geballten Fäuste gestützt, da und erweckte den Eindruck, als würde er gleich in den Bildschirm springen. »Wie soll ich da dieses Land regieren?«

»Wir müssen sicherstellen, dass wir einen vollständigen Überblick erhalten ...« Sie schien nach etwas Tröstlichem zu suchen. »Wir können regelmäßige Besprechungen abhalten und schon heute Abend ein COBRA-Meeting mit dem Notfallausschuss anberaumen.« Sie beging den grundlegenden Fehler, das Reden zu übernehmen. Außenministerin, Innenminister und die Leiter des MI5 und MI6 hatten es ihr überlassen, die Drecksarbeit zu erledigen. Eine weitere Stimme ertönte abseits der Kamera. »Wenn ich dazu etwas sagen dürfte, Herr Premierminister?« Die Kamera schwenkte mit einer kleinen Verzögerung auf die Person, die sprach: Außenministerin Margaret Hawse.

»Was ist denn, Margaret?«, fragte Marcus gereizt.

»Als dienstälteste Kabinettsministerin bin ich in einem solchen Präzedenzfall diejenige, die Sie vertreten sollte, wenn Sie ...« Sie wollte wohl ›außer Gefecht gesetzt sind‹ sagen, entschied sich aber für: »... verhindert sind. Natürlich werden wir Sie so gut wie möglich informieren.«

»Ich denke nicht, dass das notwendig ist, Margaret«, erwiderte Marcus mit offenkundiger Geringschätzung. »Es gibt keinen Grund, warum ich nicht das Sagen haben sollte. Ich will ein COBRA-Meeting mit allen Beteiligten in zwei Stunden. Und bis dahin erwarte ich Vorschläge, wie man mich hier rausholen kann. Haben Sie mich verstanden?«

»Jawohl«, erwiderte sie, um ihn vorerst zufrieden zu stellen.

Marcus wandte sich Max zu. »Schalten Sie das verdammte Ding aus.«

Max hob die erste Fernbedienung, um den Bildschirm abzuschalten, wobei er Marcus verächtlich ansah.

»Und die Kamera auch«, fügte der hinzu. Max wiederholte den Vorgang mit der anderen Fernbedienung.

Ich zog einen Stuhl hervor, setzte mich, stieß einen tiefen

Seufzer aus, rieb mir mit den Handflächen über das Gesicht und sagte: »Lasst uns reden.« Billie stand im Türrahmen, und ich forderte sie auf, sich hinzusetzen. »Nehmen Sie doch bitte alle Platz.«

Max setzte sich widerwillig neben mich. Ich bemerkte erst, dass er immer noch das Maschinengewehr trug, als er es vor sich auf den Tisch legte. Schließlich zog auch Marcus seinen Stuhl unter dem Tisch hervor und nahm ebenfalls Platz.

»Wir stehen alle unter Schock. Wir sind mit Ereignissen konfrontiert, denen sich bisher noch nie ein Team aus der No. 10 stellen musste. Wir müssen Ruhe bewahren und die Menschen oben unterstützen.« Ich blickte von einem Gesicht zum anderen. Max rief aufgebracht dazwischen: »Als Erstes müssen wir dafür sorgen, dass Stephen überlebt.«

Marcus erwiderte nur kalt: »Eins möchte ich klarstellen. Und zwar ein für alle Mal. Ich habe hier das Sagen. Das bedeutet, niemand unterbricht mich. Und jetzt zu unserem weiteren Vorgehen: Ich plane, so bald wie möglich eine Ansprache an die Nation zu halten. Also sollte dies entsprechend vorbereitet werden. Und jemand muss sich um diese armselige Ausführung eines Fernsehstudios kümmern. Bevor dieser Tag zu Ende geht, werde ich eine Ansprache an die Nation halten. Und wenn ich das getan habe, dann will ich einen Plan hören, wie man mich hier so schnell wie möglich rausholt. So schnell wie möglich. Ist das klar?« Keiner von uns sagte ein Wort. »Ich habe gefragt, ob das klar ist!« Ich nickte. »Und bevor es irgendwelche Schuldzuweisungen gibt: Ich erfahre gerade zum ersten Mal etwas von irgendeiner Bedrohung.«

Er machte auf dem Absatz kehrt und verließ den Raum. Max und ich blickten uns nur vielsagend an. Wir wussten beide, dass er mehr als ein Mal gewarnt worden war.

MOLLY

Ich fühlte mich wie zweigeteilt: Eine Hälfte von mir sah dem Ganzen nur ungläubig zu, außer Stande, Tod, Blut und fremde Umgebung zu verarbeiten. Die andere tröstete Freddie und Abbie und half Max dabei, Stephen zu versorgen, der kaum noch bei Bewusstsein war. Die untere Hälfte seines Hemdes war dunkel und feucht, klebte an seinem Bauch. Sein Gesicht hatte die Farbe von Haferbrei. Ich legte sanft meine Hand auf seine Stirn und nahm ihm die Brille ab. Als ich auf die Linoleumfliesen am Boden blickte, entdeckte ich dort Blutspuren.

Max sah mich an und fragte: »Alles klar bei dir?«

»Jaja. Ich mache mir eher Sorgen um dich.«

»Brauchst du nicht.« Meine Worte schienen ihm unangenehm zu sein. »Wir müssen uns eher Sorgen um Stephen machen. Sieh nach, was du an Medizinbedarf finden kannst. Ich werde ihm das Hemd ausziehen.«

»Was machen Sie da?« Ich war überrascht, Stephens Stimme zu hören. Ich hatte nicht damit gerechnet, dass er sprechen konnte. Er versuchte den Kopf zu heben, um besser sehen zu können, was mit ihm los war, doch allein das schien ihm furchtbare Schmerzen zu bereiten, und er fletschte die Zähne. Während seiner kurzen, scharfen Atemzüge saugte er immer wieder Speichel durch seine Zähne.

»Versuchen Sie sich zu entspannen«, sagte Max. »Wir müssen nachsehen, wie groß der Schaden ist.« Stephen ließ den

Kopf fallen und kniff die Augen zusammen. »Ich werde jetzt Ihr Hemd öffnen, und Molly sieht sich nach etwas um, womit wir Sie behandeln können.« Er wandte sich mir zu. »Wir brauchen einen Schwamm und Wasser. Und alles, was du an medizinischer Ausrüstung finden kannst.«

Ich ging in die Küche. Sie war grau, zweckmäßig und sah aus, als sei sie noch nie benutzt worden. Im hinteren Teil befand sich eine Tür, die zu einem Hauswirtschaftsraum führte. An der Wand hingen ein Bügeleisen, ein Bügelbrett, ein grüner Erste-Hilfe-Kasten mit einem weißen Kreuz darauf und ein Defibrillator. Darunter standen zwei große Schränke, von denen einer zum Bersten voll war mit Handtüchern und der andere mit medizinischer Ausrüstung. Ich schnappte mir, so viel ich tragen konnte, und rannte damit zurück zum Schlafsaal.

Max hatte Stephens Hemd aufgeknöpft. Die Härchen auf seinem Bauch und seiner Brust waren mit dickflüssigem Blut verkrustet und verschmiert.

Ich beugte mich vor und legte Handtücher, Erste-Hilfe-Set und Verbände an das Fußende des Bettes. »Wasser«, sagte Max. »Wir brauchen Wasser.«

Ich rannte wieder in den Flur hinaus und in die Küche und zog kurz in Erwägung, einige Töpfe und Pfannen mit Wasser zu füllen. Dann fand ich einen Raum, der von oben bis unten mit Sechser-Packs Trinkwasser gefüllt war. Ich schnappte mir zwei davon und schleppte sie zurück in den Schlafsaal.

Max riss die Plastikverpackung auf und begoss ein Handtuch mit Wasser. »Das wird jetzt etwas weh tun, Kumpel«, teilte er Stephen mit, der die Augen zusammenkniff und nickte. Max wischte ihm mit dem Handtuch über den Bauch und säuberte dabei einen Bereich rechts von Stephens Bauchnabel. Dort war deutlich ein Loch zu sehen, das einen

Durchmesser von ungefähr einem Zentimeter hatte. Der Rand war dunkel – aber nicht etwa von verkrustetem Blut, sondern weil er versengt war. Darum befand sich ein größerer rosafarbener Kreis, beinahe so, als ob die Haut errötete. »Kein Anzeichen einer Austrittswunde – also ist die Kugel noch drin. Stephen, wir werden Ihnen eine Tasse besorgen, damit Sie etwas Wasser trinken können.« Max sah mich eindringlich an, und ich begriff, dass ich ihm nach draußen folgen sollte.

Als wir außer Hörweite waren, fragte ich ihn, was wir tun konnten. »Nicht viel«, erwiderte er. »Wir können die Wunde versorgen und herausfinden, welche Schmerzmittel wir ihm am besten geben. Aber wenn er nicht operiert wird, stirbt er.«

»Was?« Max wusste, dass er darauf nicht antworten musste. Stattdessen legte er die Hände auf meine Schultern und sagte: »Wir müssen jetzt stark sein.« Er nahm mich in den Arm und hielt mich einen Moment lang fest. »Komm, lass uns ein Trinkgefäß holen. Und dann versuchen wir, es ihm etwas bequemer zu machen.«

Wir fanden ein Tablett und ein paar Becher und gingen damit zurück. Max sammelte ein paar Kissen von den anderen Betten ein. Zwei davon legte er unter Stephens Kopf und den Rest unter seine Füße. Ich gab Max einen Becher. Anstatt davon zu trinken, hielt er ihn Stephen an die Lippen und sagte: »Trinken Sie etwas. Dann werden Sie sich besser fühlen.« Stephen hob die rechte Hand und versuchte den Becher zu kippen. »Langsam, Kumpel. Ganz langsam.«

»Es ist so heiß hier drin. Ich glühe«, sagte Stephen.

»Geht uns allen so«, erwiderte Max. »Wir versuchen das zu regeln.«

Stephen verzog das Gesicht und schaute ihn eindringlich an: »Die Leute sollen nicht glauben, dass ich Mist gebaut habe …«

»Sie haben keinen Mist gebaut. Sie hätten nichts tun können«, entgegnete Max, horchte dann auf und sagte: »Moment mal.« Ich lauschte ebenfalls und vernahm einen elektronischen Klingelton – entweder ein Alarm oder jemand, der versuchte Kontakt aufzunehmen. Wir sprangen beide auf und liefen zur Tür. Max sagte zu mir: »Bleib bei Stephen, ich werde mal nachschauen.«

Ich sah ihm nach und erblickte dabei auch Sunil, Marcus und Billie, die auf der anderen Seite des Flurs auftauchten. Alle folgten dem Ton und verschwanden in einen anderen Raum.

Ich ging wieder zu Stephen zurück, setzte mich zu ihm.

»Ich bin so froh, dass Sie am Leben sind«, sagte er.

»Ich bin auch froh, dass Sie am Leben sind«, erwiderte ich. »Versuchen Sie sich jetzt etwas auszuruhen.« Er nickte. Schweißperlen formten sich an seinem Haaransatz und rannen über seine Kopfhaut nach hinten.

Ich sah zu, wie er die Augen schloss und wieder das Bewusstsein verlor. Ich glaube nicht an Gott, aber in diesem Moment betete ich dafür, dass er am Leben blieb.

Die Leute denken immer, ich hätte alles im Griff, aber das stimmt nicht. Als ich mit Stephen allein war, versuchte ich meine Angst zu unterdrücken. In meiner Therapie und im Studium habe ich gelernt, dass wir uns alle der Welt auf eine bestimmte Weise präsentieren und dass es dabei verschiedene Typen gibt. In meinem Falle ist es der kompetente Typ. In der Lage, Dinge in Ordnung zu bringen. Besonnen. Verlässlich. Ich kann manchmal auch ein bisschen sarkastisch sein, als würde ich über den Dingen stehen. Die Therapeutin erklärte mir, dass wir uns auf diese Weise schützen, aber auch sicherstellen, dass unsere Bedürfnisse gestillt werden. Es ist mir ein Bedürfnis, gebraucht zu werden. Menschen zu helfen. Dies sei auch eine Kompensation für die fehlende Liebe meiner leiblichen Mutter, hieß es. Auf irgendeine verkorkste Art glaube ich wohl, dass ich etwas zurückbekomme, wenn ich Menschen eine Menge gebe. Zugleich ist aber auch ein Teil von mir wütend und nimmt es Menschen übel, dass sie von mir zehren.

Die Therapeutin hat Jahre damit verbracht, in meiner Kindheit rumzustochern. Die war ein Albtraum. Mein Vater war Alkoholiker. Aber nicht etwa ein funktionstüchtiger, heimlicher Trinker, der die Lage noch gerade so im Griff hatte. Nein, er trank maßlos. Seine Alkoholexzesse gerieten völlig außer Kontrolle. Er schüttete alles in sich hinein, was er kriegen konnte, auch den billigsten Fusel.

Ich war zu jung, um mich an ihn zu erinnern. Da sind nur vage Eindrücke in meinem Kopf, blass wie ein Wasserzeichen: der Geruch seines Atems, sein ungepflegter Fünftagebart und sein offenes, kurzärmeliges Hemd, unter dem ein fleckiges Unterhemd zu sehen war.

Als ich vier war, verließ ihn meine Mutter. Sie behauptete damals immer, dass wir uns bei Nacht und Nebel davongemacht hätten, obwohl ich mit Sicherheit wusste, dass es überhaupt nicht neblig gewesen war. Sie hinterließ ihm keinen Abschiedsbrief. Er fand schließlich heraus, dass wir eine Mietwohnung in Pilton gefunden hatten. Also begann er, nachts unter Schreien gegen unsere Tür zu hämmern. Wir kauerten drinnen, hörten Schrammen und Klappern am Briefschlitz, als versuche er, etwas hindurchzudrücken. Dann war da plötzlich ein süßlich-beißender Geruch. Es dauerte eine Weile, bis meiner Mutter klar wurde, dass er benzingetränkte Lappen durch den Schlitz stopfte und sie anzündete.

Ein Nachbar wählte den Notruf. Polizei und Feuerwehr kamen, obwohl er es nicht geschafft hatte, einen nennenswerten Brand zu verursachen. Es ist schon erstaunlich, was ein Mensch alles anstellen kann, ohne im Gefängnis zu landen. Stattdessen wurde ein Annäherungsverbot angeordnet. Er durfte sich uns nicht weiter als bis auf dreihundert Meter nähern. Aber auch davon ließ er sich nicht aufhalten. Ich erinnere mich daran, wie er weinend in meinen Kindergarten kam. Wir waren gerade mit unseren Lernkarten beschäftigt, und plötzlich war er da, rangelte mit einer der Kindergärtnerinnen und rief dabei weinend meinen Namen. Am Ende bestraften sie ihn. Ich weiß nicht einmal, ob er noch am Leben ist. Manchmal denke ich darüber nach, ihn ausfindig zu machen. Aber dann frage ich mich, welchen Sinn das machen würde. Es käme nichts Gutes dabei heraus.

In den nächsten acht Jahren beherrschte uns der Alltagstrott. Meine Mutter versuchte als Putzfrau über die Runden zu kommen. Sie verließ das Haus um halb fünf in der Früh, um sich auf den langen Fußweg zur Bushaltestelle zu machen. Ich erinnere mich noch daran, dass ich an den meisten Tagen hörte, wie die Tür zuschlug, und dann wieder einschlief. Es erschien mir normal, als kleines Kind allein aufzustehen und zur Schule zu gehen.

Manchmal hatte sie einen Freund, der bei uns einzog. Die meisten waren ganz in Ordnung, nur einer – Mick – entpuppte sich als Widerling. Er wartete, bis meine Mutter aus dem Haus war, und versuchte mich zu begrapschen. Spazierte nur mit einem viel zu kleinen Handtuch um die Hüften im Haus herum, um es dann fallen zu lassen, wobei er mich ansah, als ob mich das beeindrucken sollte. Ich nannte ihn einen kranken Wichser und wehrte ihn einige Male ab, erzählte aber niemandem davon. Das Ganze dauerte eh nicht lange. Er zog schon bald bei einer anderen Frau ein, und meine Mutter war tagelang völlig aufgelöst. Sie war überzeugt, ihr Leben sei vorbei, und sagte, dass sie nicht alleine könne. Ich fragte mich, ob ich denn überhaupt nicht zählte.

Als ich zwölf Jahre alt war, bekam sie schlimme Magenschmerzen. Ich drängte sie, zum Arzt zu gehen, doch sie weigerte sich. Ich glaube, sie hatte Angst. Schließlich tat sie es doch, und wenige Wochen später wurde bei ihr Pankreaskrebs diagnostiziert. Er hatte bereits im ganzen Körper gestreut, und sie starb ein paar Monate später bis auf die Knochen abgemagert im Krankenhaus. Ich wünschte, ich könnte sagen, dass wir uns ausgesprochen hatten. Dass da ein magischer Moment war, in dem wir uns verbunden gefühlt und einander verstanden hatten. Aber den gab es nicht. Ich glaube, in unserer letzten Unterhaltung ging es um irgendeine Soap, die sie mochte.

Eine der Krankenschwestern umarmte mich ganz fest, aber sie war bald schon wieder beschäftigt, und da sonst niemand etwas mit mir anzufangen wusste, ging ich einfach nach Hause. Es war ein Freitag, und ich schwänzte die Schule. Ich hatte noch ein paar Pfund, davon kaufte ich mir Instantnudeln, Bohnenkonserven und ein Weißbrot. Ich würde zu gern behaupten, dass ich viel geweint habe, aber das stimmt nicht. Ich war wie betäubt. Stand unter Schock.

Die Sozialarbeiterin kam erst am Dienstag und fiel aus allen Wolken, als sie hörte, dass ich die letzten Tage allein gewesen war. Sie sagte Dinge wie: »Du meine Güte, wer hat denn das wieder verpennt?« So als machte sie sich Sorgen, dass jemand deshalb Ärger bekommen könnte.

Ich war der Ansicht, dass ich allein klarkommen würde, aber stattdessen steckten sie mich in eine Pflegefamilie nach der anderen. Ich rannte immer wieder weg, bis ich zu Jack und Annie kam. Heute weiß ich, was für ein Glück ich mit ihnen hatte. Besonders mit Annie.

Jack war Fachbereichsleiter für Englisch an der örtlichen

Schule. Ihm habe ich es zu verdanken, dass ich Bücher und Geschichten für mich entdeckt habe und sich meine schlechten Noten so weit verbesserten, dass es für eine gute Universität gereicht hat. Aber es war Annie, die mich gerettet hat – und das ist keine Übertreibung.

Ich war so wütend auf die ganze Welt. Und sie war so geduldig. Strahlte eine unglaublich liebevolle Energie aus.

Die meisten Leute gießen Beton über ihre Vergangenheit. Aber damit begraben sie das Gift nur wie radioaktiven Abfall. Im Laufe der Zeit und mit Zunahme des Drucks bekommt der Beton Risse, und das Gift dringt wieder an die Oberfläche. Sie erklärte mir, dass ich lernen musste, mit dem Gift umzugehen, bevor es mich umbrachte. Indem ich Wege fand, mich auszudrücken, die nicht zerstörerisch waren. Lernte, es rauszulassen. Sie erklärte mir auch, dass die Welt Angst habe vor der Wut und wir sie daher in unserem Inneren unterdrücken, wo sie wächst und wächst und sich dann im falschen Moment entlädt. Sie brachte Jack dazu, einen Boxsack für mich aufzuhängen, damit ich mich daran abreagieren konnte. Schreiend und fluchend schlug ich darauf ein. Gott weiß, was die Nachbarn gedacht haben. Anschließend brach ich weinend zusammen, und sie nahm mich in den Arm und hielt mich fest.

Egal, wie schlimm ich mich benahm und welche dummen, zerstörerischen Dinge ich auch anstellte, sie sagte mir immer: »Nichts, was du sagst, wird mich davon abhalten, dich zu lieben. Und nichts, was du tust, wird mich dazu bewegen, meine Meinung zu ändern: Du bist genauso gut und liebenswert wie jeder andere Mensch.«

Ich dachte, ich sei mit mir im Reinen. Dass ich die Vergangenheit bewältigt hätte. Aber die vergangenen Wochen in No. 10 ohne Annie an meiner Seite, die mich an meinen sicheren Ort geleitete, hatten mir zugesetzt. Ich konnte beinah spüren, wie das Gift durch die Risse an die Oberfläche drang und Besitz von mir ergriff.

Als Max zurückkam, war er sichtlich aufgewühlt. Er erkundigte sich nach Stephen und ich erwiderte ihm, dass er zu schlafen schien und wir besser woanders hingehen sollten.

Abbie beschäftigte Freddie im Flur mit Spielzeug, das sie gefunden hatten. Sunil, Billie und Marcus saßen im Büro an ihren Schreibtischen und schienen beschäftigt zu sein. Es kam mir so vor, als könnten wir uns nirgendwo unterhalten, ohne belauscht zu werden oder zumindest ohne die Gefahr, dass jemand hereinplatzte. Max führte mich einen Flur entlang, in die entgegengesetzte Richtung, aus der wir gekommen waren. Unterwegs schienen wir das Einschalten der Neonbeleuchtung auszulösen, die flackernd über uns anging und mehr und mehr von dem Tunnel erkennen ließ.

Wir bogen ab und ich erblickte ein weiteres Straßenschild, auf dem »Lower South Way« stand. Dieser Bereich war giftgrün gestrichen. Nach einer Weile begann Max im Flüsterton zu sprechen. Ich musste mich anstrengen, um ihn zu verstehen. »Es sieht übel aus. Sie vermuten, dass es sich um eine Giftbombe gehandelt hat und ganz Westminster kontaminiert sein könnte. Daher glauben sie, dass es nicht sicher ist, uns herauszuholen.« Er blickte sich um. »Das bedeutet, keine medizinische Versorgung für Stephen. Der Notrettungsdienst ist wegen des Anschlags und der Verseuchungsgefahr ohnehin völlig überlastet. Aber ein Arzt wird so bald wie möglich mit uns sprechen.«

»Das ist gut.« Ich suchte verzweifelt nach einem Hoffnungsschimmer.

»Nicht wirklich. Es sei denn, er kann einen OP-Saal herbeizaubern.« Er hielt inne und sagte dann in einem sanfteren Ton: »Ich glaube, Stephen wird sterben, wenn er keine direkte ärztliche Hilfe bekommt.« Seine Augen füllten sich mit Tränen, die er mit dem Ärmel wegwischte.

»Max«, sagte ich mit sanfter Stimme und legte meine Hand auf seine Wange, die immer noch blutverschmiert war. »Ist schon gut.«

»Nein, ist es nicht.« Wut schwang in seiner Stimme mit. Er schlug die Hände vors Gesicht, sank mit dem Rücken gegen die Wand, rutschte bis zum Boden an ihr hinunter.

Es dauerte eine Weile, bis er sich wieder gefangen hatte. Er wischte sich über seine feuchten Augen und sagte: »Tut mir leid.«

»Du musst dich nicht entschuldigen. Du hast nichts Falsches getan.«

Er stand auf und wir umarmten uns. Ich lehnte den Kopf zurück und sagte: »Lass uns zum Sanitärbereich gehen. Dann kannst du dir kurz das Gesicht waschen.«

Er erwiderte mir, dass wir kein fließendes Wasser benutzen sollten, was sich wie ein weiterer Schlag anfühlte. Dann zog er mich ganz nahe an sich, und ich schmiegte meine Wange an seine Schulter. »Das ist jetzt vermutlich nicht der richtige Moment«, sagte er, offensichtlich froh, dass er direkt in mein Ohr sprechen konnte, ohne mich dabei anzusehen, »aber ich möchte es dir sagen.«

»Du kannst mir alles sagen.«

»Ich glaube, ich habe mich in dich verliebt.«

Im ersten Moment war ich geschockt. Die Worte kamen so unerwartet, dass ich kurz nach Luft schnappte. Er begann zurückzuweichen, glaubte, sich zum Narren gemacht zu haben, doch ich zog ihn wieder an mich und sagte: »Ich mich auch in dich.«

PINDAR – TAG 2

ABBIE

Pindar überforderte uns alle. Es schien unmöglich, das alles zu verarbeiten.

Ich wäre nicht überrascht gewesen, wenn mir jemand gesagt hätte, dass wir in Wahrheit alle bei dem Anschlag ums Leben gekommen waren und nun in unserer eigenen, persönlichen Hölle festsaßen. Schließlich befanden wir uns in den Tiefen der Erde, und es herrschte eine starke Hitze. Ich hatte genügend Sünden begangen, für die mich ein rachsüchtiger Gott hier hinunter verbannen könnte. Und so wie Marcus und Billie sich verhalten hatten, waren auch sie verdienterweise hier – Sunil vermutlich auch. Warum Max, Molly, Freddie, Stephen und mein ungeborenes Kind in der Hölle landen sollten, konnte ich mir zwar nicht erklären. Aber das Leben war nun einmal nicht fair, also warum sollte es im Jenseits anders sein?

Vielleicht hatte Marcus all dies hier auch inszeniert, um mich an seiner Seite zu halten. Aber auch das war absurd.

Es waren Menschen gestorben. Möglicherweise würde Stephen sterben. Die Welt dort draußen war so giftig, dass auch wir sterben könnten, wenn wir jetzt hinausgingen. Das Leitungswasser war möglicherweise kontaminiert. Wir könnten Tage, vielleicht sogar Wochen hier feststecken.

Gott sei Dank war Molly hier. Als sich die Lage beruhigt hatte, kam sie auf mich zu, und wir versuchten uns auf Freddie zu konzentrieren, nahmen ihn mit in die Küche und machten ein Spiel daraus, Nahrungsmittel zu suchen, die wir zubereiten könnten.

Letztlich entschieden wir uns dazu, ein paar Dosen zu öffnen und Nudeln zu kochen. Erst als wir fertig waren, entdeckten wir, dass es im Raum nebenan eine Tiefkühltruhe voller Fleisch und Fisch gab.

Freddie benahm sich wie ein kleiner Engel. Er spürte ganz offenbar, dass etwas nicht stimmte – auch wenn er es nicht verstand –, und bewältigte es, indem er folgsam war. Angesichts seiner früheren, regelmäßig auftretenden Wutanfälle war es eine Erleichterung zu sehen, welche Fortschritte er mit Mollys Hilfe gemacht hatte.

Wir entdeckten einen Schrank voller Kleidung, der auch einen Kinderschlafanzug enthielt. Als wir Freddie zu Bett brachten, fragte er: »Wird Stephen sterben?« Wir waren darüber erstaunt, hätten uns aber eigentlich denken können, dass er mehr mitbekam, als wir dachten, denn schließlich war er kein Dummkopf.

»Wir werden uns gut um ihn kümmern«, erwiderte Molly ausweichend, was ihm zu reichen schien.

Dann sagte er, dass ihm zu warm sei, und fragte, ob er sein Oberteil ausziehen dürfe. »Ja, mein Schatz«, sagte ich. Er setzte sich auf, und ich zog es ihm über den Kopf.

Er wollte eine Geschichte hören. Da es keine Kinderbücher gab, erzählte ich ihm aus der Erinnerung das Märchen von Hänsel und Gretel, aber tauschte dabei Hexe und Lebkuchenhaus gegen hungrige Wölfe und teuflische Zwerge aus. Die Vorstellung, dass sich zwei Kinder im Wald verirren und dann eingesperrt werden, fand ich unter diesen Umständen zu hart an der Schmerzgrenze.

Freddie schlief zwei Betten von Stephen entfernt ein. Molly und ich blieben noch eine kleine Weile bei ihm und gingen dann, um uns Tee zu machen.

Ich war schrecklich erschöpft und entschloss mich daher, zu Bett zu gehen. Doch sobald ich lag, war ich wieder hellwach. Das Baby drückte sehr auf meine Blase, und ich versuchte abzuschätzen, ob der Schmerz im Liegen schlimmer war als beim Aufstehen. Das Ganze wiederholte sich in der Nacht noch mehrmals und endete jedes Mal damit, dass ich nachgab und zur Toilette trottete.

Irgendwann wurde das Licht gedimmt. Molly und Max kamen herein und legten sich aneinandergeschmiegt in ein Bett. Dann folgte Sunil. Von Marcus und Billie keine Spur. Ich fragte mich, ob sie sich wohl wieder nähergekommen waren.

Als ich das letzte Mal aufstand, um zur Toilette zu gehen, war es 4:30 Uhr. Ich war zwar immer wieder eingedöst, aber mir war klar, dass ich keinen Schlaf mehr finden würde. Ich tapste in die Küche, um mir eine Tasse Tee zu machen.

Als ich das Küchenlicht einschaltete, wäre ich vor Schreck beinahe in Ohnmacht gefallen, denn Billie saß am Tisch und trank aus einem Becher. »Herrgott, Sie haben mich vielleicht erschreckt!«

Sie sprang sofort auf und sagte: »Ist schon gut. Ich gehe schon.«

Es wäre so leicht gewesen, nichts darauf zu erwidern, aber ich bin froh, dass ich sie aufgehalten habe. »Nein. Nicht nötig. Ich habe nicht vor, Sie anzugreifen. Wir sollten nochmal miteinander reden.«

Sie beäugte mich misstrauisch, was ich ihr nicht verdenken konnte. »Glauben Sie mir, es ist wirklich in Ordnung. Möchten Sie auch einen Tee?«

Sie nickte. Ich ließ mir Zeit mit der Zubereitung. Sie sah vollkommen erschöpft aus, wie wir alle, wirkte ohne Make-up völlig fertig und zehn Jahre älter. Ihrem Typ war ich in Westminster schon oft begegnet: Leute wie sie waren süchtig nach der aufregenden Mischung aus Nervenkitzel, Spannung, Intrigen, Verschwörungen und spätabendlichem Trinken. Doch dann wachten sie eines Tages auf und stellten fest, dass sie Ende dreißig waren, ohne Partner oder eine Familie.

Für Marcus war Billie leichte Beute. Sie betete ihn an, war auf ihre Art sexy und stand zur Verfügung, wann immer er Lust auf sie hatte. Für sie hingegen war er die letzte Chance gewesen, den Hauptgewinn abzuräumen. Warum also hätte sie sie nicht ergreifen sollen? Dass er ihr den Laufpass geben würde, wenn es hart auf hart kam, war für alle offensichtlich gewesen, außer für sie. Als hätte sie einen Trank zu sich genommen, der sie der Realität gegenüber blind machte, so dass sie gar nicht bemerkte, welche Schmerzen sie anderen zufügte oder auf was für ein Unglück sie selbst zusteuerte.

Ich war mir durchaus bewusst, dass einiges davon – wenn auch nicht alles – auf mich selbst zutraf. Was hatte mich dazu gebracht zu glauben, dass ich mit Marcus bis an unser Lebensende glücklich sein könnte? Unsere Beziehung beruhte auf Lügen und Betrug.

Ich reichte Billie den Tee und setzte mich an den Tisch. Sie sah ängstlich aus. »Hören Sie, Billie. Ich werde gar nicht erst so tun, als wäre das hier leicht für mich, aber ich bedauere auch ein wenig, dass ich mich nicht besser benommen habe, als Sie bei mir gewesen sind. Doch der Gedanke an Marcus und Sie und was Sie beide in meinem Zuhause getrieben haben, macht mich krank. Außerdem kam es mir so vor, als wären ich, Freddie oder mein Baby Ihnen völlig egal.« Sie sagte nichts, sah mich einfach nur an. »Aber Sie haben mir auch leidgetan. Sie dachten, Sie stünden kurz vor einem großen romantischen Abenteuer, aber mir war klar, dass Sie erledigt waren. Marcus dachte nicht einmal daran, sich für Sie zu entscheiden.«

Sie machte einen niedergeschlagenen Eindruck.

»Hören Sie, es geht mir wirklich nicht darum, Ihnen ein schlechtes Gewissen zu machen.« Ich nahm einen kleinen Schluck Tee, aber er war immer noch zu heiß, um ihn zu trinken, und ich stellte den Becher wieder auf dem Tisch ab.

»Mir ist durchaus bewusst, dass es scheinheilig von mir ist. Was habe ich mir dabei gedacht, als ich hinter Ophelias Rücken mit Marcus geschlafen habe? Habe ich etwa auf sie Rücksicht genommen? Nein. Und dafür schäme ich mich auch.«

Billie nickte nur. Ich glaube, sie empfand ebenfalls Scham. Ich fuhr fort: »Es war eine lange Reise für Marcus und mich, aber es ist an der Zeit, dass wir getrennte Wege gehen. Ich habe mich entschlossen, ihn zu verlassen. Hören Sie, vielleicht täusche ich mich ja, aber meiner Ansicht nach ist der beste Rat, den ich Ihnen geben kann: Lassen Sie Marcus ebenfalls los.« Ich gab einen tiefen Seufzer von mir. »Sie und ich, wir sind gar nicht so verschieden. Wir waren beide wie im Rausch, konnten uns ein Leben ohne Marcus nicht vorstellen, haben krampfhaft versucht, ihn festzuhalten. Dabei haben wir nicht erkannt, dass er Gift ist und dieses Gift letztendlich alles zerstört, womit es in Berührung kommt. Hören Sie auf mich: Es wird kein gutes Ende nehmen, wenn Sie sich in die Sache hineinsteigern. Ich weiß, dass er Ihnen Dinge versprochen hat. Und dass Sie glaubten, Ihr Glück bei ihm zu finden. Aber Sie sollten der Wahrheit ins Auge blicken. Sie sind zu einem Problem für ihn geworden, und er wird dafür sorgen, dass Sie so weit weg von ihm sind wie nur eben möglich.«

Ich rechnete damit, dass sie sich zur Wehr setzen würde, doch stattdessen sagte sie: »Ich weiß. Eine Stunde bevor wir hier gelandet sind, hat er es mir gesagt. Also eigentlich hat er Sunil vorgeschickt. Ich werde ins Außenministerium versetzt.« Ich sah ihr den Schmerz über diese Entscheidung an. So, wie sie es sagte, hätte ihr neuer Arbeitsplatz genauso gut Sibirien sein können. »Er hat mir sogar meinen Job weggenommen, weil es unangenehm für ihn ist, mich in seiner Nähe zu haben. Es kam mir vor, als würde ich auf einmal erkennen, dass ein atemberaubendes Schmuckstück in Wahrheit gar nicht echt ist.«

»Das tut mir wirklich leid, Billie. Mir ging es genauso. Ich war verrückt nach ihm. Dann begann er sich zu langweilen und hat sich woanders umgeschaut.«

»Ich weiß …« Sie verstummte für einen Moment, um nachzudenken. »Es … es war wie eine Sucht. Ich glaube, selbst wenn er jetzt mit den Fingern schnippen würde, könnte ich seinem Charme nicht widerstehen. Ich kann es einfach nicht erklären.«

»Ich bin da letztens beim Zappen in einer Naturdokumentation gelandet. Da ging es um diese faszinierende Spinne, die Insekten in ihrem Netz fängt. Und wenn sie die Mitte erreichen, bleiben sie stecken. Aber die Spinne tötet sie nicht sofort. Stattdessen schlägt sie ihre Klauen hinein und injiziert ihnen ein Gift, das sie lähmt. Das ist teuflisch clever. Auf diese Weise kann sie ein wenig fressen, sich entfernen und warten, bis ihre Beute sich erholt. Dann kommt sie immer wieder zurück, um weiterzufressen, bis es ihr irgendwann langweilig wird, weil ihre Beute nicht mehr lebendig ist. Nur noch ein Zombie. Also versucht die Spinne, wieder neue Insekten zu fangen. Und so geht es weiter. Marcus ist wie diese Spinne. Er lähmt, wovon er sich angezogen fühlt, bis es ihm langweilig wird.«

Mir war nicht erst durch die jüngsten Ereignisse klar geworden, was für ein Scheißkerl Marcus Valentine war. Das hatte ich von Anfang an gewusst. Aber ich hatte mich geweigert, die Wahrheit anzuerkennen, und war so immer tiefer und tiefer in sein Netz geraten, bis er mich dort hatte, wo er mich haben wollte, und ich gefangen und gelähmt war. Verbittert und langweilig. Natürlich war ich in dem Moment, in dem mir klar geworden ist, dass ich seinem Netz entkommen musste, wieder von Interesse für ihn.

»Ich wünschte, es gäbe eine Möglichkeit, dass er daraus lernt. Den Preis bezahlt.« Billie vermochte mich nicht einmal anzusehen, als sie dies sagte.

»Was meinen Sie damit? Rache?«, fragte ich gespannt.

»Warum nicht? Wie viele soll er denn noch fertigmachen? Vielleicht muss er seine Lektion lernen.«

Zu meiner Überraschung stellte ich fest, dass ich großen Gefallen an dieser Idee fand. »Sollen wir ihn bloßstellen?«

»Ja. Damit er es begreift.« Sie wirkte mit einem Mal viel selbstbewusster.

»Hier unten können wir da nicht so viel ausrichten.«

»Da bin ich mir nicht so sicher. Er wird doch morgen seine Ansprache an die Nation halten. Wenn das schiefginge, wäre er bestimmt nicht erfreut.«

»Was schwebt Ihnen vor?«

SUNIL

Marcus' Ansprache an die Nation schrie förmlich danach, in einem Fiasko zu enden. Die Idee an sich war zwar nicht verkehrt, aber in seiner schlechten Stimmung, die ihn streitsüchtig und unbarmherzig machte, würde er mit Sicherheit jeden auch noch so guten Ratschlag abschmettern. Er steuerte geradewegs auf eine Mauer zu, von der er glaubte, sie durchbrechen zu können.

Während ich ihn dabei beobachtete, wie er bis spät in die Nacht an seinem Schreibtisch saß, fieberhaft schrieb, durchstrich und Papierblätter durchriss, kam mir der Gedanke, dass das alles vielleicht gar nicht so schlecht war. Es vielleicht einen großen Schritt in die richtige Richtung bedeutete, dieser grausigen Scharade ein Ende zu setzen und dafür zu sorgen, dass er die längste Zeit Premierminister gewesen war.

Daher ließ ich ihn einfach weiterkritzeln. Seiner Ansicht nach verfasste er eine Rede, die Churchill alle Ehre gemacht hätte, in Wahrheit aber eher sein Todesurteil bedeuten würde. Denn wenn gewisse Leute erkannten, was der Druck mit ihm anstellte, würden sie mit Sicherheit Schritte in die Wege leiten, damit alles um ihn herum zusammenbrach. Ich betrachtete das Ganze mit gemischten Gefühlen. Sein Ende würde auch mein Ende bedeuten, und das gefiel mir gar nicht. Andererseits wäre es vielleicht eine wohltuende Erleichterung, wenn all diese endlosen Bemühungen für jemanden, der sie ganz und gar nicht verdient hatte, endlich der Vergangenheit angehörten. Ich würde es überleben.

Billie saß in der Ecke wie ein verliebtes Schulmädchen, das gerade abserviert worden war.

Mir schoss ein finsterer Gedanke durch den Kopf: Was wäre, wenn es irgendwie durchsickern würde, was Marcus gestern Morgen in der No. 10 getrieben hatte? Was wäre, wenn die Leute wüssten, dass er die Frau, die seine Kommunikationschefin war, nur deshalb feuerte, weil jemand herausgefunden hatte, dass sie gleichzeitig seine Geliebte war? Er würde mich verdächtigen, aber ich könnte es klipp und klar abstreiten. Es hätte über alle möglichen Kanäle nach außen dringen können – vielleicht könnte ich ihn sogar davon überzeugen, dass Margaret Hawse, die Außenministerin, es herausgefunden hatte und durch die Verbreitung dieser Information nun versuchte Marcus' Stuhl ins Wanken zu bringen? Ich schob den Gedanken für den Moment beiseite, wollte aber definitiv darauf zurückkommen.

Im Schlafsaal war es warm und das Licht gedämpft. Ich konnte noch gerade so Abbie erkennen, die mir mit geöffneten Augen das Gesicht zuwandte, doch keiner von uns zeigte eine Reaktion. Molly lag an Max gekuschelt da, und beide schliefen tief und fest. Sie waren also wirklich ein Paar. Schön für sie. Freddie quengelte noch für einen Moment, drehte sich dann aber um und schlief ebenfalls ein.

Ich ging mit einer Wasserflasche in den Sanitärbereich und starrte mein Gesicht im Spiegel an. Das grelle Licht schien auch den kleinsten Makel meiner Haut hervorzuheben, die am Hals an Sandpapier erinnerte, was mir bisher noch nie aufgefallen war. Dazu die Krähenfüße um die Augen. Es ließ sich nicht länger verstecken: Ich war ein Mann mittleren Alters – und das im oberen Bereich der Skala. Dazu kinderlos. Ohne Partnerschaft und jede Aussicht auf eine. Hatte ich die Möglichkeit auf ein Heim und eine Familie für die Karriere geopfert? Oder hatte ich ohnehin nie damit gerechnet? Ich war mir immer wie ein Außenseiter vorgekommen. Hatte nirgendwo reingepasst. Das einzige Kind eines größtenteils abwesenden Vaters und einer völlig überforderten Mutter, die von Ativan abhängig war, das ihr unser Hausarzt verschrieb. Ein Mittel, um Angstzustände zu lindern. Was meiner Ansicht nach in ihrem Fall noch milde ausgedrückt war, denn das ganze Leben war eine einzige große Belastung für sie. Als wäre sie ohne schützende Haut geboren, so dass der geringste Kontakt zur Außenwelt ausreichte, ihr Schmerzen zuzufügen. Manchmal hatte sie einen Wutanfall. Ein anderes Mal kauerte sie sich wie ein Embryo zusammen und stöhnte vor sich hin. In einer meiner frühesten Erinnerungen fülle ich ein Glas mit Wasser und bringe es ihr, damit sie sich besser fühlt. Ebenso erinnere ich mich an das animalische Würgen, Stöhnen und Spucken, als ihr die Sanitäter den Magen auspumpen. Wobei die Geräusche weniger schlimm waren, als mitansehen zu müssen, wie sie ihr den Schlauch in den Hals stecken.

Ein anderes Mal stand sie an der Tür und flehte meinen Vater an, seine Geschäftsreise abzusagen. Er im schicken Anzug, sie in ihrem alten, abgenutzten Nachthemd. Sie war völlig aufgelöst, aber er konnte es gar nicht erwarten zu verschwinden. Er wusste, dass er mich mit ihr allein ließ, aber das hielt ihn nicht davon ab. Es war ein Tag voller Tränen. Ich wollte ihr helfen, aber was auch immer sie fühlte, war einfach zu mächtig. Ich fragte mich, ob sie überhaupt mitbekam, dass es mich gab. Jedenfalls hatte sie kein Empfinden dafür, wie sich ihr Verhalten auf mich auswirkte. Ich ging zu Bett und hatte Probleme einzuschlafen, hörte ihr Schluchzen und ihre Selbstgespräche, die wütenden Bemerkungen über meinen Vater. Ich muss wohl doch irgendwann eingeschlafen sein, denn als ich aufwachte, hatte sie ein Geschenk für mich in einer Papiertüte hinterlassen, auf dem geschrieben stand: *Tut mir leid. Du bist ein guter Junge.* Darin befand sich eine Brieftasche, mit der ich nicht viel anfangen konnte, da ich mein Taschengeld immer noch in Münzen bekam.

Ich verscheuchte die Gedanken aus meinem Kopf, erleichterte mich, ging zurück in den Schlafsaal und sank in einen tiefen Schlaf.

Als ich erwachte, hoffte ich, dass alles nur ein Traum gewesen war. Doch dann hörte ich Molly und Freddie miteinander spielen.

Max war in der Küche und bereitete Frühstück zu. Er erbarmte sich meiner und bot mir einen Kaffee an. »Es ist leider nur Instant ... und haltbare Milch, aber besser als nichts.« Für mich hörte sich das gut an.

Marcus und Billie waren immer noch im Büro. Sie sahen aus, als hätten sie überhaupt nicht geschlafen. »Der Text ist fertig«, sagte Marcus zu mir. »Ich werde versuchen, mich vorzeigbar zu machen.« Er nahm die Blätter mit, so dass ich keinen Blick darauf werfen konnte. Das war mir nur recht. Ich hatte nicht vor, meine Fingerabdrücke darauf zu hinterlassen.

»Haben Sie's gelesen?« Billie schüttelte den Kopf, sagte aber nichts.

Die nächste Dreiviertelstunde verbrachte ich damit, bei der Vorbereitung des Studios zu helfen. Marcus tauchte erst wenige Minuten vor Beginn wieder auf. Er hatte ein frisches Hemd gefunden und trug dazu eine dunkle Krawatte.

»Willst du einen Durchlauf machen?«, fragte ich.

»Ich brauche deinen Input nicht, wenn du das meinst. Ich werde nichts verändern.« Er legte mehrere DIN-A4-Blätter auf den Schreibtisch, griff dann nach dem Ohrhörer, ließ das Kabel hinten am Rücken hinunterlaufen und zog ein marineblaues Jackett darüber an.

»Hältst du das für klug?«

»Ja, für verdammt klug sogar.«

Marcus nahm Platz. Oben auf der Kamera ging ein rotes Licht an, und sein Gesicht erschien auf einem Monitor auf dem Boden. Wir konnten Gemurmel hören, als jemand mit ihm durch den Ohrhörer sprach. »Mikrofon?«, sagte Marcus fragend, blickte dann zu uns auf: »Mikrofon, Mikrofon.« Max schaute sich um und entdeckte ein langes Kabel, das von der Armlehne des Sitzes herabhing, auf dem der Premierminister Platz genommen hatte. Er zog daran, und am Ende tauchte ein Clip auf, mit einem winzigen schwarzen Ball daran. Marcus befestigte ihn an seinem Hemd und sagte zu der Stimme in seinem Ohr: »Ich soll Ihnen sagen, was ich zum Frühstück hatte? Also, ich hatte einen Instantkaffee … und ein Glas Orangensaft aus einem Karton … ja … Ich werde in dieser Lautstärke sprechen. Eins, zwei, drei, vier, fünf, sechs, sieben, acht, neun, zehn.«

Mir fiel auf, dass Max ihm nicht von der Seite wich und mir dabei einen Blick zuwarf, den ich nicht zu interpretieren vermochte.

»Bitte raus aus meinem Blickfeld«, sagte Marcus im Befehlston. »Ich kann keine Ablenkung gebrauchen.«

Max stellte sich neben mich und murmelte: »Das Maschinengewehr.«

»Was ist damit?«

»Er hat es unter seinem Schreibtisch.« Das klang absurd. Aber Max hatte keinen Grund, so etwas zu erfinden.

»Ist es geladen?«, fragte ich besorgt.

»Nein. Ich habe das Magazin rausgenommen und es sicher auf einem Hochschrank in der Küche verstaut.«

Aus Marcus' Kopfhörer war Gemurmel zu hören. Vermutlich der Countdown, bis er auf Sendung ging.

Plötzlich tauchte Billie mit einem großen Glas Wasser in der Hand auf. Marcus versuchte sie fortzuwinken. Aber sie ging weiter auf ihn zu und sagte: »Falls Sie einen trockenen Mund bekommen, Herr Premierminister.«

Das reichte aus, um Marcus aus dem Konzept zu bringen, denn er fragte: »Sind wir auf Sendung?« Die Stimme in seinem Ohr schien dies zu bejahen, denn er blickte sogleich auf seine Notizblätter hinunter und versuchte sich zu sammeln. Billie stellte das Glas auf den Tisch neben ihn, verrückte es noch einmal und stieß es dabei mit der Hand um. Eine kleine Wasserflut ergoss sich über die Blätter und strömte weiter über den Tischrand und auf seinen Schoß. Billie entfernte sich rasch. Marcus reagierte panisch. Ich schaute mich rasch nach Papiertüchern um, aber da waren keine. Das Glas rollte über den Schreibtischrand und zersplitterte auf dem Boden.

Max lehnte sich zu mir herüber und flüsterte: »Das war doch Absicht.« Ich konnte es nicht glauben. So etwas würde Billie nicht tun, dachte ich. Doch plötzlich bemerkte ich Abbie. Sie musste sich durch die offene Studiotür hereingeschlichen haben. Sie sah zu mir herüber und schenkte mir ein winziges, fast unmerkliches Lächeln. Da wurde mir klar, dass Max recht hatte.

Marcus warf Billie einen hasserfüllten Blick zu. Die ganze Zeit über leuchtete das rote Licht der Kamera, was bedeutete, dass all dies live übertragen wurde und vor den Augen der ganzen Nation geschah. Er schien kurz aus der Fassung gebracht, sagte: »Entschuldigen Sie bitte …«, entschied sich dann aber offenbar fortzufahren, als sei nichts geschehen. »Guten Morgen. Ich spreche zu Ihnen aus einem Fernsehstudio in einer Bunkeranlage namens Pindar, einem Tunnelsystem, das tief unter der Downing Street und dem Verteidigungsministerium verläuft.« Er blickte effekthascherisch auf seine völlig durchweichten Notizen herab. Ich konnte erkennen, dass die Schrift verlief und die Seiten aneinanderhafteten. Er geriet kurz ins Stocken, dann fuhr er fort: »Gestern gab es einen Anschlag auf die bekannteste Straße unseres Landes. Es war nicht nur ein Anschlag auf ein Gebäude und die Menschen, die darin wohnen und arbeiten. Es war ein Anschlag auf unser ganzes Land. Auf unsere Werte. Unsere Art zu leben. Unsere Demokratie. Terroristen haben einen Lkw mit bewaffneten Männern und Sprengstoff in die Downing Street gesteuert. Es ist allein der unglaublichen Tapferkeit meines militärischen Beraters, Lieutenant-Colonel Max Palmer, zu verdanken, dass meine geliebte Frau Abbie, die mit unserem zweiten Kind schwanger ist, unser Sohn Freddie und seine … Betreuerin Molly noch am Leben sind.«

Ich staunte nicht schlecht, als er unter den Schreibtisch griff und das Maschinengewehr hervorholte. »Dies hier ist die Waffe, mit der Max Palmer zwei der Männer erschossen hat, die sonst mit Sicherheit mich und meine Familie ermordet hätten. Ich danke ihm für das, was er getan hat. Seine Ausbildung bei den besten Streitkräften der Welt hat es ihm ermöglicht, dieses Gewehr mit solch kühler Entschlossenheit zu benutzen.« Ich benötigte einen Moment, um das zu verarbeiten. Was zum Teufel hatte er sich dabei gedacht?

Marcus hielt plötzlich inne. Da war wieder dieser panische Ausdruck auf seinem Gesicht. Vielleicht lag es an all dem Wasser und seinen feuchten Handflächen, aber die Waffe schien glitschig zu sein wie ein Stück Seife. Offensichtlich hatte er Mühe, sie festzuhalten. Er hätte sie einfach hinlegen sollen, aber das tat er nicht. Stattdessen rutschte sie ihm aus den Händen und knallte auf den Schreibtisch. Er verlor den Faden, wirkte verunsichert und nervös. Es war unerträglich. Ich konnte fast spüren, wie ein Ruck durch die gesamte Partei, ja, das gesamte Land ging. Er griff nach seinen Notizen, als hätte er vergessen, dass die ihm keine Hilfe waren, da die Blätter hoffnungslos aneinanderklebten.

Marcus fuhr strauchelnd fort, versuchte seine Fassung wiederzuerlangen. Doch es war zu spät. Worte, die eine große Wirkung hätten haben sollen, waren ihrer Macht beraubt. »Die Führung dieses Landes liegt immer noch in meinen Händen. Ich kann meinen Pflichten von hier aus weiterhin in vollem Umfang nachgehen. Wir sind hier sicher. Also, wirklich bombensicher.« Er lachte unsicher und strich sich eine Haarsträhne aus der Stirn. »Ich bin in ständigem Austausch mit Mitgliedern des Kabinetts und Experten, die für die nationale Sicherheit verantwortlich sind. Wisr werden um unsere Toten trauern, aber wir werden sie nicht durch Tatenlosigkeit entehren. Die Schuldigen werden vor Gericht gestellt. Sie. Werden. Dafür. Büßen.«

Es kam mir so vor, als würde sich jedes Atom meines Körpers zusammenziehen, während ich zusah, wie ihm große Schweißperlen, die sich auf seiner Stirn gebildet hatten, über das Gesicht rannen. Er versuchte, sie mit dem Ärmel seines Jacketts abzuwischen, als er sagte: »Haben Sie keine Angst. Das Recht ist auf unserer Seite und der Gerechtigkeit wird Genüge getan.« Er hielt einen übertrieben langen Moment inne, sagte dann »Auf Wiedersehen« und starrte in die Kamera, bis das rote Licht oben ausging.

Ich machte mich auf einen Wutausbruch gefasst. Das taten wir alle. Aber Marcus wirkte angeschlagen. Verletzlich. Er wandte sich nur an Billie und fragte: «Warum hast du das getan?« Er wirkte demoralisiert. Billie blickte zu Boden und sagte nichts. »Wie schlimm war es?«, erkundigte er sich und erhob sich unbeholfen. Auf seiner Hose zeichnete sich deutlich ein Wasserfleck ab.

Ich setzte zu einer Antwort an, versuchte Worte zu finden, um ihn zu beruhigen, aber alles, was ich zustande brachte, waren ein paar unbeholfene Laute. Dann sagte Abbie: »Schlimm. Wirklich schlimm.« Und bevor er reagieren konnte, drehte sie sich um und verließ den Raum.

Max ging zum Tisch, griff nach dem Maschinengewehr und sagte beinahe im Flüsterton: »Das sollten wir an einen sicheren Ort bringen.«

Ich sah Billie an. »Was haben Sie sich dabei gedacht? Das sah nach Absicht aus.«

»War es aber nicht«, erwiderte sie wenig überzeugend und sah dabei zu Boden, um Blickkontakt zu vermeiden. Das sagte mir alles.

Irgendwo läutete ein Telefon. Ich ging in den Flur hinaus und folgte dem Klingelton ins Büro.

»Hier ist Margaret. Margaret Hawse ... Sind Sie allein?« Ihre Stimme klang aufgeregt. Verschwörerisch.

»Eine Sekunde ...« Ich schloss die Tür, hob den Hörer wieder auf und sagte: »Okay. Jetzt kann ich reden.«

»Du lieber Himmel, was war denn da los? Erst das Wasser. Und dann ›Wir sind hier bombensicher‹? Die Menschen wollen Trost und Sicherheit, da sollte man keine Assoziationen mit Bomben wecken!« Sie war entgeistert und besorgt, aber es schwang auch Schadenfreude in ihrer Stimme mit.

»Es war nicht gut.«

»Das ist eine Untertreibung. Und was sollte das mit der Waffe, die ihm dann auch noch runtergefallen ist? Er wirkte wie ein Irrer. Wie ein verrückter Diktator. Meine WhatsApp-Gruppen spielen verrückt.«

»Er hat mich nicht hinzugezogen. Hat letzte Nacht nicht geschlafen. Der Druck, hier unten zu sein ...«

»Er hängt am seidenen Faden.« Und das war's. Mit diesen Worten überschritt sie den Rubikon. Es war für jeden, der sich ein bisschen mit Politik auskannte, offensichtlich, dass sie das letzte Jahr damit verbracht hatte, sich als Marcus' Nachfolgerin in Stellung zu bringen, aber sie war nicht so dumm, das eigene Blatt preiszugeben, bis es etwas gab, worauf es sich zu setzen lohnte. Eine Möglichkeit, ihn abzusägen. Nun, da dies der Fall war, lotete sie ganz offen das Terrain aus. Der Rudelführer war angeschlagen. Blamiert. Das war ihre Chance, ihn hinauszudrängen und zu übernehmen. Ich konnte mir denken, was ihr gerade durch den Kopf ging. Gerade erst hatte man sie aus heiterem Himmel gebeten, Billie in ihrem Ministerium unterzubringen. Sie war nicht dumm. Den Grund dafür konnte sie sich denken. Dann der Anschlag. Marcus' Reaktion darauf. Eine hübsche, kleine Geschichte, um zu demonstrieren, dass er der Falsche war, um das Land in der Stunde der Not zu führen.

»Ich werde besser einmal nach ihm sehen.«

»Das sollten Sie, Sunil. Aber eins kann ich Ihnen versichern: Niemand wird Ihnen hierbei die Schuld an etwas geben. Sie sind ein Ehrenmann.«

Das war ihre Art, mir zu sagen, dass ich mich auf einem sinkenden Schiff befand. Ich könnte mit Marcus an Deck bleiben und ertrinken oder in ein Rettungsboot springen und eine sichere Reise mit ihr antreten.

»Es gibt noch einiges zu besprechen«, erwiderte ich. »Aber jetzt muss ich Schluss machen.« Ich legte auf und ließ mich in den Bürostuhl zurücksinken.

MAX

Ich musste ein Versteck für die Waffe suchen. Bei der gereizten Stimmung hier unten ließ man sie besser nicht offen herumliegen. Alle anderen waren viel zu sehr mit sich selbst beschäftigt, um mich zu bemerken, also verschwand ich damit, bog einige Male wahllos nach links und rechts ab und legte das Gewehr auf ein Rohr, das dicht an der Wand verlief. Dann merkte ich mir den Lower West Way und die drei Verbindungspunkte vor der Stelle, an der ich sie platziert hatte.

Selbst diese simple Aufgabe hatte mich ins Schwitzen gebracht. Ich fühlte mich schmutzig, so als hätte man mich mit einer Schicht aus unsichtbarem Dreck überzogen, und meine Kopfhaut juckte.

Ich machte mich auf den Weg zurück zum Wohnbereich, der schon nach der kurzen Zeit hier unten etwas unordentlich aussah. Leere Wasserflaschen waren überall verstreut. Auf dem Boden lagen vereinzelte Kleidungsstücke. Und überall stapelten sich benutzte Becher und Teller, auf denen sich Besteck und getrocknete Speisereste befanden. Ich machte es mir zur Aufgabe aufzuräumen, was Molly, Abbie und Billie offenbar ein schlechtes Gewissen einjagte, denn sie schlossen sich mir an. Freddie hatte Spaß daran, die Flaschen einzusammeln, sie flach zusammenzudrücken, wieder zuzuschrauben und sie dann in einen schwarzen Müllsack zu stecken.

Valentine hatte sich in sein Zimmer zurückgezogen, das

ich selbst noch nicht gesehen hatte. Vermutlich brütete er dort vor sich hin, was er nach dieser Demütigung unternehmen konnte.

Stephen hatte den ganzen Morgen geschlafen. Seine Schmerzen kamen und gingen. Er war ruhig und friedlich, bis der Schmerz wie eine Welle heranrollte, die immer höher und steiler wurde, und er versuchte sich aufzusetzen und aufzustehen. Dabei sprach er mit jemandem, der nicht da war und den nur er zu sehen vermochte. »Ich hab dir gesagt, dass du's nicht tun sollst. Hab's dir doch gesagt ...« In solchen Momenten stellten wir sicher, dass Freddie nicht in der Nähe war. Aber Stephen hatte eine laute Stimme. Ich versuchte ihn zurückzuhalten, ihn zu bändigen, ihm zu erklären, dass die Aufregung ihm nicht guttat, er Druck auf die offene Wunde ausübte. Neben einer zähen, schwarzen Flüssigkeit sickerte auch wässriger Eiter daraus hervor. Nach etwa einer Minute ließ der Schmerz nach, ganz so, als wäre die Welle gebrochen und mit ihr auch der Schmerz verschwunden, und er sank wieder auf sein Bett. Manchmal war er wach. Manchmal bewusstlos. Der Arzt, mit dem ich gestern gesprochen hatte, war keine große Hilfe gewesen. Ich sagte ihm, welche Medikamente wir zur Verfügung hatten, und er erklärte mir, dass wir nichts weiter tun könnten, als den Bereich um die Wunde sauber zu halten und ihm MS Contin zu geben, da es Morphinsulfat enthielt und gegen Schmerzen half.

Nachdem wir die Wunde versorgt hatten, setzte ich mich für eine Weile zu ihm. Er war bei Bewusstsein, und ich ließ ihn ein paar Schlückchen Wasser trinken. Die Kombination aus Hitze und Schmerz war zu viel für ihn, und er flehte mich an, ihn auszuziehen. Ich zog ihm vorsichtig die Kleidung aus und bedeckte seinen Unterleib mit einem kleinen Handtuch, um seine Intimsphäre zu schützen.

Als er wieder lag, sagte er mir, dass ich ein Glückspilz sei, Molly zu haben, und sie bloß nicht wieder gehenlassen sollte. Er habe einmal eine Familie gehabt, als er Soldat gewesen sei, bei der Infanterie, bevor er in der No. 10 angefangen habe. Es war die übliche Geschichte, wie sie bei Soldaten des Öfteren vorkam: erst die Scheidung, dann Entfremdung von den beiden jungen Töchtern. »Rückblickend muss ich sagen, dass ich es vermasselt habe. Keine Ahnung, warum ich so ein Idiot gewesen bin. Wie heißt es doch so schön: Das Leben wird vorwärts gelebt, aber nur in der Rückschau verstanden … Ich wünschte, meine Kinder könnten das verstehen. Jetzt werde ich sie nie wiedersehen, und sie werden mich immer als schlechten Kerl in Erinnerung behalten.«

»Blödsinn!«, sagte ich. »Sie werden ruckzuck hier raus und wieder auf den Beinen sein.« Aber wir wussten beide, dass das eine Lüge war.

Ich wollte ihm etwas erzählen, das mir keine Ruhe ließ. Aber ich konnte es nicht. Kurz vor dem Anschlag hatte ich einen Nachmittag mit Davy in einem Therapiezentrum für Soldaten verbracht. Das Grundstück gehörte dem Zentrum, und es war eine Menge Geld für den schnörkellosen und gelungenen Bau ausgegeben worden, dessen Ausstattung dem neuesten Stand der Technik entsprach und von einem Dutzend Vereinen für britische Veteranen bezahlt worden war.

Ich bereitete mich innerlich darauf vor, nicht auf die linke Seite seines Gesichts zu reagieren. Als Kinder waren meine Freunde und ich davon besessen gewesen, Dinge anzuzünden und fasziniert dabei zuzuschauen, wie sie verbrannten oder schmolzen. Nichts Großes. Ich erinnere mich insbesondere an die geliebte Puppe der Schwester eines Freundes, an deren Gesicht wir ein Feuerzeug hielten, bis die Stelle Blasen warf, sich verflüssigte und einen seltsam chemischen

Geruch abgab. Danach war das Gesicht auf der einen Seite kaum noch zu erkennen, während die andere Seite nach wie vor perfekt war. Ich dachte daran zurück, als ich Davy sah.

»Sieh mal einer an«, rief er quer durch den Raum. »Unsere Bohnenstange, das lange Elend, hat tatsächlich den Weg hierher gefunden.«

»Weil er von dem Schotten mit der großen Klappe und dem Rost auf dem Kopf nicht genug kriegen kann.« Ich habe keine Ahnung, warum solche Hänseleien als Ersatz für eine herzliche Begrüßung dienen – aber so ist es nun einmal. Beide Seiten wissen, dass man eigentlich genau das Gegenteil meint, nämlich: ›Du bist mein Freund, den ich sehr gernhabe.‹ Aber so etwas darf man natürlich nicht sagen, denn dann wäre man ja ein Weichei. Außerdem glaube ich, dass er es gar nicht wollen würde. Es so wäre, als würde man den Finger in eine offene Wunde legen.

Ich dachte eigentlich, dass ich mich in den ersten zehn Minuten ganz gut geschlagen hätte: Ich sprühte nur so vor Energie, machte jede Menge zweideutige Witze und hatte sogar eine Flasche Bulleit Bourbon für ihn hineingeschmuggelt, die er eigentlich definitiv nicht haben sollte. Davy spielte eine Weile mit, demonstrierte mir, dass er langsam lernte, mit seiner Beinprothese umzugehen, und erklärte, dass alles, was wir über Amputierte gehört hatten, die immer noch spürten, was nicht mehr da war, absolut stimmte. »Ich schwöre dir, es gibt nichts Schlimmeres als einen Juckreiz, wo nichts mehr ist.«

Themen zu finden, ohne dabei zu erwähnen, dass sich sein Leben für immer verändert hatte, war anstrengend, und nach ein paar Minuten schien sich seine Stimmung zu verändern, und er war nicht mehr länger in der Lage zu verhehlen, dass er mit Depressionen zu kämpfen hatte. »Ich komme mir vor wie ein Akku, den man zu viele Male wieder aufgeladen hat. Ich funktioniere eine Weile, und dann lasse ich nach. Und mir wird klar, dass ich am Arsch bin.«

Ich beharrte darauf, dass er nicht am Arsch war und zählte all die tollen Dinge auf, die ihn und seine Frau mit der bevorstehenden Geburt seines Sohnes erwarteten. Doch er schnauzte mich nur mit giftiger Stimme an: »Fühlst du dich besser, wenn du sowas sagst?«

Vor lauter Schreck ritt ich mich noch tiefer hinein. »Hey, Mann, ich will damit doch nur sagen, dass es eine Menge Gutes in deinem Leben gibt … Menschen, denen du am Herzen liegst.« Er wandte den Blick ab, und verschiedene Emotionen huschten über sein Gesicht wie Wolken über den Himmel: Wut, Traurigkeit, Angst, Verzweiflung, Frustration.

»Du kapierst es einfach nicht. Ich will nicht gepflegt und umsorgt werden, verdammt nochmal. Ich will keinen beschissenen, langweiligen Bürojob. Ich will nicht, dass mich mein Sohn ansieht und sich fragt, was mit meinem Gesicht passiert ist oder warum ich nicht Fußball spielen kann. Ich will nicht, dass mein Freund hier reinkommt und nicht die geringste Ahnung hat, wie er sich verhalten soll, weil alles einfach nur scheiße ist.«

Davy blickte zu Boden und schwieg für einen Moment, ehe er fortfuhr: »Ich will nicht, dass mein Leben ein Trostpreis ist. Ich will mein Bein, und ich will mein Gesicht. Ich will das, was in Mali passiert ist, ungeschehen machen, aber das geht nicht.« Ich musste daran denken, wie wir uns als Soldaten gegenseitig versicherten, dass wir die Risiken kannten. Uns bewusst war, dass wir getötet oder verstümmelt werden konnten. Aber was dort in Mali und seitdem geschehen war, machte uns drastisch bewusst, dass wir im Grunde nicht die geringste Ahnung hatten, wovon wir da redeten. Man mag so etwas in der Theorie begreifen, doch dem steht die grausame Wirklichkeit gegenüber, es zu leben. Ich fragte mich, wie viele von uns die Risiken auf sich genommen hätten, wenn uns die tatsächlichen Konsequenzen bekannt gewesen wären.

Ich fühlte mich schuldig. Nicht nur wegen dem, was Davy durchmachte, sondern weil ich in Wahrheit schnellstens dort wegwollte; mich nicht mehr mit einer quälenden Realität konfrontieren wollte, gegen die ich nichts ausrichten konnte.

»Ich glaube, ich könnte damit umgehen, wenn das alles einen Sinn gehabt hätte. Aber was zum Teufel hatten wir dort eigentlich verloren? Wir haben unsere Leben riskiert – aber wofür eigentlich? Wer wusste denn überhaupt, dass wir dort waren?«, höhnte er. »Für dich geht das in Ordnung, du hast kaum einen Kratzer abbekommen. Kriechst in der Downing Street diesem Scheißkerl in den Arsch, der uns dort hingeschickt hat.«

Ich erwiderte ihm, dass ich das alles nicht gewollt hatte, und setzte hinzu: »Wenn ich nur mit dir tauschen könnte. Etwas tun könnte ... Es ist nicht deine Schuld.«

Wir schwiegen für eine Weile, ehe er mir gestand, dass er ständig darüber nachdachte, wie er sich umbringen könnte – aufhängen, Pillen, Rasierklingenschnitte vom Handgelenk bis zur Ellenbeuge hinauf, während er in einem heißen Bad saß. »Denk doch nicht an so etwas«, sagte ich zu ihm. »Was geschehen ist, ist doch schon schlimm genug. Was glaubst du, was du deinem Sohn antun würdest? Und Sophie?« Mir kamen die Tränen. »Und mir ...«

Er versprach, dass er sich nichts antun würde, und wir näherten uns langsam wieder einer halbwegs normalen Unterhaltung. Ich konnte aber nicht sagen, ob er sich wirklich besser fühlte oder nur so tat. Also erkundigte ich mich bei seinen Ärzten nach ihm, die mir versicherten, dass sie ihn genau beobachteten und ihm im nächsten Schritt Antidepressiva verabreichen würden.

Davy musste erfahren haben, dass ich hier unten in Pindar war. Was würde er wohl an meiner Stelle tun?

Stephen schaute mich an und sagte: »Was ist los?«

»Was soll los sein?« Ich hatte keine Ahnung, was er meinte.

»Sie quält etwas.« Seine Worte waren ein leises Flüstern, und ich musste mich vorlehnen, spürte seinen warmen Atem.

»Danke, Stephen, aber bei mir ist alles in Ordnung.«

»Verdrängen Sie es nicht.«

Er war der zweite Mensch nach Molly, der der Ansicht war, dass ich Hilfe benötigte. Es war nicht leicht, so etwas gesagt zu bekommen.

Mit großer Mühe ergriff er meine rechte Hand und sagte: »Die Leute sollen wissen, dass ich ein guter Mensch bin.«

»Natürlich sind Sie das, Stephen. Das wissen wir doch.«

»Nein, tun Sie nicht. Ich will ... dass meine Familie ... meine Töchter ... wissen, dass ich ein guter Mensch bin ... Dass sie zurückblicken und stolz auf mich sein können.« Seine Stimme wurde eindringlicher, und er stützte sich auf die Ellbogen, begann sich aufzurichten. »Sie werden es ihnen doch sagen?«

»Gewiss werde ich das, aber sie werden sich selbst davon überzeugen können«, erwiderte ich und versuchte dabei unbekümmert zu klingen.

Ich war mir nicht sicher, ob er dem zustimmte oder ob ihn die Anstrengung so erschöpft hatte, jedenfalls sank er aufs Kissen zurück und fiel rasch in einen tiefen Schlaf.

Ich blieb noch eine Weile bei ihm sitzen. Dann kam Molly herein. »Wie geht's meinem Helden?«

»Welchen meinst du denn?«

»Dich natürlich!«

Ich lachte, stand auf und drückte sie an mich. »Dieser Held stinkt. Er wird sich jetzt mal waschen und was Frisches zum Anziehen suchen.«

»Ich wollte es nicht ansprechen …«, sagte sie.

»Okay, okay, bin schon weg.«

Ich griff mir mehrere Wasserflaschen und nahm sie mit in den Sanitärbereich. Dann putzte ich mir gründlich die Zähne, wusch mir die Haare und rasierte mich, wobei ich mich mit dem billigen Einwegrasierer dutzende Male schnitt. Ich drückte winzige Stückchen Toilettenpapier auf die blutenden Stellen, so wie ich es noch von meinem Vater kannte. Anschließend wischte ich das Becken sauber, stellte sicher, dass ich das Bad in einem ordentlichen Zustand hinterließ.

All das Saubermachen und Ordnung schaffen mag klingen, als hätte ich einen Kontrollzwang, aber das ist nicht der Grund. Zu Beginn meiner Ausbildung habe ich gelernt, dass das Aufräumen und Putzen gute Möglichkeiten sind, um tote Zeit zu füllen. Außerdem – und das war noch viel wichtiger – erhöht eine unordentliche Umgebung in schwierigen Situationen den Stress. Nicht nur, weil ständig irgendein Scheiß im Weg liegt, sondern vor allem, weil der äußere Zustand sich auf den Gemütszustand überträgt und diesen widerspiegelt. Man musste kein Genie sein, um zu erkennen, dass der Druck hier unten stieg und jeder von uns auf seine eigene Art auf der Kippe stand.

Ich kramte ein hellgraues Sweatshirt und eine Jogginghose aus den hier vorrätigen Klamotten hervor. Darin kam ich mir vor wie ein Gefängnisinsasse. Nachdem ich mir das Haar zurückgestrichen hatte, war ich wieder vorzeigbar.

Als ich den Sanitärbereich verließ, wartete Molly dort auf mich. Sie war völlig aufgelöst.

»Was ist los?«, fragte ich.

»Es geht um Stephen …«, erwiderte sie mit gesenktem Blick. »Er ist tot.«

Ich eilte zurück zum Schlafsaal. Konnte es nicht glauben. Aber es stimmte. Sein Kopf war nach links weggesackt, sein Mund stand offen und die Augen waren glasig. Die Kraft, mit der er sich ans Leben geklammert hatte, war versiegt.

Molly weinte. Ich streckte den Arm aus und ergriff ihre Hand. Die anderen versammelten sich um uns. Sunil, Billie, Abbie und Freddie. »Vielleicht wäre es besser, mit dem Jungen rauszugehen«, sagte ich an Abbie gewandt und sie nickte.

»O Gott, o Gott«, sagte Billie.

»Ich werde es dem Premier sagen«, erklärte Sunil und schritt davon.

»Es ist so traurig«, sagte Molly und versuchte sich zusammenzureißen. »Er war so nett zu mir … Immer freundlich und hilfsbereit.«

»Ja, ich weiß«, erwiderte ich und umarmte sie. Es kam mir so vor, als würde mich eine unsichtbare Kraft nach unten ziehen, mich dazu ermutigen, nicht mehr dagegen anzukämpfen, loszulassen und einzusehen, dass Widerstand zwecklos war. Es wäre so einfach gewesen loszulassen. Mich dem Schmerz und der Trauer um Banjo, Tomcat, Davy und Stephen hinzugeben.

Vielleicht lag es an Molly. Vielleicht an all den anderen hier unten. Aber etwas in mir lehnte sich dagegen auf, und ich wusste, dass ich weitermachen musste. »Ich werde mich um seinen Leichnam kümmern«, sagte ich.

»Ich helfe dir dabei«, sagte Molly schniefend.

»Das ist nicht gerade angenehm. Du musst es nicht tun.«

»Ich möchte es aber.«

Ich deckte ihn mit einem Laken zu. Es war zwar eine

schreckliche Vorstellung, aber wovor ich uns am dringlichsten schützen musste, war die Verwesung und der Geruch – vor allem in dieser Hitze. Ich besorgte mir einige Müllbeutel. Dann hob ich seine Beine an und schob sie in einen Beutel hinein. Den zweiten Beutel über seinen Oberkörper zu ziehen, war schon schwieriger, aber Molly half mir dabei. Die Beutel waren gerade groß genug, um sich zu überlappen. Ich hatte in einer Schublade Gaffer-Tape entdeckt, das ich nun holte und auf die Überlappung klebte, damit sein Leichnam möglichst luftdicht verschlossen war. Dann besorgte ich mehrere Decken, wickelte ihn darin ein und klebte sie sicherheitshalber erneut mit dem Gaffer-Tape zusammen. Als ich fertig war, war die Rolle fast aufgebraucht.

Wir riefen die anderen hinzu. Selbst Valentine kam.

»Möchten Sie ein paar Worte sagen?«, fragte ich ihn, ließ in einer solchen Situation natürlich dem Höchstrangigen im Raum den Vortritt.

»Äh … ja …«, antwortete er unsicher. Er räusperte sich und begann zu sprechen: »Stephen war ein guter Mann. Als Fahrer und Pförtner in der No. 10 hatte er immer ein Lächeln auf den Lippen und ein freundliches Wort für jeden übrig. Wir werden ihn vermissen.«

Das war's.

»Ich würde gern zum Ausdruck bringen, wie dankbar ich Stephen bin, dass er so nett zu mir gewesen ist und sich um mich gekümmert hat«, sagte Molly. »Er wollte immer sicherstellen, dass es mir gut geht, und hat mich zum Lachen gebracht. Es ist nicht fair, dass er uns genommen wurde. Und sobald wir hier raus sind, werden wir dafür sorgen, dass wir uns anständig von ihm verabschieden.«

»Das werden wir«, bekräftigte Sunil. »Ich werde unsere Leute oben über seinen Tod informieren.«

Ich hatte keine Ahnung, ob Stephen religiös war, aber

ich sprach ein Gebet. Als ich fertig war, sagte Abbie laut: »Amen.« Die anderen nuschelten es.

»Ich werde seinen Leichnam so weit wie möglich von hier wegbringen«, sagte ich, und zum zweiten Mal innerhalb von zwei Tagen nahm ich ihn auf den Arm, um ihn so weit zu tragen, wie ich konnte.

Unterwegs blieb ich kurz an einer Abzweigung stehen, um zu verschnaufen und der Neonbeleuchtung Zeit zu geben anzuspringen. Als das Licht anging, sah ich, wie jemand in einem Schutzanzug in der Ferne verschwand. »Stehenbleiben«, brüllte ich ihm hinterher, legte Stephen ab und rannte bis zum Ende des Korridors. Doch er war verschwunden.

MOLLY

Das Atmen fiel mir immer schwerer. Ich hatte das Gefühl, als würden sich Hände um mein Herz und meine Lungen legen und zudrücken. Schon bei der geringsten Anstrengung war ich außer Atem, und mir stand der Schweiß auf der Stirn.

Dennoch sah ich es als meine Aufgabe an, gemeinsam mit Abbie dafür zu sorgen, Freddie bei Laune zu halten. Wir versorgten ihn mit Buntstiften und Papier, damit er am Küchentisch malen konnte.

Max war ebenfalls bei uns und kochte Tee. »Möchte sonst noch jemand eine Tasse?« Wir nickten beide, und er machte sich ans Werk.

Wir alle vermieden es, über Stephen zu sprechen. Es fühlte sich fast normal an.

Abbie pustete leicht über ihren Tee, um ihn abzukühlen, und sagte, ohne dabei jemanden anzusehen: »Wenn wir hier rauskommen ... also, *sobald* wir hier rauskommen, werde ich mir auf jeden Fall eine eigene Wohnung und einen Job suchen.« Freddie blickte von seiner Kritzelei auf, und sie strich ihm übers Haar und sagte: »Das wäre doch eine gute Idee, nicht wahr, mein Schatz?« Ich hatte mich darauf konzentriert, sie dazu zu bringen, ihn mehr einzubeziehen, ihm das Gefühl zu geben, dass er ihr am Herzen lag. Sie wurde besser darin, ging aber mit manchen Dingen immer noch viel zu offen um. Ich versuchte ihr zu erklären, dass er die

Worte möglicherweise nicht verstand, aber ihre Gefühls-
regung dabei wahrnahm.

»Ich muss wieder auf den alten Weg zurückfinden ...«,
fuhr sie nach einer kurzen Pause fort.

»Wir sind für Sie da«, versicherte ich ihr.

»Danke.«

Max legte ihr die Hand auf die Schulter und fragte:
»Möchten Sie etwas essen?«

Sie nickte. In dem Moment kam Sunil herein, und die
Schadenfreude war Abbie anzumerken, als sie sagte: »Auf
die gute alte Billie ist doch Verlass, nicht wahr? Schüttet sie
Marcus einfach das Wasser in den Schoß.«

»Ich glaube, das war ein Versehen«, erwiderte er.

»Natürlich war es kein Versehen«, entgegnete sie spöttisch.

»Der Unterschied zwischen dir und mir besteht darin,
dass ich begriffen habe, mit welchen Dingen man sich besser
nicht schmückt.«

»Ach, wirklich«, hob sie an, in der Absicht zurückzu-
schlagen, doch Max schnitt ihr das Wort ab.

»Schluss damit!«

Sunil wechselte geschickt das Thema und teilte uns mit,
dass unsere Angehörigen bereits gestern informiert worden
seien und wir nun mit ihnen sprechen könnten. Ich wusste
genug über Max' und Abbies Verhältnis zu ihren Eltern, um
daraus zu folgern, dass es sie nicht gerade mit Freude erfüllen würde, aber mir selbst gab es Auftrieb.

Ich durfte allein im Konferenzraum Platz nehmen und
schloss die Tür hinter mir. Annie und Jack tauchten auf dem
Monitor auf. Sie hielten ihre Gesichter viel zu nah an die
Kamera.

»Hallo, mein Schatz!«, sagte Annie.

»Wie geht es dir, Kleines?«, fragte Jack.

Ihr Anblick brachte mich zum Weinen. Ich versuchte mich zusammenzureißen, aber die Tränen rollten mir über die Wangen.

»Weinst du, Schatz?«, fragte Annie.

»Schon gut. Alles okay. Ich freue mich nur, euch zu sehen ... Ist gleich wieder vorbei.« Ich wischte mir die Tränen weg und lachte. »Und haltet mal das Handy etwas weiter von euch weg! Eure Gesichter sind riesig!«

Aber auch nachdem sie meiner Aufforderung gefolgt waren, brachte es nur eine geringe Verbesserung. »Wir sind so froh, dass es dir gut geht«, sagte Jack. Er schien in den letzten beiden Monaten um Jahre gealtert zu sein.

»Wem sagst du das«, erwiderte ich. Ich hatte mich wieder im Griff. »Was gibt es für Neuigkeiten auf der Oberfläche?«

»Die Bilder sind einfach schrecklich. Diese Bombe hat eine Menge Schaden angerichtet«, erwiderte Annie.

»Die Rede des Premierministers ist nicht so gut angekommen«, sagte Jack. »In den Medien heißt es, er habe es vermasselt. Erst die Sache mit dem Wasser. Dann die Nummer mit der Waffe. Was sollte das denn? Ziemlich viele Leute sind der Ansicht, dass er zurücktreten sollte, noch während ihr dort unten seid. Und dass diese Frau übernehmen sollte ... wie heißt sie nochmal?«

»Diese Frau?« Annie sah ihn an und verdrehte die Augen. »Meinst du Margaret Hawse, die Außenministerin?«

»Ja ... die«, erwiderte er eingeschnappt.

»Wie auch immer ... Wie kommst du zurecht, mein Schatz?« Am liebsten hätte ich einfach alles verdrängt, geantwortet, dass es mir gut ging, aber sie hätte mich durchschaut. Das tat sie immer.

»Heute Morgen ist etwas Schlimmes passiert.«

»Was denn, mein Schatz?«

»Stephen, der Portier der No. 10, wurde bei dem Angriff

angeschossen. Er war mit uns hier unten, und ... er ist heute Vormittag gestorben.«

»O Schatz, das ist ja furchtbar«, sagte Annie.

»Hatte er Familie?«, erkundigte sich Jack.

»Er war geschieden und hatte zu seinen Töchtern offenbar kaum noch Kontakt. Aber er war so nett zu mir. Es ist unglaublich traurig ...«

»Das ist es, mein Schatz. Es muss schwer für dich sein. Wir sind in Gedanken bei dir.«

Für einen Augenblick herrschte betretenes Schweigen. Um etwas Positives zu sagen, fuhr ich fort: »Ich habe euch doch von diesem Soldaten erzählt, mit dem ich mich treffe. Es läuft wirklich gut. Wir kommen uns immer näher.«

»Ist es immer noch dieser Max?«, erkundigte sich Jack.

»Natürlich ist es Max!« Annie sah ihn vorwurfsvoll an. »Meinst du etwa, sie hat da unten einen anderen kennengelernt?«

»Ja, es ist Max. Wirklich schade, dass ich ihn euch noch nicht vorstellen konnte. Aber das holen wir bestimmt bald nach.«

»Passt auf euch auf. Ihr müsst eine Menge bewältigen. Ich bin froh, dass ihr einander habt.«

Ich kam mir wie ein Akku vor, der mit Energie und Liebe aufgeladen wird. Annie hatte mir immer geraten, dankbar zu sein für das, was man hat. Sich jeden Tag etwas Zeit zu nehmen und sich darüber zu freuen, am Leben zu sein, egal was es auch für einen bereithielt. Und das nahm ich mich jetzt vor.

Als wir uns verabschiedet hatten, verließ ich den Raum mit dem Vorsatz, die Stimmung hier unten zu verbessern, und schlug vor, heute zusammen Abend zu essen. Was sich allerdings als eine schlechte Idee herausstellte.

Gemeinsam mit Max versuchte ich irgendetwas auf den

Tisch zu bringen, was als eine anständige Mahlzeit für Erwachsene durchging.

Wir tauten ein paar Packungen Hähnchen auf, kochten Tiefkühlgemüse und schoben eine Tüte mit Backkartoffeln in den Ofen. Es war definitiv keine Haute Cuisine, aber besser als nichts. Nachdem ich Freddie ins Bett gebracht hatte, versammelten wir uns im Konferenzraum. Nur Marcus war noch nicht da. Max dimmte das Licht.

Es herrschte eine merkwürdige Stimmung. Max, Billie und ich taten so, als sei alles völlig normal. Sunil wirkte amüsiert darüber, spielte aber mit. Abbies Laune hatte sich hingegen zunehmend verschlechtert. Ganz offensichtlich war die Aussicht, den Abend in der Gesellschaft von Marcus zu verbringen, eine große Belastung für sie.

Schließlich kam Marcus zur Tür hereingefegt. Er gab sich gelassen, aber es war nicht zu übersehen, dass er angespannt war. Ich erinnerte mich daran, was Jack über die Reaktionen in den Medien gesagt hatte. Auch Marcus musste spüren, dass es nicht viel brauchte, um ihn zu entmachten.

»Also an eine Sache haben unsere geschätzten – oder sollte ich besser sagen *überschätzten* – Ministerialbürokraten hier unten nicht gedacht.«

»Und das wäre?«, fragte Sunil brav.

»Es gibt keinen Schnaps!« Max und ich fühlten uns moralisch verpflichtet zu lachen. Niemand sonst tat es.

»O Gott!«, sagte Abbie. Ich dachte schon, sie würde Marcus herunterputzen, aber sie umklammerte ihren Bauch.

ABBIE

Alle erstarrten und sahen mich an. »Alles klar?«, erkundigte sich Molly.

»Nur ein Stechen.« Ich legte meine Hände auf die Hüften und dehnte meinen Rücken.

»Ich dachte schon, es sei vielleicht so weit«, sagte Marcus. »Ich erinnere mich noch daran, wie der kleine Champ geboren wurde ...«

»Ich glaube nicht, dass irgendjemand Lust hat, diese Geschichte nochmal zu hören, Marcus!«, fiel ich ihm ins Wort.

»Molly kennt sie noch nicht«, erwiderte er und blickte zu ihr hinüber. »Sie würden sie doch bestimmt gern hören, nicht wahr, Molly?« Molly rutschte unbehaglich auf ihrem Stuhl herum. Sie warf mir einen fragenden Blick zu und brummte etwas in sich hinein, was Marcus offenbar als Zustimmung betrachtete. »Die Wehen waren ein verdammter Albtraum! Eine bessere Umschreibung gibt es nicht.«

»*Premierminister*«, sagte Max mit warnendem Unterton, den dieser aber ignorierte.

»Also, wir waren in einem Krankenhaus vom Nationalen Gesundheitsdienst. Keine Chance, in meiner Position so etwas privat durchzuziehen.« Er schien Mitleid zu erwarten. »Unsere Abbie hier entschied sich gegen jegliche medizinische Intervention. Sie war ohnehin schon sauer, dass es keine Hausgeburt sein konnte. Und ihre Methode, damit umzugehen, bestand darin, sich in einen zenartigen Trancezustand zu versetzen. Das wäre ja in Ordnung gewesen, aber es war niemand sonst in der Abteilung und rein gar nichts, womit ich mich hätte ablenken können – und das *siebenunddreißig Stunden lang*!« Er blickte sich mitleidheischend um. »Das ist kein Witz! Nach einer Weile kam diese kleine Ärztin herein. Iranerin, glaube ich. Sie sah aus wie ein kleines Vögelchen. Hat vielleicht gerade mal vierzig Kilo gewogen. Teilte mir mit, dass sie besorgt sei, weil es so lange dauere. Wollte so ein Ding einführen, um Blut aus dem Kopf des armen Kerlchens zu entnehmen und zu prüfen, ob genug Sauerstoff vorhanden war. Ich kann nur jedem davon abraten, an einem Wochenende ein Baby in einem Krankenhaus des Nationalen Gesundheitsdienstes zu bekommen! Zumindest nicht in London.«

Ich fragte mich, wie lange er wohl noch Premierminister wäre, wenn man eine Aufzeichnung dieser Unterhaltung veröffentlichen würde.

»Die lassen da wirklich jeden ran. Die Ärztin kam immer öfter. Führte das Ding immer wieder ein. Nahm mehr Blut ab. Dann war sie mit einem Mal beunruhigt. Es war ein Uhr in der Früh, und ein bulliger Kerl kam herein und stellte sich mir als Oberarzt vor. Er sagte, dass wir den kleinen Racker rausholen müssten, und zwar pronto. Abbie wurde in den OP gekarrt. Ich erhielt eine Schürze, eine Kappe und eine Maske und folgte ihr. Der bullige Kerl holte so eine riesige Saugglocke hervor. Vakuum-Extraktor nannte er das Ding. Damit wollte er Freddie raussaugen. Also, eigentlich sollte man doch meinen, dass die Sache heutzutage etwas raffinierter und ausgeklügelter vonstattengeht. Aber das waren Zustände wie in den 1930er-Jahren.«

Marcus schwieg einen Moment, bevor er einen Schluck Wasser nahm, blind gegenüber dem wachsenden Unbehagen, das sich um ihn herum ausbreitete. Er starrte nur vor sich auf den Tisch und baggerte sich einem Bulldozer gleich durch den Rest der Geschichte.

»Also jedenfalls kam dieser Sauger zum Einsatz. Dieses Vakuum-Ding. Und das springt plötzlich ab, erwischt ihn dabei fast im Gesicht. Dann schreit er: ›Zange!‹ Und man reicht ihm dieses andere mittelalterliche Folterinstrument. Er schiebt sie rein und …« – dieses Mal blickte Marcus für den dramatischen Effekt auf – »stützt sich dabei doch tatsächlich mit dem Fuß am Rand des OP-Tischs ab, um mehr Zugkraft zu haben.« Marcus demonstrierte es, indem er nun selbst den Fuß auf den Tischrand setzte. »Also ehrlich, ich stand mit offenem Mund da. Ich dachte, er würde Freddie das Köpfchen abreißen. Aber das hat er nicht. Und das kleine Kerlchen war geboren. Er hat sofort geschrien. Die arme Abbie war völlig weggetreten, nicht wahr, mein Schatz?«

Er nahm den Fuß wieder vom Tisch, schaute mich endlich an und bemerkte, dass mir eine Träne aus dem Auge quoll und über meine rechte Wange hinunterkullerte. Er fuhr fort – ein wenig gedämpfter, vielleicht in dem Glauben, dass mich seine Geschichte bewegt hatte. Er lehnte sich zu mir hinüber, ergriff meine Hand und sagte: »Dann brachten sie ihn zu Abbie und legten ihn ihr auf die Brust, und es war, als hätte jemand einen Zauberstab geschwenkt. Sie kam plötzlich zu sich und all die Schmerzen und Qualen der letzten siebenunddreißig Stunden waren wie weggefegt … Es war magisch. Wirklich magisch. Und ich war so stolz auf dich und habe dich so geliebt. Und wir beide haben Freddie so sehr geliebt, nicht wahr?« Ich blickte nach unten, war entschlossen, mir nichts anmerken zu lassen.

»Oh, was für eine wunderschöne Geschichte!«, sagte Billie. Mir war nicht klar, ob sie das ernst oder ironisch meinte oder einfach nur versuchte, ihre Verlegenheit zu überspielen. Ich war entsetzt, wie ungehobelt, unsensibel und gedankenlos Marcus gewesen war. Offenbar scherte es ihn überhaupt nicht, wie es seiner schwangeren Frau dabei ging oder den anderen, die gezwungen waren, es mitanzuhören. Ich war mir fast sicher, dass er es mit Absicht getan hatte, um mich zu verletzen und in die Schranken zu weisen. Aber eben nur fast.

Mit einem Mal spürte ich, wie mich Wut überkam. Ich warf mein Besteck auf den Teller. »Verdammt nochmal, Marcus!« Die Gabel sprang vom Teller und fiel zu Boden. Billie machte Anstalten, sie aufzuheben, aber ich herrschte sie an: »Ich bin durchaus in der Lage, das selbst zu tun!« Sie beugte sich dennoch hinunter, hob sie auf und wischte sie mit ihrer Serviette ab.

Molly schloss die Augen. »Das muss doch jetzt wirklich nicht sein.«

»Doch, Molly, das muss sein.« Ich sah erst Marcus an, dann Billie. »Eine meiner schlimmsten, schmerzhaftesten Erfahrungen im Leben sollte nicht als Anekdote benutzt werden, um zu versuchen, nach deinem Fiasko heute Morgen bei mir wieder lieb Kind zu machen.« Marcus erwiderte nichts darauf, daher fuhr ich fort. »Und das Glas Wasser, das in deinem Schoß gelandet ist, das war kein Versehen. Das hatten wir so geplant, nicht wahr, Billie?« Ich sah Billie an, die nun ebenfalls entsetzt war. Sie stand auf und hastete aus dem Raum. Marcus folgte ihr. »Willst du sie trösten?«, rief ich ihm nach.

Er drehte sich um und sah mich an. »Nein, Abbie, das will ich nicht. Ich will herausfinden, was mit unserem Land passiert. Und während ich das tue, solltest du dir vielleicht einmal überlegen, welche Rolle du bei all dem spielst.«

»Welche Rolle ich dabei spiele? Ich? Das ist ein echter

Brüller! Verpiss dich!«, schrie ich ihm hinterher. Dann sah ich die anderen an, sagte: »Was glotzt ihr denn so?«, und schritt zur Tür hinaus.

Ich bekam noch mit, wie Sunil nach seinem Glas griff, einen Schluck nahm und einen Seufzer von sich gab.

PINDAR – TAG 3

SUNIL

Wie es schien, lernten wir gerade alle, wie viel Wahrheit doch in Sartres Behauptung steckt: »Die Hölle, das sind die anderen.«

In seinem Drama *Geschlossene Gesellschaft* schickt er drei Menschen in die Hölle. Anstatt der erwarteten Flammen und Qualen werden sie für alle Ewigkeit zusammen in einem Raum eingeschlossen, aus dem es kein Entkommen gibt und in dem jeder zum Peiniger und Gepeinigten wird.

Mit Abbies Ausbruch am gestrigen Abend war noch lange nicht Schluss. Nachdem sie hinausgestürmt war, stand Max auf und schloss die Tür. »Ihr solltet beide etwas wissen«, sagte er zu Molly und mir, als er sich wieder setzte.

»Was ist los?«, fragten Molly und ich beinahe wie aus einem Munde.

»Ich bin mir ziemlich sicher, dass ich heute Nachmittag, als ich Stephens Leichnam weggebracht habe, jemanden gesehen habe.«

»Was?«, rief ich ungläubig.

»Und wen hast du gesehen?« Molly legte eine Hand auf seinen Arm, schien besorgt, dass er sich irren könnte.

»Keine Ahnung. Die Person trug einen Schutzanzug. Ich bin ihr hinterhergerannt, aber habe sie aus den Augen verloren.«

»Wieso haben Sie denn nichts gesagt?« Ich bemerkte, dass ich zu kritisch klang.

»Weil ich dachte, dass dann alle glauben würden, ich drehe durch. Aber ich bin mir sicher: Es war jemand hier unten.« Molly schaute zu mir herüber, was Max zu irritieren schien. »Wieso siehst du ihn so an?«

»Es könnte durchaus möglich sein«, kam ich ihr zu Hilfe. »Vielleicht führen sie Tests durch. Ich werde mich erkundigen.« Ich stand auf und fügte hinzu: »Wenn Sie mich jetzt bitte entschuldigen würden, ich muss mich noch um ein paar Dinge kümmern.«

Das war eine Lüge. Ich musste einfach einmal allein sein. In der No. 10 konnte ich anderen Menschen und der Leere in meinem Leben entgehen, indem ich mich in die Arbeit stürzte. In Pindar gab es außer ein paar vereinzelten Anrufen und Besprechungen aber nichts zu tun.

Ich machte mich auf den Weg ins Büro, nahm mein Namensschild vom Schreibtisch und schleuderte es Richtung Papierkorb. Aber ich traf nur den Rand, von dem es abprallte und zu Boden fiel.

Mir war schon immer bewusst gewesen, dass alle politischen Karrieren irgendwann einmal scheiterten, und ich hatte mir geschworen, dass ich nicht überrascht oder niedergeschmettert sein würde, wenn das Unvermeidliche eintrat. Ich spürte nun, dass Marcus der Geruch des politischen Todes anhaftete und mir damit ebenso. Möglicherweise würde er noch eine Weile weiterstolpern, aber es war unmöglich, diese grauenhafte Rede ungeschehen zu machen. Es brauchte nur noch irgendeine Kleinigkeit, um ihm den Rest zu geben. Und die Leute würden mit Sicherheit nicht Schlange stehen, um mich anzuheuern, wenn es so weit war.

Nach einer Weile streckte ich meine Arme nach vorn, ließ die Hände über den Schreibtischrand baumeln, legte meinen Kopf auf die Tischplatte und schlief ein.

Eine Sirene riss mich aus meinen Träumen. Mit einem Mal saß ich kerzengerade da. Es war stockdunkel. Ich war desorientiert. Mein Herz raste. Ich stand auf, tastete mich um den Schreibtisch herum, wedelte mit den Armen vor meinem Körper und begab mich in die Richtung, in der ich die Tür vermutete. Der Sirenenton war ohrenbetäubend, so dass die Rufe und Schreie der anderen beinahe darin untergingen. Freddie schien zu weinen. Molly und Abbie versuchten ihn zu beruhigen. Marcus fluchte.

Ich stieß mit dem Unterarm gegen die Seite der geöffneten Tür. Der Schmerz war heftig. Im nächsten Moment hörte ich eine computergenerierte Stimme mehrfach sagen: *»Notstromgenerator fährt hoch.«*

Die Neonbeleuchtung schaltete sich flackernd ein, und die Sirene und die Ansage verstummten mit einem Mal. Ich trat in den Korridor hinaus. Marcus kam aus seinem Zimmer und schrie: »Was zum Teufel ist hier los? Könnte mir das mal jemand sagen?« Max trat aus der Tür des Schlafsaals hinaus, und ich konnte hören, wie Molly Freddie tröstete.

»Sunil?«, herrschte mich Marcus an.

»Ich weiß es nicht, Premierminister. Ich werde versuchen, jemanden zu erreichen. Könnte mir bitte jemand einen Kaffee bringen, während ich dies tue?« Ich kehrte ins Büro zurück. Ich hatte einen abscheulichen Geschmack im Mund, und meine Haut juckte, weil ich in meinen Klamotten geschlafen hatte. Ich musste mich dringend frisch machen.

Es dauerte eine Weile, bis ich jemanden erreicht hatte. Man erklärte mir, dass es einen Stromausfall gegeben habe, und ich musste mich sehr beherrschen, um darauf nicht »Was Sie nicht sagen!« zu antworten. Sie rückten damit heraus, dass die Stromversorgung vermutlich unzuverlässig sei und wir jederzeit wieder damit rechnen müssten. »Sind Sie sich bewusst, dass hier unten dann überall totale Dunkelheit herrscht und wir ein dreijähriges Kind und eine hochschwangere Frau bei uns haben?«

»Ich fürchte, da kann ich leider nichts machen, Sir.« Es machte keinen Sinn, ihn zu beschimpfen. Er erledigte nur seine Arbeit. Ich schwieg einen Augenblick und bat ihn dann, mich unverzüglich mit der Außenministerin zu verbinden. Er erwiderte, dass er mich zurückrufen werde.

Ich teilte den anderen die Neuigkeit mit. Marcus schnaubte wütend, verschwand in seinem Zimmer und knallte die Tür hinter sich zu. Also kehrte ich wieder ins Büro zurück und starrte vor mich hin, während ich auf das Läuten des Telefons wartete.

Es dauerte gute fünf Minuten, bis der Anruf kam. »Ich verbinde Sie mit der Außenministerin.«

»Sunil?« Sie unterdrückte ein Gähnen. Ganz offenbar hatte man sie geweckt. »Was ist los? Alles in Ordnung bei Ihnen?« Ich konnte das Rascheln ihrer Bettdecke hören, und das machte mich nur noch wütender.

»Abgesehen davon, dass ich in einem unterirdischen Ofen festsitze, ohne fließend Wasser, mit einer unzuverlässigen Stromversorgung und einem Haufen Leute, die kurz vorm Durchdrehen sind, geht es mir blendend.«

»Weshalb rufen Sie an?«, fragte sie, ohne sich auf mein Spielchen einzulassen.

»Wir hatten einen Stromausfall. Er hat einen Sirenenalarm ausgelöst, und es hat eine Weile gedauert, bis der Generator angesprungen ist. Das ist bei der Anspannung, die hier unten herrscht, nicht gerade förderlich.« Ich hielt für einen Moment inne, hoffte, dass sie die Unterhaltung auf Marcus brachte, doch sie griff das Thema von sich aus nicht auf. Also sprach ich es an: »Marcus tut sich schwer.«

»Nicht gerade überraschend nach dem Auftritt, den er da abgeliefert hat. In der Öffentlichkeit gibt sich jeder unter stützend, aber wenn man privat mit Kollegen spricht, ist niemand glücklich darüber.« Das Wort Kollegen wurde von Insidern in Westminster nur benutzt, um andere Abgeordnete zu beschreiben, wenn es in den Reihen rumorte und man daraus Kapital schlagen konnte.

»Es ist nicht nur das …« Mir war bewusst, dass ich ein Risiko einging, indem ich einen weiteren Köder ins Wasser warf, um zu sehen, ob sie dieses Mal anbeißen würde.

»Was gibt es denn noch?« Sie wirkte interessiert.

»Man hätte wirklich kein schlechteres Klima schaffen können. Zu allem Übel ist auch noch Billie hier unten …«

»Ach ja, meine neue Stabschefin. Die Frau, die ich Ihnen schnellstens abnehmen sollte, ohne dass Sie mir den Grund dafür nennen wollten.«

»Sie haben da bestimmt schon eine Vermutung.« Ich stand auf und drehte mich zur Wand, als ob das die Sache diskreter machen würde.

»Oh, die habe ich in der Tat«, erwiderte sie und lachte.

»Nun, dann können Sie sich sicherlich vorstellen, wie belastend es ist, dass sie sich hier unten im Beisein von Marcus' hochschwangerer Frau befindet … und noch dazu mit Molly, der Frau, die die beiden in flagranti erwischt hat.«

»Du meine Güte! In flagranti?« Nun war sie hellwach und begierig nach pikanten Details.

»Ja. Im Flur seiner Wohnung in der Downing Street …«

»Wow! Ich wusste ja schon immer, dass er eine Schwäche für jüngere Frauen hat, aber so was …«

»Das ist noch nicht alles. Er behauptet auch, nicht vor einem möglichen Anschlag gewarnt worden zu sein.«

»Aber MI5 und MI6 werden doch sicherlich nicht viel Aufhebens darum machen?« Es klang, als versuche sie sich selbst davon zu überzeugen. »Sie haben sich bei dieser ganzen Sache doch auch nicht gerade mit Ruhm bekleckert.«

»Vielleicht nicht. Aber es gab noch einen anderen Zeugen im Raum. Mit Hang zum Musterknaben. Ich glaube, dessen Aussage wird bei der unvermeidlichen Untersuchung nicht gut ankommen.« Ich flüsterte nun, war selbst überrascht davon, dass ich all dies ausplauderte. Margaret war interessiert und empfänglich dafür. Also fuhr ich fort: »Ich bin der Überzeugung, dass er wegmuss. Es wird nicht leicht. Er hat ein weiteres COBRA-Meeting für heute Morgen angesetzt. Vermutlich hat er wieder irgendeinen hirnverbrannten Plan.«

»Vielleicht ist so etwas genau das, was wir brauchen …«, dachte sie laut. »Ein weiteres Beispiel dafür, dass er mental instabil geworden ist. Geben Sie mir etwas Zeit. Es wird nicht viel brauchen, um die Kolleginnen und Kollegen zu überzeugen.«

»Da wäre noch eine Sache …«

»Fahren Sie fort.«

»Max. Er glaubt, jemanden in einem Schutzanzug in einem der Gänge gesehen zu haben, als er Stephens Leichnam aus dem Wohnbereich weggeschafft hat.« Mit einem Mal herrschte Stille am anderen Ende der Leitung, und ich kannte die Antwort auf meine Frage schon, bevor ich sie überhaupt stellte: »Ist jemand hier unten gewesen?«

»Nun …« Sie überlegte ganz offenbar, wie sie es mir beibringen sollte. »Sie haben über ganz Whitehall verteilt Experten in Schutzanzügen ausgesandt, um zu testen, wie schlimm die Lage ist. Und um herauszufinden, wie es unter der Erde aussieht.«

»Warum zum Teufel haben Sie uns denn nicht darüber informiert?« Ich war verärgert.

»Weil wir Marcus nicht die Gelegenheit geben wollten, darauf zu bestehen, ihn rauszuholen. Es sprach fast alles dafür, dass es nicht sicher sein würde.«

»Und?«

»Und was?«

»Herrgott nochmal, Margaret, *war es sicher?*«

»Möglicherweise«, sagte sie. »Das wissen sie noch nicht.«

»*Möglicherweise? Sie?* Von wem ist hier die Rede?«

»Von den Experten. Hören Sie, Sunil. Nicht den Kopf verlieren. Ich kümmere mich darum.«

»In Ordnung.« Ich hielt den Hörer an meine Brust, vernahm das Klicken, als sie auflegte, und hätte fast einen Herzinfarkt bekommen, als hinter mir Marcus' Stimme ertönte.

»Wer war das?«, fragte er.

Wie lange stand er schon dort? War er gerade erst hereingekommen? Ich hätte doch sicherlich seine Anwesenheit gespürt, wenn er schon länger im Raum gewesen wäre? Ich wusste, dass es das Beste war, zuerst ein gewisses Maß an Glaubwürdigkeit zu schaffen, bevor man zur Lüge schreitet. »Das war Margaret. Sie wollte mich über das anstehende COBRA-Meeting informieren.«

»Aha«, erwiderte er. »Und was hat sie gesagt?«

»Es war bloß ein Update zum Stand der Untersuchung.« Ich hoffte inständig, dass mein Pokerface besser aussah, als es sich anfühlte. Wenn er etwas mitbekommen hatte, würde er doch bestimmt etwas sagen?

»Du solltest dich besser mal frisch machen«, sagte er. »Du siehst aus, als hättest du in deinen Klamotten geschlafen.«

Meine Paranoia verschlimmerte sich.

Ich hatte mir aus dem Schrank ein viel zu großes Sweatshirt, eine Hose und ein Handtuch herausgesucht und machte mich auf den Weg in den Sanitärbereich, um mich zu waschen. Als ich mich auszog, erblickte ich mich im Spiegel. Das, was von meinem Haar übrig war, klebte fettig an meinem Schädel. Meine Haut war noch grauer als sonst.

Aus Mangel an Bewegung hatte ich einen kleinen Kugelbauch, aber meine Beine waren spindeldürr, und ich konnte meine Rippen sehen. Zu behaupten, dass ich zehn Jahre älter aussah, als in meinem Ausweis stand, war noch untertrieben.

Ich spielte das Ende des Telefonats mit Margaret in Gedanken immer und immer wieder ab wie einen Film, in dem sinnlosen Versuch herauszufinden, zu welchem Zeitpunkt Marcus den Raum betreten hatte. Nur eins wusste ich mit Sicherheit: Wenn er gewisse Stellen der Unterhaltung mitgehört hatte, dann war ich erledigt.

Was mir wirklich Kopfzerbrechen bereitete, war die Art, wie er mit mir gesprochen hatte – beinahe entspannt. Das war verdächtig. Wenn er nichts gehört hätte, wäre er vermutlich wütend und unausstehlich gewesen. Stattdessen kam mir sein Ton neugierig und freundlich vor. Ob er mich in eine Falle lockte?

Wieso hatte ich nicht besser aufgepasst? Nicht wenigstens die Tür geschlossen?

Jetzt half nur noch eins: cool bleiben. Ich wusch mir die Haare und versuchte, die Gedanken aus meinem Kopf zu bekommen. Wenn er mit mir spielte, dann würde ich das noch früh genug herausfinden. Der Trick bestand darin, mich normal zu benehmen und mich nicht zu verraten.

Ich trocknete mich gerade ab, als Marcus hereinkam. »Wollte nur kurz durchsprechen, wie wir das COBRA-Meeting handhaben.« Er lehnte sich gegen ein Waschbecken und begann zu erörtern, welche Informationen öffentlich gemacht werden sollten – insbesondere hinsichtlich des Verdachts, dass die Sache auf das Konto der Russen ging. Es führte kein Weg daran vorbei: Ich empfand seine Anwesenheit als einschüchternd. Je normaler er sich benahm, desto schlimmer fühlte es sich an. Die Tatsache, dass ich mich für meinen Körper schämte, verstärkte mein Unbehagen noch. Aber ich befürchtete, dass er sich über mich lustig machen würde, wenn ich eine große Sache daraus machte, dass er einfach so hier hereingeschneit kam. Also versuchte ich einfach darüber hinwegzugehen, warf hier und da einen Satz ein, trocknete mich dabei ab, zog mich an, kämmte mich und putzte mir die Zähne.

Wir versammelten uns fünf Minuten vor Beginn des Meetings im Konferenzraum. Als wir den Bildschirm und die Kamera einschalteten, konnten wir erkennen, dass über der Erde schon alle da waren, eingeschlossen Margaret und mehrere Kabinettsmitglieder, die Polizeichefin und die Leiter des MI5 und MI6. Ich wusste, dass Marcus dies nicht entgangen sein durfte, doch er ließ sich nichts anmerken.

Margaret sprach als Erste. »Guten Morgen, Herr Premierminister, Lieutenant-Colonel Palmer, Sunil … Billie.« Sie setzte ein professionelles Lächeln auf und legte sofort los: »Es gibt eine Menge zu besprechen, also beginnen wir mit –«

Marcus fiel ihr ins Wort. »Vielen Dank, Frau Außenministerin. Beginnen wir das heutige Meeting doch mit einem Lagebericht der Polizeichefin, gefolgt von den Berichten des MI5 und MI6.« Einige verstohlene Blicke wurden getauscht. Offenbar lief es nicht wie geplant. Margaret wirkte für einen kurzen Moment verunsichert, nickte dann und sagte: »Natürlich, Herr Premierminister.«

Die Polizeichefin begann über die Sicherheit des Bereichs über uns zu reden. Sie bat darum, eine Grafik auf dem Bildschirm einzublenden. Diese zeigte, dass die Messwerte für Giftstoffe weit oberhalb eines sicheren Niveaus lagen. Um diesen Punkt hervorzuheben, gab es eine dicke schwarze Linie, und oberhalb davon war alles rot schraffiert. Die Markierungen, die Messungen anzeigten, lagen inmitten dieses

Bereichs. In der rechten oberen Ecke der Folie befand sich sogar ein Totenkopf-Symbol. Ich sah Marcus an, dass er darauf brannte, etwas zu fragen, doch Margaret kam ihm zuvor. »Um es in aller Deutlichkeit zu sagen, Herr Premierminister: Die klare Botschaft unserer wissenschaftlichen und medizinischen Beraterinnen und Berater lautet, dass Sie dort unten in Pindar in Sicherheit sind und wir vorerst kein Risiko eingehen sollten, um nicht noch mehr Leben aufs Spiel zu setzen. Sie dort rauszuholen, würde zum aktuellen Zeitpunkt einfach eine zu große Gefahr darstellen – für unsere Rettungsdienste und für Sie alle. Insbesondere, da Mrs. Valentine schwanger ist und die Auswirkungen auf ihr ungeborenes Baby verheerend sein könnten.«

Ich sah Marcus an, dass er sich ihr Verhalten in dieser Situation merken würde, aber für den Moment nickte er nur und bat MI5 und MI6 darum, die genauen Details der Untersuchung mit uns durchzugehen – eingeschlossen eine Anzahl von Verhaftungen.

»Wir machen Fortschritte an mehreren Fronten.« Sands sah aus, als sei er die ganze Nacht wach gewesen. Er benötigte offenbar dringend eine Dusche und ein frisches Hemd. »Die interessanteste Information ist in der Datei zu finden, in der die Lieferungen an die No. 10 angemeldet werden.«

Ich horchte auf und setzte mich aufrechter hin. »Fahren Sie fort«, forderte Marcus Sands auf, der eine dramatische Pause eingelegt hatte.

»Bekanntlich gibt es eine Reihe von Unternehmen, die Lieferungen vornehmen. Diese Unternehmen werden natürlich gründlich überprüft, ebenso wie die Leute, die die Lieferungen vornehmen. Am Abend vor den Anlieferungen wird das Schlüsselpersonal in der No. 10 ebenso wie die Polizei an den Toren und das Vorderhauspersonal über das Eintreffen der Lieferwagen in Kenntnis gesetzt.«

Er hielt wieder inne, und Marcus sagte: »Jetzt spucken Sie's schon aus!«

»Nun, auf besagte Datei haben am Abend vor dem Anschlag und auch am Morgen des Anschlagtages eine Reihe von Leuten zugegriffen. Was nicht weiter ungewöhnlich ist. Eine Person allerdings hat mehrfach darauf zugegriffen ...« Er räusperte sich, trank einen Schluck Wasser und sagte: »Diese Person war Stephen Atkins.«

»Was?«, rief Marcus. »Der Stephen, der erschossen wurde? Der mit uns hier unten war?«

»Jawohl, Herr Premierminister.« Entsetzte Gesichter im Raum und auf dem Bildschirm. Diese Information war bisher offenbar allen Teilnehmern vorenthalten worden, auch Margaret.

»Wir haben da mal ein bisschen tiefer gegraben. Atkins hat vor einem Monat ein neues Konto eingerichtet, das nicht registriert war. Drei Zahlungseingänge sind darauf verzeichnet. Einer über siebentausend und zwei über jeweils zehntausend Pfund. Am Morgen des Anschlags dann eine letzte Zahlung über dreißigtausend.«

»Wollen Sie mir damit sagen, dass er ein Terrorist gewesen ist?« Marcus war sichtlich schockiert.

»Der Ansicht sind wir nicht. Möglicherweise war ihm gar nicht bewusst, was sie geplant hatten. Vielleicht hatte er geglaubt, dass sie nur ein wenig Unfrieden stiften wollten. In jedem Fall haben weitere Untersuchungen ergeben, dass Atkins erhebliche finanzielle Probleme hatte.«

Es herrschte Stille. Max starrte vor sich hin. Billie schien mit der Fassung zu ringen.

»Das sind ernüchternde Neuigkeiten«, sagte Marcus. »Es gab also einen Feind im Inneren.«

»In der Tat, Herr Premierminister.«

Wieder Stille. Dann sagte Marcus nur: »Der nächste

Punkt auf meiner Liste ist der MI6, der uns über eine mögliche russische Beteiligung informieren wird.«

Simmonds begann gewandt wie immer: »In diesem Fall ist die Neuigkeit, dass es keine Neuigkeiten gibt. Die Funkstille legt den Verdacht nah, dass unsere Kontaktperson im Kreml verhaftet worden ist, vielleicht sogar Schlimmeres.« Er teilte uns mit, dass sie jeden russischen Staatsbürger, der im letzten Jahr ins Land gekommen war, genau unter die Lupe nahmen.

Marcus runzelte die Stirn. »Das ist alles?«

»Tut mir leid, Herr Premierminister, ich verstehe nicht ganz?«, erwiderte Simmonds fragend.

»Nun ja, dann haben Sie ja so gut wie nichts«, sagte Marcus beiläufig, so als spräche er über eine kleine Unannehmlichkeit bei einer Restaurantreservierung und nicht etwa über die nationale Sicherheit. »Sind die Russen nun involviert oder nicht?«

»Wir glauben, dass sie es sind, Herr Premierminister, können aber nicht mit Sicherheit –«

»Das reicht«, schnitt ihm Marcus das Wort ab und hob die Hand. Er holte tief Luft und hakte dann in Rekordtempo die restlichen Punkte ab, bevor er das Meeting für beendet erklärte. Mit einem theatralischen Blick auf seine Armbanduhr sagte er dann: »Ich möchte mich noch einmal mit einer Erklärung an die Nation wenden.« Ein Raunen ging um den Tisch.

»Ich bin nicht sicher, ob das klug wäre, Herr Premierminister«, sagte Margaret.

Er nahm ihren Einwand gelassen hin und erwiderte, ohne zu zögern: »Verständlich, Frau Außenministerin. Aber es ist wichtig, dass die Menschen etwas von ihrem Premierminister hören.«

»Werden Sie uns dieses Mal die Gelegenheit geben, Ihre

Erklärung zu lesen, bevor Sie sich an die Bevölkerung wenden?« Sie hatte sich offenbar entschieden, es darauf anzulegen. »Das wäre hilfreich, damit unser Kommunikationsteam auf die unvermeidlichen Fragen antworten kann.«

»Natürlich. Ich werde den Inhalt kurz und prägnant formulieren und Ihnen rechtzeitig zukommen lassen. Und ich bin offen für Ihre Vorschläge. War's das für den Moment?« Er blickte sich um. »Also, wenn niemand mehr etwas hinzuzufügen hat, dann werde ich mich an meinen Schreibtisch begeben.« Er erhob sich, bat Max, die Kamera auszuschalten, und ging in sein Büro.

Max und Billie folgten ihm hinaus. Ich schloss die Tür und wartete auf das Klingeln des Telefons. Eine Minute später war es so weit.

»Sunil«, meldete ich mich.

»Können Sie reden?« Es war Margaret.

»Für den Moment schon.« Ich behielt die Tür dabei im Auge.

»Was zum Teufel soll das?«

»Er versucht sich wieder Geltung zu verschaffen. Es könnte sein, dass er etwas von unserem Telefonat heute Morgen mitangehört hat.« Es machte keinen Sinn, die Sache zu beschönigen.

»Verdammt! Wie zum Teufel konnte das denn passieren?«

»Er ist hier herumgeschlichen, und die Tür stand auf.«

»Sie müssen vorsichtiger sein.«

»Beim nächsten Mal werde ich natürlich eine der unzähligen Möglichkeiten nutzen, um in diesem Loch hier unten ein heimliches Telefonat zu führen.«

»Schon gut, schon gut! Was machen wir denn jetzt?«

»Gar nichts. Wir verhalten uns, als ob nichts wäre, und hoffen, dass ich mich irre.«

MAX

Stephens Tod war schon ein schwerer Schlag gewesen. Die Enthüllung, dass er an der Verschwörung beteiligt war, die so viele Menschen – ihn selbst eingeschlossen – das Leben gekostet und dazu geführt hatte, dass wir hier unten in Pindar festsaßen, glich einer Bombe. Da, wo es einmal Gewissheit gegeben hatte, waren jetzt nur noch Trümmer, Staub und Rauch. Es kam mir so vor, als versuchte ich mich in einer Welt zu orientieren, in der ich nicht mehr wusste, wo oben und unten war. Wem konnte ich noch trauen?

Sunil war nervös. Er tat so, als hätte er alles unter Kontrolle, aber ich spürte, dass er besorgt war. Nach dem COBRA-Meeting nahm ich ihn zur Seite und fragte, was er von der ganzen Sache hielt. Er sagte nur: »Nicht jetzt, Max.«

Ich war sauer, dass er mich so abgewiesen hatte, aber eine Minute nachdem Valentine verkündet hatte, dass er sich in sein Zimmer zurückziehen werde, um seine Erklärung aufzusetzen, bat er mich, ihm in einen langen Gang, weg von den anderen, zu folgen.

Obwohl wir mindestens fünfzig Meter gelaufen waren, beharrte er darauf, dass wir dicht beieinanderstanden, und flüsterte: »Ich glaube, der Premierminister hat irgendwas vor.« Er blickte mir dabei in die Augen, und sein Gesicht war so nah an meinem, dass ich seinen Atem riechen konnte.

»Er hat was vor? Inwiefern?«

»Was haben Sie mit dem Gewehr angestellt?«

»Das ist sicher untergebracht.«

»Gut. Aber ich möchte, dass Sie es in Ihrer Nähe haben. Geladen.«

»Wollen Sie etwa, dass ich den Premierminister erschieße?«, fragte ich ungläubig.

»Nein. *Nein!*« Er sah mich an, als wäre ich verrückt geworden. »Aber möglicherweise müssen wir dafür sorgen, dass die Dinge nicht außer Kontrolle geraten.«

Er klang paranoid.

»Sunil«, sagte ich. »Was soll er Ihrer Ansicht nach denn tun?«

»Keine Ahnung. Ich habe nur so ein Gefühl. Ich hoffe, dass ich mich irre.« Er blickte wieder nach links und rechts. »Gehen Sie schon einmal vor. Ich werde noch etwas warten. Um keinen Verdacht zu erregen.«

Ich überließ ihn seinen Ängsten. Molly spielte mit Freddie Fangen im Flur. Ich schloss mich für ein paar Minuten an und ließ mich hin und wieder von Freddie fangen. Es hatte fast etwas von Normalität.

Als wir unser Spiel beendet hatten, nahm ich all meinen Mut zusammen. Ich bat sie, mir in die Küche zu folgen, und erzählte ihr von Stephen. Meine Worte trafen sie wie ein Schlag in die Magengrube. Sie krümmte sich, als hätte es ihr die Luft genommen, und schrie: »Er hat den Terroristen geholfen?!«

Ich hielt sie fest und sagte: »Wir haben keine Ahnung, ob er wirklich wusste, was er da tat, oder wie weit er eingeweiht war.« Sie nickte und wir gingen wieder hinaus.

Ich sah Sunil vorbeischleichen und ins Büro verschwinden. Ich folgte ihm. Valentine schloss sich uns an. Billie ebenso. Die Erklärung wurde gescannt und als PDF nach oben geschickt, und jeder von uns erhielt eine Kopie. Valentine hatte das Ganze in Großbuchstaben geschrieben. Es gab einige Streichungen, und er hatte mit Mühe und Not eine DIN-A4-Seite geschafft. Sunil war als Erster fertig. Er blickte auf und wartete, bis wir anderen auch so weit waren.

»Nun?«, sagte Valentine fragend.

»Das ist gut, Marcus. So können wir auf Sendung«, sagte Sunil.

»Alles klar«, erwiderte Valentine. »Dann werde ich mich mal umziehen. Max und Billie, Sie stellen sicher, dass im Studio alles bereit ist.« Und damit verschwand er. Sunil wollte ganz offenbar in Anwesenheit von Billie nichts sagen, aber er warf mir einen Blick zu, der zu bedeuten schien: Er benimmt sich merkwürdig. Da ist was im Busch.

Ich teilte Billie mit, dass ich gleich ins Studio nachkommen würde. Dann holte ich das Magazin aus der Küche. Ich versteckte es unter meinem Sweatshirt, presste das kalte Metall mit dem Arm an meine Haut. Anschließend holte ich das Gewehr. Blickte über meine Schulter, um sicherzustellen, dass niemand in der Nähe war. Wickelte den Ladestreifen und das Gewehr in eine Decke und machte mich damit auf den Weg ins Studio. Billie blickte nur kurz auf, als ich reinkam, und schien gar nicht zu bemerken, dass ich die Decke auf dem Boden ablegte.

Valentine kam in Sakko, Hemd und Krawatte ins Studio, setzte sich auf den Stuhl, warf einen Blick auf das Skript und nahm noch einige Änderungen mit einem Kugelschreiber vor. Nach einer Minute fragte er: »Könnte mir bitte jemand ein Glas Wasser bringen? Dieses Mal aber bitte nicht verschütten.« Er schien dabei fast zu lächeln. Sunil hatte recht. Irgendwas stimmte nicht.

Ich versuchte, den Gedanken zu verscheuchen, ging in die Küche und brachte ihm eine Flasche und ein Glas, damit er sich das Wasser selbst eingießen konnte.

»Hmm ... Vielen Dank, Max«, sagte er.

Sein Ohrhörer war laut gestellt, und wir bekamen mit, wie jemand etwas zu ihm sagte.

Die Zeit kroch dahin. Valentine bat um Ruhe. Wir konnten das gelegentliche Gebrumme im Ohrhörer vernehmen, ohne die Worte zu verstehen, und dann wurde von zehn heruntergezählt, und es hieß: »Auf Sendung.«

Der Premierminister blickte ernst in die Kamera. »Guten Morgen, ich melde mich heute ein weiteres Mal aus Pindar, dem Tunnelsystem unter Westminster. Leider war es mir nicht möglich, wieder nach oben zu gelangen. Die Experten sind der Ansicht, dass dies noch nicht sicher sei.«

Sunil schien neben mir aufzuatmen. Offenbar glaubte er, jetzt, wo sich Valentine an das Skript hielt, dass all seine Sorge umsonst gewesen war.

Der Premierminister setzte seine Rede ohne unangenehme Überraschungen fort. Erst als er sich dem Ende des vereinbarten Textes näherte, sagte er mit einem Mal: »Ich fürchte, dass ich noch weitere besorgniserregende Neuigkeiten für Sie habe.« Sunils Augen weiteten sich. Das stand nicht im Skript. »Man hat mir unmissverständlich klargemacht, dass es Beweise für eine russische Beteiligung an diesem Anschlag gibt. Dafür muss man sie zur Rechenschaft ziehen.«

Das stimmte nicht. Niemand hatte etwas derart Eindeutiges beim COBRA-Meeting gesagt. Es war bestenfalls die Rede von einem starken Verdacht gewesen. Nun forderte unser Premierminister ein anderes Land heraus, ohne hinreichende Beweise zu haben. Einen Moment lang befürchtete ich, dass Sunil auf die Kamera zustürzen und den Strom kappen würde. Stattdessen hörte er einfach zu, wie Valentine Drohungen gegen Russland aussprach. Ich fragte mich, ob es ihn insgeheim freute. Hier war er, der eindeutige Beweis, dass Marcus Valentine unfähig war, das Amt des Premierministers auszuüben. Der Fauxpas, der diese ganze Farce ein für alle Mal beenden würde.

Doch dann wechselte Valentine das Thema. »Als wäre das, was unser Land gerade zu bewältigen hat, nicht schon genug, muss ich Ihnen leider noch etwas mitteilen.« Er senkte theatralisch den Blick, hob dann langsam den Kopf und sagte: »Ich habe erfahren, dass die Außenministerin, Margaret Hawse, und Sunil Arya, mein Stabschef, eine Verschwörung anzetteln wollten, um mich aus dem Amt zu drängen. Ein verabscheuungswürdiges Handeln zweier Menschen, die, während sich ihr Land in größter Not befindet, nur an sich selbst denken. Wir werden ein Verfahren in die Wege leiten, um die Außenministerin und Sunil Arya ihrer Ämter zu entheben und sie unverzüglich zu ersetzen.«

Sunil wandte sich ab, verließ den Raum und knallte so laut die Tür hinter sich zu, dass es selbst die Zuschauer vor den Fernsehern gehört haben mussten.

Billie blickte mich entsetzt an und sah dann wieder zum Premierminister, der mit dem Satz endete: »Wir werden diese dunklen Zeiten mit Gottes Hilfe überstehen und gestärkt daraus hervorgehen.«

Valentine wartete, bis das rote Licht oben auf der Kamera ausging, und stand auf.

Er verließ den Raum, ohne uns anzusehen.

Ich hörte Sunil im Flur schreien: »Hat sich das gut angefühlt? Hat dir das ein Gefühl der Macht gegeben, du narzisstisches Arschloch?«

Ich schlug die Decke auseinander, hob das Magazin und die Waffe auf, hielt beides dicht an meinen Körper und trat in den Flur hinaus. Aus allen möglichen Richtungen hörte ich das Läuten der Telefone. Niemand schien in der Lage zu sein, die Anrufe entgegenzunehmen.

»Willst du es etwa abstreiten?«, fragte Valentine veräc/htlich. »Willst du abstreiten, dass du mit Margaret konspiriert hast, um mich loszuwerden?«, höhnte er. »Das war etwas vorschnell, Sunnyboy. Es war immer schon dein größter Fehler zu glauben, du könntest mir jemals auch nur einen Schritt voraus sein.«

Sunil wirkte wie ein Vulkan, der kurz vor dem Ausbruch stand. Er stürmte mit geballten Fäusten auf ihn zu. »Ich bringe dich um, du verdammtes Arschloch!« Billie stieß einen Schrei aus. Molly nahm Freddie auf den Arm, um ihn wegzubringen.

Ich hielt das Gewehr hoch und stellte sicher, dass alle mitbekamen, wie ich das Magazin einrasten ließ. Damit hatte ich ihre Aufmerksamkeit. »Jetzt beruhigen wir uns alle erstmal.«

»Ich hätte wissen sollen, dass man Ihnen nicht trauen kann«, sagte Valentine und sah mich mit einer Mischung aus Wut und Verachtung an. »Ich sorge dafür, dass Sie angeklagt werden, sobald wir hier raus sind.«

»Und weshalb? Für den Versuch, jemanden unter Kontrolle zu bringen, der ganz offensichtlich unfähig ist, dieses Land zu führen?«

Valentine setzte zu einer Antwort an, verstummte jedoch, als Abbie ein Stöhnen von sich gab. Sie taumelte zwei Schritte nach hinten, stützte sich mit der linken Hand an der Wand ab und sagte: »Das Baby ... Ich glaube, das Baby kommt.«

MOLLY

Als ich Abbies Stöhnen hörte, rechnete ich mit dem Schlimmsten.

Ich setzte Freddie auf dem Boden ab und eilte zu ihr. »Was ist los? Kommt das Baby wirklich?« Sie nickte, nahm meine Hand und legte sie auf ihren Bauch, der sich hart und angespannt anfühlte. »Ist schon in Ordnung«, sagte ich zu ihr. »Warten wir, bis diese Wehe hier vorbei ist, dann bringen wir Sie woanders hin, wo Sie Ruhe haben.« Ich drehte meinen Kopf, sah, dass die anderen nur mit offenen Mündern dastanden, und rief: »Billie, kümmern Sie sich um Freddie.«

Abbie packte meine Hände so fest, dass ich schon fürchtete, dass sie mir die Knochen brechen würde, und zog mich immer näher an sich heran, bis mein Gesicht nur noch wenige Zentimeter von dem ihren entfernt war. Sie sog den Atem in kurzen, scharfen Zügen durch zusammengebissene Zähne ein, sodass Spritzer ihres Speichels in meinem Gesicht landeten. Schließlich war die Wehe vorüber, und ich brachte sie in das für Marcus vorgesehene Schlafzimmer. Anfangs protestierte er, aber ich ignorierte ihn, denn dieser Raum ermöglichte wenigstens etwas Privatsphäre und verlieh ein Gefühl von Sicherheit.

Ich versuchte sie dazu zu bringen, sich ins Bett zu legen, doch sie wollte nichts davon wissen, lief weiter auf und ab und murmelte leise vor sich hin: »Nicht hier. Hier will ich es nicht. Hier darf es nicht zur Welt kommen ...« Dann wandte sie sich mir zu und sagte: »Machen Sie, dass es aufhört.«

Ich versuchte sie zu beruhigen. Das gelang mir für einen Moment auch, doch dann blickte sie über meine Schulter und schrie: »Schaffen Sie ihn raus!«

Ich drehte mich um und sah Marcus im Türrahmen stehen. Er streckte seine Hände mit den Handflächen nach oben aus, als wolle er zeigen, dass er in friedlicher Absicht kam und kein Grund bestand, ihn anzugreifen.

»Hör zu, Liebling. Lass uns doch vernünftig sein ...«, sagte er.

»Ich will nicht vernünftig sein. Hau ab!«

Ich trat auf Marcus zu und sagte: »Ich glaube, es wäre das Beste, wenn Sie sie eine Weile in Ruhe lassen. All diese Spannungen sind nicht gut für Abbie und das Baby.«

»Ich möchte doch nur helfen.« Ganz offenbar wollte er weiter Druck machen.

»Das ist mein Ernst«, sagte ich leise. »Sie sollten jetzt lieber verschwinden, damit sich alle erst einmal beruhigen.« Da war ein Ausdruck kalter Wut in seinen Augen, und einen Moment lang dachte ich, er würde weiter auf seiner Anwesenheit bestehen, aber er hielt zum Zeichen, dass er aufgab, die Hände in die Höhe und murmelte etwas in sich hinein, das wie »verdammtes Miststück« klang.

Ich schloss die Augen und nahm einen langen, tiefen Atemzug. Dann drehte ich mich um und sah, wie Abbie auf die offene Tür starrte, wohl um sicherzugehen, dass er wirklich weg war. »Abbie, konzentrieren Sie sich jetzt ganz auf Ihr Baby und schieben Sie alles andere beiseite ...« Sie zitterte. Ich glaube nicht, dass es an dem lag, was gerade mit ihrem Körper geschah. Es war Wut. Wut darauf, dass die Verquickung ihrer Lebensentscheidungen dazu geführt hatte, dass sie sich nun hier wiederfand.

»Ich war kurz davor, abtreiben zu lassen.« Ihr Blick war wieder auf die Tür gerichtet. »Ich bin in einer Klinik gewesen. Wenn man dort ankommt, dann fragen sie einen, ob man sich auch ganz sicher sei. Ich sagte nein. Ich wollte, dass sie mich dazu überreden. Aber sie sagten nur, ich müsse wieder gehen. Ich hätte mich klarer ausdrücken sollen. Mehr Stärke beweisen müssen. Nach Gefühl entscheiden sollen. Es beenden sollen, als es noch möglich war.«

Ich war erschüttert. Nicht, weil sie eine Abtreibung in Erwägung gezogen hatte, sondern weil schon sehr bald ein Kind auf die Welt kommen würde, dessen Mutter es lediglich mit Kummer und Schmerz in Verbindung brachte. Ihre Worte schienen durch meine Rippen hindurchzudringen und mein Herz zu ergreifen. Was hatte dieses unschuldige Kind getan? Es brauchte Liebe, und seine Mutter hatte gerade gesagt, dass sie ihm die nicht geben konnte.

Das brachte mich in Rage, brachte all den Schmerz ans Tageslicht, den ich unterdrückt hatte. Meine Mutter war eine schwache Frau, die sich auf einen Mann einließ, der Gift für sie war. Und ich ging aus dieser Verbindung hervor. Er hatte sie verletzt. Hatte mich verletzt. Hatte so viel Schaden angerichtet. Was war der Unterschied zwischen Marcus und ihm? Fairerweise muss ich sagen, dass mein Vater den schlimmstmöglichen Start ins Leben gehabt hatte. Niemand hatte ihm etwas vorgelebt oder ihn angeleitet. Aber Marcus? Es schien so, als hätte er alles im Leben geschenkt bekommen – und doch schien er Gift für alle zu sein, die ihm nahestanden.

Ich unterdrückte all diese Gefühle. Fand einen Weg, sie unter einer Betonschicht zu begraben, weil ein Baby unterwegs war. Die Situation hier war wichtiger als meine eigenen Bedürfnisse. Also blockte ich alles ab und machte einfach weiter.

Ich beruhigte Abbie und versprach ihr, dass ich gleich wieder bei ihr sein würde. Dann machte ich mich rasch auf die Suche nach Max und Sunil und fand die beiden im Konferenzraum. Sie hatten Alarm geschlagen und den Leuten an der Oberfläche mitgeteilt, dass wir mit einer Gynäkologin oder einem Gynäkologen sprechen mussten. Max hatte eine Notfallausrüstung für eine Geburt gefunden. Darin befanden sich Windeln, Plastikplanen, Wöchnerinnenbinden, Heftpflaster, ein Stift und Seife sowie eine separate, sterile Verpackung mit einer kleinen Schere, Wattebällchen, einer Rolle Mullbinde und mehrere Sicherheitsnadeln. Als er mir die Ausrüstung reichte, sagte er: »Die haben wirklich an alles gedacht.«

Sunil hatte die Leute oben dazu gebracht, uns einige Artikel über Notfallgeburten zu senden, die er ausgedruckt hatte. Sie enthielten wenig hilfreiche Anweisungen wie: »Lassen Sie der Natur freien Lauf. Eine Geburt ist ein ganz natürlicher Vorgang.« Oder auch praktische Ratschläge, die mir jedoch nur noch mehr Grund zur Besorgnis gaben: »Ziehen Sie nicht am Baby, damit es auf natürliche Weise geboren wird.«

Abbie ging auf und ab, während ich die Matratze abzog und mit einer der Plastikplanen schützte, bevor ich sie wieder mit dem Baumwolllaken bezog. Max tauchte an der Tür auf, wandte seinen Blick ab und erkundigte sich, wie er helfen könnte. Ich teilte ihm mit, dass wir ein Kinderbett für das Baby benötigen würden und er sich etwas einfallen lassen müsse, sollte keins vorhanden sein. Sunil hatte sich die Artikel bereits genauer durchgelesen und erklärte uns, dass man auch einen mit einer Decke ausgelegten Wäschekorb oder eine Kiste verwenden könnte. Hauptsache, warm. Er ging los – froh, eine Aufgabe zu haben –, und ich wandte mich Max zu und sagte: »Ich glaube, du solltest ihm helfen.«

»Klar«, erwiderte er. »Natürlich.« Und verschwand ebenfalls.

Einige Minuten später folgte die nächste Wehe. Ich schaute auf die Uhr. Seit der letzten waren schätzungsweise zwölf Minuten vergangen. Ich legte meine Hände auf ihren Bauch, während sie sich an meine Oberarme klammerte. Ihre langen Nägel gruben sich in meine Haut und sie verzog erst still das Gesicht, ehe sie vor Schmerzen zu brüllen begann.

Als die Wehe vorüber war, führte ich sie zum Bett hinüber. Sie setzte sich vorsichtig hin, lehnte sich zurück, schloss erschöpft die Augen und sagte: »Ich habe Angst.«

»Das müssen Sie nicht«, erwiderte ich so ruhig wie möglich, wobei ich versuchte, mir meine eigene Angst nicht anmerken zu lassen. Ich hatte nicht die geringste Ahnung, was ich hier tat.

»Ich habe solche Angst, dass es so wird wie beim letzten Mal.«

»Das müssen Sie nicht. Es wird nicht wieder passieren.«

»Woher wollen Sie das wissen?«, fragte sie, als glaubte sie tatsächlich, dass ich darauf eine Antwort hätte.

»Weil es so ist. Ein Blitz schlägt nicht zweimal an derselben Stelle ein«, sagte ich etwas unbeholfen. Dann rief ich Max zu, der gerade mit einem Wäschekorb und einigen Decken zurückgekommen war: »Kannst du bitte eine Schüssel mit warmem Wasser, Seife und einige saubere Handtücher besorgen?« Nach einer Weile kehrte er mit einer violetten Spülschüssel zurück und sagte: »Keine Sorge, ich habe sie erst mit gekochtem Wasser sterilisiert und dann warmes Wasser hineingefüllt.« Nachdem er sie abgestellt hatte, zog er ein noch eingepacktes Stück Seife aus der Tasche. Ich riss die Verpackung ab, wusch mir gründlich damit die Hände und trocknete sie ab. Dann sagte ich zu Max: »Vielleicht solltest du jetzt lieber gehen.«

Er sah mich fragend an, doch als der Groschen fiel, konnte er gar nicht schnell genug verschwinden.

»Wir sollten Ihnen etwas Vernünftigeres zum Anziehen suchen«, sagte ich an Abbie gewandt. Sie blickte an dem leichten Sommerkleid herab, das sie für den Garten angezogen hatte und immer noch trug.

Ich durchsuchte die Schubladenkommode, fand aber nur einige ungetragene Herrensocken und Boxershorts. Im Kleiderschrank befanden sich ein paar Hemden, Hosen und Sakkos, die ebenso nutzlos waren. Dann entdeckte ich ein Funktionshemd in Größe L, das mir perfekt erschien.

Ich half Abbie aus ihren Sachen und ins Hemd hinein, legte ihr ein paar Kissen in den Rücken und bedeckte ihre nackten Beine mit einem Laken. »Wo ist Freddie?«, fragte sie.

»Draußen. Ich werde gleich einmal nach ihm sehen.«

»Ich möchte nicht, dass Marcus bei ihm ist.«

»Keine Sorge. Max und ich werden uns darum kümmern.«

PINDAR – TAG 4

MOLLY

Abbies Fruchtblase platzte in den frühen Morgenstunden.

Ich wurde in den Konferenzraum gerufen und sprach dort mit einer Hebamme und einer Gynäkologin. Sie gaben mir Tipps, die ich bereits aus den Seiten kannte, die Sunil mir gegeben hatte. Wobei der nützlichste darin bestand sicherzustellen, dass sie regelmäßig zur Toilette ging.

Zum Abschluss betonten sie, dass ich sehr genau darauf achten sollte, dass sie sich durch das Pressen nicht zu sehr erschöpfte und dass kurze, flache Atemzüge ihr dabei helfen würden, ruhig zu bleiben.

Als ich aus dem Raum herauskam, hörte ich Marcus im Büro schreien: »Ich bin doch nicht unter irgendeinem Stein hervorgekrochen!«

Ich schlüpfte rasch in den Schlafsaal, wo Max Freddie dazu bringen wollte, noch ein wenig weiterzuschlafen. Als sie mich bemerkten, streckte Freddie seine Arme nach mir aus. Also ging ich zu seinem Bett, beugte mich zu ihm hinab und ließ zu, dass er die Arme um mich legte. Ich flüsterte ihm ins Ohr: »Du bist so ein lieber Junge. Stell dir vor, morgen wirst du einen kleinen Bruder oder eine kleine Schwester haben!« Dann wich ich vorsichtig zurück und fügte hinzu: »Ist das nicht toll? Wir wissen noch nicht einmal, ob es ein Junge oder ein Mädchen wird.« Er nickte mit ernster Miene, steckte den Daumen in den Mund und war nach drei Atemzügen eingeschlafen.

Ich sagte leise zu Max: »Ich werde mich mal wieder nützlich machen«, und wollte mich aufrichten. Doch bevor ich aufstehen konnte, legte er seine Hand auf meinen Unterarm, lehnte sich zu mir herüber und küsste mich sanft auf die Stirn.

Ich spürte, dass er mir nachblickte, als ich den Raum verließ, drehte mich um und lächelte ihn an.

Dann ging ich in die Küche und bereitete Abbie noch mehr Tee zu, hätte aber beinahe das Tablett fallen lassen, als ich zu ihr in den Raum zurückkehrte. Sie befand sich auf allen vieren auf dem Bett, das Gesicht mir zugewandt, schwer keuchend mitten in einer Wehe, und stieß hervor: »Das Baby. Kommt.«

Ich stellte rasch das Tablett ab, rannte hinüber, um nachzuschauen, und konnte bereits den Kopf des Babys sehen. Das Haar klebte am Schädel wie bei einem alten Mann, der zu viel Pomade benutzt. Es gelang mir, äußerlich ruhig zu bleiben, aber in meinem Inneren schrie alles: *Scheiße, Scheiße, Scheiße.* Ich wusch mir die Hände. Schrubbte sie so gut ich konnte. Griff nach den Infoblättern, die Sunil mir gegeben hatte, aber die Worte schienen zu einer Buchstabensuppe zu verschwimmen.

Abbie schrie: »O Gott!«

Max tauchte an der Tür auf. »Was ist los?«

Ich drehte mich zu ihm um. »Das Baby kommt.«

»Was machen wir jetzt?«

»Komm rein. Wasch dir die Hände … und lies das.«

Er griff nach den Infoblättern, überflog die erste Seite. »Hier steht, die Mutter soll pressen. Wir sollen nichts anfassen.«

»Okay«, sagte ich, als ob damit alles geregelt wäre.

»Es tut so weh!«, schrie Abbie, gefolgt von einigen erfindungsreichen Kraftausdrücken. Ihre Knie schienen mit der Matratze verwurzelt. Ihr Oberkörper sackte nach vorn, auf ihre Schultern, das Gesicht zur Seite gedreht, halb im Kissen verborgen. Ich zog das Kissen ein wenig zurecht, damit sie besser atmen konnte, und sie klammerte sich an meine linke Hand, packte sie so fest, dass ich Angst hatte, sie würde sie mir brechen. »O Gott. O Gott. O Gooott!«

»Mach die Tür zu!«, befahl ich Max, der sofort reagierte.

Ich versuchte meine Hand wegzuziehen, aber Abbie wollte einfach nicht loslassen. Daher war ich gezwungen, mich zu drehen und zu verrenken, um besser sehen zu können, was vor sich ging.

Der Kopf schien festzustecken. Mein Gefühl sagte mir, dass sie ihren Oberkörper wieder in eine aufrechte Position bringen musste. Ich beauftragte Max, so viele Polster und Kopfkissen zu besorgen, wie er finden konnte. Er sah mich verwirrt an, machte sich dann aber auf den Weg und kehrte mit vollen Armen zurück.

»Abbie, Max wird dir aufhelfen, und ich werde die Kissen aufeinanderstapeln, damit du dich drauflehnen kannst. Ich glaube, das wäre gut für das Baby.«

»O Gott«, stöhnte sie. »Schlimmer kann's nicht werden.«

Max ging um das Bett herum auf die andere Seite. Es war fast ein wenig komisch, wie er versuchte, den Blick abzuwenden.

»Da ist eine Menge … Zeug«, sagte er, vermochte keine Worte dafür zu finden.

»Das ist normal«, behauptete ich, ohne zu wissen, ob das stimmte.

»Ich bin auch noch hier!«, rief Abbie. Ich betrachtete ihren Sarkasmus als Zeichen dafür, dass es nicht ganz so schlimm um sie stand.

Max griff unter Abbies Armen hindurch, um sie aufrecht zu halten, und sie legte ihren Kopf auf seine Schulter.

Ich machte mich sogleich daran, Kopfkissen und Polsterkissen am Kopfteil aufeinanderzuschichten, und legte das stabilste Kissen ganz nach oben, damit sie dort ihr Kinn abstützen konnte. Max ließ sie vorsichtig daraufsinken, und das Ganze fiel sofort wieder auseinander.

»Glaub mir, das wird nicht funktionieren«, sagte er. »Ich werde sie einfach halten.«

Die Wehen kamen jetzt Schlag auf Schlag.

»Pressen!«, rief ich und dachte dabei: Dieser Kopf passt da niemals durch!

Ein glänzendes, metallisches, tiefrotes Blutrinnsal tröpfelte aus ihr heraus auf das Laken. Ich geriet in Panik.

»Bin gleich wieder da«, sagte ich, drehte mich um und marschierte zur Tür.

»Gehen Sie nicht weg«, sagte Abbie mit flehender Stimme. Max schwieg, aber sein Blick sprach Bände.

»Es dauert nicht lang. Ich will nur sichergehen, dass die Ärztin und die Hebamme erreichbar sind, wenn wir Hilfe benötigen.« Ich wartete erst gar nicht ab, ob weitere Proteste folgten, und eilte los, um Sunil zu suchen. Ich fand ihn im Büro.

»Ist alles in Ordnung?«, fragte Sunil.

»Wo ist Freddie?«, erwiderte ich.

»Er schläft. Billie passt auf ihn auf. Was ist los?«

»Stellen Sie sicher, dass die Ärztin und die Hebamme für alle Fälle am Telefon sind. Es wird nicht mehr lange dauern, bis das Baby kommt. Ich möchte nur, dass sie sich bereithalten.«

Marcus tauchte auf und fragte mit kalter, leidenschaftsloser Stimme: »Wissen Sie überhaupt, was Sie da tun?«

»Nein. Deshalb will ich ja, dass Sunil Hilfe ans Telefon holt.« Sunil nickte und verließ den Raum. Ich folgte ihm, denn ich wollte mich nicht noch weiteren Fragen und Bemerkungen von Marcus aussetzen.

Als ich merkte, dass er mir folgte, drehte ich mich um und sagte: »Sie sollten nicht mit dabei sein. Das würde sie nur noch mehr belasten.«

»Ich glaube nicht, dass ich mir von Ihnen sagen lassen muss, ob ich bei der Geburt meines Kindes dabei sein darf oder nicht.« Er blieb hartnäckig, und es war keine Zeit zum Streiten.

Als wir den Raum betraten, gab Max sich alle Mühe, gelassen zu wirken, aber seine Stimme verriet ihn. »Der Kopf ist draußen.« Ich ging zum Bett. Dicht gefolgt von Marcus.

Das Gesicht des Babys war zu Abbies rechtem Oberschenkel gedreht. Die natürlichste Sache der Welt erschien mir plötzlich völlig fremd. Die Haut war dunkelrot mit einer blauen Tönung, wie bei einer Prellung. Marcus sprach die Frage laut aus, die ich mir nur im Stillen gestellt hatte: »Ist die Farbe normal?«

Ich durchbohrte ihn mit meinen Blicken. Abbie stieß ein Heulen aus wie ein Tier, das in der Falle sitzt und versucht, ein es umkreisendes Raubtier abzuschrecken.

Ich verspürte ein instinktives Bedürfnis, das Kind herauszuziehen. Aber überall stand, man solle dies auf keinen Fall tun, sondern abwarten, bis es von selbst kam.

Ich war wie erstarrt. Mein Bauchgefühl sagte mir, dass ich eingreifen sollte. Aber die Anweisungen waren klar.

Abbie presste und schrie. Eine Schulter erschien. Dann Arme. Als der Rest des Babys hinausglitt und ich es auffing, sah ich, dass sich die Nabelschnur zweimal um seinen Hals geschlungen hatte.

Abbie drehte sich um, versuchte zu sehen, was vor sich ging. Ich musste vorsichtig sein, um sicherzustellen, dass sich die Schnur nicht noch fester zuzog. Drei Stimmen schrien gleichzeitig. Ich vermochte kein Wort zu verstehen. Ich legte die Kleine – denn es war ein Mädchen – auf das Laken, griff nach der dicken, blauen Schnur und zog sie über ihr Gesicht, bis sie locker genug war, um sie auch vom Rest zu befreien.

Die Zeit schien stillzustehen. Alle hielten den Atem an. Die Kleine rührte sich nicht. Atmete nicht. Ich dachte, sie sei tot. Doch dann machte sie eine winzige, zuckende Bewegung.

Mit einem Mal brach die Hölle los. Abbie schrie. Max versuchte sie zu beruhigen. Marcus forderte uns auf, etwas zu unternehmen. Ich beugte mich instinktiv zu der Kleinen hinunter, umschloss mit meinem Mund ihre Nase und atmete behutsam hinein.

Lehnte mich zurück.

Sah, wie sich ihr Brustkorb senkte, aber nicht hob.

Wiederholte das Ganze.

Nichts.

Wiederholte es noch einmal. Panik stieg in mir auf.

Wieder nichts.

Noch ein Versuch.

Ich trat zurück.

Sie rührte sich.

Würgte.

Prustete leicht.

Und dann gab sie einen Schrei von sich. Verstummte kurz, sog Luft ein und schrie ein weiteres Mal. Es war der wundervollste Laut, den ich jemals gehört hatte.

»Ich dachte, sie wäre tot«, sagte Marcus.

»Gott sei Dank«, sagte Max. Er half Abbie, sich auf dem Bett auszustrecken, und legte ihr das Baby auf die Brust. Dann breiteten wir eine Decke über die beiden.

Ich trat zurück und betrachtete Mutter und Tochter. Dann setzte ich mich auf die Bettkante und begann zu weinen. Es war eine Flut aus Tränen und Rotz, begleitet von Würgen und Stöhnen. Ich wollte damit aufhören, aber ich konnte nicht.

Max zog mich an sich. Ich ließ zu, dass er mich in den Arm nahm, erwiderte es aber nicht.

Marcus war bei Abbie, gab verzückte Laute von sich. Abbie lag einfach nur erschöpft da.

Ich nahm nur flüchtig wahr, dass Sunil und Billie an der Tür standen. Hoffte, dass Freddie schlief.

Nach einer Weile stand ich auf und wischte mir über die Augen und das Gesicht. Die salzigen Tränen brannten auf meiner Haut – insbesondere an den Stellen, an denen sie sich wund anfühlte.

Ich war wie betäubt. Kam mir fremd vor. Losgelöst von allem. Narkotisiert.

Max beharrte darauf, dass die Nabelschnur durchtrennt werden musste.

Ich sah zu, wie er die Anleitung las, ganz so, als würde er ein Möbelstück von IKEA zusammenbauen.

Er verschwand, um sich die Hände zu waschen, nahm dann das sterile Baumwollband und die Mullbinde aus dem Verbandskasten, den ich gefunden hatte. Ich sah zu, wie er nach der weißen, gelbstichigen Nabelschnur griff, die an einen dicken Wurm erinnerte, aber fest zu sein schien. Er band sie zuerst ungefähr zehn Zentimeter vom Bauchnabel der Kleinen entfernt ab und ein weiteres Mal auf halber Länge zwischen ihr und Abbie. Dann nahm er die Schere und führte den Schnitt rasch aus. Ein knirschendes Geräusch war dabei zu hören, als wenn man durch Knorpel schneiden würde. Dann legte er einen Verband an dem Ende an, das immer noch mit der Kleinen verbunden war, und gab sie Abbie zurück. Anschließend verband er das andere, freiliegende Ende.

Minuten später begann Abbie erneut zu stöhnen. Die Wehen setzten wieder ein. »Die Nachgeburt«, sagte Max und erklärte mir, dass sie in dem Ausdruck dazu rieten, ihren Bauch zu massieren, um das Ganze zu unterstützen. Während ich dies tat, fühlte ich mich wie ein Zombie. Max verschwand kurz, um mit ein paar Aspirin und einem Glas frischem Wasser zurückzukehren.

Ich sah zu, wie die Plazenta herausglitt – einem riesigen Stück Leber gleich, beinahe so groß wie das Baby selbst. Max sagte: »Wir müssen nachschauen, ob sie vollständig erhalten ist.« Er blickte sich um, erkannte, dass ich momentan nicht in der Lage dazu war und Marcus es mit Sicherheit gar nicht erst versuchen würde.

Also zog er den Fruchtsack weg, in dem sich das Baby befunden hatte, dann die Nabelschnur und drehte die Plazenta anschließend einmal um. »Ich habe keine Ahnung, wie es aussehen sollte, aber meiner Ansicht nach ist sie unbeschädigt.«

Wir bedeckten Abbie und ich legte ihr das Baby auf die Brust. »Ich fühle mich wie betäubt«, sagte sie.

»Das ist ganz normal«, antwortete Max mit sanfter Stimme, als wüsste er, wovon er sprach.

Marcus verschwand mit Billie, und sie kehrten erst ein paar Minuten später wieder zurück. Marcus schlug vor, dass wir Abbie etwas anzogen, damit sie sich wohler fühlte. Ohne mir etwas dabei zu denken, trieb ich ein graues Sweatshirt auf, reichte Marcus das Baby und half Abbie beim Anziehen. Dann zog ich das Laken höher, schüttelte einige Kissen auf, damit sie besser aufrecht sitzen konnte, und legte ihr das Baby wieder in die Arme.

Wir waren ein wenig erstaunt, als Marcus seinen linken Arm um sie schlang und sagte: »Dann bringen wir es mal hinter uns.«

Er hob seine rechte Hand, in der er ein iPhone hielt, und sagte, offenbar an Abbie gerichtet: »Schau in die Kamera.« Ich spürte, dass es ihr widerstrebte, aber er sagte: »Möchtest du diesen Augenblick denn nicht festhalten? Die Menschen müssen das sehen. Jetzt komm schon.« Er setzte ein strahlendes Lächeln auf, und ich vernahm das elektronische Klicken und Surren der Handykamera.

Dann senkte er den Arm und schien höchst konzentriert einige Einstellungen vorzunehmen. Schließlich hob er die Hand erneut und setzte wieder sein übertrieben glückliches Lächeln auf. »Okay. Drei. Zwei. Eins …« Mit freudiger Stimme sagte er: »Nach dem schrecklichen Anschlag auf das Herz unserer Demokratie freue ich mich nun, Ihnen mitteilen zu dürfen, dass mein zweites Kind gesund und munter das Licht der Welt erblickt hat. Ein neues Leben, das uns daran erinnert, dass es Hoffnung gibt und wir eine unbändige Entschlossenheit besitzen, die uns ausmacht. Selbst in den dunkelsten Momenten.« Dann senkte er die Kamera und sagte: »Ich werde diese Fotos und das Video herunterladen und dem Team draußen schicken, damit sie die frohe Botschaft überall verbreiten können.«

Ich konnte es nicht fassen. Die Geburt seines Kindes war für ihn nicht mehr als ein Fototermin, den er für seine Zwecke nutzen wollte. Max, Abbie und ich sahen mit einer Mischung aus Überraschung und Empörung zu, wie Billie und er den Raum verließen, offenbar um sicherzugehen, dass Fotos und Video die Medien so schnell wie möglich erreichten. Konnte er noch tiefer sinken?

Als er hinausging, sagte Abbie nur: »Molly.«

Ich dachte, sie wollte mich etwas fragen. »Ja, Abbie?«

»Ich werde sie Molly nennen.«

SUNIL

Ich erinnere mich nur noch schemenhaft an die Stunden vor der Geburt.

Ich hatte erkannt, dass ich Marcus nicht kontrollieren konnte. Keiner von uns konnte das.

In all den Jahren, die ich nun schon für ihn arbeitete, hatte ich mir immer eingeredet, dass ich ihn an der langen Leine hielt, jederzeit in der Lage, ihn zurückzuziehen.

Das war natürlich Unsinn. Ich belog mich selbst. Es gab kein Gleichgewicht der Kräfte. Er hatte die Macht. Er kontrollierte mich. Das hatte er immer schon getan.

Bevor wir in Pindar gelandet waren, konnte ich mir immer noch etwas vormachen, Ausreden finden, mit Unwägbarkeiten fertigwerden. Aber hier kam es mir vor, als wäre ein Scheinwerfer auf die Realität gerichtet, und es gab keine Möglichkeit, ihr auszuweichen. Marcus tat, was nötig war, um zu überleben. Er spürte die Gefahr. Man wird nicht Premierminister, ohne das nötige politische Gespür zu besitzen. Einige mochten ihm noch einen Vertrauensbonus geben, aber seine Feinde würden ihn in die Enge treiben. Es würde jede Menge Leute geben, die ihm allein die Schuld in die Schuhe schieben würden. Er wusste, dass er sich wieder ins richtige Licht rücken musste, denn sonst wäre er weg vom Fenster. Er konnte sich keinen weiteren Fehler mehr leisten. Musste das Heft wieder in die Hand nehmen und seine Machtposition stärken. Die Leichtgläubigen hinters

Licht führen, die loyalen und nützlichen Idioten vereinnahmen und die Zweifler über Bord werfen.

Und sollte sich jemand als widerspenstig erweisen, so würde er denjenigen so lange tyrannisieren und schikanieren, bis sie taten, was er wollte. Die meisten Menschen hielten einer solchen Naturgewalt nicht lange stand.

Während Abbie in den Wehen lag, hatte ich versucht, die Dinge wieder geradezubiegen. Ich bat Marcus, mich anzuhören. Er saß an seinem Schreibtisch und starrte mich bloß an. Billie stand schweigend hinter ihm. Ich fühlte mich, als wollte ich einen bis zum Rand mit Nitroglyzerin gefüllten Behälter über ein schlammiges Feld transportieren, und schämte mich dafür, dass ich es überhaupt versuchte. »Bitte hör mir zu und lass mich ausreden. Du hast nur einen Teil meiner Unterhaltung mit Margaret gehört. Wenn du alles mitangehört hättest, dann –«

Er schnitt mir das Wort ab. »Willst du mich verarschen, Sunil?« Ich hielt es für eine rhetorische Frage, aber er wollte eine Antwort: »Willst du mich ver-ar-schen?«

»Marcus ...«, sagte ich flehentlich.

»Ich bin doch nicht blöd!«

Mit einem Mal kam es mir vor, als würde ich ein Hunderudel oder eine Gruppe Schimpansen beobachten. Das Alphamännchen stellte seine Dominanz unter Beweis. Ich hatte geglaubt, dass er schwächer und verletzlicher sein würde, aber er war mir wie immer einen Schritt voraus gewesen, hatte meinen Angriff abgewehrt und seine Position gefestigt. Nicht gerade auf die subtile Art. Aber das war ja auch gar nicht nötig. Ich hätte am Rande der Gruppe herumschleichen sollen, um meine Wunden zu lecken, dankbar dafür, noch am Leben zu sein, anstatt seine Aufmerksamkeit zu erregen und ihn in Versuchung zu führen, mich zur Strecke zu bringen.

Er wandte sich Billie zu und sagte: »Wir brauchen Ideen.«
Mit »wir« meinte er natürlich sich selbst.

Ich hoffte, dass sie ihm erwidern würde, er solle sich zum
Teufel scheren – insbesondere nach ihrer kleinen rebelli-
schen Vorstellung mit dem Wasserglas. Aber das tat sie
nicht. Marcus hatte offenbar etwas an sich, dem sie nicht zu
widerstehen vermochte. Sie blickte mich unsicher an, wirkte
für einen kurzen Moment nervös. Dann richtete sie ihre
Aufmerksamkeit wieder auf ihn.

»Ich hätte da eine Idee …« Sie war offenbar nervös und
fürchtete, dass er sie in der Luft zerreißen würde.

»Lass hören.« Marcus lehnte sich nach vorn.

Sie wandte den Blick ab, während sie sprach, und starrte
zu Boden. »Wir müssen sicherstellen, dass die Leute dich
wieder mit positiven Dingen in Verbindung bringen.«

»Fahr fort.« Marcus war interessiert. Ich war es auch.

»Wir müssen ihnen zeigen, dass du ein Mensch bist. Ein
Vater. Ich finde, wir sollten gleich nach der Geburt einige
Fotos von dir und dem Baby machen. Vielleicht auch ein
kurzes Video, in dem du ein paar Sätze sagst. Du kannst mir
glauben, sie werden es förmlich aufsaugen.«

Marcus strahlte. »Billie, du bist ein verdammtes Genie.
Neues Leben inmitten des Chaos. Der Premierminister
macht weiter. Das gefällt mir!«

Ich wollte meinen Ohren nicht trauen. Die Frau, deren
Leben Marcus zerstört hatte, kam ihm nun wieder zu Hilfe.
Und das, ohne auch nur eine Sekunde an Abbie und die
Kinder zu denken. Das Ganze war so schamlos, so unver-
froren. Fast schon bewundernswert.

Offenbar konnte man an meinem Gesicht ablesen, was
ich dachte, denn Marcus wandte sich mir zu: »Was ist?«

»Solltest du nicht zuallererst an Abbie und das Baby denken?«

Darauf gab er mir die ehrlichste Antwort, die ich jemals von ihm bekommen hatte: »Du kapierst es einfach nicht, stimmt's?«

»Kapiere was nicht?«, fragte ich mit Verachtung in der Stimme, um über die Tatsache hinwegzutäuschen, dass ich mich nicht gerade auf sicherem Boden befand.

»Mein ganzes Leben lang haben die Leute behauptet, dass für einen Marcus Valentine andere Regeln gelten. Weil er sich Dinge leisten kann, die anderen die Karriere kosten würde. Sie wundern sich darüber. So als ob das alles nur ein großer Zufall wäre. Als ob ich das Ganze nicht sorgfältig planen würde! Aber das tue ich. Jeden einzelnen Schritt. Es erfordert Talent und Entschlossenheit. Die Bereitschaft, das zu tun, was andere nicht zu tun gewillt sind. Man muss die Eier haben, sich selbst an erste Stelle zu setzen. Alles andere ist zweitrangig.« Er ekelte mich an. »Nur ein winziger Bruchteil von Leuten schafft es in meine Position – und nur ein winziger Bruchteil von ihnen vermag Großes zu erreichen. Man muss sich auf sein Ziel fokussieren. Ohne Rücksicht auf Verluste. Machen, was nötig ist, um an der Spitze zu bleiben. Denn nur darum geht es.«

»Danke, dass du das mal klargestellt hast.« Ich hielt seinem Blick stand, bis er sich abwandte. Jetzt, da er es in aller Deutlichkeit gesagt hatte, war es offensichtlich: Es gab keine Agenda. Keinen großen Plan. Keinen Personenkreis, für den er sich einsetzte.

Es ging immer nur um ihn. Das erleichterte es natürlich, alles dafür zu tun, um an der Macht zu bleiben, und zwar *um jeden Preis.*

Sei wie ein Chamäleon. Heute Liberaler. Morgen Reaktionär. Widersprich dir selbst. Spiele mit den Ängsten der Leute. Versuche nicht, sie aufzuklären. Mach dir ihre Vorurteile zunutze. Ergreife keine unpopulären Maßnahmen.

Setze nur die um, die gefragt sind. Beute Menschen aus, bis sie dir nicht mehr dienlich sind – dann lass sie ohne Gewissensbisse oder Zweifel fallen.

Sobald du dir zum Ziel gesetzt hast, an der Spitze der Nahrungskette zu stehen, wird alles andere unwichtig. Es gibt kein moralisch, kein unmoralisch und auch kein amoralisch. Du bewegst dich jenseits von richtig und falsch – Hauptsache, es funktioniert. Wenn nötig, benutze dein neugeborenes Kind als Hilfsmittel, um den verlorengegangenen Vorteil zurückzugewinnen.

Überzeugungen, Mitgefühl, gute Absichten – all das ist etwas für Schlappschwänze. Lass die anderen Idioten sich mit ihrem Sinn für Recht und Unrecht brüsten und in Pose werfen. Soll es sie doch kalt erwischen, wenn die Flut kommt und sie sich selbst überlassen sind.

Natürlich war dieser Zynismus widerlich. Aber ich sah darin auch eine gewisse Genialität. Wenn du bereit, willens und in der Lage bist, dich von den Haltestricken der Moral zu lösen, dann verschwinden Hemmnisse von ganz allein.

Es gibt kein Gewissen – nur das einzige, simple Vorhaben, bis ganz nach oben zu klettern und dort oben zu bleiben. Die einzige Gefahr dabei sind diejenigen, die den Code geknackt und erkannt haben, dass man dich aufhalten muss.

PINDAR – TAG 5

ABBIE

Es heißt immer, dass Fotos nicht lügen, aber das ist falsch. Man muss sich nur einmal in den sozialen Medien umschauen. Ein Foto kann den Anschein einer glücklichen Familie erwecken, die es in Wahrheit gar nicht gibt.

Keiner der Millionen von Menschen, die das Foto betrachteten, das Marcus von uns und dem Baby gemacht hatte, würde darauf all den Kummer, den Betrug und die Lügen sehen, auf denen unsere Beziehung beruhte.

Ich sank in einen tiefen Schlaf. Als ich die Augen wieder öffnete, vernahm ich leise Atemgeräusche. Das Baby schlief unruhig, war offenbar kurz davor aufzuwachen.

Ich stützte mich auf meine Ellbogen und schwang die Beine über den Bettrand. Mein ganzer Körper tat weh – von dem dumpfen Schmerz tief im Gewebe bis zu dem heftigen, stechenden Schmerz an den Stellen, an denen meine Haut gedehnt und gerissen war. Meine Fußsohlen berührten die kühlen Bodenfliesen, was ich als Wohltat empfand. Ich nahm das Baby auf den Arm und ging in Richtung der aufgebrachten Stimmen. Ich hörte Molly schreien: »Kommen Sie mir bloß nicht zu nahe! Verschwinden Sie!«

Marcus versuchte sie offenbar zu beschwichtigen, denn er sagte: »Schon gut. Beruhigen Sie sich. Das ist ein Missverständnis.«

Dann Max' Stimme: »Was haben Sie getan? Was haben Sie nur getan?«

Von der Küche fiel ein Lichtschein in der Form eines Rechtecks in den dunklen Korridor, in dem ich einige Umrisse erblickte.

Ein paar Meter entfernt konnte ich gerade noch Sunil erkennen, der mit gebeugtem Kopf dastand, die Augen geschlossen, Zähne zusammengebissen, Fäuste geballt. Er wirkte gebrochen, wütend. Ich ignorierte ihn und machte mich auf den Weg zur Küche.

Es herrschte Stille, als ich ins Licht trat. Alle im Raum – Molly, Max, Marcus und Billie – drehten sich zu mir um und sahen mich schockiert an. Ich blickte in ihre Gesichter. Mollys war gerötet, Tränen liefen ihr über die Wangen, die sie energisch wegwischte. Max, der zwischen ihr und einem empört wirkenden Marcus stand, schien vor Wut zu schäumen. Billie stand an der Seite. Sie wirkte angewidert. Als ob sie eine Toilettenkabine betreten hätte, in der die vorherige Benutzerin nicht abgespült hatte.

Das Baby schrie auf meinem Arm.

Marcus verließ den Raum. Rauschte mit einer wegwerfenden Handbewegung an mir vorbei, als wäre ich ein Nichts.

»Verdammter Wichser!«, rief ihm Max hinterher.

Nach ein paar Sekunden hörten wir Marcus – offenbar an Sunil gerichtet – fragen: »Was willst du?«

Wir starrten einander an. Es schien mir offensichtlich, was passiert war. »Du Arschloch! Du verdammtes Arschloch!«

Wir traten in den Korridor hinaus.

Dann ging das Licht aus, und es war nur das Weinen des Babys auf meinem Arm zu hören, bis die Sirene für eine volle Minute plärrte, bevor die beharrliche, computergenerierte Frauenstimme sagte: »*Notstromgenerator fährt hoch ...*«

MAX

Nachdem das Baby geboren war, kam mir dieser Ort wie ausgelaugt vor, jeglicher Kraft beraubt. Eine große Lethargie schien sich über uns gelegt zu haben. Machtlosigkeit war alles, was ich fühlte. Meiner ganzen militärischen Ausbildung, meinem ganzen Selbstempfinden lag die Vorstellung zugrunde, dass ich imstande war zu handeln, um Missstände zu beheben, böse Menschen aufzuhalten, Zustände zu ändern. Aber nichts davon schien hier in Pindar möglich.

Mir war klar, dass jemand Marcus Valentine aufhalten musste. Er war schlicht und einfach ein Lügner. War gewählt worden, weil er die Menschen davon überzeugt hatte, etwas zu sein, was er gar nicht war. Wie viele Menschen waren mittlerweile durch den Fleischwolf gedreht und Opfer seiner Pläne geworden? Ich dachte an meine Kameraden, die gestorben oder verstümmelt worden waren. Und wofür?

Ich musste mitansehen, wie jeder Einzelne von uns hier unten – Molly, Billie, Abbie, Sunil, Freddie, das Neugeborene und auch ich – Schaden davontrugen, nur weil wir uns in seinem Umfeld befanden. Besonders Molly machte mir Sorgen. Ich spürte, dass etwas mit ihr nicht stimmte, vermochte aber nicht zu ergründen, was es war. Sie wirkte, als liefe sie auf Autopilot.

Um mich auf andere Gedanken zu bringen, beschloss ich, ein paar Schritte zu gehen. Ich nahm das Maschinengewehr mit. Mir war klar, dass ich die Kontrolle über die Waffe behalten musste. Wer wusste schon, wozu die anderen fähig wären, wenn sie sie in die Hände bekämen?

Die Tunnel erstreckten sich in alle Himmelsrichtungen. Sie waren breit und wirkten nüchtern und industriell. Aus einer anderen Zeit. Ein Echo der Paranoia des Kalten Krieges. Ich stellte mir die nukleare Apokalypse vor, für deren Überwindung sie ursprünglich bestimmt waren. Als ob ein kleiner Teil der Menschheit das Ausmaß einer solchen Zerstörung überleben könnte. Sie kamen mir vor wie der Triumph der Hoffnung über eine beharrliche Realität.

Dann dachte ich daran, was über mir vor sich ging. Wie sich das biologische Gift in den Straßen Westminsters ausbreitete. Menschen in Schutzanzügen versuchten, sich ein Bild vom Ausmaß der Schäden zu machen, während deren Messgeräte aufgrund der hohen Werte ein lautes Piepen von sich gaben.

Was, wenn wir für immer hier unten feststeckten – bis wir langsam verhungerten, das Wasser knapp wurde oder wir uns gegenseitig an die Gurgel gingen?

Ich bog an einer Ecke ab und landete in einem Gang, der giftgrün gestrichen war. Ich rechnete beinahe schon damit, wieder einen Blick auf einen Eindringling zu erhaschen, aber ich sah niemanden.

Ich lehnte mich an die Wand. Spürte die Kühle des gestrichenen Betons an meinem Rücken, glitt daran entlang zu Boden und schloss die Augen. Ich dachte an Davy und an seine Narben. An die anderen, die gestorben waren. Mein Kopf sank nach vorn, und ich schlief ein. In meinem Traum wurde ich an jenem schicksalhaften Tag wieder aus dem Jackal hinausgeschleudert. In die Luft. Aber ich stürzte nicht zu Boden. Ich flog auch nicht, noch hatte ich das Gefühl zu fallen. Es ging einfach immer weiter und weiter. Ins Ungewisse. Die Welt verschwamm um mich herum. Ich hatte keine Angst vor einem Aufprall. Spürte nur, wie die Luft durch meine Finger und über meine Haut fegte. Es gefiel mir. Diese gedankenlose Vergessenheit. Wie eine Kugel oder eine Rakete auf einer Flugbahn, über die sie keine Kontrolle hat, nur dazu bestimmt, ihr Ziel zu treffen. Und alles bewegt sich auf ein unausweichliches, zerstörerisches Ende zu.

Fühlte sich so vielleicht der Tod an? Auf jeden Fall kam es mir wie eine Ewigkeit vor, obwohl ich vermutlich höchstens ein oder zwei Minuten eingenickt war. Ich kam nie an meinem Ziel an. Mein Kopf zuckte nach oben, und ich war mit einem Schlag hellwach, vernahm laute Rufe in der Ferne. *Molly.*

Ich packte das Gewehr und sprintete so schnell los, dass ich beinahe an den Abzweigungen vorbeigerannt wäre.

Ich fand die vier in der Küche. Valentine, der sich rechtfertigte. Eine weinende Molly. Sunil und Billie, die schockiert neben ihr standen.

Ich wusste sofort, was passiert war. Er hatte versucht, ihr Gewalt anzutun. »Was zum Teufel haben Sie getan?«, fuhr ich Valentine an.

Sein Blick wanderte zur Waffe, die ich so fest mit meinen Händen umklammerte, als versuchte ich das Metall umzuformen. »Gar nichts, Max. Das Ganze war nur ein Missverständnis.«

Natürlich war es das nicht gewesen. Ich wusste sofort, dass er versucht hatte, Molly Gewalt anzutun. Es lag in seiner Natur. Eine weitere Art, sich durchzusetzen. Wie ein mittelalterlicher Feudalherr, der auf seinem Recht beharrt, die erste Nacht nach der Hochzeit zweier Bediensteter mit der Braut zu verbringen. Molly weinte. Blickte zu Boden. Fast so, als schämte sie sich.

Ich spürte, wie mich die Wut packte. Dieser verdammte

Bastard! Getrieben von seinem bestialischen Anspruchs-denken. Urinstinkten folgend. Dominieren. Nehmen. Vernichten. Menschen als Mittel zum Zweck. Nur dafür da, ausgenutzt zu werden. Das war seine Vorgehensweise.

Ich hatte nicht mehr den geringsten Zweifel: Dieser Mann musste sterben. Er war wie Krebs. Bösartig. Metastasierend. Vom Körper nährend. Blind. Rücksichtslos. Gleichgültig. Unfähig zu erkennen, dass er sich im Grunde selbst zerstörte.

»Du verdammter Wichser!«

Ich kann mich nur noch an diese unglaubliche Wut erinnern, die in mir brodelte. Mir das Hirn vernebelte. Und daran, dass Valentine den Raum verließ.

Ich schloss die Augen. Dachte, meine Wut würde nachlassen. Doch sie wurde nur noch stärker und ich wusste, dass es meine Aufgabe war, ihm zu folgen und ihn zu töten. Ihm ein paar Kugeln in die Brust zu jagen. Ihn zu erwürgen. Ihm das Hirn rauszuprügeln. Den Schädel einzuschlagen. Dieses Mal würde er es sein, der nach vorn geschleudert wurde, auf eine Reise in die Vergessenheit, um endlich in den Tiefen der Erde unter Westminster seinem Schicksal zu begegnen.

MOLLY

Nach der Geburt des Kindes fühlte ich kaum noch etwas.

Es war wie bei einer Systemüberlastung, wenn alles abgeschaltet wird, um eine Katastrophe zu verhindern.

Ich hörte, wie Abbie sagte, dass sie das Baby nach mir benennen wolle, und spürte dabei weder Stolz noch Freude.

Nachdem Marcus seine Fotos gemacht und alle anderen das Zimmer verlassen hatten, rollte ich mich am Fuß von Abbies Bett zusammen. Für eine Weile lauschte ich ihren tiefen, langsamen Atemzügen, unterlegt von einem leisen, knurrenden Schnarchen. Das Baby – ich vermochte es nicht Molly zu nennen – bewegte sich, gab einen ganz kurzen, kleinen Schrei von sich und beruhigte sich gleich wieder. Ich glitt in den Schlaf und fand mich ein weiteres Mal in der Küche der Sozialwohnung wieder, in der ich als kleines Kind gewohnt hatte. Ich saß in einem Hochstuhl, kaute an einem Zwieback, der sich auflöste und in eine süße Paste verwandelte, die an meinen Fingern klebte und sich über meine Lippen und Wangen verteilte. Ich hörte Stimmen im Nebenzimmer, die sich rasch zu einem Geschrei steigerten. Worte, die ich nicht kannte. Etwas zerbrach. Fleisch traf auf Fleisch. Türknallen. Das Weinen meiner Mutter. Das verzweifelte Verlangen, aus dem Stuhl herauszukommen, sie zu trösten. Wissen zu lassen, dass ich in ihrer Nähe war. Meine nackten Oberschenkel schrammten an dem harten Plastikrand des Tabletts entlang, das verhinderte, dass ich hinauskletterte …

Mit einem Mal war ich wach. Hatte keine Ahnung, wie spät es war. Mund und Rachen waren trocken, und da war ein Gefühl der Leere in meinem Bauch. Ich hatte den ganzen Tag nichts gegessen. Ich rappelte mich auf. Dabei wurde es mir ein bisschen schwummerig. Ich musste einen Moment innehalten. Die Benommenheit verging, und ich schlurfte Richtung Küche.

Ich füllte den Wasserkocher und entdeckte ein paar Kekse, die ich gierig verschlang. Als ich die Tasse füllte, hörte ich Marcus sagen: »Tee. Das ist eine gute Idee. Machen Sie mir auch einen?« Ich war mir nicht sicher, ob es ein Befehl oder eine Frage war. Jedenfalls gehorchte ich, nahm einen weiteren Beutel und eine zweite Tasse heraus, sprach dabei aber kein Wort. Ich wollte ihn nicht ermutigen. Es verursachte mir eine Gänsehaut, hier mit ihm allein zu sein. Ich hatte vor, ihm die Tasse zu reichen, sobald ich das heiße Wasser eingegossen hatte, und dann zu verschwinden.

Er schien unbeeindruckt von meinem frostigen Benehmen. »Sie waren großartig dadrin. Ich dachte wirklich, das wär's gewesen. Nach allem, was bei Freddies Geburt passiert war, hatte ich eigentlich gedacht, es könnte nicht schlimmer werden …« Er stieß einen Seufzer aus und gab ein gezwungenes Lachen von sich. »Das war's jetzt aber für mich. Ist mir egal, was Abbie sagt. Ich kann da nicht noch einmal durch.« Hatte er das gerade wirklich gesagt? Ich wusste inzwischen, wie selbstbezogen und realitätsfern er war, aber ich konnte es immer noch nicht fassen. Natürlich sagte ich nichts, reichte ihm nur die Tasse, wollte gehen. Er baute sich vor mir auf, machte sich größer und breiter, so dass ich gezwungen war stehenzubleiben. »Können wir uns unterhalten, Molly? Ich würde wirklich gern mit Ihnen reden.« Was sollte ich sagen?

»Ich bin sehr müde, Marcus. Hat das nicht bis morgen früh Zeit?«

»Ich möchte es lieber nicht aufschieben«, erwiderte er und deutete auf einen Stuhl. »Nehmen Sie doch Platz.« Es fühlte sich an wie ein Befehl. Er griff nach der Lehne eines anderen Stuhls und schwang ihn herum, stellte ihn gegenüber von dem, auf den ich mich setzen sollte, so dass ein Entkommen schwierig war.

Ich folgte seiner Aufforderung nicht, drängte mich aber auch nicht an ihm vorbei, um den Raum zu verlassen, sondern trat zur Seite und lehnte mich an einen Schrank.

Die Muskeln in seinem Gesicht spannten sich ein wenig an – eine Mikroaggression, die er aber rasch wieder unter Kontrolle bekam. Ich war hier, das reichte ihm erst einmal.

»Schauen Sie …« Er brachte es nicht fertig, mich anzusehen, als er sagte: »Ich bin mir durchaus bewusst, wie all das auf Sie wirken muss. Aber Sie sollten sich klarmachen, dass Sie bislang nur eine Seite der Geschichte kennen, nämlich Abbies.« Ich sah mit einem Mal wieder Billie vor ihm knien. Dieses Verhalten war eindeutig nicht mit der Interpretation seiner Frau befrachtet. Ich ließ mir nichts anmerken. Nahm einen Schluck von meinem Tee. Marcus kam näher. Kaum wahrnehmbar. So unauffällig, dass ich mich fragte, ob ich es mir nur einbildete.

Er fuhr fort: »Ich weiß, dass ich Fehler habe, Molly.« Er bemerkte den Blick, den ich ihm zuwarf, begriff wohl, dass das nicht ausreichte, und fügte rasch hinzu: »Eine *Menge* Fehler. Das Problem ist: Ich habe Bedürfnisse. Und wenn ich unter Druck stehe, dann müssen sie befriedigt werden. Es gibt keinen größeren Druck, als Premierminister zu sein. Sehen Sie das ein? Verstehen Sie das?«

Er verstummte und heftete seinen Blick auf mich. Sein Schweigen erzeugte ein Vakuum, das gefüllt werden musste.

Ich fühlte mich unwohl, unbehaglich, vermochte nicht zu sagen, was ich wirklich dachte, also bröckelte mein Widerstand. Ich blickte zu Boden und sagte ihm, was er hören wollte. »Ja. Ich kann mir vorstellen, wie schwer das alles für Sie ist.«

Mehr Ermutigung benötigte er nicht. Dieses Mal machte er definitiv einen Schritt auf mich zu. Ich musste wohl zurückgezuckt sein, denn er hielt mitten in der Bewegung inne. Er setzte das Gespräch dennoch fort. »Abbie ist großartig. Aber sie hat es nicht leicht. Die No. 10 ist nicht der richtige Ort für jemanden wie sie. Sie ist einfach zu sensibel.« Seine Worte schienen perfekt gewählt – ganz offenbar wollte er mir einreden, dass ihre mentalen Probleme eine unzumutbare Belastung für ihn waren und er Mitgefühl verdient hatte. Aber alles war so formuliert, dass er diese Interpretation sofort zurückweisen und auf einem Missverständnis beharren konnte, sollte ich widersprechen.

Ich nickte verständnisvoll und nahm einen weiteren Schluck aus meiner Tasse, aber meine Hände verrieten mich, zitterten so sehr, dass etwas Tee über den Rand schwappte. »Molly!«, sagte er mit übertriebener Sorge. »Sie zittern ja. Moment mal.« Er nahm mir die Tasse ab und stellte sie zur Seite, trat vor und legte seine Arme um mich. Ich wurde sofort ganz starr, was ihn nur noch weiter zu ermutigen schien. »Sie Arme. Natürlich hat Sie das alles mitgenommen.«

Ich schloss die Augen, versuchte mir einzureden, dass das hier nicht wirklich passierte. Dass er gleich aufhören würde. Aber das tat er nicht. Er machte einfach weiter. Seine Arme hielten mich fest umschlungen. Sein Mund war nahe an meinem Ohr. Sein Atem warm und feucht. Ich konnte die Schnalzlaute seiner Zunge in seinem trockenen Mund hören. Vielleicht, weil er nervös war – oder erregt. »Du bist so schön«, flüsterte er. »So wunderschön. Aber die Sache ist die … Du musst noch viel lernen.«

Lernen? Ich kam mir vor wie in einem schlechten Film. Das konnte doch alles nicht wahr sein. Seine Handfläche glitt um meine Schulter herum, über meine Brüste und weiter hinunter bis zu meinem Bauch, wo sie für einen Moment verharrte. »Ich glaube, du weißt sehr wohl, dass du mir öfter Unrecht getan hast.« Mein ganzer Körper war wie erstarrt, mein Kopf leer vor Angst. »Ich möchte, dass wir beide zusammenarbeiten. Aber das geht nur, wenn du akzeptierst, was das bedeutet. Du musst tun, was ich sage.«

Mit einem Mal vermochte ich wieder einen klaren Gedanken zu fassen. Ich wurde auf Kurs gebracht. Bestraft. Er behauptete seine Machtposition. Die Intimität der Berührung war dabei zweitrangig.

Ich trug eine Jogginghose mit einem elastischen Bund. Mühelos schob er seine Hand hinein, und ich spürte seine suchenden Finger hinter dem Stoff meines Slips. Dabei küsste er meinen Nacken und biss sanft hinein.

Wieso ließ ich das zu? Wie konnte ich nur? Ich fand keine Erklärung dafür. Hätte ich ihn gewähren lassen, hätte er mich sicherlich vergewaltigt und dann behauptet, es wäre einvernehmlich gewesen.

Irgendwo in mir fand ich die Kraft, »Stopp!« zu rufen. Anfangs hielt ihn das nicht davon ab weiterzumachen. Doch dann schrie ich: »Lassen Sie mich in Ruhe! Nehmen Sie Ihre Pfoten weg!« Er wich erschrocken zurück, so als sei er von einem bösen Geist besessen gewesen, von dem er nun befreit war.

Die anderen kamen angerannt. Erst Sunil und Billie. Dann Max. Selbst Abbie kam mit dem Baby auf dem Arm.

Ich dachte, Max würde ihn auf der Stelle umbringen. Er

wollte Marcus tot sehen. Und das wollte Sunil auch. Ebenso wie Abbie. Sogar Billie wollte es in diesem Moment.

Und ich.

Marcus redete sehr schnell, doch niemand hörte ihm zu, und er stürmte aus dem Raum. Wir folgten ihm.

Genau in dem Moment ging das Licht aus und die Sirene ertönte.

Minuten später war der Premierminister tot.

NACH PINDAR

ERKLÄRUNG GEGENÜBER DER POLIZEI VON SUNIL ARYA

Dieses Schriftstück dient dazu, der Polizei genau zu schildern, wie es zu der Ermordung von Marcus Valentine gekommen ist, wer die Tat begangen hat und aus welchem Grund.

Ich befinde mich im Vollbesitz meiner geistigen Kräfte und bin bereit, vor Gericht unter Eid zu schwören, dass dies die ungeschminkte Wahrheit ist.

Der Anschlag auf die No. 10 war ein schwerer Schlag für die Menschen in diesem Land. Die anschließende Ermordung des Premierministers hat sie erschüttert.

Ich bin daher der Überzeugung, dass es meine Pflicht ist, nun in aller Offenheit klarzustellen, was geschehen ist.

Wir hatten alle ein Motiv und die Gelegenheit. Max Palmer, Molly Wilson, Abbie Valentine, selbst Billie Garrett. Ich bin ihnen nur zuvorgekommen.

Ich habe den Premierminister ermordet.

Ich glaube nicht, dass ich ihn töten wollte, bevor ich seinen Kopf in meinen Händen hielt. Es war ein Akt der Verzweiflung, ohne jeden Vorsatz. Der Versuch, ihn zur Vernunft zu bringen.

Die Situation war chaotisch. Molly beschuldigte ihn der sexuellen Belästigung, möglicherweise sogar einer versuchten Vergewaltigung.

Gefühle kochten hoch. Stimmen wurden lauter, und es gab weitere Anschuldigungen. Der Premierminister verließ die Küche und verschwand in Richtung der Tür, durch die wir Pindar betreten hatten. Was hatte er vor? Dachte er etwa, er könnte entkommen? Ich sah, wie er nach links abbog. Dann ging das Licht aus und die Sirene ertönte. Ich schlurfte los, tastete mich in der völligen Dunkelheit mit den Fingern an der Wand entlang, um nicht die Orientierung zu verlieren.

Als ich um die Ecke bog, vernahm ich seine Stimme, die über die Sirene hinweg gerade noch zu verstehen war. »Wer ist da?« Dann kurze Zeit später wieder die gleiche Frage – panischer dieses Mal, verängstigt. »*Wer ist da?*«

Mir gefiel der Gedanke, dass ich ihm Angst einjagte. Er hatte es verdient. Also schwieg ich und hoffte, sein Unbehagen dadurch noch zu steigern.

Das Licht ging flackernd wieder an, und er erblickte mich. Ich bin mir nicht sicher, was ich bis zu diesem Zeitpunkt empfand. In meinem Kopf hatte sich der Gedanke festgesetzt, dass ich ihn zur Rede stellen musste. Er allein bestimmte mein Denken, trieb mich an. Ich hatte keine Ahnung, was ich tun würde, wenn es so weit war. Doch dann sah ich den Ausdruck auf seinem Gesicht. Es war eine seltsame Mischung aus Erleichterung, Vertrautheit und Verachtung. Er sagte: »Du?«, beinahe belustigt, so als hätte er mit einer schrecklichen Bedrohung gerechnet, um dann stattdessen einem Teddybären gegenüberzustehen.

Es kam mir vor, als würde in mir ein Damm brechen, und eine Sturzflut der Gefühle durchströmte mich. Wieder einmal drohte ich, in der Demütigung, den Lügen, Kompromissen und Vertrauensbrüchen zu ertrinken, die Marcus mir angetan hatte. Mit einem Schlag wurde ich zurückversetzt in die schlimmsten Momente meines Lebens: Ich stand wieder vor dieser Rednerbühne, als er all meine Hoffnungen zerstörte, selbst einmal Abgeordneter zu werden, weil er mir meine politischen Ideen und meine Rede stahl. Ich telefonierte mit Ophelia, die mir erklärte, dass sie nichts mehr mit mir zu tun haben wollte. Marcus, der mich beschuldigte, mich der Frau, die ich liebte, gegenüber wie ein Stalker benommen zu haben. Dann der Moment, als er Margaret Hawse und mich feuerte.

Er wollte gerade etwas sagen, als ich ihn packte, meine linke Hand gegen seinen Kopf presste und mit der rechten einen Büschel seiner Haare ergriff. Unsere Blicke trafen sich, aber er versuchte nicht, sich zu befreien. »Was zum –«

Das waren seine letzten Worte. Ich schmetterte seinen Hinterkopf gegen eine hervorstehende Verbindung an den Rohren. Blickte in seine Augen. Sah dort Verwirrung, Wut, Ungläubigkeit. Aber vor allem Verachtung. Wie konnte ich, der so weit unter ihm stand, es wagen, etwas derart Wahnsinniges zu tun? Für wen hielt ich mich? Ich gehörte ihm – wie konnte ich mir anmaßen, dies jemals infrage zu stellen?

Das steigerte meinen Zorn. Mein Griff wurde fester. Rasend vor Wut und von Bitterkeit erfüllt, knallte ich seinen Kopf immer wieder gegen das Rohr. Mit jedem Mal härter. Seine Augen schienen in verschiedene Richtungen zu blicken, dann rollten sie in seinen Kopf zurück. Er gab ein undeutliches Lallen von sich. Sein Körper wurde plötzlich schlaff, sackte nach hinten, und ich ließ ihn los, so dass er an der Wand hinunterglitt wie die Schlange, die er war.

Ich betrachtete ihn einen Moment lang. Dann spuckte ich auf den Boden.

Ich ging den Weg zurück, den ich gekommen war. Dann ging das Licht für ein oder zwei Minuten wieder aus. Das ließ mir genug Zeit, um mich in die Nähe der anderen zu begeben, ohne aufzufallen.

Ihre Stimmen klangen unsicher. Eindringlich. Ich glaube, jeder wusste, dass etwas Schreckliches passiert war.

Als das Licht wieder anging, fragte Billie: »Wo ist Marcus?« Niemand antwortete. »*Wo ist Marcus?*« Sie rief dreimal seinen Namen, wandte sich dann in Panik jedem Einzelnen von uns zu. »Was ist hier los?«, sagte sie mit anklagender Stimme zu Abbie, die ihr Baby auf dem Arm hielt.

Bevor sie antworten konnte, kam ihr Max mit einer weiteren Frage zuvor: »In welche Richtung ist er gegangen?«

»Da entlang«, sagte ich und zeigte den Tunnel hinauf. Max und Billie liefen los. Ich hinterher. Abbie gab Molly das Baby und folgte uns. Molly blieb bei den Kindern.

Es dauerte nicht lange, bis wir bei ihm waren. Sein Kopf war nach links gedreht und lag in einer Blutlache. Dunkel und klebrig wie Schokoladensoße. Es war eindeutig, dass es kein Unfall war.

»O mein Gott«, sagte Billie.

Mit einem Mal begann Marcus' Körper zu zucken, und er sog eine große Menge Luft ein. Vielleicht war er ja noch am Leben. Käme bald wieder auf die Beine. Meine Wut hatte sich gelegt. Ich fühlte mich furchtbar.

Abbie gab ein Keuchen von sich. Max fiel auf die Knie, und ich tat es ihm unwillkürlich gleich. Er riss Marcus' Hemd auf, drückte die übereinandergelegten Hände auf seinen Brustkorb und begann rhythmisch zu pressen, ehe er ihm die Nase zuhielt, seinen Hals überstreckte und in seinen Mund atmete. Während er dies tat, konnte ich die Verletzung an Marcus' Kopf sehen. Sein Haar war mit Blut verklebt, und da war eine tiefe Delle, wo keine sein sollte. Ich stellte mir vor, dass sein Schädel an dieser Stelle in tausend Stücke zersprungen war.

Max hielt einige Minuten durch, bevor er erschöpft aufgab. Ich habe keine Ahnung, warum ich anschließend versucht habe, Marcus zu retten, schließlich hielt ich seinen Tod für gerechtfertigt. Das Gehirn ist nun mal wie ein Parlament, in dem widersprüchliche Ansichten herrschen. Vielleicht wollte ich auch einfach mein Verbrechen tilgen.

»Wird er überleben? Können Sie ihn retten? Bitte, retten Sie ihn ...« Billie hörte einfach nicht auf zu reden.

»Halten Sie endlich die Klappe«, herrschte Abbie sie schließlich an.

Irgendwann legte Max seine Hand auf meinen Unterarm und sagte: »Es reicht.« Er ließ sich zurückfallen und dabei sah ich, dass seine linke Hand dunkel und klebrig war vor trocknendem Blut. Meine eigene Hand sah ebenso aus. Ich wischte sie an meiner Brust ab, blickte von ihm zu Abbie und Billie und sagte: »Er ist tot.«

»Wer hat ihn getötet?«, fragte Abbie und bedachte jeden von uns mit einem anklagenden Blick. »Wer hat ihn getötet?«

Es dauerte einen Moment, bis mir die Tragweite des Geschehens bewusst wurde. Ich hatte nicht nur ein Leben genommen – ich hatte den amtierenden Premierminister auf brutalste Weise umgebracht.

Einem immer lauter werdenden Teil von mir gefiel die Vorstellung, dass ich als der Mann in die Geschichte eingehen würde, der Marcus Valentine aufgehalten hatte. Der weiteren Schaden vom Land abgewendet hatte. Ich hatte mir schon immer ausgemalt, einmal etwas Großes zu vollbringen. Auch wenn ich mir das anders vorgestellt hatte.

Aber es schien nur folgerichtig, dass ich derjenige war, der ihn getötet hatte, denn schließlich hatte ich dabei geholfen, dieses Monstrum zu erschaffen.

Ich hatte einen Fehler berichtigt. Die Ordnung wiederhergestellt. Für Gerechtigkeit gesorgt.

Ich selbst wollte die Nachricht überbringen. Stellte mir

vor, wie entsetzt die Menschen auf seinen Tod reagieren würden, gerade in der aktuellen Situation. Nach dem Terroranschlag, dem Chaos und der Ungewissheit, nun auch noch das. Es spielte keine Rolle, wer Marcus war oder was er getan hatte – entscheidend war das Amt, das er bekleidete. Leute, die ihn gehasst und seine Politik als niederträchtig bezeichnet hatten, würden mit einem Mal anerkennende Worte für sein Engagement und seinen Dienst an der Allgemeinheit finden. Aus Aggression würde Entschlossenheit werden. Aus Machtmissbrauch Tatendrang. Aus Narzissmus selbstlose Führerschaft. Schwarz würde zu weiß werden, oben zu unten. Aber ich würde die ganze Geschichte mit all den schmutzigen Details erzählen, die ihren Höhepunkt in der versuchten Vergewaltigung von Molly fand. Es würde den Menschen die Augen öffnen. Sie würden es verstehen.

»Das ist so furchtbar. Einfach nur furchtbar«, schluchzte Billie.

Max sagte: »Es reicht, Billie.« Er richtete sich auf, wischte sich mit dem Handrücken über den Mund und fuhr fort: »Er ist für mich nur wie ein verdammtes Tier gewesen. Er hat's nicht besser verdient.«

Abbie schritt bereits den Korridor hinunter zu Molly, Freddie und dem schreienden Baby. Max folgte ihr. Billie hatte sich neben Marcus zu Boden sinken lassen. Sie hielt seinen Kopf in ihren Händen, beugte sich hinunter, gab ihm einen Kuss auf die Lippen und sagte: »Es tut mir so leid. So unglaublich leid.«

»Billie«, sagte ich, aber sie ignorierte mich. »Billie. *Billie!* Sie sollten jetzt besser mitkommen.« Ich hielt ihr die Hand hin, zog sie in die Höhe und zerrte sie mit zurück zu den anderen.

Dann ging ich nach hinten in den Konferenzraum und

griff zum Telefon. Als ich gerade zu Ende gewählt hatte, kamen Molly und Max herein.

Mein Anruf wurde entgegengenommen. Ich machte mir gar nicht erst die Mühe, irgendwelche Höflichkeitsfloskeln zu bemühen: »Ich benötige eine Besprechungsrunde in fünf Minuten.« Den anfänglichen Protest mit Hinweis auf die späte Stunde unterbrach ich sogleich. »Wenn's sein muss, schalten Sie die anderen von zu Hause zu. Fünf Minuten. Alle werden hören wollen, was ich zu sagen habe.«

Ich fühlte mich plötzlich ganz zittrig. Das hier war kein Albtraum. Ich würde wirklich gestehen, den Premierminister ermordet zu haben. Die Zeit der Abrechnung war gekommen.

Schließlich erwachte der Bildschirm zum Leben: Die Polizeichefin setzte sich auf ihren gewohnten Platz. Simmonds und Sands ebenfalls. Die anderen wurden von zu Hause aus zugeschaltet. Einige von ihnen trugen noch Morgenmäntel und Schlafanzüge. Mir wurde schlecht, und mein Mund war ganz trocken. Ich blickte mich nach Wasser um, aber es war keins im Raum.

»Was ist denn los, Sunil?«, fragte die Polizeichefin. Sie klang gereizt, gab sich aber alle Mühe, höflich zu bleiben.

Ich zögerte für einen Moment. Versuchte mir die richtigen Worte zurechtzulegen. Dann sagte ich: »Marcus ... der Premierminister wurde ermordet.«

»Was?« Die Polizeichefin schien ganz offenbar zu glauben, dass ich wahnsinnig geworden war. Einige schnappten nach Luft. Gemurmel und eindringliches Flüstern waren zu hören. »Was haben Sie gesagt, Sunil?«

»Ich sagte, der Premierminister ist ermordet worden.«

»Sind Sie sich auch ganz sicher, dass er tot ist?«

Ich holte tief Luft. »Daran besteht kein Zweifel. Sein Schädel wurde zerschmettert. Wir haben versucht ihn wiederzubeleben, aber er hat nicht reagiert.« Erneut wurde vernehmlich nach Luft geschnappt. »Und wie ist es passiert? Wer hat es getan?«

»Marcus hat Molly sexuell belästigt. Wir anderen kamen hinzu. Es kam zu einer verbalen Auseinandersetzung. Daraufhin hat der Premierminister den Raum verlassen. Das Licht ging aus, und kurz darauf war er tot.«

»Wer war es? Ist der- oder diejenige unter Kontrolle?«

»Ich war's.«

Gemurmel war zu hören. »Ich habe den Premierminister getötet.« Die Polizeichefin wollte protestieren, aber Simmonds legte eine Hand auf ihren Unterarm und schüttelte den Kopf.

Es herrschte Schweigen, während alle versuchten, meine Worte zu begreifen. Dann fragte Simmonds: »Warum?«

»Was?« Irgendwie hatte er mich mit dieser simplen Frage auf dem falschen Fuß erwischt.

»Warum haben Sie ihn umgebracht?«

Es herrschte Schweigen, während ich mir eine Antwort überlegte. »Weil er es verdient hatte. Weil er ein Ungeheuer war.«

Einige Sekunden lang sagte niemand ein Wort – aber es kam mir wie eine Ewigkeit vor. Simmonds brach schließlich das Schweigen. »Sichern Sie den Tatort. Lassen Sie die Leiche, wo sie ist. Hat sie sonst noch jemand angefasst?«

»Max«, erwiderte ich. »Er hat Wiederbelebungsmaßnahmen durchgeführt. Ich ebenfalls. Und Billie hat sie auch berührt.«

Ich schaute in fragende Gesichter, aber niemand sagte etwas. Es gab eine sehr lange Pause.

Dann: »Geben Sie uns etwas Zeit. Wir müssen überlegen, wie wir weiter vorgehen.«

Ich schaltete den Bildschirm und die Kamera aus. Dann

hielt ich mit einem Mal inne. Meine Atmung war flach, mir brach der Schweiß aus, und mein Herz raste. Ich stützte mich mit der rechten Hand an der Wand ab, beugte mich vor und versuchte wieder die Kontrolle zu erlangen.

Nach einer Weile klingelte das Telefon.

Ich nahm ab und sagte: »Hallo.«

»Sunil«, erwiderte eine barsche Männerstimme, die ich nicht kannte. »Sunil, bitte bestätigen Sie, dass Sie es sind.«

»Ja, ich bin es.«

»Wir planen unser Vorgehen. Die Sicherheitslage ist unter entsprechenden Schutzvorkehrungen inzwischen stabil genug. Wir kommen rein. Standby.« Ich war sprachlos, wusste nicht, was ich mit dieser Information anfangen sollte. »Wir kommen rein. Standby. Haben Sie verstanden?«

»Ja ... ja, das habe ich.« Ich hörte ein Klicken, und dann war die Leitung tot.

Wir begaben uns hinaus in den Korridor. Ich hörte sie, lange bevor ich sie sah. Warf mich sogleich zu Boden, um zu zeigen, dass ich mich nicht widersetzen würde. Schließlich wussten sie, dass wir hier unten ein Maschinengewehr hatten.

Ich hatte Angst. Wusste, dass mein Leben, so wie ich es gekannt hatte, vorbei war. Es gab kein Zurück mehr. Keine Wiedergutmachung. Nur Schmach.

Einer der Männer kniete sich auf meinen Nacken und fesselte meine Hände im Rücken mit Kabelbinder. Dann wurde ich auf versteckte Waffen abgetastet, ehe man mich auf die Füße zerrte und in einen anderen Raum brachte, während die anderen weggeführt wurden. Meine Plastikhandschellen wurden sofort wieder durchschnitten, und mir wurde befohlen, mich auszuziehen, während drei Gewehre auf mich gerichtet waren.

Ich stand splitternackt da und ein Gerät wurde vor und

hinter meinem Körper und auch an den Seiten auf und ab bewegt, vermutlich um zu untersuchen, ob sie Spuren von dem Gift bei mir entdecken konnten. Es gab hin und wieder ein Piepen und Surren von sich, aber aus ihrer Reaktion schloss ich, dass alles in Ordnung war.

Von allen nur erdenklichen Stellen meines Körpers wurden Abstriche genommen. Dann durfte ich mir Boxershorts, weiße Sportsocken und einen blauen Overall anziehen. Anschließend musste ich noch in einen Schutzanzug schlüpfen, während man mir meine Rechte vortrug und mich darüber in Kenntnis setzte, dass ich verhaftet war.

Dann wurde ich nach draußen gebracht und in einen Gefangenentransporter verfrachtet.

Ich werde mich vor Gericht selbst verteidigen.

Ich werde keine strafmildernden Umstände geltend machen.

Und ich werde mich der Anklage des Mordes schuldig bekennen.

Unterschrift: Sunil Arya
   Datum: 21. Mai

ABBIE

Was ich empfand, als ich Marcus auf dem Boden liegen sah, während ihm das Blut aus dem Kopf sickerte?

Bestürzung war es nicht. Auch nicht Trauer, Freude oder Erleichterung. Es fühlte sich einfach richtig an. Als sei damit für Gerechtigkeit gesorgt worden.

Er hatte sich ein Leben lang das genommen, was anderen gehörte. Molly war lediglich sein letztes Opfer gewesen. Ich versuchte mir vorzustellen, was wohl in seinem Kopf vorging, als er sie sexuell nötigte. Vielleicht war er einfach geil, und sie war das Attraktivste, was gerade greifbar war? Aber das glaube ich nicht.

Ich glaube, er wollte sie dazu bringen, sich ihm zu unterwerfen. So wie ein Raubtier in der Natur, losgelöst von jeder Moral, getrieben von dem niedrigen Instinkt, zu besitzen und zu kontrollieren. Er war das Alphatier, der Anführer des Rudels. Er glaubte, dass für ihn andere Regeln galten. Dass es ihm zustand, zu tun und zu lassen, was er wollte, ohne Konsequenzen fürchten zu müssen. Schließlich hatte ihm das Leben dies immer wieder bewiesen.

Aber dieses Mal nicht. Dieses Mal gab es Konsequenzen. Mit einem Mal galten für ihn keine anderen Regeln mehr – und die Folgen waren katastrophal.

Es war allen unten in Pindar klar, dass er endgültig zu weit gegangen war. Und den Preis dafür bezahlt hatte.

Molly war nach seinem sexuellen Übergriff angewidert

und aufgebracht. Max voller Wut gegen ihn. Sunil hatte ohnehin mehr als genug Gründe, ihn zu hassen. Auch Billie hatte viel einstecken müssen.

Und dann war da noch ich. Mein Ekel vor Marcus war größer als mein Selbstekel. Als mir klar wurde, was er Molly angetan hatte, war ich der Meinung, dass er einen gewaltsamen, qualvollen und entwürdigenden Tod verdient hatte.

Mir war lieber, dass meine Kinder ohne Vater aufwuchsen, als ihn weiterhin um uns zu haben. Er war ohnehin nur im biologischen Sinn ihr Vater.

Mir fiel wieder diese Naturdokumentation über die Spinne ein, die ein kunstvolles, wunderschönes Netz spinnt, um ihre Beute anzulocken, sie dann aber nicht tötet, sondern ihr ein Gift injiziert, so dass sich ihre Beute wieder erholte und ihr so mehr als eine Mahlzeit ermöglichte.

Ich hatte mir eingeredet, dass Marcus die Spinne war und ich sein Opfer: gefangen, ein Zombie, ihm völlig ausgeliefert.

Aber in Wahrheit war es komplizierter. In Wahrheit hatte ich mich jahrelang geweigert, jegliche Verantwortung für meine eigene Rolle in diesem Netz aus Lügen und Intrigen zu übernehmen. Nur, um mich nicht mit der quälenden Tatsache zu konfrontieren, dass ich selbst zu der Misere beigetragen hatte, die mein Leben geworden ist. Nun erkannte ich, dass ich Marcus ohne jeden Zweifel Beihilfe geleistet hatte, angefangen damit, dass ich eine Affäre mit ihm hatte und zu ihm stand, obwohl ich wusste, dass er noch mit Ophelia verheiratet war und sie Krebs im Endstadium hatte. Ich habe sein Verhalten die ganze Zeit hindurch toleriert und gedeckt, und ich werde die Scham darüber und die seelischen Verletzungen und Narben, die er mir zugefügt hat, ein Leben lang mit mir herumtragen.

Ja, der Mord an Marcus bedeutete für mich einen Neuanfang. Nach dem Anblick seiner Leiche ging ich in mein Zimmer, wo Molly mit meinen Kindern wartete, und bat sie, uns allein zu lassen.

Ich legte das Baby an meine Brust, und es begann sogleich, hungrig zu saugen. Kein Ärger, kein Kampf, kein Misstrauen. Nur ein durstiges Verlangen. Ich schaute in das Gesicht der Kleinen, und ich sah Marcus darin. Da war etwas von ihm in den Konturen, der Krümmung ihrer Nase, der Form ihres Kinns.

Freddie spielte in der Ecke. Zum ersten Mal vermochte ich wirklich zu erkennen, dass er mich brauchte.

Nachdem ich seine Schwester wieder in ihren Korb gelegt hatte, bat ich ihn, zu mir herüberzukommen. Er stand zögernd auf und folgte meiner Bitte. Ich legte meine Arme um ihn und sagte: »Du bist so ein guter Junge, Freddie. Der beste Junge, den ich mir wünschen kann. Ich liebe dich.« Er kuschelte sich an mich, begann an seinem Daumen zu lutschen, und fiel in einen tiefen Schlaf. Seine Atmung passte sich der seiner Schwester in ihrer behelfsmäßigen Wiege an.

Ich legte ihn ins Bett und deckte ihn zu. Dann nahm ich das Baby auf den Arm, ließ die Tür einen Spalt breit geöffnet und machte mich auf die Suche nach den anderen. Billie war im Schlafsaal, saß weinend auf der Bettkante. Sie schien in den paar Tagen, die wir inzwischen hier unten waren, um Jahre gealtert. Ich vermochte ihren Schmerz über den Tod von Marcus nicht nachzuempfinden, aber ich verspürte Mitleid mit ihr. Sie hatte in den letzten Tagen alles verloren. Ich setzte mich neben sie, nahm ihre rechte Hand in meine Hände und legte sie auf meinen Schoß. »Das wird schon wieder, Billie. Glauben Sie mir, das wird es wirklich.«

»Wie können Sie das sagen?« Es klang nicht anschuldigend, nur verblüfft. Offenbar fragte sie sich, wie jemand nach dem heutigen Abend zu dem Schluss gelangen konnte, dass jemals wieder irgendetwas normal sein könnte.

»Vertrauen Sie mir – ich weiß es. Es ist besser so. Die Welt ist ohne Marcus Valentine besser dran.«

Sie gab ein Keuchen von sich, rückte von mir ab, den Mund mit den Händen bedeckt, und sagte: »Wer hat ihn getötet? Waren Sie das?«

Ein Teil von mir wünschte, ich hätte es getan, aber ich schüttelte den Kopf. Ich war mir sicher, dass es Max war. Aber ich sagte nichts.

Ich ließ sie zurück, kümmerte mich nicht weiter darum, was sie dachte, und ging zu den anderen in den Konferenzraum. Molly und Max machten einen verstörten Eindruck. Sunil saß da, hatte das Kinn auf seine ineinandergreifenden Finger gestützt. Es herrschte eine eigenartige Stimmung im Raum, die ich nicht zu interpretieren vermochte. Ich ging zu Molly hinüber und legte meine Arme um sie. »Was er Ihnen da in der Küche angetan hat, das war wirklich widerlich.«

Sie zitterte – aber nicht etwa vor Angst, sondern vor Wut. »Zum Teufel mit ihm. Er hat es nicht besser verdient. Es war, als hätte er meine Schwachstelle entdeckt und sie ausgenutzt. Wer tut denn so etwas?«

Ich schaute zu Max hinüber. Unsere Blicke trafen sich. Seine Wut schien mit einem Mal verflogen, und eine Träne rann aus seinem Auge. Er wischte sie weg, versuchte seine Beherrschung wiederzuerlangen. »Wie geht es jetzt weiter?«

»Die kommen rein. Ich vermute, dass sie mich verhaften werden«, sagte Sunil seelenruhig.

»Was?« Ich war verwirrt. »Moment mal? *Du* warst das?«

Er nickte nur und sagte: »Die haben uns mitgeteilt, dass sie reinkommen werden. Die Lage draußen ist nun sicher genug. Ich schlage vor, dass wir in den Eingangsbereich hinausgehen.«

Ich gab Molly das Baby und machte mich auf den Weg, um Freddie zu holen. Max forderte Billie auf, sich uns anzuschließen.

Wir standen in einer Reihe da im kalten, schattenlosen Neonlicht. Schließlich kamen bewaffnete Männer in Schutzanzügen von beiden Seiten auf uns zu. Sie sahen aus wie aus einem Science-Fiction-Film – Astronauten, die auf einem fremden, öden Planeten landen und zum ersten Mal den Aliens begegnen. Sunil legte sich unaufgefordert bäuchlings auf den Boden und verschränkte die Hände auf dem Rücken. Zwei Männer richteten ihre Waffen auf ihn und ließen keinen Zweifel daran, dass sie ihn erschießen würden, sollte er eine falsche Bewegung machen.

Billie sah Sunil entsetzt an. »Sie? Sie waren das?«

Sie murmelte immer noch ungläubig vor sich hin, als wir alle – bis auf Sunil – in den Konferenzraum geführt wurden.

Dort wurde von jedem ein Abstrich genommen, und wir bekamen unsere eigenen Schutzanzüge. Das Baby wurde in ein Behältnis gelegt. Das Ganze geschah in einem hektischen Tempo – sie wollten unbedingt so schnell wie möglich wieder raus.

Man brachte uns in der entgegengesetzten Richtung hinaus, in der wir hier hinuntergelangt waren. Über einen langen Korridor und eine Treppe hinauf, die ins Verteidigungsministerium führte.

Wir spürten sogar durch unsere Anzüge hindurch den willkommenen Temperaturabfall. Es war, als ob wir plötzlich von einer enormen Last befreit würden, die wir tagelang mit uns herumgeschleppt hatten. Nach der schwülen, stickigen Enge von Pindar tat es gut, wieder kühle, frische Luft zu atmen. Es fühlte sich an, als kämen wir aus der Hölle direkt in den Himmel.

Das Gebäude schien leer zu sein, und jedes Geräusch hallte darin wider. Die riesigen Räume wurden nur durch die Taschenlampen unserer Retter erleuchtet.

Nach einem kurzen Marsch wurde eine große Tür aufgerissen, und wir standen an einer Treppe, die hinunterführte. Auf der Straße vor uns wartete eine Fahrzeugkolonne. Ich wurde zusammen mit Freddie und dem Baby in einen Van gesetzt. Molly, Max und Billie hatten je ein Fahrzeug für sich. Ich drehte mich nach Sunil um und sah, dass er zu einer Art Gefangenentransporter gebracht wurde.

In dem Moment wurde mir bewusst, dass sie ihn ins Gefängnis brachten und er vermutlich nie wieder herauskommen würde. Denn der Mann, der den Premierminister getötet hatte, würde hinter Gittern verschwinden, ohne jede Aussicht, jemals wieder herauszukommen.

Als der Wagen davonbrauste, drehte sich ein Mann, der in voller Schutzausrüstung auf dem Beifahrersitz saß, zu mir um und sagte: »Es tut mir so leid um Ihren Mann, Mrs. Valentine. Er war eine große Persönlichkeit.«

Mrs. Valentine? Der Name kam mir so befremdlich vor wie die Situation, in der ich mich nun wiederfand. Natürlich nahm der Mann an, dass ich meinen Ehemann geliebt hatte. Dass ich seinen gewaltsamen Tod als einen Dolchstoß durch mein eigenes Herz empfunden hatte und nicht etwa als wohltuende Erleichterung.

Der Wagen bog ab. Ich blickte nach vorn, und vor uns lag das Parlamentsgebäude immer noch in einem warmen, orangefarbenen Licht vor dem dunklen Nachthimmel erleuchtet.

»Wissen sie es schon?«, fragte ich.

»Wie bitte? Wer soll was wissen, Ma'am?«

»Wissen die Menschen, dass Marcus tot ist? Wurde es schon bekanntgegeben?«

»Nein. Noch nicht.«

Ich wünschte, diese Fahrt durch die Nacht würde niemals enden.

MAX

Aufgrund der späten Stunde wurden wir in ein angeblich sicheres Haus gebracht, wo wir den Rest der Nacht verbringen sollten. Dort teilten sie uns mit, dass sie uns nun alle getrennt voneinander befragen würden. Offenbar wollten sie herausfinden, ob unsere Geschichten übereinstimmten.

Ich war als Erster an der Reihe. Sie brachten mich in einen kargen Raum mit einem Tisch, um den diese orangefarbenen Schalenstühle aus Plastik standen, die man oft in öffentlichen Gebäuden sieht.

Sie schienen auf Fakten aus zu sein. Wollten wissen, wann ich erkannt hatte, dass der Premierminister tot war, wann und auf welche Weise Sunil die Tat gestanden hatte, warum ich voller Blut gewesen war. Sie waren höflich, und ich fasste mich kurz und äußerte mich nur zur Sache.

Später am Tag, nachdem die anderen ebenfalls befragt worden waren, wurden Molly, Abbie, die Kinder und ich aufs Land verfrachtet, um uns von den neugierigen Medien fernzuhalten. Billie hatte gebeten, in London bleiben zu dürfen, und man hatte es ihr erlaubt.

Wir wurden in zwei nebeneinanderstehenden Häusern untergebracht. Der Form halber nahmen Abbie und Molly mit Freddie und dem Baby das größere Haus, und ich kam in dem kleineren Haus unter.

Nachmittags machte ich einen Spaziergang ins Dorf, wo mich die Frau, die den Lebensmittelladen mit Poststelle führte, zu erkennen schien, als ich auf die Titelseiten starrte. Viele hatten auf beiden Seiten schwarze Ränder als Zeichen der nationalen Trauer, und von allen starrte mich Sunil mit ausdruckslosem Gesicht an. Das Foto war immer das gleiche, und es war offenbar gewählt worden, um ihn besonders bedrohlich wirken zu lassen. Ich nahm ein paar Zeitungen mit und verschlang sie.

Gemessen an den wenigen verfügbaren Informationen, war das Ausmaß der Berichterstattung gewaltig. Sunil wurde als »Einzelgänger« bezeichnet, der laut einer »gut informierten Quelle«, die aber nicht namentlich genannt wurde, als unberechenbar galt. Das konnte ich so nicht bestätigen. Er war immer sehr beherrscht gewesen, hatte all den Scheiß geschluckt, den er sich hatte gefallen lassen müssen.

Neben den Berichten über Sunil gab es jede Menge Nachrufe und Lobeshymnen auf Marcus Valentine. In den Tagen und Wochen vor seinem Tod war erhebliche Kritik laut geworden, doch nun schien es, als wären diese Worte niemals geschrieben worden. Selbst die Zeitungen, die stets gegen seine Politik gewesen waren, spekulierten nun darüber, was er noch Großes hätte leisten können. Schwülstige Leitartikel sprachen von einer »betrogenen Demokratie« und einem »Land ohne Anführer«.

Auch Molly machte mir Sorgen. Sie glich einem brodelnden Vulkan. Ich hätte nie gedacht, dass sie überhaupt zu einem solchen Zorn fähig war.

Mir gegenüber benahm sie sich auf den ersten Blick zwar wie immer, aber ich spürte, dass sie mir entglitt und sich emotional immer weiter zurückzog. Ich dagegen war bereit, Nägel mit Köpfen zu machen, und wollte bis in alle Ewigkeit mit ihr zusammen sein.

Ich erinnerte mich daran, was ich im Mathematikunterricht in der Schule über die Asymptote gelernt hatte. So bezeichnete man eine Kurve oder Gerade, an die sich der Graph einer Funktion immer weiter annähert, ohne sie zu erreichen. Nur dass ich in diesem Fall der Graph war und Molly die Asymptote: Ich versuchte verzweifelt, sie zu erreichen, sie zu berühren, mit ihr in Verbindung zu kommen, ohne dass es mir wirklich gelang.

Ich redete mir ein, dass ihr distanziertes Verhalten an den traumatischen Erfahrungen unten in Pindar lag, und nahm mir vor, ihr Zeit zu lassen.

Nachts kam Molly in mein Bett. Wir liebten uns, aber auch hier stimmte etwas nicht. Als sie danach angespannt in meinen Armen lag, versuchte ich mit ihr darüber zu reden.

»Warum mussten sie mir so viele Fragen stellen?«, sagte sie sichtlich aufgewühlt.

Ich versuchte sie zu beruhigen. »Sie machen bloß ihren Job.«

»Ich habe das Gefühl, dass sie uns bespitzeln. Uns abhören.«

»Sie bespitzeln uns nicht.«

»Das weißt du doch gar nicht.«

»Doch, das weiß ich«, beharrte ich, und sie drehte mir den Rücken zu. »Und falls doch, was würde das für einen Unterschied machen?« Ich presste mich an sie, und sie ließ es zu – aber ich fühlte mich weiter von ihr entfernt als jemals zuvor.

Nach einer Weile sagte sie: »Ich hasse die Vorstellung, dass Sunil den Rest seines Lebens im Gefängnis verbringen wird.«

»Das geht mir genauso. Aber wir können nichts daran ändern«, sagte ich, woraufhin sie stumm blieb.

SUNIL

Es geschah alles sehr schnell. Auf der Polizeiwache wurde ich fotografiert – insbesondere das Blut an meinen Händen. Es wurden weitere Abstriche genommen. Beim Duschen wurde ich dann überwacht. Das Wasser war kalt, aber ich beschwerte mich nicht, schrubbte meine Haut mit einem Stück Kernseife und sah zu, wie sich die Flecken von Marcus' getrocknetem Blut lösten und das Wasser färbten. An meinen Beinen rannen rote Rinnsale hinab, die den Abfluss umkreisten, ehe sie verschwanden.

Nachdem sie meine Fingerabdrücke genommen hatten, wurde ich in meine Zelle geführt. Eine Betonplatte mit einer dünnen Matte diente als Bett, und in der Ecke befand sich eine silberfarbene Metalltoilette mit blauer Bleiche in der Schüssel. Abgesehen davon gab es nichts – außer einer dünnen, grauen Decke.

Die Tür wurde hinter mir zugeschlagen, und ich legte mich auf das harte Lager. Ich bemerkte die beiden Kameras sofort – eine in der rechten oberen Ecke neben der Tür und eine weitere schräg gegenüber. Keine Privatsphäre. Keine Würde.

Das kräftige, helle Licht der Neonröhre erinnerte mich an Pindar, und ich drehte mich auf die rechte Seite, spürte, wie sich der unnachgiebige Beton durch die dünne Matratze drückte. Ich dachte an Valentine – seine Lippen dick und feucht, sein Kopf zu Brei geschlagen. Aber vor allem dachte ich an Molly und Max. Es war ein Trost, dass die beiden zusammen sein konnten.

Schließlich legte ich den Unterarm über meine Augen und fiel in einen tiefen, traumlosen Schlaf, bis ich durch das schrappende Geräusch eines Schlüssels im Schloss unsanft in die Realität zurückgeholt wurde.

Ich durfte die Toilette benutzen, mir aber nicht die Hände waschen, ehe ich in einen nahegelegenen Raum gebracht wurde, in dem sich ein Tisch und drei Stühle befanden. Die Wände waren leer und fensterlos. Auch hier hingen zwei Kameras in gegenüberliegenden Ecken. Ich wurde angewiesen, mich mit dem Gesicht zur Tür an den Tisch zu setzen.

Ein Mann und eine Frau kamen herein. Es dauerte einen Moment, bis ich in dem korpulenten Mann Nick Sands erkannte, den Leiter des MI5. Er sah elend aus. Das Fett quoll über seinen Gürtel und den Hemdkragen. Sein Haar war fettig, und seine Haut hatte die Farbe von Haferschleim. Die Frau stellte sich als DCI Theresa Burns vor. Sie trug ein gutsitzendes Kostüm, und ihr Haar war oben auf dem Kopf zu einem Dutt zusammengebunden. Ich schätzte sie auf Mitte vierzig.

Ein langer Signalton – ein nervtötendes Geräusch irgendwo zwischen einem Heulen und einem Summen – kündigte den Beginn der Aufnahme an.

»Sunil Arya«, sagte Sands, schob dabei den Kopf nach vorn und hob den Blick, ganz offenbar zu sehr Profi, um noch irgendeine weitere Bemerkung hinzuzufügen. Ich nickte. »Noch einmal zur Bestätigung – Sie wurden verhaftet und haben auf Ihr Recht verzichtet, einen Anwalt hinzuzuziehen?« Ich nickte. »Bitte bestätigen Sie dies laut und deutlich für die Aufzeichnung.«

»Ich habe auf mein Recht verzichtet, einen Anwalt hinzuzuziehen.«

Burns begann mit der Befragung. »Schildern Sie uns, auf welche Weise der Premierminister ermordet wurde.«

Ich begann mit Mollys Geschrei. Erzählte, wie wir alle in die Küche rannten. Valentine den Raum verließ. Der Strom ausfiel. Dass ich ihm folgte. Mich langsam durch die Dunkelheit voranbewegte. Und, als das Licht wieder anging, die Beherrschung verlor. Seinen Kopf mehrfach gegen die oberen Rohre schlug. Anschließend zurückeilte. Ich gab nur eine grobe Beschreibung, verzichtete auf Details und ließ keinen Zweifel daran, dass ich allein Schuld an dem Mord trug.

Burns sah mich lange an und nickte dann bedächtig.

»Eine Sache wundert mich allerdings …« Sie streckte die Hand aus und griff nach einer Fernbedienung, mit der sie einen Bildschirm an der Wand zu meiner Rechten einschaltete. Dann holte sie ein iPad hervor, tippte langsam den Code ein und fand die Datei, nach der sie suchte. Ein vergrößertes Foto erschien. Ich vermochte zunächst nichts zu erkennen, doch dann sagte sie: »Fürs Protokoll: Gezeigt wird ein Foto der Kopfseite von Marcus Valentine. Die Seite, die nicht zertrümmert wurde. Wir haben es vor ein paar Stunden gemacht. Dafür wurde etwas von seinem Haar wegrasiert, um es besser untersuchen zu können. Wie Sie sehen, lassen sich darauf vier sichelförmige Vertiefungen erkennen. Sie scheinen von den Nägeln der Person zu stammen, die ihn festgehalten hat. Sie sind entstanden, als diese Person seinen Kopf und sein Haar gepackt hat.« Sie legte Daumen und Zeigefinger auf den Bildschirm des iPads und vergrößerte die Aufnahme weiter, indem sie sie auseinanderzog. »Interessanterweise sind es nicht Ihre Nägel, die Spuren auf seiner Haut hinterlassen haben. Es scheinen die Nägel einer Frau gewesen zu sein.«

Ich sah sie an. »Möchten Sie, dass ich darauf antworte?«

»Natürlich.«

»Ich halte meine Nägel kurz.«

»Also, wie sind diese Vertiefungen dort entstanden?«

»Da vermag ich nur zu spekulieren. Aber er war kurz zuvor Molly gegenüber tätlich geworden. Möglicherweise hat sie versucht ihn abzuwehren.«

»Sie sagen also, dass diese Vertiefungen von Molly stammen?«

»Nein«, erwiderte ich bestimmt. »Was ich gesagt habe, war reine Spekulation.« Ich fühlte mich gereizt, hatte genug. »Ich möchte eine Aussage machen. Ein Geständnis ablegen.«

»Sind Sie sich sicher, dass Sie nicht erst mit einem Anwalt sprechen möchten?« Sands wirkte besorgt.

»Das macht keinen Sinn. Es wäre reine Zeitverschwendung für uns alle.«

Anschließend bestand ich darauf, mein Geständnis schreiben zu dürfen.

Im Gefängnis ist es wirklich so schlimm, wie man es sich vorstellt. Während ich auf meinen Prozess warte, bin ich dreiundzwanzig Stunden am Tag in einer Zelle eingesperrt, und das mit nichts als meinen Gedanken, die mir unaufhörlich durch den Kopf rattern, während sich die Zeit derart verlangsamt, dass es einem vorkommt, als würde sie sich rückwärts bewegen.

Wenn ich mich schlecht fühle, tröstet es mich, an Molly zu denken. Ich hoffe, sie und Max werden es schaffen. Ich würde mich freuen, wenn sie Kinder bekommen.

Ich habe ihnen einen Brief geschrieben, konnte dabei aber nicht zu ehrlich sein, aus Furcht davor, dass die Aufseher ihn lesen könnten – und das würden sie mit Sicherheit. Darum habe ich sie auch gebeten, mich nicht zu besuchen, um kein unnötiges Risiko einzugehen.

Vielleicht werden die Menschen eines Tages erfahren, was ich wirklich getan und dass ich richtig gehandelt habe. Aber vorerst nehme ich die Strafe und den Schmerz gern auf mich. Und ich bin froh, der Mann zu sein, der Marcus Valentine ermordet hat.

MOLLY

Es war, als wäre ein Damm gebrochen, als Marcus mich berührte.

Mein ganzes Leben lang war ich mir immer schon wie ein Mittel zum Zweck vorgekommen – wie jemand, den andere nach Lust und Laune benutzen konnten, ohne Konsequenzen fürchten zu müssen. Mein Vater war ein Säufer und Schläger. Meine Mutter war schwach. Konnte mich nicht beschützen. Sie hatte sich immer auf mich verlassen. Mich gezwungen, zu früh erwachsen zu werden. Und dann hatte sie mich allein gelassen. Es war nicht ihre Schuld, dass sie krank geworden ist. Aber all das hatte mich geprägt. Mich dazu gebracht, die Welt aus einer verzerrten Sichtweise zu betrachten. Ich glaubte, dass ich es nicht wert war, geliebt zu werden. Nicht das verdient hatte, was andere bekamen. Meine Bedürfnisse nicht wichtig waren.

Annie und Jack haben mich gerettet. Aber ich war nicht so gefestigt, wie sie gedacht hatten. Ich habe gelernt, der Welt ein fröhliches Gesicht zu zeigen. Aber in Wahrheit war ich wie eines dieser Dörfer in Nordkorea, die aus der Ferne idyllisch wirken, sich jedoch aus der Nähe betrachtet nur als Fassade entpuppen, hinter der sich die Fäulnis offenbart.

Die mächtigste Begleiterscheinung war Wut. Ich beherrschte Techniken, um eine Emotionalisierung zu verhindern. Wenn ich meinen sicheren Ort fand, gelang mir dies zumeist. Doch wenn ich nicht in der Lage dazu war, hatte mich Annie dazu ermuntert, meine Emotionen herauszulassen. Ich habe es wirklich versucht. Ich hielt den Schmerz aus. Ich versuchte ihn loszulassen. Schrie in mein Kissen, bearbeitete den Sandsack mit meinen Fäusten, bis ich befürchtete, mir die Handgelenke gebrochen zu haben. Aber es gibt Wunden, die nicht heilen wollen, Schäden, die sich nicht in Ordnung bringen lassen.

Annie sagte immer, es in einer kontrollierten Weise zum Ausdruck zu bringen, würde mir mit der Zeit – die alle Wunden heilt – helfen. Und bis zu einem gewissen Grad schien dies auch zu stimmen. Dachte ich. Aber in Wahrheit hatte ich einen Damm errichtet. Und der Druck darauf nahm im Lauf der Zeit immer weiter zu, so dass sich Risse und Spalten bildeten. Und als mich Marcus berührte, da brach der Damm. Betonbrocken flogen wie bei einer Explosion durch die Gegend. Wassermassen bahnten sich ihren Weg. Ich wollte Marcus und die ganze Welt in den Fluten ertränken.

Die Therapeuten sprachen immer von meinen unsichtbaren Wunden. Meiner Ansicht nach sind es Amputationen. Denn Teile von mir sind zerstört worden, als ich ein kleines Mädchen war. Für immer.

Marcus traf in jener Nacht meine Stümpfe und Narben. Als er mit seinen Fingern in mich eingedrungen war, spürte ich Schmerzen. Obwohl ich mich wehrte und ihn anschrie, machte er weiter. Ich bin mir sicher, dass er mich damit bestrafen wollte.

Als die anderen hereinkamen und er dann einfach zur Tür hinaus verschwand, wurde mir klar, dass es ihn einen Scheißdreck kümmerte, wie es mir dabei ging. Als ob stinknormale Menschen oder die Schwachen und Wehrlosen weniger wert wären und es ihm deshalb gestattet wäre, mit ihnen zu tun und zu lassen, was er wollte.

Abbie und Max schrien. Billie war verwirrt. Es schien fast so, als hätte es eine Explosion gegeben, und wir waren Granatsplitter, die in verschiedene Richtungen flogen.

Ich glaube, das ist es wohl, was man damit meint, dass einem das Blut in den Kopf schießt oder sich ein roter Nebel über alles legt. Ich ging in den Korridor hinaus und erhaschte dort noch einen Blick auf Marcus, sah, wie er verschwand. Mal wieder versuchte, sich der Situation zu entziehen, die er heraufbeschworen hatte. Versuchte, sich der Verantwortung zu entziehen.

Ich konnte immer noch das Gewicht seines Körpers spüren, der sich an mich presste. Seine Finger mit den ungeschnittenen Nägeln in mir. Ich nahm an, dass mir die anderen folgen würden. Doch das taten sie nicht.

Ich erinnere mich daran, dass es stockdunkel war. Ich mich vorantasten musste, auf ihn zuschlurfte. Dass da Furcht in seiner Stimme war, als er herauszufinden versuchte, wer da auf ihn zukam.

Und dann ging das Licht wieder an.

Er schien erleichtert, mich zu sehen. War sich offenbar nicht im Geringsten bewusst, was er angerichtet hatte. Ich war keine Bedrohung für ihn. Er hatte nur getan, wonach ihm gerade gewesen war, mehr nicht. Er hatte es bereits abgehakt. Es war bedeutungslos für ihn. Es würde keine Konsequenzen haben. So war es immer. Weil für ihn eben andere Regeln galten. Aber damit war nun Schluss. Ich spürte, wie die Wut in mir hochkochte. Wie sie mich mit einer Macht überkam, die sich weder aufhalten noch bezähmen ließ.

Ich packte ihn am Schopf, spürte, wie sich dabei die Fingernägel meiner rechten Hand in seinen Schädel gruben. Stieß seinen Hinterkopf gegen das Rohr. Ich hätte aufgehört, doch seine erste Reaktion war nicht etwa Schmerz oder Angst, sondern Schock, gefolgt von Entrüstung. Für ihn passte dies einfach nicht zusammen. Es stand mir in seinen Augen gar nicht zu, ihn herauszufordern. Mich auf eine solche Weise zu benehmen. Damit erreichte das Ganze eine andere Ebene. Ich wollte, dass er es begriff. Dass er verstand, dass es auch andere Menschen auf dieser Welt gab, die ebenso von Bedeutung waren wie er. Er nicht einfach so über sie hinwegtrampeln konnte. Er nicht ein ums andere Mal die Regeln brechen konnte, ohne dass es Konsequenzen für ihn hatte. Ich würde mich von ihm nicht fertigmachen lassen.

Ich packte sein Haar noch fester und schlug seinen Kopf heftiger gegen das Rohr – einmal für jedes Wort: »Die. Regeln. Gelten. Auch. Für. Dich!«

Als ich ihn losließ, war es, als hätte jemand die Luft aus ihm herausgelassen wie bei einem Heißluftballon, und er sank zu Boden. Dann ging wieder das Licht aus.

Ich hatte nie etwas anderes im Sinn, als meine Tat zu gestehen. Aber es schien eine halbe Ewigkeit zu dauern, bis das Licht wieder anging. Als es so weit war, ging ich zurück und stellte fest, dass sich die Gruppe inzwischen zerstreut hatte.

Dann kam Max aus der Küche und versuchte sogleich, die Kontrolle zu übernehmen, packte mich an den Oberarmen und flüsterte eindringlich: »Wo ist Marcus?«

»Ich glaube, er ist tot.«

Für einen Moment herrschte Schweigen.

»*Was?*«

»Ich habe ihn umgebracht«, sagte ich nüchtern. Fast schon unbeschwert.

Max benötigte einen Moment, um das zu verarbeiten, und sagte dann: »Sprich mit niemandem darüber. Kein Wort zu irgendjemandem. Hast du das verstanden?«

Die anderen kamen hinzu und blickten sich um. Billie fragte immer wieder, wo Marcus war. Ich zeigte in die Richtung, in die er verschwunden war, und Max machte sich auf den Weg den Korridor hinunter. Sunil und Billie folgten ihm. Abbie gab mir das Baby und ging ebenfalls mit.

Ich hielt mich raus und ging mit dem Baby in Abbies Zimmer, wo Freddie schlief. Ich würde gern behaupten, dass ich mich schuldig fühlte, aber das tat ich nicht. Ich war der Ansicht, dass es gerechtfertigt war.

Ein paar Minuten später kam Abbie ins Zimmer und bat mich, sie allein zu lassen.

Max führte mich in den Konferenzraum und schloss die Tür. Sie wurde fast augenblicklich wieder geöffnet, und Sunil kam herein.

Für einen kurzen Moment herrschte Schweigen, dann sagte Max: »Ich werde nicht zulassen, dass sie dich kriegen. Ich werde es nicht zulassen.« Neben ihm auf dem Tisch lag das Maschinengewehr. Ich stellte mir plötzlich das Blutbad vor, das es geben könnte, wenn sie Pindar stürmten und er drauflosfeuern würde.

Ich vermochte Sunil beinahe anzusehen, was ihm durch den Kopf ging. Erst Ungläubigkeit. Dann schien es ihm langsam zu dämmern. Und schließlich die Gewissheit, dass ich Marcus umgebracht hatte. Unsere Blicke begegneten sich. In seinen Augen glaubte ich, die unausgesprochene Bitte zu lesen, es zu bestätigen. Ich nickte kaum merklich.

Max redete weiter. Ich hörte gar nicht hin. Als ich ihm wieder zuhörte, sagte er gerade: »Ich werde ihnen sagen, dass ich es gewesen bin.«

»Rede keinen Unsinn!«, sagte ich mit scharfer Stimme. »Ich bin es gewesen. Und ich will, dass sie es erfahren. Was er mir angetan hat. Dass er es verdient hat.« Ich hielt inne und erkannte, dass Max und Sunil sichtlich schockiert waren. Da war immer noch diese Wut in mir. Ich stieß einen tiefen Seufzer aus und sagte genervt: »Ich muss nicht gerettet werden. Und glaubt ihr nicht, dass sie es ohnehin herausfinden würden?«

»Würden sie das?« Max verstummte und blickte fragend zu Sunil hinüber, doch der wirkte teilnahmslos, in Gedanken versunken. »Ich habe Marcus' DNA überall an mir. Und meine DNA ist überall an ihm. Ich habe versucht, ihn wiederzubeleben, Herrgott nochmal.« Er hielt die Hände in die Höhe und deutete auf die Flecken, die seine Klamotten zierten. »Sie können nichts machen, wenn wir alle die gleiche Geschichte erzählen.«

»Sie werden dich fragen, warum du dann später versucht hast, ihn wiederzubeleben«, gab ich zu bedenken.

»Ich werde einfach antworten, dass ich in Panik geraten bin. Mir plötzlich klar geworden war, was ich getan hatte«, erwiderte er, klang aber verunsichert.

Dann ertönte plötzlich Sunils Stimme, was uns beide im ersten Moment erschreckte, da wir fast vergessen hatten, dass er da war.

»Ich werde ihnen sagen, dass ich es getan habe.« Er lehnte an dem sargförmigen Tisch und starrte zu Boden. Dann blickte er plötzlich auf, schaute erst Max an und dann mich.

»Wieso sollten Sie das tun?«, fragte ich.

»Weil es einen Sinn ergibt. Zumindest für mich.« Er blickte wieder zu Boden, und als er weitersprach, klang er zaghaft, so als probiere er einen neuen Anzug an, von dem er nicht sicher war, ob er ihm passen würde. Doch je länger er sprach, desto überzeugter schien er zu sein. »Ich bin schon lange unzufrieden. Und seit Marcus mich gefeuert hat, ist mir klar geworden, dass meine politische Karriere beendet ist. Die Sache, der ich mein Leben gewidmet habe, das Einzige, worin ich jemals gut gewesen bin, ist keine Option mehr für mich. Im Politikbetrieb geht es brutal zu. Wer' einmal raus ist, den lassen sie nicht mehr rein.«

Ich ging zu ihm hinüber, trat ganz nah an ihn heran und sagte: »Sie werden also einfach so den Mord am Premierminister auf sich nehmen?« Max setzte an, um etwas zu sagen, doch ich bedeutete ihm mit einer Handbewegung zu schweigen.

»Ja«, sagte Sunil leise. Und dann mit mehr Nachdruck: »Ja, das werde ich.« Er blickte mich mit sanften braunen Augen an. »Mein Leben ist vorbei. Man wird mich ewig mit dieser ganzen unseligen Geschichte in Verbindung bringen. Ich habe keine Familie. Ich bin älter – sehr viel älter – als Sie alle. Ich hatte die Gelegenheit und ein Motiv …« Er hielt ihr seine Handflächen hin und sagte: »Marcus' Blut klebt buchstäblich an meinen Händen.« Er kam mir eigenartig gelassen vor. »Sie beide haben es verdient, zusammen zu sein. Ich werde nicht zulassen, dass Marcus das auch noch kaputt macht. Es würde mich sehr freuen, wenn diese Sache wenigstens etwas Gutes hätte.«

»So ein Blödsinn!«, erwiderte ich. »Ich bin doch keine Jungfrau in Nöten, die Ihrer Rettung bedarf!«

»Hier geht es nicht nur um Selbstlosigkeit, falls Ihnen dann wohler dabei ist. Ich dachte, ich sei der Strippenzieher. Dabei war es die ganze Zeit über Marcus, der die Fäden in der Hand hielt. Ich war bloß seine Marionette. Ein nützlicher Idiot. Ein Möglichmacher. Er würde es hassen, dass sein Name nun immer mit dem meinen in Verbindung gebracht werden wird. Ich war sein Ende. Sein Schlusspunkt. Das gefällt mir.«

Ich sah Max an, dachte, er würde etwas Vernünftiges sagen, den Schwachpunkt finden, doch er ignorierte mich und fragte Sunil: »Sind Sie sich sicher? *Absolut* sicher?«

»Wie noch niemals zuvor in meinem Leben.«

»Das kann ich verstehen«, erwiderte Max. Er ging meiner Ansicht nach etwas zu bereitwillig darauf ein. Doch auch ich tat nichts, um es zu verhindern.

Sunil machte den Anruf. Legte ein Geständnis ab. Dann gab es einen weiteren Anruf, und sie teilten ihm mit, dass sie reinkommen würden.

Als sie uns wegbrachten, war ich überzeugt, dass sie es sofort herausfinden würden. Dass Sunil oder Max unter dem Druck zusammenbrechen würden. Oder dass unsere Aussagen zu widersprüchlich wären. Aber aus Minuten wurden Stunden, und aus Stunden wurden Tage, und mir wurde klar, dass dem nicht so war. Offenbar glaubten sie Sunil. Dem Geständnis, dem Motiv, dem Blut – und das, ohne etwas infrage zu stellen.

Wenn ich ehrlich bin, begann für mich alles einen Sinn zu ergeben. Ich rechtfertigte es vor mir selbst. Ich war nicht bereit, mein Leben im Gefängnis zu verbringen. Und ich konnte Max nicht im Stich lassen. Er schien sich für mich entschieden zu haben und erklärte mir, dass sein Leben vorbei sei, wenn wir nicht zusammen sein könnten. Außerdem wollte Sunil ja die Schuld auf sich nehmen. Es schien ihm geradezu ein Bedürfnis zu sein.

Doch dann schlichen sich langsam Zweifel bei mir ein. Ich hatte immer mehr mit Schuldgefühlen zu kämpfen und fragte mich, ob ich mit einer solchen Lüge leben könnte.

All das habe ich Annie erzählt. Sie hatten ihr erlaubt, uns auf dem Land zu besuchen, und nachdem ich sie begrüßt und Abbie, Max und den Kindern vorgestellt hatte, setzten wir uns zu zweit in den Garten, um uns zu unterhalten. Und da brach alles aus mir heraus.

Annie saß einfach da und hörte mir zu. Ich weiß nicht,

warum, aber ich glaube, irgendwie schien sie es schon davor gewusst zu haben.

Als ich geendet hatte, beugte sie sich vor, Ellbogen auf die Knie gestützt, öffnete ihre Hände, damit ich sie ergreifen konnte, und drückte die meinen, als ich es tat.

»Jack und ich konnten keine Kinder bekommen – das weißt du ja, nicht wahr?«, sagte sie lächelnd. »Deshalb haben wir Pflegekinder aufgenommen. Wir hatten so viel Liebe zu geben und wussten nicht, wohin damit. Wir haben all diese Kinder geliebt. Und wenn sie dann wieder gegangen sind, haben wir uns immer mit einem lachenden und einem weinenden Auge von ihnen verabschiedet. Sie hatten die Chance, zu ihren Eltern zurückzukehren, doch das bedeutete, sie zu verlieren und oft auch die Angst, dass sie in ein Umfeld zurückkehrten, das ihnen nicht guttat. Am schlimmsten waren die Babys. Da passierte immer tief in meinem Innersten etwas mit mir. In gewisser Weise fühlte es sich an, als wären sie meine eigenen Babys, und es tat höllisch weh, sie wieder abzugeben. Und dann kamst du daher. So verängstigt und so zornig. Und wir erhielten die Möglichkeit, dich zu adoptieren. Ich war überglücklich! Ich habe mir immer gesagt: Wenn ich das hier hinkriege, dann wird meiner Liebe zu ihr nichts mehr im Wege stehen, egal was sie tut oder sagt. Manchmal hast du mich ganz schön auf die Probe gestellt!« Sie gab ein freudloses Lachen von sich und fügte hinzu: »Aber es hat sich nichts geändert.« Dann fuhr sie mit ernsterer Stimme fort: »Ich glaube, du weißt, was zu tun ist, Molly. Marcus Valentine hat sein ganzes Leben auf Lügen aufgebaut. Diese Lügen haben ihn vergiftet. Und alle Menschen um ihn herum ebenso. Lass nicht zu, dass auch sein Tod eine Lüge ist. Und versuche nicht, selbst mit einer Lüge zu leben.«

Sie war so einfühlsam und gütig. Sie urteilte nicht über mich. Ich sah sie an und sagte: »Ich weiß, dass ich reinen

Tisch machen muss. Ihnen sagen muss, dass ich es gewesen bin und nicht Sunil.«

Sie nickte.

»Ich weiß nur nicht, wie ich das anstellen soll.« Ich weinte. Nicht aus Angst, sondern aus Liebe. »Wie soll ich das gestehen? Und wie soll ich es Max erklären?«

»Das werden wir uns überlegen, wenn du dazu bereit bist. Und wenn dich Max wirklich liebt, dann wird er es verstehen.«

An diesem Abend kochten wir gemeinsam. Es war eine entspannte und glückliche Zeit. Die kleine Molly begann zu weinen und ich holte sie, damit Abbie sie stillen konnte. Währenddessen überlegten Max und ich uns Aufgaben, um den kleinen Freddie miteinzubeziehen. Nachdem wir gegessen hatten, war sein Bad an der Reihe. Danach wickelte ich ihn in ein Handtuch und knuddelte ihn, so dass er sich sicher fühlte, bevor wir ihn abtrockneten.

Dann brachten wir ihn alle gemeinsam zu Bett, und er ließ nicht locker, bis wir ihm abwechselnd die Geschichte von den drei Bären erzählten. Wenn er wollte, dass jemand anderes an die Reihe kam, kommandierte er: »Jetzt Annie ... Jetzt Mama ... Jetzt Max ... Jetzt Molly ...«. Dabei wurde er immer schneller und schneller, bis wir kaum ein Wort herausbekamen, bevor er schon wieder auf jemand anderen zeigte. Wir brachen alle in Kichern aus und hatten Mühe, bis ans Ende zu gelangen.

Wir blieben noch lange auf und unterhielten uns, ohne dass jemand die Geschehnisse zur Sprache brachte – kein Wort über Marcus, die Terroristen, Pindar und den Mord. An jenem Abend waren wir alle ganz entspannt und genossen einfach den Moment. Es gab nichts, was uns stören konnte. Was zählte, war nur das Hier und Jetzt. Und da gab es keine Probleme.

Als wir ins Bett gingen, drehte ich mich auf die Seite und rollte mich zusammen. Max kuschelte sich von hinten an mich. Es fühlte sich so gut an.

»Ich kann das einfach nicht«, sagte ich.

Für einen Moment herrschte Stille, dann sagte er: »Ich weiß.«

»Ich liebe dich. Aber ich kann einfach nicht mit dieser Lüge leben. Ich kann nicht damit leben, dass Sunil für etwas büßt, das ich getan habe. Du musst mich gehenlassen …«

»Ich weiß … Ich hatte mir so sehr gewünscht, dass es irgendwie gut wird. Aber ich sehe ja, wie du dich quälst. Innerlich schreit ein Teil von mir nein. Aber mein Verstand sagt mir, dass das falsch wäre.« Ich merkte, dass er weinte, und ich griff nach seiner Hand und hielt sie ganz fest.

Ich fiel in einen tiefen, traumlosen Schlaf. Als ich aufwachte, war Max fort. Ich konnte seine Stimme in der Ferne hören und dann auch die Stimmen von Freddie, Abbie und Annie.

Ich trat unter die Dusche, genoss die Wärme, neigte den Kopf nach hinten und ließ das Wasser über mein Gesicht laufen. Stand einfach so da und genoss das Gefühl.

Nachdem ich mich abgetrocknet, mir etwas angezogen und mich ein wenig geschminkt hatte, bereitete mir Annie das Frühstück zu.

Als ich gegessen hatte, fragte sie: »Bist du bereit?«

Ich hielt für einen Moment inne. Dachte an all das, was geschehen war. An meinen Vater und meine Mutter. An Abbie und Freddie und die kleine Molly. An Sunil und Billie. Annie und Jack. Marcus und Abbie. Doch vor allem dachte ich an Max und wie sehr ich ihn liebte – und wie sehr er mich lieben musste, weil er mich das hier tun ließ.

Ich nickte Annie zu und sagte: »Ja. Ja, ich bin bereit.«

Im Dorf der Verlorenen

Zwei ehrgeizige Ermittler.

Ein hochintelligenter Serienkiller.

Ein unerbittlicher Wettlauf

gegen die Zeit.